寡人有猫 著

青鸾不识路

重庆出版集团 重庆出版社

图书在版编目(CIP)数据

青鸢不识路 / 寡人有猫著. —重庆: 重庆出版社, 2023.12
ISBN 978-7-229-18068-3

Ⅰ.①青… Ⅱ.①寡… Ⅲ.①长篇小说—中国—当代
Ⅳ.①I247.5

中国国家版本馆CIP数据核字(2023)第192734号

青鸢不识路
QINGYUAN BU SHILU
寡人有猫 著

责任编辑：袁　宁
责任校对：杨　婧
装帧设计：冰糖珠子

重庆出版集团
重庆出版社 出版
重庆市南岸区南滨路162号1幢　邮政编码：400061　http://www.cqph.com
重庆出版社艺术设计有限公司制版
重庆市国丰印务有限责任公司印刷
重庆出版集团图书发行有限公司发行
E-MAIL:fxchu@cqph.com　邮购电话：023-61520646
全国新华书店经销

开本：880mm×1230mm　1/32　印张：13　字数：345千
2023年12月第1版　2023年12月第1次印刷
ISBN 978-7-229-18068-3
定价：60.00元

如有印装质量问题，请向本集团图书发行有限公司调换：023-61520678

版权所有　侵权必究

Mulu 目录

楔　子　　大毓旧事　　/ 001

第一章　　嫁阎罗　　/ 009

第二章　　假夫妻　　/ 033

第三章　　人面花　　/ 103

第四章　　羽翎卫　　/ 155

第五章　　河神庙　　/ 202

第六章　　断情丝　　/ 250

第七章　　虎贲骑　　/ 274

第八章　　京城之战　　/ 325

番外一　　花椒酒与屠苏符　　/ 340

番外二　　人间客（韩殊 & 窈娘）　　/ 346

番外三　　榴花红（滇南王 & 梧凤）　　/ 359

番外四　　海上花（裴季卿 & 牡丹）　　/ 391

楔子　大毓旧事

　　寒冬，漠北，控马镇。此地是大毓朝抵御北境胡族的最后一道锁钥，这座建在草原上的边城，面朝着茫茫苍原，全年飘雪，只有一个月的春天。控马镇里住的都是大毓朝的北境守军。他们世代守卫此地，街上某个其貌不扬的路人也极可能曾是久经沙场的老兵。此时正是十二月，漠北大雪飘扬，城门紧闭。只有一条大路，从草原尽头绵延而来，一端连着京城，一端连着漠北，再向北翻过狼牙山，便是胡族所居的草原。

　　在大路靠近城门的一端，有家小驿馆矗立在风雪中，赤红色的酒旗在风中猎猎招展，从很远处便能看见。驿馆外挂着灯笼，热腾腾的饭香与酒香阵阵飘出来，在大雪中无异于指路明灯。

　　只听"哗啦"一声，驿馆的木门被打开。一个穿着黑色大氅、身材挺立的旅人走进来，抖落一地雪花。

　　"店家，今夜可有空房？"旅人戴着大氅上的黑色兜帽，遮住了眉眼。可从他的穿戴举止也能看出来，此人并非是等闲商旅，多半是京城来的贵人。

　　掌柜连忙从酒垆后走出来招呼道："有！有！"脸上的笑容因一道狭长刀疤与左腿的木头义肢而显得滑稽又恐怖。

　　"好，开一间。"旅人从怀袖中掏出一锭金锞，放在木桌上。

"客官，这金锞……都够买下这所驿馆了……"掌柜伸出的手又缩了回去，犹豫地看了看这位奇怪的客人。

兜帽下的脸露出一点笑意，道："无妨，收下吧。将你店里最好的酒菜端上来，若是不介意……还想向掌柜打听一个人。"

掌柜听了，笑得脸上的刀疤都折成了几道，他迅速把金锞揣进怀里，连连点头道："客官向我打听人，那可算是问对人了！我还没马腿高的时候，就在这店里接了我爹的班。控马镇的事，就没有我不知道的！"

半个时辰后，掌柜将酒菜备齐，摆了满满一桌，介绍道："这是漠北的烧刀子酒，雪天喝，最暖身！配上现切的牛肉，嘿，给多大的官都不换！"

客人倒了一杯酒，朝掌柜抬了抬下巴，说："坐。"

这神秘来客身上有种威仪，让掌柜不禁言听计从。他犹豫着开口问："敢问客官打听的是谁？"

"一个朝廷重犯，姓陆，名远，字定疆。"

"这……在下倒真没听说过。敢问此人与客官有何交情？"掌柜似是随意地看了一眼客人握着酒杯的手。右手修长有力，虎口与食指有老茧，是只握惯了刀剑的手，大拇指上戴着沉重的翡翠扳指，一眼扫过便知道价值连城，更不用提他身上穿着的黑狐皮大氅。

"他父亲是我的故人，犯了大罪，全家被株连流徙三千里，最后落脚之地是控马镇。"

"敢问客官的那位故人是？"

客人缓缓地放下了酒杯，看着酒杯中浑浊的、自己的倒影。炉边火苗"啪"的一声，他沉声道："是曾经大毓朝的四大柱国之首,上将军、镇国公陆停渊。"

炉火又是"啪"的一声。掌柜的从怀袖中掏出金锞,缓缓搁在桌上,推给对面的旅客,接着站起身离开座位,朝着旅客恭敬地行了军礼,说:"既是陆将军的故人,这金锞,在下决不能收。"

"哦?"客人饶有兴味地抬头看了一眼掌柜,"你曾是陆停渊的旧部?"

"客官抬举了。天下人都知道,镇国公死后,再无虎贲骑!"灯火下,掌柜的腰板挺直,眉眼肃穆,与先前低眉顺眼的样子判若两人,"在下……不过是有幸,曾在十八年前的狼牙山一战里见过镇国公的英姿。"

客人喝了一口酒,饶有兴趣道:"那不妨讲讲,十八年前的镇国公,是何等英姿?"

掌柜的眼里顿时亮起光芒,像是年轻了几岁,他回忆道:"那年的雪可比今天大得多!我那时还没有车轮高,就跟着我爹去驰援狼牙山,亲眼看见陆将军站在百步开外,一箭射掉了北帐王庭的大旗!那一仗,我大毓朝大获全胜,打得真是痛快淋漓!那时候,除了陆将军,还有……"

"还有什么?"客人从兜帽下看着他。

"还有……当今的圣上、先后和其他两位柱国,一个是如今的九千岁,一个是罪臣夏焱。"说着,掌柜的声音低了下去,重重叹了一口气。

"为何叹气?"客人追问。

"可惜啊。"

"可惜什么?"

"听闻从前四柱国都在时,辅佐大毓皇帝南征北战,收南疆,平漠北，历时多年，而天下初定，我这样的小掌柜，也能借着边陲无乱，在此地做些生意。可惜，五年前……"

"五年前怎么了？"

"五年前的那场宫乱，听闻皇帝受了奸臣蛊惑，先后杀了陆将军与夏焱大人，朝堂大事都由九千岁定夺。如今九千岁的党羽遍布朝野，怕是这大毓朝……也太平不了几多时日了。"掌柜猛地灌了一口酒，又重重叹了一口气，脸上的刀疤平添些许沧桑之感。

"既然九千岁的党羽遍布朝野，掌柜不怕我也是韩党吗？"

"我怕什么！我这辈子见过英雄，也做过英雄，在战场上废了一只眼，一条腿，漠北烈酒喝了这许多年，早就将生死置之度外了。我就要说，我替那死去的三位英雄可惜！"客人依旧坐在那里，如同一座山峰，在烛火中投射一片阴影。

"这么说，不辨忠奸的当今圣上，才是真正有罪之人？"客人突然道。

掌柜沉默了，犹豫了一会儿，才笑了笑，摇摇头坐下："方才是小的唐突了，客官莫要在意。只是想起一桩旧传闻，可解释今日之乱局从何而始。虽荒诞不经，也可当乐子一听。"

客人做了个请讲的手势，掌柜就在他对面坐下，压低了声音故弄玄虚地开口道："听闻二十多年前，天下纷争之时，当今圣上能从一介布衣起兵，南征北战，一统天下，是因手里有五件神物。"

"都是什么？"

"那五件神物，传说自开天辟地以来便流传于世间，有道则出，无道则隐。第一件，是斩龙刀。据说那是当今圣上在狼牙山一战时，从北帐可汗手中缴获，陨铁千锻，可以斩龙。后来圣上用这刀赐死了陆将军与右相，就说它是妖刀，扔进了国库；第二件,是虎贲骑。这支骑兵据说来自南疆,骁勇无比,士兵铠甲皆以软银制成,状如鱼鳞,刀枪不入,原本是镇国公的亲随,后随他投奔了圣上;第三件,是丹青眼。据说天生此眼之人可描摹山水地形、金银矿脉,过目不忘,巨细无遗。听闻右相夏焱便是天生的'丹青眼';第四件,是羽翎卫,据说是通晓阴阳术数与刑名之学的山中隐士所创,入羽翎卫门者,都擅杀人于无形;最后一件……是河图洛书。"

"河图洛书?"客人放下酒杯,缓缓将手收进大氅中。

"河出图,洛出书。河图洛书出,则天下平。无人见过那东西究竟是何物,只知道天下将一时,它即出世,显现真龙天子之名。虽然听起来有些玄乎,不过听闻,当年的左相韩殊就是进献了河图洛书,才得以面见圣上,最后成了从龙之臣。而就在五年前……"

"五年前怎么了?"客人凝神,一边听着掌柜絮絮低语,一边听着窗外的动静。在大雪纷纷扬扬中,有一队黑色人影,正从控马镇向这间客驿走来。

"五年前,陆将军与右相被赐死,陆将军的虎贲骑与右相家传的丹青眼就此消失,羽翎卫也被裁撤了,听闻那河图洛书也丢了。您说,这难道不是个征兆吗?"

"掌柜的,你当真相信世间有那五件神物?"客人从窗前回过头笑着问。

"我原本不信。可是……十八年前在狼牙山,我可是亲眼见过虎贲铁骑,也见过斩龙刀。那剩下的三件,又凭什么就不是真的呢?"

大雪纷纷。客人沉思许久,点了点头,道:"既然五件神物是有道则出，无道则隐，当今天子滥杀忠臣，听信小人，确实是个昏君。神物自然就需另择明主了。"

此时，驿馆的门又被推开，风雪灌了进来，一个穿戴整齐的将士站在门前，朝黑衣旅客恭敬地行了叩拜大礼，口称："陛下。"

"陛下？"掌柜猛地站起身来。

黑衣人面露不悦，但还是转过脸，掀下了原本罩着头的兜帽，两缕银丝飘拂在额前，大氅下是黑缎袍服，暗金丝线。掌柜的视线下移，看见了他腰间的佩刀。北地制式，赤金刀鞘，陨铁千锻，可以斩龙。

"小民参见陛下。"他颤颤巍巍的，要向对方下跪。想起方才说的种种狂言，额角的汗珠滴落下来。

黑衣人却在他木头义肢弯曲之前扶住了他，道："不必跪了。掌柜只需记住，你我方才，只是喝了壶酒而已。"

掌柜不住地点头，黑衣人，不对，是大毓朝的皇帝转过身，朝门前的将士做了个手势，命令道："陆将军的遗孤没死，确在此地。传令下去，让守将开城门。"

远处传来军号的响声，城门应声而开。皇帝站起身，向掌柜微微颔首，说："漠北烈酒名不虚传，与孤十年前喝过的一样。"

掌柜的目送那传闻中前半生征战天下，登基之后却屡行昏聩之举的君王走出了驿馆，走进了铺天盖地的风雪。他的额角已遍生白发，兜帽下那张依然俊美的脸上，双眼却漠然无神，没有焦点。

大毓朝的皇帝，双目已盲。

掌柜在门前愣怔许久，才想起关上驿馆的门，风雪已吹了一屋子。他回头时，看见桌上放着一枚翡翠扳指。那是方才皇帝留下的，代替金锞的酒钱。

皇帝突然出现在这漠北小城的消息，没过多久就传遍了控马镇。城头上的守军向守将禀报，沉重铁门吊着锁链缓缓开启，固若金汤的堡垒显露出了真容。这就是控马镇，漠北雄关，大毓朝的北方锁钥。守将站在城门前，对皇帝下拜，满城守将山呼万岁，皇帝的白发在积雪中白得刺眼，看见的人都心中一震，又慌忙低下头去。

"孤今日前来，是为寻一人。姓陆，名远，字定疆。"

守将听了这名字，思索了一会儿，摇了摇头，又去问身边的副将，副将也是一脸茫然。

"若是找到了，赏黄金百两。"皇帝又补了一句。方才寂静的人群瞬间哗然，连守将都跃跃欲试。

不一会儿，一个卫兵飞跑到守将跟前，耳语了几句。对方脸色立刻一变，道："传我的令，死牢中那个姓陆的囚犯，谁都不准动他！"将军的命令一层层地传下去，在冰天雪地中回荡，直到传进控马镇壁垒森严的地牢中。

最幽暗的牢房内，被重重铁链拴着的一名年轻男子缓缓抬起头，脸上的脏污与血污混成一片，遮掩了原本的面貌。

地牢最高处的石墙缝隙里有一缕光漏进来，照在他的脸上。他闭目仔细听，确认那军令所喊的，千真万确是"押犯人陆远候审"。他嘴角动了动，像是在笑，又像是在哭。

片刻之后，皇帝以佩刀为手杖，摸索着走进了地牢。

"陆远——"那声音出现在囚室中时，牢房中的男子不可置信地抬起头。

"哗啦"一声，是铁链的响动。男子如笼中困兽般，眼里露出凶光，惊得牢门口的随从忍不住拔出了佩刀。

皇帝居高临下,用那双空洞的眼睛"看"着墙上被禁锢的人。

"所幸,你还活着。"灰尘飘浮在空中,皇帝翘起嘴角,似笑非笑,道,"今日孤来向你求一事。若你能做到,便可为陆家洗刷冤屈,还可知道……夏青鸾的下落。"皇帝做了个手势,守军犹豫着上前,解开了锁着陆远的铁链。男子立刻如猛虎般扑过去,却被左右牢牢押住。

"她还活着?"囚犯开口问出了第一句话,嗓音如同兽类,却是个年轻人的声音。

"活着。"皇帝面不改色,眼神飘浮在他满是血污的脸上,"当年夏焱故去后,夏家失火,右相独女夏青鸾失踪。孤刚刚得知,此女并未葬身火海,而是被人秘密送去了江都。"

男人瞬间安静下来,乌黑的瞳孔里现出亮光。是一双狼一样的眼睛。

皇帝颔首一笑:"若是想去见她,就先接了我的诏令。"

地牢里寂静了一瞬,有水声滴答。皇帝朝身后示意,随从立刻呈上一道封好的圣旨,以及一套官服、佩刀与兵符。

"先罪臣陆停渊之子陆远,虽蒙罪流徙,然为国征战,功勋卓著,临危受难,未改其节,特赐其复袭镇国公之位,任羽翎卫指挥使,监察京中三品之上百官及皇室亲贵,钦此。"

天色将亮。一缕霞光穿过地牢顶部狭窄的石缝,照在囚犯脸上,映照出他轮廓分明的下颌与一双沉黑的眼,不过是个二十余岁的年轻人。

"敢问陛下所求何事?"

皇帝冰雕般的脸上终于有了些许欣慰的表情:"借你之手,与夏青鸾的丹青眼,一同帮孤找回虎贲骑与河图洛书。"

第一章　嫁阎罗

"他对她的爱意,是史书里最清白的秘密。"

多年后,夏青鸢提笔回忆那一段旧事,才发现她并不真的认识陆远。她写下这个故事,只为回答那个困扰她许久的谜题。

谜面是一场牵连无数人的冤案,谜底则是那个在史书里被写为"狼子野心、刻薄寡恩"的权臣陆远,为何在那个暗杀横行、人心惶惶的时代始终未曾放开她的手。

一个最不可能,又最为合理的答案是:他与她确实相爱过。

这一段往事,是史书里最清白的秘密。

大毓十九年春,江都城内,柳絮纷飞。

对于夏青鸢来说,那原本是个喜气洋洋的清晨,如果她未曾在街角与某个人意外相撞,还被撞得将兜里藏着的美人图掉落一地的话。那时候,她还不知道这个相貌好看却说话欠揍的男人叫陆远,更不知道她曾经飞蛾扑火地单恋过他一场,又无声无息地在失恋后重病不起,醒来将十五岁前的事忘得一干二净,更不记得他是谁。

像是重生了一回,身份、记忆全部被抹去,只剩一些陈年旧习还顽强地留在身上。比如她提笔就能画山水人物，还擅长临摹名画。被赶出寄住的人家后，她就是凭着这点本事糊口，才不至于饿死。再比如，她总是做同一个梦，梦里她被某个人在黑暗中珍而重之地拥抱着，就像她是这天底下最珍贵的东西。

虽然每次梦醒之后，她都要提醒自己，那只是个梦。只有相信那是个梦，才不会期待某些事真的存在过。没有期待，就没有失望，没有失望，就还能将眼前的日子一天天地过下去。直到那个穿着羽翎卫军服的人出现在江都，她才恍然醒悟，原来在梦魇般的五年里，深埋往事苟且偷生的人，不止她一个。

多年以后回忆起那天，夏青鸢依旧清楚地记得每个细节。那是个普通的清晨，天还没亮，青石板巷子里叫卖糖水的声音就响了起来。距离春闱乡试的日子近了，应试的考生们临时抱佛脚，都跑来花重金买有批注的《四书章句集注》。今日也是如此。天还没亮，书铺的门口就排起了长队。不用问，都是各家公子们派来询问有无新抄本《四书章句集注》的书童。

"如今入仕途难，我们普通人家的子弟，想通过科举入仕途更是难上加难！"书童们三三两两，打着哈欠聊天。

"可不是嘛！江都自古富庶，读书人家数不胜数，试卷比北方各州府难上许多不说，单说江左的夏、裴、李、苏四大世家，每年都花重金去请告老还乡的高官来家中教育子弟，有些先生本就曾在户部任事，出过不知多少年的春闱试题呢。"

"就是！像你我这样的寒门书生，抱着书死读一辈子，也不比听世家子们请的先生讲上一席课有用！"

"可今年不同啊！听闻这家书铺的《四书》批注，句句都切中从前经试科的考题。条理分析得当不说，还有用朱笔写的出题口诀！这不，这抄本的价格，早就被炒上了天。你我今日若能排到，那简直是祖上烧了高香！"

队伍的末尾站着一个格外瘦小的书童，却在江都城暖融融的春三月不嫌热地穿着棉夹袄，将自己裹成一个球。一张清秀玲珑的脸从袄里露出一点，手里拿着个破布包，额头上因闷热而沁出了汗珠。

书铺门开了。掌柜扛出一个木板挂在店外，上面写着几个大字："新抄本十卷，先到先得。"人们一哄而上，为争抢那十本书拳脚并用，甚至有几本在争抢中被撕得散了页，雪白的纸张满天飞，引得路人都过去抢，挤压踩踏骂骂咧咧，比市集还热闹，只有那个书童一直在一旁看着，眼里还带着笑意。待到最后一页纸也被抢完，众人作鸟兽散后，才慢悠悠地走上前，做贼似的左顾右盼了一会儿，迅速走进店铺内，朝掌柜使了个眼色。

掌柜见是他，当即会意，立马将他请进书铺内室，关上了门。

"小公子，多亏了你提的妙方，十本十本地卖，这批积压的四书五经啊，价钱不知翻了几倍。"掌柜一面赔着笑，一面把手中的碎银麻利地揣进怀中。

瘦小的书童瞥了他一眼，面无表情地伸出手，道："说好的佣金，五十两。"

掌柜又满脸堆笑地说："小公子啊，我这小本生意……你一下子就抽去五成，不大好吧。"

"东山夏，海上裴，江中李，半城苏。光是这四个世家一个月来暗中向你打听此书的钱，据我所知，就有一千两。且不说今天一早卖出去的书钱，数家竞价，水涨船高，怕也有二百两了……"

第一章 嫁阎罗

掌柜咽了咽唾沫。原来这人一早就候在门外，并不是为了看热闹，而是为了数他究竟收了多少钱。

"小公子，你这就误会某人了。书铺买书一向走的是明路，一本十两银子，是因大家欣赏小公子一手工整的小楷。何以世家就要花千金来打听这么一部普普通通的书呢？要知道，私自泄露考题，是要杀头的。"掌柜看哄骗不成，料想对方不知道与世家交涉的细节，便开始出言吓唬。

"前些天，有世家的小厮来找我询问，买断贵铺子里所有的批注本《四书》要多少价钱。你猜猜，他说了什么价？"书童似乎早就猜到了掌柜的想法，淡定地说，"这个数——"说完，他伸出五个手指，抬眼看向掌柜。

"五百两银子？"

对方摇头。

"五……五千两银子？"掌柜沉吟了一会儿，开始擦拭额角的汗。

对方继续摇头。

"五百两，黄金。"书童终于开口，清亮的眼睛里带着嘲讽，看着掌柜，"世家不愿看到江都城中人人有此物，这对他们今年应考是个大威胁。所以在官府发觉并彻查此事之前，世家会冒着风险买断市面上所有批注版《四书》。掌柜你为了不从我这里买此书，想必已高价雇了一批人，在原样抄写了吧。但你可知道，我曾用遇火即现形的蜡在每一页做了防伪标记？你又可知，若是我此时向世家透露，真正的批注版《四书》已经绝迹，市面上流传的都是伪书，你那积压了上百本的伪书与那批未被付清工酬的抄书匠，会不会让你赔得血本无归？"

掌柜额角的一滴汗已经淌下来，继而他咬了咬牙，狠声道："原来……你在与我谈这单生意之前就已经想好后手了。好，你若是如此不留情面，我……我就去告官！告……"话还没说完，他就把后半段咽了下去，颓然地靠在书堆旁。

他不能告官。私售考题是重罪，若说书童是主犯，他就是从犯。他以为自己低价雇一批抄书匠，就可以不受眼前这个狡猾得像狐狸似的小子控制，捞一笔快钱后就回乡下养老。没想到，这个瘦小纤弱又诡计多端的小子，比他想象的更心狠手辣。

"你……你想怎样？说吧。"掌柜的低下头，认命地从怀里掏出那一包碎银子，"算我倒霉。这是今早卖书所得的银两，你想要，便全拿去吧。"

"掌柜你误会了，我不要这些钱。"对方笑声依旧清朗，"其实，世家并未问我什么，也不知这抄本出自谁手。我方才只是试一试你与我做生意的诚意。"

对方惊讶地抬起头，不知所措地看着她。

"我知道，掌柜你是个言出必行、重信重诺的人。我也不想与你只做这一笔生意后便断了买卖。"

掌柜听得心惊肉跳。此人话里有话，每一句都在戳他的心窝子。之前，他就是看准了对方孤零零来书铺售卖抄本，就假意合作，计划待拿到抄本之后，就另行雇人誊抄，将他彻底踢到一边。现在看来，他大错特错了。这书童不仅胆大包天，而且小心谨慎，早就将他的小心思看得一清二楚，却依旧客客气气地与他说着阴阳话。

"小……小先生想与在下做什么生意？只要不违反大毓的律法，在下都……都义不容辞。"

对方此时才眨眨眼,对掌柜神秘一笑,继而低下头……解起衣服来。

掌柜急眼了,偏过头连连摆手道:"小……小先生,使不得啊!在下不是有这种癖好的人!"

书童却不理他,径直解开了包裹得严严实实的棉服,掏出了……数十卷小画轴来,一一平放在书桌上。他漫不经心地说:"喏——这就是我想与掌柜的做的生意。"

掌柜听到桌上的响动,才缓缓睁开眼睛,往桌上瞟了一眼,随即便呆住了。因为他看见那桌上摆着的几个画轴留白的纸端,都盖着五年前就被抄家的右相夏焱的私印。

东山夏,江左士族之首。其先祖是皇室之后,世代簪缨,人称布衣王侯。夏焱少年时在辅佐刘玄礼之前,曾常年隐逸山中修道,以一手绝妙的丹青技法闻名天下。即使在他死后,朝中再不许提及他的名字,印有夏焱印章的书画仍在私人手中秘密交易。因传世极少,更是千金难求。他是东山夏氏最年轻的家主,却在十六岁时叛离族中,投靠了当时还是一介草民的刘玄礼,被夏氏自族谱除名。更有传闻称,羽翎卫扫除江左世家时,出力最多之人就是夏焱。

自那之后,江左世家宣称与羽翎卫不共戴天。也是自那时起,五件神物所托并非天命之人的传说开始在街头巷尾流传。掌柜没想到眼前这名小小书童竟然藏有夏焱的画作,更没想到,竟然还有这么多幅。看来,他不是个骗子,而是大盗。

"这这这……在下不敢收。"

"这批画,掌柜可认得?"书童眨眨眼,一脸惊讶,"这是我在……一处破庙里寻得的。画得不错,像是名家手笔。我想,或许掌柜识货，就拿来请您给掌掌眼。"

没想到，这书童竟不知道这画的来历。"这画……"掌柜故作为难，面色踌躇起来。

对方伸出五个手指头。

"五、五千两？太贵了，太贵了。"掌柜在心里暗自盘算。如果这些画确实是夏焱真迹，那么五千两也未必不能出手。

小书童却一笑，摇了摇头，道："五百两。这些画颇为陈旧，有些还褪了色，哪里值这么多钱。"

掌柜竭力按捺住欣喜的神色，面色沉重地一卷卷打开画轴仔细端详，越看手就越抖。看到第三幅，就闭上了眼。江都旧都，人才济济，常有不肖子孙偷拿着家中的宝物出来典当。掌柜经手的书画不算少，也辨认得出，这些画就算不是夏焱真迹，也定然出自名家之手。仅一幅，就价值千金。

"唉，这些画虽不是什么值钱的宝物，我也算是卖小公子一个人情。五百两就五百两！"掌柜说完，咬着牙又从里屋摸摸索索，找出两张银票，连同那包碎银子一起递给了小书童。书童接过钱揣进了怀里。此时，那棉服里没了画轴，瘪了一大块，显出他原本瘦小的身形——不过是个十五六岁的少年。书童朝掌柜的点了点头，就笑吟吟地走了出去。他刚一出门，掌柜就迫不及待地关上大门，展开画轴，一一仔细品鉴起来。

"书童"抱着怀中的钱，低着头往小巷外走，眼里都是笑意——不是方才嘲讽的笑，也不是虚情假意客套的笑，而是真正轻松的笑。三月微风吹拂，她索性将棉衣脱了，只穿着破旧单衣，健步如飞地往前走。那是她一直警惕的心弦少有的、放松的一刻。然而转瞬之间，就在街角与一个路人撞了个满怀。

对方大概是个习武之人，胸膛硬得如铁板一块，将她撞得鼻子一酸，重心不稳向后倒去。对方竟然毫无搀扶的意思，眼睁睁地看着她结结实实摔了一跤，怀中的银票和装着碎银子的布包掉了一地，中间还夹着最后一个画轴，此时也摔散了，画卷展开，露出画作的一角。她连忙起身收拾银两，忙完了才发现画卷散开，然而已经迟了——对面的人早就蹲下身来，专注地看着那幅画，像是陷入沉思。

"夏家旧藏。"那人吐字清晰，是北方官话。他低着头半跪着，一手撑着那画卷的边缘，好不让它被风吹跑，手指骨节修长，虎口老茧明显，是惯用刀的手。

完了，好像撞到了官兵。她吓得将收拾画卷的手缩了回去。私藏罪臣夏家的藏画也是重罪，可是，要怎么说这人才会相信，这画是——她自己临摹的赝品？

对面的人好奇地将画又展开了一点，眉毛挑了挑，道："美人图？"

她吓得一个激灵，连忙也低头看向那画。呵，这回才是真要完蛋了。兴许是出门前心急，将平日里在黑市赚钱的另一项技能——美人图，也混进那一堆高仿的夏焱画作里带了出来。更不好办的是，这画也被她不小心盖上了夏家的徽章。

"哪……哪有什么美人图啊？是大人看错了。"她打着哈哈，眼疾手快地将画卷一收，打算藏进怀里逃跑，却被他更早一步将画轴从她的手里抽了回去。

"我买了。"对方伸手向腰间取下钱袋，拿出一锭银锞子扔给她。

她下意识地伸手接钱。二人同时抬头，不经意间四目相对，都愣了一下。眼前的男人穿着一身黑，腰间佩着制式华丽的剑。鼻梁高挺，眉峰凌厉，瞳孔深黑，看人从下往上瞟，像刀子一样的眼神，在她脸上刮了一刮，她就觉得脸在发烫。仅凭一眼，她就知道，这个人她绝对不可招惹。她匆匆爬起身，说了声送你了，接着转身就跑，眨眼间就没了踪影。

而男人半晌才起身，呆立了很久，才自顾自笑了笑，站立在原地许久才离开。

"夏青鸢，你竟认不出我是谁了吗？"

然而彼时的夏青鸢根本无心去猜测奇怪男子的身份。她满心都在盘算，此番赚够了盘缠就可以离开江都北上去京城。进了京，要先找个可靠的地方落脚，接着找份差事做，等在京城扎稳了脚跟，就开始查当年那场祸事的真相。可要离开江都，还得回那座旧宅，偷一件原本就属于她的东西。

她如往常一样，鬼鬼祟祟地从偏门溜进后堂，却看见堂中大院里满满当当摆着几十个檀木大箱，都贴着红封纸，写着吉祥话。此时，恰巧路过一个婢女。婢女见到她，先是愣了一下，接着就一把拉住她，朝院里高声喊了一嗓子："夏小姐回来了！"

夏小姐。自她来江都之后，从没人这样叫过她。表姑母这一支江都夏氏，早在五年前夏焱被赐罪时就发誓与其断绝来往，同时宣布效忠韩殊。为表忠心，还全家改姓为韩，被天下人唾弃，却因此保全了一家人的性命，甚至靠着韩党，在江都城里颇有权势。

她心中一沉，终于明白了这一院子的聘礼是给谁的。她一把挣开了婢女的手，拼了命地往外逃。然而，院里的家丁都反应过来，蜂拥而上，把退路堵得严严实实。紧接着，深宅中传来一串咳嗽声，众人纷纷闪避。家主回来了，那人是她名义上的远房姑母。

妇人从后宅的阴影中徐徐走来，脸上按照士族家眷的规矩涂着厚厚的粉，像张面具一般扣在脸上。夏青鸢似乎从来都看不见她真正的表情。妇人站在院中央，与夏青鸢两两对望，忽然躬身下拜。这一行礼，府中上下都慌了，也跟着纷纷行礼。瞬间，院中"哗啦啦"地跪下一片。

"恭喜小姐，此番得嫁贵人。陆大人世代簪缨，我家门从此有靠。"

夏青鸢神情复杂，怒极反笑，道："我今日来是为了取东西，韩夫人说的什么，我听不明白。"

妇人显然是被"韩夫人"这个称呼刺痛，只有投靠九千岁的孝子贤孙才以此为荣，她虽忘了许多事，却始终丢不下东山夏的旧日荣光。

她冷哼一声，嘲讽地看着夏青鸢，说："可惜，此事由不得你。这位陆大人乃圣上钦封的镇国公。就算你是戴罪之身，一介贱婢，配不上这样的贤婿，大人愿娶，我也没奈何。"

夏青鸢心中一震，望向那些檀木大箱。果然，红封条上都用金粉写着"敕封镇国公三品羽翎卫指挥使陆定疆"。

"陆定疆……陆远？"五年前，她生过一场大病，醒来后已经在江都，听说是被扔在夏府门前，表姑母"好心"收留。她除了记得自己叫夏青鸢，其他的事情全都忘了。这几年，她在江都四处打听，一点点拼凑出别人口中道听途说的、关于罪臣夏焱的往事。听闻当年，她父亲与将军陆停渊是情谊深厚的故交，曾是战场上出生入死的同袍。陆停渊有个儿子叫陆远。然而就在五年前，夏焱上书弹劾陆停渊谋反，致使陆停渊自刎，陆远也被株连，流徙千里。昔日同袍成了宿敌，就算陆家的人还活着，也肯定是来找她报仇的。

偶尔，她也会想象陆远长什么样子，是什么性情。既然两家从前那样交好，他们或许也在某个场合遇见过。她听闻陆将军一生光明磊落，是个君子，那陆远或许也是个好人。今天他真的出现了，她的心却如坠冰窟。陆远不仅活着，而且还接管了重新设立的羽翎卫，成了京城炙手可热的政坛新秀。如今他亲自来江都，还指名道姓要娶她。这意味着什么？自然是冤有头，债有主，要用权势买她的命。

她怔怔地站在原地，身后又传来一个醉醺醺的声音，是她的表哥，也是她到江都后便时刻在躲避的梦魇。

"贱妇，本以为你四年前就死了，竟活到今日。别以为如今攀上了陆家，就能麻雀变凤凰。那位大人京城人称'玉面阎罗'，是掌管诏狱的羽翎卫指挥使，你又是陆家的仇人，嫁过去多半是求生不得，求死不能。若是怕了，跪下来求本少爷收你进房，还来得及。"

夏青鸢站在院里，春风拂过她破旧的单衣，怀里还揣着那两张银票和一包碎银。半个时辰前，她还天真地以为，自己从此就自由了。在这偌大的院子里，人人都理所当然地认为她会嫁给陆远，却都心照不宣地不愿提起她嫁进陆家会有什么下场。而唯一一个说出真相的人，不过是为了拖她跳进更深的火坑。他们不是不知道，只是不在乎。夏青鸢的心一点点地凉下去，冻成一个冰坨子。她张了张口，却无话可说。良久，她才游魂般地开口："这门婚事，我答应了。"她听见满院上下都暗中松了一口气，接着说，"但在成亲之前，我有最后一个心愿。今日要去西郊净慧寺……

上香祈福。"

西郊古寺是一方名刹，隐秘在山林中，但山脚下就是直通府衙的闹市，十分繁华。她一旦踏进府里就再难逃出去，只能借着上香之机从后山逃跑，再想办法乔装离开江都城。只是原本想拿回的那件东西，恐怕就得另寻机会了，也或许永远都拿不回来了。

出门之前，妇人或许是料到了她有所打算，特意雇车跟随，名为保护，实为监视。为了打消妇人的怀疑，她要求换上世家小姐的衣裙，绾起发髻，插上朱钗，做出一副铁了心答应这门亲事的样子。

她换好衣服一露面，府中上下都倒吸一口凉气。美玉蒙尘，竟让她藏了这么多年。

她一路小心，所幸一直到进入寺庙，都无事发生。只是平常她见到的老住持今日坐禅，负责接待的是名不相识的和尚。当她踏进大雄宝殿后，借故支走了表姑母的眼线，在殿中待了半炷香的时间，就起身往殿后走。她没注意到的是，在她身旁不远处的大殿漆黑的角落里站着一个人，一身黑衣，腰间佩刀在暗处闪着光。待她走后，便匆匆忙忙地跟了上去。

她一路走，穿过寺后七拐八拐的禅房。以前女扮男装出来时，她常常跑到后山发呆，早已是轻车熟路。

然而，没再走几步，她就发现自己的脚步变得沉重许多，头也昏昏沉沉的，再走几步便气喘吁吁。直到腿脚发软，再也走不动路时，才后知后觉地意识到：那大殿里燃的香有问题。有人在她之前来到这里，布置好了一切，等着她上钩。

她勉强撑起身子，扶着墙往前走。冷不丁地，身后伸出一双手，扶住了她的手臂。她下意识地抓住那手又往后看，看到一张似曾相识的脸，一身黑衣，一把刻着鱼龙的佩刀。

"是你?"

"你被人陷害了。"他声音压低，就在她的耳边，在此时神志不清的夏青鸾听来却像放大了十倍，"那香里有迷药。"

"我知道。"她咬牙点头。

"要我帮你吗?"他继续问，手依然只是握着她的手臂，以防她滑下去。

"帮?"她茫然抬眼，对上他一双黑瞳，喃喃地问，"怎么帮?"

他一时语塞。此情此景，说什么都觉得是欲盖弥彰，只能扶着她的手臂，让她靠在墙上，用臂力牢牢支撑住她，保持着一个授受不亲的距离。

"你帮不了我。我就算今日不死在这儿，明日也会死在别处。"她无力地笑了笑，眼里由于忍耐而泛着水光，漂亮，却没有一丝生机。

听见这句话，他略微皱眉，问："明天……你不是要嫁给陆公子吗?"

"陆远? 他……他与我……有世仇。"迷香的效用在加强，她的眼睛眯了眯，随时都可能闭上。

他的眉头皱得更深，连忙晃了晃她的肩膀，说："别睡!"

她努力睁开眼睛，气若游丝，还是用尽力气推了他一把："快走，他们做事不择手段，你若是被看到，怕是也活不成了……"她完全闭上眼昏睡过去。远处传来嘈杂的寻人声。

陆远咬紧了牙关，想说什么却说不出，眼眶泛红，只能一拳捶到墙上，心想：夏青鸾，我不在的这五年，你究竟是怎么过的?

脚步声越来越近，他的神色越发阴沉，抱起她闪身躲进了最近的一间空禅房。禅房内有一扇宽大屏风，刚好可以躲下两个人。

脚步声近了，接着是门被推开的声音。所幸，那几个人只是匆匆扫了一眼，见没人就关上了门。待脚步声逐渐远去，他松了口气，然而，这口气还没舒完，就停住了。

夏青鸢，竟然睁开了眼睛。

他低头看向她，发现她的眼睛弯成了月牙，笑了笑。看得出来，她现在的药性非但没有退，而且越来越强烈。原本她老老实实的双手不知何时摸上了他的腰，还顺着腰一路摸了上去……

果然平日里闲书没少看。他喉结动了动，在心里嘲笑她，当下却快把牙根咬碎。

"夏青鸢，你别认错了人。看清楚，我是陆远。"他低头，把青鸢四处乱摸的双手抓住，一起拢到腰后。她身子不由自主地前倾，更靠近他。两人脸贴脸，屏风后倒映出一对暧昧剪影，她的眼睛依旧静水无波。

"陆远？你是来……报仇的吗？"她看着他，问，"你要真是陆远，为什么不在刚见面时就……就杀了我？还是……你想和我成亲后慢慢折磨我？对，一定是这样。"说完，她又眯起眼笑，像只狡猾的狸猫。

春日暖阳照进窗，他伸出一只手指，把她贴近的额头戳了一下，恨恨地说："对你个头！"

夏青鸢趁他不备，挣脱出一只手，解开他前襟一颗扣。正要继续向下解，手却被捉住。

"拦着我做什么，大人方才不是还说要帮我的忙？"她抬起脸问道。今天，她抹了一点胭脂，发髻边还斜插着一支玉簪，垂下几绺流苏，说话时一直晃个不停。

陆远顿时觉得心烦意乱，鬼使神差地伸出手，将那碍事的发簪拔了下来。摘下后无处安放，只好揣进袖笼中。他一点办法都没有。看起来，夏青鸾确实已经忘记了从前的事，看他就像看陌生人一样，还一个劲儿地往他身上凑。想到此，他又有点火大，索性放开了方才一直牢牢抓住的手腕，闭上眼睛。

窗外三月的熏风一阵阵地吹进来，他感觉到她一点点凑近，像猫一样嗅着。

"你我虽萍水相逢，"她又解开他的一颗衣襟扣，冰凉手指在他颈边摸索，说话逻辑混乱，语气却十分有耐心——她居然在和他讲道理，"但能在这破庙里遇见，也是缘分……"她的手摸上他的胸膛，"今天无论是去是留，都难逃一死，既然大人您想做善人，不如做到底……与我欢喜一场？"

她的发丝在他下颌边扫来扫去，扫得他心里乱纷纷的。听见这句话，他突然像被雷劈了似的愣在原地。

见他没有回应，她的声音渐渐低下去，语气凄凉冷漠，自顾自说着："大人是不是觉得我轻浮？可我在江都五年，都是刀尖上过日子，苟且偷生不说，还要时刻提防着不被卖进火坑。这样活着没意思，难道连死前肆意放纵一次也不可以吗？"

他眼里情绪翻涌，千言万语都堵在喉咙处，开口时却只问出一句："你就这么笃定陆远会欺负你？"

"我不记得了。或许他认识从前的我……"她眼神迷离，挣脱开他攥着她的手，顺着他的手腕抚摸上去。

听到这里，陆远的神情先是震惊，继而陷入沉思，然后恍然大悟，神情瞬间轻松了许多，问道："你是说，你不记得以前的事，也不记得我是谁了？"

药效已经上来了，夏青鸢对他的问题充耳不闻，只是一个劲地往他身上蹭："五年前我被扔在江都。从前的事，我一点都不记得。你说要他可怜我……他会可怜我吗？一个自己送上门的，六亲无靠，还是仇家的女人？"

他垂下眼，任凭她摆弄他的手指。她低头耐心地继续和他语无伦次、声音轻柔地商量——想让他答应，在此时此地肆意地荒唐一场。不过，这样煎熬的情景没过多久，陆远就再也无暇细想她现在的病急乱投医，夏青鸢也已无力抵抗这一波波来势凶猛的药效。

"明日就要成婚了，夫人怎么……比我还急？"他皱着眉看着她四处作乱的手，嘴上在嘲讽，却已无法自控地抚上了她的脖颈。终于，当她踮起脚咬住他下唇时，陆远的瞳孔忽而一震，却没有推开她，反而逆来顺受地由着她作乱。

屋外天色将暗，屋里的气温越升越高。屏风里，高个子的青年被少女抵在墙上。她的眼神迷离，双手环在青年的脖颈上，踮起脚费力地吻着他。青年任由她动作，眼神晦暗，手却堪堪扶在她腰际，像是怕她摔倒，也像是想碰却不敢触碰。青年的眉头皱得更深，手略微使力，将她从身上扒下来，继而弯腰将她一把抱起来，踹开房门，走出了古寺。

那日深夜，一辆乌漆四驾的马车停在江都夏府门外。马车上印着羽翎卫的鱼龙标志，无人敢拦。车帘掀开，一个高鼻深目的男人走下来，一身乌黑色军服，衣襟略微散乱，却更显风流。他的怀里抱着一个女子，被裹在黑色大氅里，正在安睡。

府上大门紧闭，他敲了敲门，大门应声开启。家丁先看见他的腰牌，慌忙进屋通报。一声声传进深宅，中年妇人咳嗽着走出来，脸上挂着怒气，却难掩计谋得逞的喜悦："不知是哪位大人将我家小姐送回来了？这传出去，让我怎么跟陆大人交代啊……"

她话音未落，看见他之后直接愣在原地。

"在下陆远。送未婚妻回府，路上……叙了叙旧，耽搁了些时间。"他大踏步走进里院，如入无人之境。

第二天清晨，夏青鸾醒来，听见窗外鸟声喊喳，还以为古寺种种只是个梦。她下床梳洗，踩到一双朱红锦缎绣双凤的鞋，伸手又摸到了檀木雕花的床边，垂下层层帘幔的床帐。

这里不是她平常睡的铺了草席的冰凉柴房，是贵客才能住的卧房。她拍了拍自己的脑袋，昨夜的一幕幕浮现在脑海里。她一个激灵爬下床，找到妆台上的铜镜仔细端详，果然看见了脖颈处一道红痕。

夏青鸾哀号一声掩住脸。昨夜的事果然是真的，她竟然和那个萍水相逢的陌生男人春宵一度，还被送回了夏府。最惨的是，她将昨夜的关键情节忘得一干二净，只记得……那人个子高，话少，一双鹰隼一样的眼，一直看着她，却像是透过她看着另一个人。她能感觉得到，他对自己的态度虽忽远忽近，却有求必应。他在迁就自己。是同情，还是好奇？好奇一个孤苦女子能放弃自己到何种田地？她不知道。

昨天后半夜，古寺禅房外下了雨。雨声淅沥，盖住了很多其他声响。她记得他的手没碰过她，却一直心不在焉地吻她。两人假模假样地缠绵，却都没打算停下。后来……虽然关键情节全忘记了，但她心里空落落的，像是缺了什么。缺的是什么，她没有细想。

走廊外亮起晃动的提灯，侍女不习惯地喊她夏小姐，提醒她梳妆沐浴。

对了，她今日要大婚。

夏青鸢又在心中哀号一声，这是什么鬼打墙一般的人生。她以为昨夜不是死在夏家的人手里，就是那个人手里……等等？为何那人能将她一路畅通地送回此处，而她又没事人一样地住在了贵客卧房？按照昨夜发生的种种，姑母竟没有做什么文章？难道……那个人非但与昨夜的诡计无关，而且还是个连她姑母也不能招惹的人？

她推开门走出去，拦下了方才通报的婢女，问："昨夜是谁送我回来的？"

那婢女越过她看到了走廊尽头的人，立马头摇得拨浪鼓似的，慌不择路地跑了。

夏青鸢顺着婢女的目光回头，看见走廊尽头的清晨光影里，有个穿着纯黑袍服的高个子男人，正靠在廊柱旁假寐。

廊外是一丛青竹。风吹动时，竹叶沙沙作响。那黑衣服的男子就与竹林浑然一体，只有脸是纯净的玉色，两道眉峰峻拔，墨色深青，是竹子的骨节。

她想起从前在市井里听官兵喝酒闲谈时说过，久经沙场的人，习惯站着睡觉。他双眉微蹙，像做了噩梦。是昨夜那个陌生人。或者……按照昨夜的程度，已经不能算是陌生人了。

她咳了两声，那男人蓦地睁开双眼。狮子被惊醒时往往掩饰不住杀意，那眼神是毫无感情的。她竟不由自主地后退一步。见是她，他眼里的杀意又收敛起来，换成春风和煦的微笑，问道："昨晚睡得好吗。"

夏青鸢这次是真被呛到，又咳嗽了数声，脸涨红地抬起头。

对方笑得更开心了："看来，是受凉了。怪我。"

她刚要张口问他是谁，对方却慢悠悠朝她走过来，像狮子走近猎物。纯黑衣袍上丝缎光泽耀眼，她第一次看清那上面以银丝暗纹绣成的图案：是鱼龙，又称摩羯，一种传自漠西的异族图样。

大毓朝所有品级的文官武官中只有一类人的服饰中可用鱼龙纹，那就是专司三品以上朝廷大员所犯案件、独掌诏狱的羽翎卫，而昨天院中的红纸封条上都明明白白写着御赐羽翎卫指挥使。这个人，竟然就是陆远。

"夏青鸢，别来无恙。看你的眼神，是终于认出我了。"

晨光一格一格地穿过回廊，朦胧又暧昧地罩在两人身上。夏青鸢还震惊于自己昨晚与原本是仇家的未婚夫缠绵这件事，陆远却先发制人，问了她一句："我好看吗？"

她看不透这个人，只好说实话："好看。"

"你喜欢吗？"

"什么？"夏青鸢蒙了。

"我说，假如我不是陆远，你就不会讨厌我，是不是？"他低头，看见她颈边昨夜留下的红痕，不禁咳了一声，转过眼去。

"可你是陆远，你也早知道我是谁。昨夜的事，也有你一份吧？"她毫不遮掩地直视他，陆远的神色慌乱了一瞬。

"我发誓，我并不知道你也会去净慧寺上香，只是碰巧遇见罢了。我察觉大殿燃的香有问题，才会跟你出去……"

"那既然是碰巧遇见，你又为何要救……"她下意识反驳，却突然住了口。

晨光照在他的身上。他今日衣着整齐，离得近了才能看见颈项与领口的交接处有一排若隐若现的牙印。她记得昨天自己确实

第一章 嫁阎罗 027

咬了他，也记得他肩宽腰窄，手臂坚实有力，是常年在外征战会有的体格与身材。昨天耳鬓厮磨的回忆像走马灯似的浮现在眼前，就算他现在穿得严严实实，也拦不住她胡思乱想。

"咳，其实……昨夜，我们没有……那个什么。"他仰首望天。这个话题确实太尴尬。

"没有？那……那我们？"她难以置信。

"我们确实……那个什么了，但没有……那个什么……"他又重复了一遍，接着没好气地反问，"难道你我究竟有没有……你自己不知道吗？还是说，你又忘了？"

夏青鸢耸耸肩说："我忘了。我只记得你起初不答应，后来半推半就，再后……"

她还没说完，陆远就先上前一步捂住她的嘴，一副悔不当初的表情，道："算了，我为什么要同你计较这个。"

"所以……你昨夜为何没有同我那什么？难道是……"想到这个可能性，夏青鸢居然心中窃喜。原来陆远娶她是这个原因。他害怕京城闺秀嫌弃他，就找个全天下唯一不敢嫌弃他的人——活得如同过街老鼠的夏家遗孤。

想到此，夏青鸢看向陆远的眼神都带了几分同情。

"我行不行，你以后就知道了。"陆远不再理她，转身就走。

"那为何你……"她这句话刚问出口，心中一震，又想到一个看似不可能却又极其合理的答案。

陆远不远千里地来找她，在街市上偶遇她，在古寺里出手相救，又下重金要娶她为妻，还在最适合下手的情境里没有乘人之危，或许……他并不是如自己想象中的那样恨她，只是这答案太过荒谬，连她自己都不相信。

"陆远,你不会是……"她话没说完,就咽了回去。

陆远不恨她,这怎么可能呢?

晨光照在陆远的沉黑袍服上,光芒都被吞噬。他像是感应到了她的思绪,停下了脚步,背对她在廊上站定。

"快去梳妆,婚仪就在两个时辰后。"

大毓十九年春,三月,江都城内锣鼓震天。

看热闹的人早已在路边挤得密密麻麻,都说今日是已故的镇国公将军陆停渊的遗孤——陆远娶亲的日子。

"你们听说了吗?数月前,当今圣上五年来第一回出宫,亲自带兵去漠北控马镇,将这位小陆大人从死牢里放出来,加封羽翎卫指挥使,官阶高升,是近来朝中炙手可热的人物,那风头……怕是连九千岁都要忌惮三分!"提及九千岁,路人的声音小了一点。

"听说,这位新娶的夫人姓夏,好像……与那罪臣夏焱沾亲带故。"

"信口胡说!当年正是罪臣夏焱弹劾陆将军,圣上才下旨赐死了陆将军,两家可是有灭门之仇。不过那夏焱确实有个女儿,大抵早就死了吧。"

"可若传闻是真的,如今陆家重回朝堂,这位小公爷权势如日中天,又不远千里,大费周章地找到当年失踪的夏家遗孤,还要娶她进门……冤冤相报何时了啊,啧啧啧——"

与此同时,婚礼的主角之———新郎官陆远还在江都大狱审讯案犯的牢房内,身上穿着大红婚服,身后整整齐齐地码着一排刑具,面前铁链上铐着一个衣着华丽、眼圈乌青的男人。陆远右手拿着茶杯,左手拿着一册书,沉声道:"昨夜城郊庙里设局,给夏青鸢下迷药的事，是你安排的吗？"

"是……是。"

"为何要害她，从犯是谁？"陆远循循善诱，"好好回答。陆某会考虑……将你按律处置。"

"家……家母说，若是让表妹被庙里的陌生男子奸污，再抓个现行，就……就有把柄抓在我们手里，日后她就算远去京城，也不怕她不照应我们。"男人毫不犹豫地供出了从犯。

"咔嚓"一声，是茶杯碎裂的声音。男人吓得一个激灵，尿了裤子。陆远抬头看他，那眼神让男人觉得自己已经是个死人。

"回……回大人。小的与夏青鸢非亲非故，并非是那贱妇的本家。昨夜此举，全是家母指示，不关小的的事，大人明鉴呐。"

陆远张开手，碎瓷片"哗啦啦"地掉了一地，手上全是血口子。接着，他放下书，缓缓踱步走向男人，问："你动过她吗？"

对方一时之间不明白陆远在说什么，只是下意识地摇了摇头。

"我说，江都城有名的纨绔，未及十五岁就流连烟花巷的花花公子。你，动过夏青鸢吗？"陆远低下头，声音就在他耳边，语气依旧平淡。

对方原本浑身抖得像筛糠，突然意识到一个从未料想过的可能，然后就神经质地笑了起来，抬头斜睨着陆远："陆大人，你当真中意她？连小人我都知道，夏焱当年的谋逆之罪是九千岁亲自审定，你若不是为了报仇娶那贱妇，九千岁知道了，会放过你吗？"他又嗤笑了一声，"陆大人，女人死了还能再找，乌纱帽丢了，可是掉脑袋的事。"

陆远面不改色地动了动手腕，打了他一巴掌。这一声清脆响亮，彻底震醒了跪在地上的人。

"我问你,有没有动过她。"陆远又扳过对方的脸,把沾血的手在他衣襟上擦了擦,凑近了男人的耳边低语,"府上后院里埋的三具女尸,都是被你害死的丫鬟。尸体已交由江都司曹参军验看。关心陆某的死活之前,不如先关心你自己。"

对方脸上霎时血色全无。

"如果你除了那三个冤魂,还碰过夏青鸾哪怕一根手指头……"陆远拿起书册,关上了牢门,铁锁"咣啷"一声落下,"我定要让你知道,在十八层地狱里生不如死究竟是何滋味。"

陆远的脚步声逐渐远去。男人瘫坐在地上,眼神了无生机。

黑暗中,陆远的大红婚服下,手上的伤口还在滴血,染红了袍角,越发衬出他美得张狂邪异的脸,如同判官,也似修罗。

半个时辰后,吉时已到,就在众人纷纷议论之时,穿着大红婚服的陆远径直从江都府衙出发,骑着高头大马向夏府走去。他身姿端正,眉眼深邃,鼻梁高挺,长相混杂了中原人与漠北胡族的优点,就算不着红,在人群中也十分显眼。围观的女子们都忍不住低声感叹,果真是个俏郎君,难得还身居高位,年轻袭爵,简直是天上有地上无。只可惜知人知面不知心,相貌有多俊,心怕是就有多狠。

黄昏人定时,客人们在喜宴上椅子还没坐热,就都被请回了家。后院只剩下空荡荡的大红锦缎与朱纱灯笼,挂满每一处梁宇,安静飘拂。隔着湖水,花园对岸的凉亭里,还在唱着一出小戏。

新郎陆远穿着大红婚服,乌鬓朱颜,端坐在对岸喝酒,比在台上唱戏的小生还要貌美。

唱的是《拜月亭》。讲兵荒马乱时一对男女在屋檐下躲雨,后来私订终身的故事。他左手拿酒杯,右手藏在袖笼里,袖口有方才在大牢中沾染的血迹。和婚服泅成一片猩红。

最后一片晚霞退去,戏台上的小生与青衣相依偎着缓缓退场。陆远一仰头,喝光了杯中最后一滴酒,起身走向后堂。

后堂红烛高照,陆远却脚步迟缓。

昨夜在古寺里,他是有些昏了头。在佛殿里逆着光看她走进来,绣花鞋,金步摇,一身寻常闺阁小姐的衣服。如果之前没有偶然撞见她穿着破衣烂衫,女扮男装在街头与人讨价还价,熟练得像个市井无赖,他真要以为夏青鸾在江都城活得很好。都说近乡情怯,他没料到夏青鸾将他忘得一干二净,连胆怯的机会都不给他。曾经以为的良缘,现在竟成了强取豪夺。他突然头痛起来,抚着额头想起之前的一幕幕画面。

颤动的花蕊,女子汗湿的发端,初夏时节窗外的蝉鸣,写了一半字的纸被推到地上,"哗啦"一声响。

她策马越过无数人,朝他伸出手,将他拉出死地。

她把小猫塞进他的怀里,说他从此就有了家人。

她把带着露水的桃花枝递给他,说喜欢的人一直是他。

场景一幕幕消失,他重新跌入无尽的黑暗。寒冷彻骨的雪地里,他独自向孤城跋涉。双膝已被冻得毫无知觉,唯一一点残存的意识里,他想起京城五月的春光明媚,想起她的笑脸,于是咬着牙将腿从雪地里拔出来,匍匐着拖动剩下的身子,终于挪到城门前。大门"吱呀"一声开启,城内全是尸体。他举目四顾,大喊她的名字,然而无人应答。

原来所谓的人间地狱,不过是一座空城。

回忆消散,陆远竭力定了定神,迈开大步,向燃着红烛的房间走去。

第二章　假夫妻

　　走到门前，他有些犹豫，却还是推开了门。让他恍神的是，夏青鸢在屋里，早已摘了盖头，正坐在桌边拿喜酒就着瓜果，吃得自得其乐。

　　见他站在门前发呆，她抬眼一笑，道："陆大人。"

　　陆远恍惚了一下，才走过去坐在桌旁，拿起她手旁的喜酒，一饮而尽。他说："今夜院中房门未锁，侍卫也都散了。你若想离开江都，我帮你出城。"

　　陆远低着头，等待她起身，却听见她笑了笑，拿起了酒壶，也为自己斟了一杯酒。她说："我不走。"

　　他没看她，手里把玩着杯子："你不怕我？此前可是你说的，陆家与夏家……有仇怨。"

　　她深呼吸之后，终于鼓起勇气道："陆大人，我想与你谈一谈。"

　　他放下酒杯，看了她一眼，神色比刚进门时缓和了不少："说。"

　　"我不知陆大人为何要娶我，但我猜测，陆大人不是如我表兄那般残忍嗜杀的兽物。若是陆大人真视我为仇敌，昨夜就不会……救我于危急之中。"想起昨夜，她脸红了一下，又继续说下去，"我也知道，陆夏两家有宿怨，可五年前我生了一场重病，病好后，忘了从前所有的事。你要向我讨夏家欠陆家的债，可否先告诉我，当年究竟发生了什么？若当真是我爹背信弃义，冤枉了陆将军，那我死在你手下，也算是有因有果。"

他看着她的眼睛，眼神复杂。过了一会儿，他才开口："当年的事，不是你的错。"

她眼里的光亮瞬间黯淡，侧过脸去不再看他："所以，我爹他弹劾陆将军的事，是真的。陆家遭难，也确与夏家有关。"

他不知如何开口，又倒了一杯酒灌下去，才回应她的问题："此事的真相，陆某也在调查。但陆某对你……从无怨恨。"

她内心震动，不敢置信地抬眼，与他红烛下炽热的目光相对，心跳声更加剧烈："那陆大人为何要来江都找我？"

他苦笑了一下："你当真想知道？"

她咬着嘴唇，内心天人交战，最终还是点了点头。

他手里握着酒杯，转了几转，欲言又止了一瞬，最终却叹了口气："我曾受人之托，要护你周全。"

她惊讶地睁大了眼，陆远则自顾自地继续说下去："五年前，夏大人弹劾我父亲的罪名是私藏兵甲，意图谋反。我父亲因此下狱，负责此案审理的人，是左相韩殊。"他顿了顿接着说，"韩殊从陆府中搜出了一千套兵甲，是虎贲骑所用。我父亲因此被下诏自尽。诏令下达时，他尚在控马镇守边。"

她听得专注，下意识地凑得更近，两人的额头几乎相碰，陆远抬眼看了看她："后来，夏大人又被九千岁弹劾，罪名之一是知情不报，包庇乱党。你可知道，他包庇的乱党是谁？"她抬眼看他，长睫在红烛下闪动，像扑火的飞蛾。他不动声色地向后挪了挪，缓缓吐出两个字，"是我。"

夏青鸢有些吃惊。

"夏大人在上书弹劾陆将军之前，我恰奉命被调离京城，派往漠西戍边。那里多是投靠了大毓朝的胡人部族，语言不通。陆将军获罪自刎于控马镇一事，我竟是从营中士兵闲谈才得知。没过几日，夏大人获罪下狱，我也在那时被人下毒，待能行动时，却得知夏大人自刎于家中，同天夏府失火……我回了京城，几经周折，才找到当年将我调离京城的禁军统领。那人当时也已被牵连下狱，被九千岁严刑拷打，仅余一口气。他告诉我，当年暗中命他将我调离京城的，是右相夏焱。他告诉我，右相知道我一定会回京城。而且托付我，假若夏家出事，要我一定找到你。"

夏青鸾双手捂着脸，肩膀抖动，已是泣不成声。

陆远讲完，长长地舒了一口气，向后靠在椅背边，两人都陷入长久的沉默。

过了一会儿，她才用衣袖胡乱擦了擦眼泪，道："那陆家其余的人呢？他们……都还活着吗？"

陆远笑了笑："看来，你是当真什么都忘了。"他又转了转杯子，才开口，"陆将军向来孑然一身，陆府上下，可堪称为将军亲眷的，只有我一个。"

她像是松了口气般地勉强笑了笑，见他手边酒杯空空，就替他倒了一杯酒。

"不过，当年夏家与陆家被牵连的门生与亲随，倒是有不少被下狱审问，或是流放。"他面色沉重，却自然地接过了她的酒。

她的神色沉郁，思虑了一会儿，忽而想到什么似的疑惑开口："有件事我仍未明白。当年我爹只要陆大人找到我，并未要你娶我。"

陆远愣了一下，喝了一半的酒顿时呛住，咳得满脸通红，半晌才开口："这……这是为保护你免受江都韩党毒手的权宜之计。"

他清了清嗓子，"他们忌惮我正受重用，便不会妄自动你。"

"我明白了。陆大人娶我，只是权宜之计。"她恍然大悟。

陆远却避开了她的视线，沉吟一会儿才点头道："对。"话出口之后，他眼神黯淡了些许，低头将杯中的酒一饮而尽。

"既然陆大人对我无意，昨夜在庙中，为何又……"想到这里，她再次恍然大悟，眼中又流露出那副冷漠讥诮的神情，"看来，陆大人也与寻常的男子没有两样，只要有女子主动送上来，就不会放过。"

"不是，我……"他咬着牙，抬眼看她，"方才说过，五年前，我在漠西中了蛊毒。"

"蛊毒？"她疑惑。

"对。"他咳了一声，"此毒虽不致命，却不能根除。发作时，会浑身发冷，痛至四肢百骸，需与人待在一处，肌肤相触，才能纾解。"他耳根发红，一本正经地解释，"从前发病时，并未找到此纾解之法。是昨夜……才知道。"

她红着脸听得半信半疑，陆远却一脸认真："如此看来，昨夜你也算是救了我一命，我昨夜救你的事，你也无须挂怀。"

夏青鸢被绕得一时没转过弯，过了一会儿，才勉强接受点了点头。陆远暗自松了一口气，她却又将椅子向他身边挪了挪，支支吾吾地开口："既然如此，那我斗胆向陆大人提个请求。"

他的眼皮跳了跳，有种不祥的预感，眯着眼看她："讲讲。"

"方才听陆大人所说，大人娶我是权宜之计，我嫁与你，也是不得已而为之。既然你我并非郎情妾意，那不如……各取所需？"

陆远的神色由晴转阴又转晴，十分精彩，最终无奈开口问："什么叫各取所需？"

她见他神色间并未有不悦，就大着胆子，伸出两个指头："我有两个条件。"

他托腮看她，饶有兴趣地问："哦？"

"第一，既然陆大人愿保护我，我也愿配合陆大人，在外装作恩爱夫妻。平日陆大人的行止坐卧，我也绝不干涉分毫。只希望大人能准许我平日无事时，可扮作男人……出府查案。"

他手指转着杯子，若有所思："你要如何查案？"

"这便是第二条。想必大人前日在书坊前已见过了，我这五年在江都为了糊口，学了不少……江湖技艺。只要能做到之事，都听凭大人调遣。但需按照给府里雇小厮的规矩，每月支我些月钱即可。"她顿了顿，抬眼直视他，又补了一句，"五年前的事，大人也想知道真相，是不是？如今知道案情的人多数已死，我便是唯一的证人，也是可用来扳倒九千岁、替陆大人报仇的棋子。与其废置，不如物尽其用，大人，你说对吗？"她的眼睛澄明透亮，闪着他不敢直视的光。

陆远并未回应，只是伸手从怀里掏出一卷沾血的书册扔到桌上，转移话题道："夏姑娘说的江湖技艺，是这个吧？"

那是她前日被捡到的美人图。夏青鸢急了眼，一把拿了过去，辩解道："我也……也不是经常画。"

"你可知道，你这临摹丹青的技艺，与寻常人有所不同。"陆远的语气又变得认真起来。

"知道啊，夏家丹青眼，不是五件神物之一吗？江都的话本里常讲这个。没想到陆大人也信。"她疑惑地看了他一眼，倒把陆远给噎得说不出话，"我这技艺确实有点奇怪，其他的都忘了，唯独记得这个。或许是从前常常练习，下笔便记得如何画。可除了临摹什么像什么之外，并无其他奇特之处。"

她闲聊着，低头却看见了画上的血迹，又顺着看见了他手上的伤口，眼神顿时变得焦急起来："你受伤了？"

陆远把手藏回去，淡然地说："没什么，摔了个茶杯而已。"

她皱眉起身，从妆台里翻出一瓶药膏，又走回来拿起他的手，替他涂抹上药。

陆远不动声色地咳了一声，问："还有呢？"

药香蔓延在屋内，夏青鸢涂得认真，过了一会儿才想起他在问什么，摇摇头："没有了。"

"只有这些？"陆远低头，看见她头上插的凤钗，和领口露出的洁白脖颈。发尾垂到耳垂，她伸手拨了拨，没有拨上去。陆远伸手，帮她把发尾拨了上去。二人一时都愣住了，她还抓着他的手。这场景旖旎得仿佛他们真是新婚夫妻。

"你方才没有讲，在外装作恩爱夫妻，那在家中呢？你我既已成了亲，你打算如何待我？陆某常年戍边，行止粗率，若是举止失仪，冒犯了青鸢姑娘……你又待如何？"他喝了几杯酒，此时看她的目光也多了几分戏谑。灯烛照在他暗金丝线绣鱼龙的大红婚服上，流光溢彩，只是虎狼一般的眼神从斯文儒雅的躯壳里跳脱出来，闪着野性未驯的光。

她迅速放开了陆远的手，躲得三尺远："你别过来！你要是再靠过来……我就和你同归于尽！"

"前日里，你可不是这么说的。"陆远低头理了理袖口，站起身凑近她，低眉端详她的表情，"前日在古寺，你倒是很愿意与我待在一起。"

"那……那时我又不知道你是谁！"她往后退了退，奈何桌子就那么大，陆远再凑近一点，她就要从高凳上掉下去了。

"哦。看来，若我不是陆远，而是别的什么人，你便不用拘泥于这些了？"他伸手越过她肩膀，像是要抱她的姿势。她吓得闭上了眼。

然而，他只是伸手去取了放在她身后的药。看她还紧紧闭着眼，轻笑一声，轻拍了一下她肩膀，吓得她一个激灵："胆小鬼。"接着，陆远便站起来，三两下脱了朱红婚服，里面还穿着寻常单衣。

那天她意识模糊，没看清多少，今天终于看清了——身材确实不错。她心中默念着色即是空，眼前的美男子可是个阴晴不定的危险人物，不是她能随便撩拨的。

他不理她，径直走到卧房内，铺开朱红被子，默不作声地躺了进去。

"记得熄灯。"他嘱咐了一句，果真闭上了眼。

她僵坐在桌前许久，轻声叹了口气，接着蹑手蹑脚地从檀木大柜里搬出一床薄被铺在地上，拔掉头上的钗环，就和衣睡去。

没过多久，陆远睁开眼，看见地上的人缩成一团裹着被子，睡得像个受气包。他安静地看了她一会儿，接着下床小心翼翼地将她抱起来，放在床上，又替她掖了掖被角。

第二天，夏青鸢醒来，发现自己在床上，吓得翻身坐起来，却没看见陆远的人影。

此时门帘一掀，画中人一样的陆远穿着常服走了进来，笑得春风拂面。见她呆坐着，他自然地开口问候一句："睡醒了？"

她拍了拍惊魂未定的心脏："你……昨夜你做什么了？"

"做什么？不过是看你可怜，把你搬到床上去睡而已。"说罢，他又画蛇添足地补了一句，"夏小姐的睡相实在难看，我看不下

第二章 假夫妻 039

去，就去厢房睡了。"接着他拿起铜盆，倒了一壶水，就着水洗了把脸。

她迟疑了一会儿，小声地说了句谢谢。

"谢什么？"清水顺着他下颌滑下去，又沿着锁骨淌进衣领内，硬生生把她给看脸红了。

"我从前都习惯了睡在地上的，都快忘了……睡床是什么感觉了。"她抱着被子坐在床头傻笑了一下，道，"陆大人，你好像确实是个好人。"

陆远拿着干净手巾的动作顿了一下，撑着铜盆的手不动，脸在水中若隐若现，像是在笑："你昨夜提的条件我接受了，你我如此做假夫妻便好。"他擦了擦手，转身掀开帘子又走了出去。

婚宴结束之后，二人即刻启程返回京城。

回京之前，她才得知表兄已被下狱，从前他虐待下人致死的命案被翻了出来，数罪并罚，判处斩刑。为了避祸，夏宅已是人去楼空。从空荡荡的府邸中走出后，看见了某个未曾料想会看见的人——她的远房姑母，曾经的江左夏氏主母。二十多年前也曾是"半城苏"苏家的嫡女，风光无限，未曾想到后半生会遭遇这种事。

妇人没有涂抹平日那般厚重的粉，露出苍白的脸色，手里捧着一个盒子。夏青鸾只看了一眼，就脸色大变。那是她两天前冒险重回夏府的原因，也是她一直想要拿回来的东西——夏焱的印章。那是她在江都醒来后，手里唯一攥着的东西。虽然此物在她醒后不久就被妇人收走，再未归还，但她始终记得印章的温度、质感，记得那上面刻着的三个字：东山客。后来妇人也曾企图骗她，说她不过是患了失心疯，以为自己是夏家小姐，实际不过是个在大雪夜被扔在府门口的疯丫头，是自己好心收留才没被冻死，她却不知感激。她从未曾反驳，因为她记得那枚印章。只要那是她的东西，她就是夏青鸢。她向前一步，伸手拿过了盒子，打开并用手抚摸玉质温润的印章，鼻子发酸。

"我本不想给你此物。"妇人开口，声音哑得如同来自地狱，"只是受人之托罢了。"

"受谁之托？"她抬眼看向妇人，问道。对方哼了一声，眼里全是浓烈的仇怨，她只看了一眼，就一阵寒意蹿上心头。

"你到死都不会知道。"妇人嘴角牵动，竟是在笑，那笑容在她苍白的脸上尤其诡异，"夏焱毁了江左夏氏，上天又把你送到我们手上。我本想毁了你，也算不愧对列祖列宗。谁知你这丫头这般阴狠，竟又害死了我儿子。"

"他是自作自受，罪有应得。"她直视着妇人，半点不肯退缩。

"所以，我就算是死，也不会告诉你当初是谁救了你，让你这辈子都被别人蒙骗，活得像个笑话，就算爬得再高，也不过是个提线傀儡，不过是替他人做嫁衣！"妇人嘴唇颤抖着，眼里闪着绝望又得意的光。

听了妇人吼叫之后，夏青鸢才低头一笑，道："韩夫人这番话，可是在说你自己。"接着她向前一步，直逼到妇人眼前，低声一字一句道，"我的身世，我自会查清，韩夫人无须费心。夫人所言，一个字都不会成真。"说完，她就头也不回地离开了夏府，身后传来妇人撕心裂肺的号叫，她却再也听不见了。

门外停着羽翎卫的车，她犹疑了一下，还是掀开车帘跳了上去，却没想到车里坐着陆远。夏青鸢心神一晃，脚下不稳，差点扑到他怀里。自从古寺的事发生后，只要看见陆远，她总会有点非分之想。然而,他现在可不是什么萍水相逢的陌生人,如若一步踏错,输不起的人是她。夏青鸢心中起起落落,先一步抽回了手。

陆远却一把扶住她手臂,憨着笑看她:"一大早就投怀送抱,"又正色道,"方才……韩夫人可曾为难你?"

夏青鸢摇摇头笑着说:"不过是叙家常罢了。"

他哦了一声,当作什么都没发生,放开她后顺便理了理衣袖。二人面对面正襟危坐,倒有点相敬如宾的意思。

车驶出了江都城,夏青鸢思忖再三,终于开口道:"陆大人,你与我成婚,京城的韩党会因此为难你吗?就算我的身世未明,可毕竟仍姓夏。"

陆远挑眉看她:"怎么,怕我被你连累?"

她皮笑肉不笑地说:"我怕我刚成婚,就做了寡妇。"

他向后靠在车厢里,掀开车帘眺望外面的风景,似是漫不经意地说:"你是罪臣之后,我也是罪臣之后。就算不与你成婚,韩党也不会放过我。我如此行事,不过是为了自己的盘算,夏小姐不必多心。"她放宽心,点了点头,接着又想起了什么,欲言又止。陆远看了她一眼,说:"还想问什么?"

"去……去了京城,你我需住在一处吗?"

陆远坐起身,夏青鸢立刻偏过头假装看向窗外。

"你想与我住在一处?"耳边响起熟悉的戏谑语气。

"没有的事!"她慌忙摆手。

陆远收起了作弄她的表情,平淡地回复道:"你我无须住在一处,我寻常在羽翎卫官署办案,很少回府。"

她听了不知为何有些失望,只是点点头,喃喃自语道:"如此甚好……省去许多麻烦。"

陆远撑着下巴，饶有兴趣地问："什么麻烦？"

她皮笑肉不笑地说："省得日日提防着陆大人再做登徒子。你我今后楚河汉界，算清旧账之后，便各不相欠。"

陆远也皮笑肉不笑："那你算吧。"想了想，他又补了一句，"京城的事，比你想象中还要更麻烦。就按你先前所说，我会按账目定期和你算月钱。"

夏青鸢顿时眉开眼笑："只要陆大人给钱，其余的事，包在我身上！"

与此同时，京城内，皇城北面的三清殿中香火缭绕。据江湖传闻，皇帝刘玄礼自六年前皇后薨逝之后，就笃信神仙方术，沉迷炼丹制药，朝政大权皆委于九千岁。可陆远自从回京，接任羽翎卫统领之后，就成了除九千岁之外，为数不多能面见皇帝的人。

"陆卿。"殿堂深处，皇帝端坐在玄坛上，手执拂尘，眼睛低垂，看着不远处的丹炉。

"是，陛下。"陆远俯身行礼。

"前日陆卿大婚，孤未能亲自观礼，实在是憾事。"说着，皇帝自玄坛上站起，拄着龙杖，一步步摸索着下了台阶。

陆远站起身，却没有上前搀扶，只看着对方在自己面前站定。

"当年，是孤有负于陆将军与右相。听闻夏家女儿已经不记得五年前的事，这样也好。"皇帝眼神像望着极远处。

"当年的事，臣也已经忘了。"陆远表情平淡，"陛下应当也知道，臣五年前身中蛊毒，残寿不过十余年。臣与青鸢的婚事，不过是奉陛下之命，为护'丹青眼'免遭韩党与世家毁坏的权宜之计罢了。"陆远看着铜炉中的火，开口说的话却极为冰冷。

皇帝无言良久,只有丹炉内火焰燃烧的噼啪之声,沉吟良久才道:"今日召你来,是因孤此前托付之事有了新消息。'丹青眼'的后人夏青鸾既然已被你找到,如今剩下的,除了虎贲骑之外,便是河图洛书。"

陆远猛地抬头,看向皇帝。

"近日,江淮一带有贼寇自称是皇室后人,广敛钱财,收买刺客。听闻其党羽已经到了京城。"皇帝沉吟了一下,又补了一句,"那贼寇是个女子,年岁……与你和青鸾相仿,名字应当是……芍药。"

炼丹炉的焰火由红转为蓝。陆远想起几个月前,以为自己要命丧于控马镇的死牢时却被大赦,双目已盲的皇帝在死牢里拄剑站立,不动如山。他说:"孤将不久于人世。要托付陆卿,定要找到孤与皇后唯一的子嗣——多年前失踪的长公主。她的手上有河图洛书。"

皇帝拨了拨炼丹炉里的火焰,说:"唯有找到她,当年右相与陆将军才不算白死,天下人才能不再陷入乱世纷争。"

陆远应声告退,大殿里只剩香炉里余烟袅袅。皇帝沉默地站立许久,才长叹一声,往黑暗深处走去。

"芍药,将离花。羽衣,你当真至死都未曾原谅我啊。"

夏青鸾完全没有想到,就算陆家上下如今只剩下陆远一个人,这侯府夫人也着实不太好做——只因陆远现在太出风头了,连带着她也被迫站到了京城八卦圈的风口浪尖处。

比如,到京城的第一天,来登门贺喜顺带看望传说中的夏青鸾的人就把陆府堵得水泄不通。她坐在厅堂里一边拒礼一边寒暄,笑得暗中咬牙。而陆远早就上朝去了,彻夜未归。呵,差点又中了陆远的美男计。那家伙果然和看起来一样"狼心狗肺"。

而第二天、第三天，他还是没有回来。

青鸢后知后觉地意识到不对劲了，便派了个家仆去打探情况。没半日，家仆回来了，支支吾吾地不说话。她好声好气地安慰他有话快说绝不怪罪，对方才迟疑着开口道："陆……陆大人他……在天香阁。"

天香阁，京城里最大的妓馆，一掷千金的温柔乡。

她手中的茶杯"咣啷"一声放在桌上，溅出的茶水差点烫伤了自己的手。呵，陆远。刚成婚三天就去逛天香阁？但她只气了一瞬间，便想起自己的真实身份，转眼又释怀了。不过是假夫妻，陆远平日就算是住在天香阁，她也无权干涉，最多是唾弃一下他的人品，可她对他的人品好像也没什么可期待的。

她努力平复了一下心绪，重新端起茶杯，淡定地说："想不到陆大人平时……爱好如此广泛，怕有损健康啊。"

家仆又支吾道："大人此次是被九千岁请去了天香阁的金楼，三天未归，怕是有什么不测。"

九千岁韩殊。听到这个名字，她手中的茶水晃了晃。能来京城是托陆远的照拂，万一他有什么不测，自己就要重新来过。况且，来了京城三天，于情于理，也该去会一会那位传说中的九千岁。

她吩咐道："备车，去天香阁。"

夏青鸢做了充分的心理准备，下了马车站在天香阁门前，在四周看热闹的行人叽叽喳喳的耳语中目不斜视地走进那雕梁画栋的正门，看起来也确实很像……捉奸。

"这陆大人的新婚夫人果然厉害，找人都找到了天香阁了。"

"陆大人太不像话了,新婚三日就去逛妓馆,换了我是夫人,把他腿都得打断!"

"听闻这二人素有家仇,兴许那姓陆的就是故意要让她下不来台。"

"家仇是朝堂争斗罢了,欺负一个女人,算什么本事?"

"嘘,别乱说。如今韩党遍天下,当心你的脑袋。"

她擦了擦额角的汗,在心里把陆远骂了千万遍。金楼在天香阁的最高层,唯有朝中要人才订下会客。她费尽力气顺着楼梯一步步攀上去,身后跟着一群看热闹的莺莺燕燕。金楼就在前面。笙箫弦管声从厚重的金屏风后传出来。她深吸一口气,清了清嗓子,刚要自报家门,那金屏风却突然开启。

屋里的景象让她想起从前看过的一句诗:满堂花醉三千客。

金楼是阁中阁,凭空辟出一个三层楼高的宽大殿宇,内里的屋宇陈设全贴着金漆,纱帐飘拂间,有盛装的美人无声穿梭,为贵客们斟酒添菜,井然有序。大殿中央天顶上是金漆藻井,蜿蜒雕刻一条金龙,龙口吐珠,正对着大殿尽头的主座。她不由得打了个冷战。显而易见,这大殿的布置,就是个小皇宫。主座上坐着一位身穿紫袍的贵人,眉眼细长,手执拂尘,想必就是九千岁了。

"夏家女儿?多年不见,长高了。"九千岁似不经意地开口道,嗓音低沉浑厚。

此时,夏青鸢才想起来,韩殊与已故的陆将军一样,都曾是一同出生入死打天下的故人。只是如今名剑名刀藏于深山、名将名臣死于非命,只有韩殊安然无恙,手上沾满了无辜者的血。

"过来些,让韩某好好瞧瞧。"

她不动声色地悄然四顾，并没有见到陆远的身影。如果他不在席中……她不敢再想下去，只能鼓足勇气，一步步走向大殿深处坐着的韩殊。

大殿内寂静无声，众人都停下了低声谈笑与饮酒，隔着层层纱帘望着她。

她站在距离韩殊不远的地方行了礼。抬头时，发现韩殊也在面带笑意地看着自己。

"长得确实……更像灵雎。"他低下头，将面前矮桌上的酒杯向她推了推，"这杯酒敬你。"

夏青鸾不禁打了个冷战。她想起从前姑母无意中略带不屑地提起过，她母亲的闺名就是灵雎，在嫁给夏焱之前，是扬州有名的花魁。那时天下大乱，夏焱出身江左望族，隐居深山数年，被刘玄礼请出做军师，奔忙五载，立下汗马功劳，却一直未曾娶妻。声名最盛时京城求媒者踏破了门槛，最终他却娶了一个扬州城里弹琵琶的女人……那是夏青鸾努力追寻却再也没能忆起的前尘旧事。回到京城后，一件一件都被血淋淋地扒开给她看。

"敢问九千岁，灵雎是谁？"她笑吟吟地看向九千岁，眼里是装不出来的天真无邪，那笑容却达不到眼底。她的手藏在袖笼里，微微发抖。不能，绝不能在韩殊面前承认，她就是夏青鸾。

"左相莫要见怪。我夫人她……五年前生了一场重病，之前的事，都不记得了。"

她听见那个声音蓦然转头，才惊讶地发现陆远就坐在韩殊下首的坐席上，恰好是她方才看不到的地方。

韩殊看看她再看看他，继而哈哈大笑，笑声在大殿里回荡："好，既然陆大人替夫人解围，那么此杯就罚你代饮。"

她正站在那里思考这是个什么情况，陆远已经站起身接过了酒一饮而尽，又向她使了个眼色，示意她坐过来。她会意后三步并作两步地跑过去，在他身边坐下。却没想到陆远一把揽住她的腰，又将她往身边带了带。他的手只是虚搭在自己的腰间，夏青鸢却额角渗出薄汗，心跳得疑心陆远都要听见了，然而他只是若无其事地低头饮酒，看都没有看她一眼。

入夜了，金楼上灯火煌煌。四周都点上了灯，夏青鸢坐在那个角度，刚好能看见陆远的下颌与锁骨连成一条起伏明晰的笔画，像她从前描摹过的那些有筋骨的山水。他的眼神太倨傲，简单来说就是欠打。夏青鸢托腮想，陆远以前一定没怎么挨过打，不然怎么会混迹江湖这么多年，还践成这副样子。

韩殊坐在明处，她坐在暗处。陆远不动声色地挪了挪角度，巧妙地把她挡在了韩殊视线不能触及的地方。她第一次察觉到，陆远的肩膀确实宽阔。

韩殊对他的小动作视而不见，推杯换盏过后，他招手向手下耳语了几句。继而从屏风后走出一列各具风姿的美人，想必是天香阁的当家头牌。

"夜已深，请美人们……扶贵客去歇息吧。"

几个美人应声四散，其中有几个目不斜视地向陆远所在的坐席走来。

青鸢心中警铃大作，陆远却不动声色地捏了捏她的腰，又朝她使了个眼色。

"九千岁，今夜在下有娇妻在侧，带美人同归，怕是不妥。"

韩殊握着酒杯，看看青鸢又看看陆远，那眼神就差把"我看你们能演到什么时候"写在脸上。

青鸢在心里暗中骂了一声：呵，老狐狸。果然在试探。

当年那场祸事的开端，明显是因韩殊而起。如今陆远大海捞针地找到她，还大张旗鼓与她成婚，无异于和韩殊开战。就算陆远现在有皇帝撑腰，韩殊要真与他作对，捏死他也不过像捏死一只蚂蚁。

"就算是在下同意……"他顿了顿，继续开口，"鸢儿她怕也不会同意。"

这声鸢儿叫得夏青鸢愣是没反应过来。等反应过来时，她不禁被肉麻得打了个冷战，转头震惊地看着陆远。

他低头在她耳边，一副轻柔絮语的样子："是不是，鸢儿？"继而又低声补了一句："配合一下，这月工钱翻倍。"

她瞬间被激起斗志，眼波流转，柔弱无骨地顺势靠在陆远肩上，活像个被宠坏的刁蛮小姐，说话声调都变得委委屈屈："是啊，九千岁。我们小别胜新婚，妾身着实想念陆大人，怎么舍得把陆大人分给别人呢。"说完还埋头在陆远脖颈间大胆地蹭了蹭。陆远的眉毛挑了挑，握着她腰的手更紧了一些。她吓得后背都出了冷汗。

韩殊饶有兴味地看了他们一会儿。夏青鸢演不下去，索性把脸埋在陆远肩上装死，看起来却像是小鸟依人。

"好，既然夫人不愿，韩某也不好夺人所爱。那就派人送陆大人与夫人回府。这几个美人……既然今日已许给了陆大人，还望陆大人承韩某的情。"

陆远没有回应，只是抱起青鸢，笑着转移话题："夫人醉了，请恕在下先走一步。"

韩殊点了点头，做了个送客的手势，陆远就抱着她在众目睽睽之下走出了大殿。

他抱着她走出金楼，却并没有立刻放手，仍旧顺着雕饰繁复的楼梯一步步地走下去。她低声催他："陆远，放我下来。"灯光下他的侧脸尤其俊美，夏青鸢心中默念：清醒一点，在演戏，在演戏。

"你方才，就是独自爬上这十层楼阁的？"

她往下望了望，瞬间心里升起一股寒气：这天香阁也建得太高了，从这里望下去，底层往来的宾客如同蝼蚁，也不知方才自己是怎么一口气爬上来的。她吸了吸鼻子，茫然道："不然呢？"

他没理她，继续往下走，走了几级台阶，又开口问："你今夜为何要来找我？"

"有人说你在天香阁，还有九千岁也在。我就来了。"她说完又有点后悔，觉得这句话平白让人误会，好像和他真有点什么似的。

"有人告诉你，你就信？你知道这金阁里全是韩党吗？"他莫名地有点生气。

她也有点生气："但万一呢？万一你真……"话已出口，才意识到这句话太过界了，顿了一下接着说，"万一你真死了，我也会难过的。"

他忽地停下脚步，在明晃晃的天香阁中央，雕梁画栋的楼梯上，众人都看得到的一盏朱红灯笼下，低头轻吻了她。但只是碰了一碰唇。此前在古寺里也不是没有过，可这次不一样。究竟是哪里不一样，她说不上来。只是在那个瞬间，她拽紧了他的衣襟，心跳得不可遏制。她看到他长睫闪动，眼神也慌乱了一瞬，嘴唇顿时离开了她。

"你……你这是什么意思？"她攥着他领口不放。

"别分心，有人看着呢。"他一本正经，眼神却看向楼上，点头一笑。

顺着他眼角余光，她看到楼上栏杆边缘站着九千岁，一脸看热闹的表情。

"陆大人，下次演戏，提前告诉我一声。免得我……"她心里一阵轻松，又一阵失落。

"免得你什么？"他看九千岁离开了栏杆，才回头看她，脸上的笑意还未褪去，颇有些风流倜傥的意味。

"免得我演砸了，平白连累陆大人。"她白了他一眼，径直从他身上跳下来。谁料一个趔趄差点摔倒，好在陆远眼疾手快，一把拉住她的手臂，将她带了回来。她下意识地抓住他衣领，只听"嘶啦"一声，陆远今日穿的绛红锦缎袍服当即被扯开了一个口子，里衣和锁骨若隐若现，四周围观的群众发出一片啧啧声。听见陆远磨牙的声音，夏青鸢绝望地捂住了眼。

"我……我不是故意的。"然而出乎意料的是，紧接着，她身子一轻，又被抱了起来。

"挡着。"

做了亏心事，夏青鸢自然言听计从，伸手帮他把扯开的衣领合上，看着就像是自自然然地环抱着他的肩膀。

陆远好像对她的这个举动很满意，抱着她下楼，步伐如飞。直到出了天香阁的大门，脸上也未见几滴汗，确实是膂力惊人。

"陆大人，你体力不错啊。"夏青鸢不怕死地调侃道。

马车就停在门外，家仆早就在那里等候多时了。陆远没有理会她的挑衅，目不斜视继续地把她抱进车里，仔细地合上车帘，这才转头找她算账，依旧是笑吟吟的："你方才说什么？"

"没什么。九千岁为何要邀你来天香阁吃酒？不会真的只是为了给你送美人吧。"

他坐得离她很远，生怕被她占了便宜似的，理了理乱糟糟的领口，才开口道："他是为了见你。"

"见我？"

"他将我扣在天香阁吃了两天的酒，就是赌你会来。想必是探听到了消息，知道你还活着，故而设了这个局。"陆远的神情是少有的放松安逸，好似猛虎终于归巢，"所幸，你演得够像。他亲眼看见你忘记了前尘往事，也无意复仇，或许……会少提防我们一些。"

他说的是"我们"。夏青鸢此时才意识到，或许他已经两天未曾合眼。身上有丝丝缕缕的酒气，是天香阁的花蕊酒，香气不明显，后劲却很大。

"那……如果我不来呢？"

"那也没什么。他会为我收拾一间卧房，选几个信得过的美人，服侍我就寝。"陆远轻描淡写，说完还偷看了她一眼。

一天的时间，她的心绪大起大落，现在又降到了冰点，自嘲地笑笑："起初我还以为，你会不一样。我果然没看错。陆大人也和他们没什么两样。"

"他们？"陆远不解地问。

"草菅人命，尸位素餐。饱食终日，巧言令色。"说完，她转头看向车窗外。此时夜色正浓，天香阁外，人潮汹涌。

"国之蠹虫。"陆远笑了笑，接着她没说完的话，吐出四个字。

她转回头看着陆远，有一瞬间的恍神。朦胧中，她想起记忆深处的一个人影，紫袍朱带，眉目英挺，端坐在高堂之上，面前放着一把刀，纯金刀鞘，绘着蟠龙。大风卷起一地枯叶。男人看着年幼的夏青鸢，神色温柔。

"天下权柄集于韩公，尸位素餐，三司虚设。若需一人死谏，以醒天下人，请自焱始。"

少时她听不懂父亲说的话，只觉得悲伤，现在她不仅忆起，也全然懂了父亲话里的深意，紧接着便是一阵撕心裂肺的疼痛袭来，痛得她连坐稳都是奢望。恍惚中有人托住了她，她睁开眼，映入眼帘的是陆远的脸，自己正紧紧抓着他的衣袖不肯放手，仿佛那是她最后的救命稻草。

"你方才……是不是想起什么了？"他眼神里的焦急绝不是假装的。

"没……没有。只是有些头痛。"她意识清醒后，马上放开了他。

"大人，夫人，到家了。"车外适时传来一声呼喝，打断了二人的对话。陆远自然而然地抱着她下了车，好似她没长腿一样，更让她无所适从的是……陆远好像抱着她向卧房走去。

"你干什么？"她挣扎着要跳下来。此时，离开了浓香四溢的天香阁，她才意识到陆远确实是喝了很多酒，方才不过是强撑着假装清醒而已。他没有放手，只是低头看了她一眼，那眼神里包含了太多的深意，就像金楼外那个让她心跳加速的吻。

"陆……陆大人，你快放我下来。"离卧房越来越近，她更着急了，"再不放手，我就咬你了！"

陆远停下脚步看向她，戏谑道："你咬啊，这么多人看着呢。"

她顺着他眼角余光的方向看去，这才发现原本空荡荡的庭院中央,不知何时竟然站了一列美人。

花枝招展,各有千秋。

夏青鸢愣住了,问道:"这是九千岁方才……"

陆远没有停步,只是微微颔首,示意她答对了。他凑到她耳畔低声说:"你以为出了天香阁,这出戏就唱完了?"紧接着,他大踏步进了卧房,"哐啷"一声带上了门,找了个火折子,将屋内所有的灯悉数点亮。如此一来,屋内二人的举动,就会被放大倒映在糊着纸的窗上,纤毫毕现。

这一过程行云流水,她脚刚沾地,陆远已经开始宽衣解带。

"等等!陆大人,这可使不得,快穿上,穿上。"

他随即摊开手:"怎么,你要帮我脱?"

她压低声音,用口形质问他:"咱们做戏要到这种程度吗?"

陆远一把将她拽过去,把她的手放在他的衣带上,低声说:"你要是不想以后和十二个美人在家里姐妹相称,监视你我的一举一动,随时报告九千岁,今夜就委屈你……将恩爱夫妻演到底。"

她心一横,点了点头,开始帮他专心解腰带。无奈那腰带着实复杂,她闷头解了好一会儿都没找到搭扣的位置。从天香阁回来后,夏青鸢一直莫名地紧张,眼下更是压根不知道手该放在哪里。没想到的是,发梢好巧不巧地缠上了他半开的腰带扣。她原本想远离,却吃痛惊呼了一声,又被拽回来靠在他胸前。陆远则没好气地低头用手臂环住着她,费力把那一缕头发扯出来。

"疼疼疼!你轻点!嘶——"

"你刚刚要是急着跑,现在会这么痛吗?"

"我不着急跑,下场比现在还惨。嘶——你轻点!"

"别喊,快好了。"

"慢点！你力气怎么那么大！"

"不然呢，你想拖得更久吗？"

等那缕倒霉的头发被从腰带上解下来时，两人才后知后觉地想起门外有人。然而，此时门外的美人们早就走得一干二净了，毕竟这对话内容还是……太"激烈"了。

夏青鸢竖起耳朵听了一会儿，发现外面的人果真都已经散了，不敢置信地向陆远做口形道："都走了？"

陆远已经有些不胜酒力了，双手撑在桌边，衣襟开了大半，腰带散乱，扶额站了一会儿，才摇摇头道："你也不想想，刚刚我们说了些什么。"

灯花噼啪作响，昏黄的烛灯将他照得轮廓分明，看她时神情似笑非笑，无情又有情。她被陆远的皮相再次蛊惑，愣了一下，才意识到方才的对话肯定被外人误会……算了，他们被人误会的又何止这些。

"也好，我今日也算是功德圆满。大人好好休息，在下先回房休息去了。"她打着哈欠就要走，今日的陆远有些奇怪，她实在应付不来。

"走？去哪里？"他坐在桌旁，声音已有醉意。

"回自己房里啊。"她心虚地说。陆远不在的时候，她已经自行在偌大的陆府里挑了一处干净小院，独门独户，清清静静。她巴不得过清静日子。

"夏青鸢。"这是他第一次认认真真地叫她名字，没有调戏，没有质疑，只是语调十分之落寞，好像是在唤另一个也叫作青鸢的人。他抬眼看向她，眼神复杂。在天香阁的楼梯上，他也露出过一瞬间这样的眼神。

第二章　假夫妻　055

"帮我倒杯茶，好不好？"他靠在书桌边，声音低沉，颇有几分示弱的意思。

夏青鸢最见不得美人撒娇，只好颠颠地跑去给他倒了一杯。陆远接过茶喝了一口，不动声色地笑着说："淡了。"

"嫌淡别喝。"她翻了个颇有骨气的白眼，"我又不是你的使唤丫头。"

"你当然不是。"陆远放下茶杯站起身，趔趄着走向床边，与她擦肩而过，手轻轻掠过她的手。手指交缠间，她差点就要心意动摇，陆远却先一步抽回了手，自言自语地轻声道："你是我的……鸢儿。"

她的心扑通直跳。这人说什么胡话呢？她刚想质问，然而罪魁祸首已经躺在床上，和衣睡着了。

同一个晚上，京城暗夜，大雨。

一个红裙女子的尸体被两个黑衣人投入井中，闪电划过，照亮女子从井口无声坠落的瞬间。黑衣人匆匆离开，地上残余的血迹被暴雨冲刷得了无痕迹。

一刻，两刻……

天边一道惊雷之后，井边突然出现一只素白的手，指甲上全是血迹。接着是一张脸。准确地说，是一张面具。白桦木涂着红漆，刻着一双似哭非哭、似笑非笑的眼睛。那素白的手缓缓将面具摘下，露出了一张血肉模糊的脸。

"芍药，住手！"白衣书生从梦中惊醒，猛地从床上坐起，脊背被冷汗浸得透湿。床边铜香炉里，燃着一小段香，已烧得只剩灰烬，余下缕缕白烟。他翻身下床，洗了把脸，努力让自己冷静下来，可双手却依然颤抖着。

这间卧房小而整洁，只一床一桌一凳。窗外绿竹翠色蔓延，幽静无人。

他深呼吸了一下，转身走到床头，那里挂着一张面具。朱漆上刻着细长的眼睛，与死去女子戴着的面具一模一样。

白衣男子将面具拿起，放进行囊中，开门走了出去，门外是阳光万丈。

清晨，陆远醒来，发现自己已经换上了干净衣服。

夏青鸢撩开门帘走了进来，手里正拿着一叠晒好的新衣服，回头望了他一眼，道："醒了？我出门办点事，桌上有清粥小菜，还有……醒酒的汤。"

陆远揉了揉额角，问："昨夜，是谁替我换的衣服？"

原本已走到了门口的夏青鸢听到这句话后突然一改刚才的和善，把手里的衣服往他脸上一扔，气哼哼地说："你自己换的！"说罢，便转身跑了出去。

陆远被砸了一脸衣服，却心情大好，哼着歌出门上朝。家仆站在他的身后，露出一副同情的表情，犹犹豫豫地开口道："大人，下回可不能再喝多了。"

陆远一头雾水，问道："怎么了？"

"昨天晚上大人喝多了，夫人叫我去给您换衣服，大人抱着夫人不肯撒手，还……还吐了夫人一身。"

陆远愣在当场，半响才又问："那……夫人她说什么了？"

"夫人说，她要涨工钱。"

经过了昨天的一番折腾，夏青鸢终于摸准了一些陆远的脾性：此人虽看起来阴晴不定，偶尔还会捉弄她，却从来没有真正为难过她。相反，自从他们成婚后，他对自己一直都关照有加，好得甚至会觉得自己像是被养肥待宰的羔羊，或是话本小说里养在深宅大院里供老爷取乐的金丝雀。比如说现在，她看着桌上放着的城北绸缎庄送来的新衣料和满满一桌的新首饰，全是京城最时兴的花样与布料，眼角不禁跳了一下。

陆远这是要干什么？难道是入戏太深，真拿她当后宅妻妾了吗？可若仔细想想，有外人时，他总会装得关系极为亲密，认真地扮演着恩爱夫妻。可没外人时，他又规矩守礼，除了在古寺里的那次意外，就再也没有碰过她。

想起那一夜的事，她的心又开始怦怦直跳。只好从桌上拿起一件衣料抚摸，新丝质地寒凉，像刀剑划过流水。她又将衣料贴在脸上，试图给火烫的脸降温。陆远……他究竟是拿她当一个可随意摆弄的玩物、一个可以利用的仇家之女，还是……一个让他起了怜惜之心的临时搭档？

她叹了口气，将衣料放回紫檀木匣子里，摇着头喃喃自语："夏青鸾，你要冷静。男人多的是，小命可只有一条。"

"什么男人多的是？"陆远的声音冷不丁地从房门后传来，吓得她立马合上了紫檀衣匣的盖子，脸上迅速挂上营业的假笑，回头过分热情地打招呼："早啊，陆大人。"

"早什么早，都已是晌午了。"陆远没有踏进她的闺房，只是靠在门口探着身子朝她说话，嘴角挂着笑，却依旧是一副欠打的口吻。

"这是给我的？"她指了指那一桌子的金银首饰和细软，生硬地转移话题。

"嗯，给你的。"他慵懒地眯起眼，看着她问，"喜欢吗？"

这倒是问住了她。夏青鸾思索了一阵，才摇摇头说："陆大人的好意，我受之有愧。"

陆远像是对这份拒绝毫不意外，仍旧靠在门边，只是转了个角度，像是在晒太阳。他的声音变得有点冷漠，道："夏小姐不要多心。如今你是镇国公府的夫人，这是给你出府应酬时穿的。"他又补了一句，"朝野上下的韩党都在盯着你我的一举一动。上次的事，以后还会发生很多次。"

"好，那我便收下了。"夏青鸾点了点头，平淡地说，"多谢陆大人费心。"

"尺码是我猜的。"他低头摸了摸鼻子，"也不知道合不合身……"

他又变成这副吊儿郎当的样子，夏青鸾听闻涨红了脸，抓起桌上的楠木笔筒就扔了过去。

陆远笑着举起手稳稳接住，道："晚上宫中开小宴，陛下点名要你与我一同出席。"

"陛下？"她一直未曾忘记那场宫变的始作俑者——大毓朝的天子刘玄礼。前半生是征伐天下、结束乱世的豪杰，后半生是亲手赐死忠臣良将的昏君。

"对。"他走进屋里，把楠木笔筒在桌上摆正，低下头紧盯着她，"要见他，你怕了吗？"

"谁……谁怕了。"见他靠近，那慑人的气势让夏青鸾不禁向后退了一步。

"你要是不怕，为什么总是躲我？咱们这么生分，迟早要露出破绽。"

陆远看她的时候总是眼带笑意，或许是觉得她好笑吧。夏青鸢心里涌出阵阵酸涩，想着二人之间隔着的国仇家恨，而他居然还问她究竟在躲什么。或许……她所耿耿于怀的事，陆远根本就不在乎。

想到这里，她忽然坐到妆台前，对着铜镜一笑，自嘲道："是啊，我躲什么呢。既来之则安之，拿了俸银，就要演好陆夫人。"说完，她把妆台前的眉黛递到陆远的手上，眼睫扑闪着看他，"青鸢第一次嫁人，什么都不会，要从头学起，还望陆大人不吝赐教。不如，从画眉开始？"

陆远握着眉黛，却迟迟没有动作，反而皱着眉看她。

夏青鸢又低下头，心虚地照照镜子，问："怎么，我今日不好看吗？"

陆远没回答，突然生硬地将她的肩膀扳到正对镜面的位置，让她看不见他的脸。他语气平淡地说："是啊，你看看，哪有你这样的国公夫人。"

"你不看我，这怎么画啊？"她正疑惑着，却忽然被陆远的一只手挡住了眼睛。

"这样就好。"他的声音波澜不惊，"不然……我会分心。"

就这样，陆远一手遮着她的眼睛，一手握着眉黛，在她眉间细细描画。四周静谧无声，二人的呼吸声分外清晰。

"好了吗？"她率先忍不住开口。

"快好了……"他画完最后一笔，长舒了口气，缓缓地放下手，将她转到妆台前，"你自己看。"

她只看一眼就笑出了声："这是什么？陆远，你告诉我，你画的这是什么？"她指着自己的两道浓眉，"像不像秃毛狐狸成了精？"

他也被逗笑了，顺手拿起帕子蘸了水要替她洗。夏青鸢笑得前仰后合,不肯让他上手。二人玩笑了一会儿,不知怎么就变成了她被他抵在桌边的姿势。陆远一手撑着桌角,一手扶着她的后腰,而她则双手都向后撑着桌面,仰头看着他。是陆远先意识到气氛变了味儿,迅速收回了手。她却下意识地抓住了他的领口,被陆远看了一眼后才瞬间松开。

"夏青鸢。"他神情严肃地提醒道,"我说过,你我只是合约夫妻。再入戏,也不可当真。"说完,他就将帕子放在桌上,转身就走。

她却一句话叫住了他:"你呢?你当真过吗?"

他没有回答,只是径直跨出了门。

宫中的宴会比她想象的更奢华。

陆远带着她一同从皇城进宫,沿着曲折的宫墙一路向北,直到一处精致花园外,又换了一众宫仆,带着他们走进曲折的回廊。不知这样走了多久,直到尽头才看到一处池塘,池塘旁边的水榭里欢声笑语,灯影映照着玉杯玉盘与流水般呈上来的珍馐。

"自陛下不再上朝以后,九千岁就常以天子的名义请百官在御花园里小宴,一是为了炫耀自己大权在握,一是为了借机让韩党接近皇帝。"陆远在她耳边低语,夏青鸢没有进过皇宫,正好奇地左顾右盼,陆远则在看着她。

她今天果然换上了他送过去的新衣裳,尺寸合身。夏青鸢本就长得秀丽,只要略施脂粉,五官就明媚起来,方才来的路上,已引得一些宫人与宾客暗中打量。陆远暗想,或许今夜不该带她入席,她美得太招摇了。突然,他被自己这种阴暗的想法吓了一跳。

"左相如此威势,也不怕天子忌惮吗?"夏青鸢完全没有意识到陆远的内心波动，一心想着怎么查查九千岁的底细。

她戴的金步摇在陆远的眼皮底下簌簌晃动，流苏擦着脸掠过，冰凉沁人。他猛地回过神，才意识到自己出神太久了。

"天子放任左相独大，招揽门客，结交世家，未必不知自己是养虎为患。"他偏过头，避开夏青鸢的目光，恰看见一个年轻的羽翎卫在不远处站着，欲言又止，就拍拍她的肩说，"有个案子要处理，你先入席，我办完便会去找你。"

她连忙点头，待陆远走远了，才露出忧虑的神情，深吸口气，鼓起勇气向那灯火辉煌的水榭走去。那里已坐着许多贵客，大多是女眷。

夏青鸢被宫人一路引着，直到一处偏僻角落，宫人才指了指："国公夫人，请落座。"

那席上空无一物，没有酒菜，也没有矮桌。她为了不给陆远添麻烦，并没有说什么，应声坐下。因为是宫中小宴，众人都是席地而坐，面前一张矮桌上摆满了菜肴。自她落座的那一刻开始，四周就有目光黏在她的脸上。她用余光扫视了一圈，这里所坐的每个人都穿得珠光宝气，珠翠耀目，罗绮飘香。她身上的那件瞬间变成了平常衣服，甚至失之素淡。

"妾身听闻，国公夫人与陆小公爷从前就相识？"

先是对面有个声音响起。夏青鸢抬头一笑："夫人怕是听错了，我与陆大人从前并不曾见过，更何谈相识。"

"这就说不通了。陆小公爷从前都在北边打仗，怎么刚被封了公爷就不辞辛苦，去江都娶了夫人？若不是小儿女早私订了终身，难不成有人用刀指着他娶妻？"

另一个贵妇冷笑一声，道："不过，漠北人与中原人不同，一向是不拘那些俗礼的。兴许这位……国公夫人，有些诸位未曾见识过的长处，也未可知。"

夏青鸢手中抓着衣服下摆，竭力提醒自己不要被激怒，不要平白惹出事端。

"诸位夫人，莫要再难为新妇。"一个气度雍容的声音传来，是个年纪大些的贵妇，衣着也最华丽，她举起杯对夏青鸢说，"来，妾身赠国公夫人一杯酒。"

听闻此言，夏青鸢打心里感激这位贵妇人替自己解围。待她刚想伸手去拿杯子，却发现眼前原本应该摆着矮桌的地方，仍旧空空如也，杯盘和吃食都被放在了地上……

"怎么不喝？难道国公夫人看不起妾身？"女人依旧笑吟吟地看着她。

对面的女人又补了一句："呀，怎么国公夫人没有桌子？兴许是宫人体恤夫人平日里都是住帐篷，用不惯这些中原桌椅。"

"难道陆小公爷不教她？如此不知礼数。"

"你怎么知道小公爷就晓得这些礼数？"

"是啊，镇国公也不过是个漠北杂胡与汉人所生的野种，如今小人得志，屡有僭越之举，不过是垂死挣扎罢了。还带个不知来路的江都小家夫人、不知礼数，目无长幼尊卑，日后怕是越发不将你我放在眼里了。"

"啪"的一声，夏青鸢将筷子扔在了金盘里，声音清脆响亮。接着她站起来，笑着看向那主座的妇人，冷笑道："夫人说得对，我不仅不知礼数，还是个疯子。若是在座诸位再敢说一句不敬镇国公的话，我夏青鸢定要记一辈子，日后少不得一一回敬。"

她说完，一时寂静。众人都噤声向她看去，面色恐惧，还有几个低下头瑟瑟发抖。她心中诧异，怎么这些世家夫人如此不经吓？难道是自己太泼辣了？突然身后传来一声咳嗽，她猛地转头，才看见陆远不知何时已经站在她的身后。

"失礼了。"陆远拉着她的手臂，将她带到自己身边，向坐席最上首的夫人点头致歉。

夏青鸾依旧余怒未消，挣扎着要脱开陆远的束缚，却听见他用责怪的语气对她开口："鸾儿，怪我方才没找到你，此处不是你该来的地方。"众人一时安静，继而松了一口气，却听见陆远笑了笑，又接着一句，"此处的妇人都是靠祖上恩荫，故而对眼前的吃食看得紧。不像你我，功名利禄都是一刀一枪夺来，不用看别人的脸色讨饭吃。"

夏青鸾一时愣住，被他轻轻一带，就跟着他走出了酒席。陆远抓着她的袖口，一路穿过嘈杂纷繁的水榭花厅，终于到了一处宽敞所在。

他停下来看她，眉目间似乎很是担心，解释道："那些夫人多是韩党。方才所行之举也不过是为了激怒你，好找到些破绽，去与左相邀功请赏。"

听他皱眉说了一通，夏青鸾才抬起头对着他没心没肺地笑了笑，道："多谢大人，方才替我出头。"

陆远叉腰戳她的前额，说："你还用我出头？方才我若是不出现，你怕是要掀翻了宴席。"

她眨眨眼，又笑："陆大人高看我了，其实方才我怕得很。只是想着她们毕竟不敢惹你，才如此狐假虎威。"

陆远这才注意到她的手依然牢牢攥着裙裾，还微微有些发抖，眼神顿时暗了下来，伸手握住她的手，触感果然冰凉。她想抽离，却没有挣脱。

水榭外，花木疏影里，他握着她的手站在檐角下，二人都没有说话。树上传来一声鸟鸣，她偏过头红着脸问了一声："大人，宴会要开了，不进去吗？"

他这才放开她的手笑了笑，说："是，该进去了。"

夜宴所在的楼阁是临湖的水榭，靠着栏杆就可以看见水榭外波光粼粼。水榭的尽头是一面金色屏风，上面绘制了硕大的孔雀。屏风前是一张空荡荡的龙榻，隔着珠帘。今夜的宴会，据说久未露面的天子也将出席。喧闹间，众人的眼光都忍不住投向那张空龙椅。

陆远带着夏青鸢进了水榭，四周的嘈杂声一时静息，众人都好奇又八卦地打量着二人。大毓朝自建立以来，废除了世家陈规，皇宫夜宴时夫妇同席，平起平坐，这也是先后江羽衣尚在时定下的规矩。如今皇帝久居深宫，世家陈规死灰复燃，夫人们被赶去了偏殿饮宴，座中只有男人。陆远与夏青鸢此举，无异于向众人宣告：那些如今被禁止谈论的法度，有人还记得。

她与他并肩昂首走在一起，心里有些骄傲，也有些心虚。她看见那些座上宾客看陆远的眼神：有惊讶、敬佩、艳羡，也有嘲笑。可无论是哪一种眼神，都不会望向她。

夏青鸢不再四处张望，心里却微微发酸。她现在只是陆远的夫人，一个身份不明的女子，一朝攀了高枝，误入这吃人的京城。那身华贵的礼服层层叠叠，穿在她身上并不自在，而陆远在此时又一次握住了她的手。

"别胡思乱想。"他牵着她向前走。今夜，他终于不再穿着羽翎卫的黑衣，换了件深色锦袍，层层叠叠暗金绣的牡丹从腰际一直开到肩膀，比平时更引人注目。她抬头，刚好看见他偏过头看自己。

陆远总是走在她前面，离她不远不近地保持一定距离，既不过分亲密也不显生疏。夏青鸢心里忽然升起这样的念头。不然，为何总能注意到他背脊宽阔，总能看到他拧着眉头的侧脸？二人坐定后才放开手，在桌前平起平坐，他替她斟酒，手法自然，全然不顾四周诧异的眼光。

夏青鸢道谢接过，一饮而尽。陆远不言不语地坐在她身侧，盯着她吞咽酒液的动作，眼神像是要将她烧穿。她完全没留意陆远的眼光，一心都惦记着举止仪态的风度，喝酒后迅速擦了擦嘴角，又紧张兮兮地转过脸，低声凑在陆远耳朵边问："快帮我瞧瞧，口脂可弄花了？"她鬓边的金步摇就在他后脖颈处晃荡，稍纵即逝的冰凉触感。

陆远不动声色，伸出拇指朝她下唇一抹，还故意揉了一揉，才笑着给她看："有一点。"

她意识到自己的姿态太过亲密，脸立刻烧了起来。

陆远却不以为意，还撑着手肘调戏她："方才胆大包天，现在怎么又怕起来了？"

她懊恼转身，赌气又倒了一杯酒，气话脱口而出："还不是因为你。"

话刚说出口，二人都愣住了。陆远居然红了耳朵，无言以答，低头喝起闷酒。她也摸了摸发烫的脸颊，佯装无事地给他倒酒。

他喝了一盏后定了心神，低头道："你的金步摇太沉，下次做一支轻的。"

"什么？"她眨眨眼。

陆远白了她一眼，颇为无奈地说："算了。"

就在此时，钟鼓齐奏，夜宴开始。龙榻旁边的珠帘内坐着的是九千岁韩殊。他身旁站着一位佩剑美人，身如修竹，朴素寡淡的羽翎卫制服也挡不住她的艳丽容貌。站在病弱阴柔的九千岁身侧，像白瓷花瓶边插着一束牡丹。夏青鸢只看了一眼，眼睛就被黏住了，而座中的宾客也有许多像她一样，只看了一眼，就再也挪不开目光。

她拽了拽陆远的袖口，轻声问："那是谁？"

"羽翎卫副指挥使，窈娘。"陆远低头给她碗里夹菜，"她是九千岁的义女，京城身手最好的刺客。此人有些棘手，若是不小心碰上了，能躲就躲。"

她惊奇地看了陆远一眼，道："我还是第一次听你夸人。"

他面露疑惑："这如何是夸奖？"

"京城身手最好的刺客，不是夸奖吗？"她歪着头，用筷子戳了戳碗里的鱼肉。

陆远点点头："你说是夸奖，就是吧。"

此时已是月上中天，酒过三巡，座上醉醺醺的宾客开始嬉闹起来，眼光不住地往侍立一旁的宫女身上瞟。陆远皱眉，嫌恶地环视四周，拉起夏青鸢的衣袖，轻声说："听闻陛下今夜龙体抱恙，你我不可久留。走，回家。"

就在此时，韩殊用筷子敲了敲手中的金杯，朗声道："今夜诸位既来赴宴，便不应空手而去。韩某备了几份薄礼，给诸位助兴。"说着，他做了个手势，便有几个内侍抬出两幅画架，高三丈有余，刚好可以悬挂卷轴。接着，又有几人手捧画卷，"哗啦"一声展开，悬挂在画架上。众人顿时敛声屏气。那两幅山水，手法高超，布局严谨，尤其在画轴末端盖着朱红的戳印，刻着"东山客"。

东山客，丹青眼。这幅画，是夏家旧藏。

陆远立刻回头去看夏青鸢，见她紧紧盯着画轴。他迟疑了一瞬，还是伸手握住了她的手。

"别急。"陆远提醒她。

"我没事。"她笑了笑，眼睛却只盯着那两幅画。

韩殊再次开口道："此两幅山水，乃罪臣夏焱真迹。听闻近日夏家旧藏一纸千金，想是有人故意哄抬罪臣旧物，居心叵测。故今日将此物呈于宴上，诸位宴饮投壶得胜者，可随意揭取。"

"想要吗？想要我就去帮你赢回来。"他低头问她。

她有些吃惊，咬着嘴唇看着陆远："真的？"

陆远理了理袖子，对她一笑，道："你当真不擅长撒谎。"

此时，画轴前已放好了两尊箭壶。宴席上便立刻嘈杂起来，宾客们醉醺醺地起身，都跃跃欲试。她看着陆远走下宾客席，走向水榭中央的空地，立刻有侍从走上来，帮他换上方便行动的束袖。他本就比别人高一些，换下宽大礼服后，矫捷如豹的身姿就更加明显，与四周脸上抹着厚粉的贵公子们相比，就像一只狼走进了羊群。

她现在有些理解陆远为何有"玉面阎罗"这样的绰号了，即便是在宫中，人们看他的表情也像是在看到了不祥之物，嫌恶又恐惧。

陆远走到比试场地后，身旁又传来一个声音："在下也愿一试。"

是窈娘。

她从韩殊身后走下去，一举一动也牵引着众人的目光。韩殊坐在珠帘之后，看不清表情。

　　陆远与窈娘站在一起，同时拿起一支箭。"咣当"一声，二人的箭几乎同时命中箭壶。席间传来众人的欢呼和窃窃私语。接着，是第二支、第三支……二人像是铆上了劲儿，接下来的箭也都是几乎同时投进壶中，不分先后。

　　喧哗的众人都渐渐安静下来，聚精会神地欣赏这场难得的比试。夏青鸢也在席中，安静地看着视线中央的两个人。窈娘身姿挺拔，与陆远站在一起时，是日月交相辉映。谁与谁更相配，一目了然。

　　她忽然觉得胸口有些憋闷，低头倒了一杯酒。就在她低头的瞬间，陆远的余光掠过，看见她眼里的失落……

　　突然，席间传来一阵欢呼。夏青鸢不明所以，忙抬头看去，发现陆远竟然输了一支箭。窈娘乘胜追击，又投进一支。这样下去，恐怕那两幅画都要输给窈娘。

　　正在此时，观众里又传来一个声音："本王也愿一试。"

　　众人都回头看去，陆远和窈娘也停了下。只见人群里走出一个身着锦袍的男人，身量与陆远相仿，周身却散发着慵懒闲散的气息。一双狭长的丹凤眼，手里握着一把描金折扇，顾盼间眼神多情，简直像狐狸成了精。

　　夏青鸢只看了一眼，就在心中冷笑了一声：呵，纨绔子弟。

　　"滇南王刘退之，见过陆指挥使与窈娘副指挥使。"男子款步上前，自报姓名。宾客们都忍不住低声惊呼。

　　自前朝以来，天下三分，漠北、滇南、江左各居其一。其中势力最大的原本是江左，千百年间被门阀士族掌控，以江都为中心，通达九州。漠北常年是胡族领地，以狼牙山为界，与江左分庭抗礼。而滇南则自百年前被滇南刘氏占据，自封为王，向江左称臣，偏安一隅，却也实力雄厚。

多年前，刘玄礼率领大毓军队攻占了江都，滇南王违背了不攻占江左的祖训，也出兵江都，试图争雄，被虎贲骑打败又溃退回滇南，后来将眼前这个纨绔子弟送来作为人质。

刘退之听着四周的窃窃私语，不以为意地挽起袖口，用绸带在身后打了个结，一双凤眼眯起来，更像只狐狸了。

投壶再次开始。没想到这位看起来不着调的滇南王竟也是个投壶高手，不经意间投进壶的箭镞支数已超越了陆远。众人在一旁看得着急，忍不住开始为各自下注的人鼓起劲来。终于，三个人壶中的箭都投完了。珠帘内，韩殊再次敲了敲金杯，公布结果："滇南王殿下与窈娘获胜。"

陆远抱歉地回头看向夏青鸾所在的席位，却发现座位上空空荡荡。他正要转身去找，袖口却被拉住，是窈娘。

"陆大人想要此画？"窈娘眼角带笑，看着陆远。

画架上，两幅画已被取下卷起，交给了获胜者。滇南王拿过画轴，略微端详了一下，便收进袖中。

"想不到殿下也雅好丹青。"滇南王回到座中，身旁的人凑过去套近乎。

男人低头笑了笑，说："本王不懂丹青，只是收来随便玩玩罢了。大人喜欢？那便送你了。"

"滇南王殿下——"一个女子出现在他面前。

滇南王抬头一看，惊讶地放下了酒杯。

"世人皆知，夏家旧藏五年前都毁于大火，此物是赝品。"虽然夏青鸾这样说，但眼睛紧盯着他手里的画。

"无论是赝品还是真迹，都不过是罪臣所绘，闲置玩赏之物罢了。"滇南王饶有兴味地看着她，"陆夫人也喜欢这幅画？那本王便送给夫人。"

"青鸢不愿夺人所爱，但愿以物易物。"她没有理会滇南王的挑衅，继续道，"我愿以一幅与此画别无二致的仿作，换殿下手里的这一幅。"

听到此话，四周的宾客都陷入沉默。陆远也终于看见了正在与滇南王对峙的夏青鸢。而夏青鸢也同时抬头，看见了被窈娘拉着袖口的陆远。

她眼神只慌了一下，就佯装无事地对滇南王一笑："殿下若是愿意，可请人准备纸笔。"

陆远还未来得及阻止，韩殊就已经留意到了宴席上的动静，抬手示意，就有侍从在宴席中央的空地上摆起了长桌，备齐笔墨纸砚。

夏青鸢将袖口挽起，取下头上碍事的金钗与步摇，拿起饱蘸浓墨的笔，略加思索，便在纸上运笔如飞。远山近水、烟雾迷蒙。楼台画阁，渔舟晚唱……待她停笔时，滇南王展开了手中的画轴，众人都惊叹得倒吸一口冷气。两幅画细微至毫末处，都未有偏差，别无二致。若是她此前从未见过这幅画，那这便是神技了。珠帘内，韩殊坐立起身，眼里是遮掩不住的喜悦。

夏家丹青眼，擅复刻山水地形，矿藏金脉，过目不忘。

她画完之后，将笔搁在一旁，又从腰间的锦囊中掏出一枚小印章，蘸着朱砂，盖在画上。那印章上，是质朴古拙的三个字："东山客"。

所有人都沉默了。

第二章　假夫妻　071

韩殊安静地看着宴席中央的夏青鸾，第一次仔仔细细地打量这个娇小的女子。她抬起眼，也径直看向珠帘内，直视韩殊，眼里带着笑意，却毫无惧色。

恍惚间，韩殊眼前浮现的是另一个人的身影。白衣公子风姿绝世，在画上盖下"东山客"的戳印，将画递给他。背后是江都城四月的晚樱，簌簌如落雪。

"你当真要叛出夏氏吗？这一步走出去，就再不能回头。"十八岁的韩殊开口道。

"天下沉疴久矣。若需流血方可医病，可自燚始。"白衣公子手指掠过朱砂印戳，"况且，人行天地间，百年一过客。何必执念太多。"

珠帘内，韩殊看着少女夏青鸾那双清澈的眼睛，极轻地叹了一口气。

"殿下请看，夏家旧藏人人可仿，笔迹可仿，印章也可仿，既然无论真迹还是赝品，都不过是罪臣旧作，何不将殿下手中那幅换给我呢？"夏青鸾收回了看向韩殊的目光，继续与滇南王周旋。

"既然这两幅画作相同，夫人又何须换我手中的这幅。"狐狸般的男人展开扇子，悠闲地盯着她。

"因为殿下手中那一幅，乃是九千岁所赐。九千岁手中的罪臣旧作，便不是画，而是罪证。我想要留着那罪证挂在家中，每日自省。"夏青鸾顿了顿，又继续说，"若是殿下觉得，画是画，人是人，人即便有罪，然丹青无罪，那么两幅画便并无不同。"

滇南王愣了一瞬，继而哈哈大笑，众人却噤若寒蝉。夏青鸾这句话，无疑是在打九千岁的脸，然而滇南王毫不在意，伸手就将画轴取出，递给了夏青鸾。她笑着接过，向男人行了一礼，就转身离开了宴席。

众人都偷偷去看韩殊的眼色,却见殿上的人岿然不动,不仅没有怒意,还颇有兴致地目送她离开。于是,宴席重新归于喧哗,人们像无事发生一般,继续推杯换盏。然而,此时宴席上却少了三个人:除夏青鸢之外,滇南王与陆远也离开了水榭。

水榭外,假山旁,花木扶疏,月光幽微。夏青鸢跑得上气不接下气,直到离开了水榭,到了不见人的地方,才徐徐展开手里的画卷仔细端详,抚摸着画卷末端褪了色的题字,眼角发红。

"果然是右相真迹吗?"

她惊得哆嗦了一下,抬头看去,搭话的人竟然是方才的滇南王。月光下,他的神色不再像宴席上那样轻佻,竟也有几分严肃。

"方才多谢殿下。"她客气地后退一步,向他再次行礼。

"无须这般客气,本王不过是好奇罢了。"他摆了摆手,像是不愿再提起此事,转移话题道,"陆大人没有与你一起出来吗?"

她这才想起陆远。方才在宴席上作画时,她能感受到陆远的眼睛一直都在注视着她。这次兵行险着,并未与他商量,她不是不愧疚。但画完抬头时,却看见陆远被窈娘亲昵地牵着袖口,二人正在窃窃私语。看来,又是她自作多情了……想起陆远与窈娘默契十足的场景,夏青鸢吸了吸鼻子,抬头对滇南王一笑,道:"大人或许有要事与人相商,我不便打扰。"

对方会意,用扇柄敲了敲手心,沉思道:"哦,原来你们……是这种关系。"

假山旁黄鹂啼叫,有花香幽幽飘过,滇南王向前挪一步,她就向后退一步。

"什……什么关系?"她强作镇定,环顾四周准备逃跑。

"纸上夫妻，假意姻缘。"滇南王看她惊慌失措的样子，觉得好笑，索性撑着假山石，将她困在手臂之间，语气却像是闲聊，"本王猜得对吗？"

她的眼里倒映着月光，耳边是水榭里的人声喧哗。沉默了一会儿，她才摇头道："不对。"

滇南王眼里闪过惊讶，向后退了半步。

"我与陆大人之间的情谊……"月影飘移，她身后花木簌簌摇动，她犹豫片刻，坚定地说，"是沙场同袍，情同手足。"

滇南王先是一愣，接着抚额大笑，笑得直不起腰。

"陆夫人，你的名字可叫夏青鸾？本王记住了。"滇南王终于收起笑意，用扇柄敲了一下她的脑袋，就拂袖离开，只剩她一个人在花丛中神思凌乱。

待男人走远后，她才从花丛里迟缓地挪步出来，远远望着灯火通明的水榭，轻声叹了口气。她今天闯祸了，在九千岁面前暴露了自己会临摹古画这件事，陆远可能还在生她的气，不愿意出来找她。又或许，他还在和窈娘聊天，压根儿没发觉她已经跑出了水榭。这样想着，她的步伐越来越沉重。然而，就在此时，她看见一个熟悉的身影，眼里满是担忧。二人同时停了脚步。

"陆大人。"不知为何，她叫出这个名字时，鼻子一酸，埋藏许久的委屈都涌上心头。

陆远听她这么一喊，立刻跨步走了过来。她鼓起勇气向前走了一步，差点撞进他怀里。陆远伸手扶着她后腰，两个人就这样站成一个若即若离的拥抱姿势。

"宫中人多眼杂，不要乱跑。"他沉默半晌，才憋出这样一句话。

"你不怪我？"她在他怀中，觉得无比安全，可心里依旧泛着酸意。

"怪你什么?"他的声音就在她耳边,"怪你与滇南王孤男寡女月下聊天?"

"怪我擅自在九千岁面前画……你都听见了?"她说了一半才反应过来,涨红了脸辩解,"方才我们什么都没干,是殿下先动的手!不对,他也没对我动手……"辩解完,她才觉得属实没有必要,又偏过头哼了一声,"陆大人管我与谁聊天,你不是也与别人聊得很投机吗?"

陆远笑得眼角弯弯,将手里的东西递给她:"我与窈娘聊天,是为帮你要来这个。"又是一个画轴落在她的手上。她将画轴展开,果然是窈娘得到的那一幅。

"我……是我误会了。"她支吾着,红着脸看了陆远一眼。

他也眼神闪避,偏过头不看她,语气酸涩:"情同手足嘛,举手之劳不言谢。"

她更窘迫得恨不得当场消失:"那都是为应付滇南王乱说的。"

"我看你方才所说,倒是真心的。"他眼睛眯起来,又露出那副看戏的表情,"继续演啊,青鸢妹妹,方才不是演得很好吗?"

"你饿吗?我饿了。"她眨眨眼,主动挽起陆远的胳膊,"我们回家吧,我给大人煮面吃。"

"真的?"

"真的。"

半个时辰后,回家的马车中,陆远靠在夏青鸢肩头,昏昏欲睡。

"陆大人,要不你还是靠在车壁板上吧,你太沉了,我肩膀痛。"她好声好气地和陆远商量。

第二章 假夫妻

"车壁板太硬了,你肩膀多舒服啊。"他纹丝不动,还闭上了眼。

夏青鸢非常无奈,只好作罢。

寂静中,月光洒进车内。她忽然开口,像是自言自语:"陆大人,我在殿上擅自画了夏焱旧藏,以后不免生出许多事端,你为何不责怪我?"

"夏家丹青眼,早晚都要现于世上。我本想着能藏一时是一时,但今夜看来,是我原本就错了。"陆远闭着眼,声音低沉浑厚,温热气息萦绕在她耳畔。

她听不太懂,不明白陆远是什么意思。

"你锋芒太盛,我若再藏着,就是怀璧其罪。"他嘴角带笑,"不如索性迎战,让敌我都站在太阳底下。"

她趁着他没有睁眼,肆无忌惮地看着他的侧颜,眼神温柔:"大人果真明白我的想法。"

"别忘了,我们可是旧相识。"他突然睁眼,二人目光相对,却都没有再闪躲,"你从前就是如此锋芒毕露,这才像你。"

她扭过头去,耳坠在脖颈边晃动,映照着月光,也映照着她微红的双颊。

"你……你说什么,我听不懂。"

"我说,我……"他话说到一半,硬生生吞了回去,只是伸手搭上她的肩头,将她往自己怀里带了带,"回去尚有一段路,累了吧,休息一会儿。"

她红着脸靠在他的肩上,两个人都默契地不再开口。陆远果真让她靠着,直到马车停在陆府门前,才发现她竟真睡着了,呼吸平稳,浓密眼睫微微扇动,像是在做梦。

他轻笑一声，抱着她走下了车。侍从走上来询问，他只做了个嘘声的动作，对方就会意退下，看着陆远抱着新夫人大踏步进了后院。

"小公爷和夫人感情真好啊。"

"是啊，自从成婚后，就没见过小公爷去别处睡呢。"

话音刚落，陆远就从房中走了出来，还小心合上了门，独自往书房走去。侍从们目送他远去后，再次深情感叹："小公爷和夫人感情真好啊。"

"是啊，刚成婚就体恤夫人，怕夫人太劳累呢。"

第二日，夏青鸾醒来后才知道昨晚是陆远送她回了卧房，自己在书房睡了一宿，一大早便出了门。她思忖片刻，决定趁此大好机会出门查案。为出行方便，她仍旧像在江都城里那样换上了男装。今天要去的第一个地方，是从前的夏府——多年前她曾住在那里，夏焱被赐死之后，夏府被抄家，一夜之间人去楼空。

如今的夏府是一座"鬼"宅，大门紧锁，上面落着厚厚灰尘。要想找回过去的记忆，查出当年谋反大案的真相究竟是什么，就得从这里开始。她推了推门，毫无动静，大锁很结实。于是，她绕进后院，顺着花园墙边摸过去，竟然真让她找到一棵伸出墙外的桃花树。她攀着枝丫爬上去，翻过墙，又顺着桃树枝干晃晃悠悠地爬下来，边爬边感叹，自己现在又是卖美人图又是翻墙攀瓦私闯民宅的，这日子过得真是越来越有盼头了。

"你可知道，你在触犯大毓的律法。"

猛地听到这一声，夏青鸾差点吓得从树上掉下来，她抱着树一动也不敢动，道："大人，冤枉啊！我……我就是上来摘桃子。"

"三月摘桃子，你要去天宫参加蟠桃宴吗？"

等等，这欠打的语气怎么这么耳熟？夏青鸢反应过来，回头一看，果然是陆远。

她翻了个白眼继续颤颤巍巍地往下爬，陆远则揣起手站在一旁看热闹，没有半点要扶的意思。夏青鸢也很有骨气地继续表演"狗熊爬树"，然而爬到最后一段时，手一滑，一声惨叫，接着"扑通"一声——她精准地落到陆远身上，准确地说，是扑倒了他。

陆远被她带得一个趔趄摔倒在地，幸好及时拉住了她俯冲的架势，才没有再次被扑。然而，陆远的胸膛太过宽厚温暖，她忍不住又趴了一会儿才站起来。就算他对自己没什么想法，能与这样的美男子整日里在一个屋檐下，夏青鸢也是愿意的。

发现她眼神逐渐放肆，陆远警觉地拉上了衣襟。

"陆大人，我有个不情之请。"她眼睛上下打量着他，"想请陆大人帮我……"

"想都不要想。"他眼睛眯起来，抢先否决她的提议。

"难道……请陆大人帮我放风也不可以吗？陆大人来此处难道不是有案子要查，既然来了，又何必急着走呢？这里危险，在下先帮你去查看一番。"

他表情变了几变，才故作正经道："我是来查案。此处前日刚发生一起命案。"他指了指花园里，荒草枯树掩映下的一口枯井，"有人被杀后扔进了那口井里，尸体的脸皮全被剥去，戴着面具。"

她身后一阵寒意升起，立马抓住他的袖角，道："那……还是一起去吧。"

花园很大，她被吓得紧跟着陆远。他也没有甩开她可怜兮兮拉着自己袖角的手，二人一前一后，在旧园萧瑟景色里穿梭。这里荒凉无比，四处都是被烧焦的树木与倒塌的院落，偶尔有鸟雀飞过，带起一些柳絮。

"这是你年幼时住过的地方，不用害怕。"看到夏青鸢仍然有些害怕，陆远忍不住出言安慰道。

在他的带领下，二人走过假山、走过凉亭，又走上小石桥，依稀可见当年的繁华，只是都化成了飞灰。

"夏大人被杀，你离开江都的那一年，夏宅失火，烧了三天三夜。人们都说你葬身火海，但我不信。"陆远背着手，看着她在桥上的背影。

她眺望着物是人非的景象，努力回忆，却仍旧一片空白。

"从前在江都，姑母说我是罪臣之女，被人扔到她家门前。若不是怕我死在门口实在晦气，早就将我卖了。"她微笑着，"我十六岁那年，表兄过生辰，当着全府的人说要纳我为侍妾。"

不知怎么，夏青鸢开始讲起自己能记起的所有事情。

"他手下的丫鬟先前已有三个死于非命。我不愿意，姑母就打了我一巴掌，说我不识抬举。"她自嘲地笑了一下，接着说，"就是那天，我逃出了夏府，外面下着很大的雪，险些被冻死。是夏府的一个管家嬷嬷好心收留了我，给了我一个馒头。"

陆远眉头深皱，却没有打断她的话。

"后来，我就与下人们住在一处，什么粗活累活都干。夏家的人找不到我，只当我死了，直到你的聘书下到江都，他们怕被问罪，才大张旗鼓地找起人来，不料我自己回了夏府。"

"你可还记得自己的生辰？"陆远终于开口询问。

"不记得了。"她抬头，用力吸了吸鼻子，"不知道也罢，我本就在世上苟活，能多活一天，都是老天爷不开眼，忘了收走我这个孤魂野鬼。"说完,她又抱歉地笑了笑,"我话太多了,陆大人听烦了吧?只是许久没有讲过这些事,一口气说出来,心中畅快许多。"

他良久无言,只是用手掌轻拍她的后背,安慰道:"你受苦了。"

不知为何,听到他这样说,夏青鸢所有的委屈都泛上心头,鼻子一酸,低头哭出了声。她哭得那么伤心,似乎要将五年来积攒的所有泪水都洒在他面前。陆远小心翼翼地将她肩膀扳到自己身侧,让她将头靠在自己的肩上。她就揪着他的衣领更放肆地哭着,像迷路许久终于归家的小兽。

哭累了,她才意识到自己又越了界,慌忙挣开他的手,擦了擦脸上的泪痕:"方才是……是你主动抱我的。不能扣我的月钱。"

他有些哭笑不得,无奈点头道:"是,算我的。"

这下手足无措的变成了她。夏青鸢红着脸,指了指前面的路说:"不早了,咱们去前堂看看,就回去吧。"

然而,恰在此时,一道黑影从桥后闪过,抽刀上前一个突刺。陆远迅速把夏青鸢拦在身后,挥刀格挡,两把长刀碰在一起,发出令人牙酸的脆响。那人穿着黑衣,戴着一个狰狞的怪物面具,被挡下一刀后,对方立刻逃跑。二人迅速追了上去,对方却消失在了密林里。

"看清楚了吗?"陆远回头确定她安然无恙,才开口问。

她点了点头,道:"我这就回去画下来。"

陆远收刀回鞘,眉头微蹙:"那人的面具,与井里挖出的死者面具相同。这夏府……恐怕是真有问题啊。"

在废弃的夏府遇见刺客之后,夏青鸢迅速回去找出纸笔,把面具的样式、形状等细节都画了下来,分毫不差。

陆远在旁边看着，一言未发，等她画完，将纸拿起来后才说："有没有人跟你说过，若你不是女儿身，凭借这复原案犯容貌的本事，大可以在刑部谋个差事。"

"我若不是个女儿身，还能去参加春闱考状元呢。"她嘿嘿一笑，熟练地洗净笔砚，小心翼翼地放回原位。陆远的书房里连文房四宝都是上等货色，徽墨端砚湖州狼毫一应俱全，连镇纸都是德化窑的白瓷摆件。

他看她摆弄着笔墨爱不释手的样子，清了清嗓子，道："无须如此客气，以后我不在时，你想画，就来这里吧。"

"那不合适吧……"虽然这样说，但她咬了咬唇，还是抬头用期待的眼神看着他。

陆远脸一红，欲盖弥彰地咳了一声："无妨。毕竟你是我的……咳，夫人。这府上的东西，你都可以随意处置，无须过问。"

"真的？"她眼睛更亮，像只黄鼠狼。

陆远终于反应过来，补了一句："画美人图不行。"

"为什么？那徽州墨质量上乘，画细节最是清楚，我还没试过……"

她说了一半生生地咽了下去。因为陆远拿起一块墨，单手支着桌子站在她身后，将墨块在砚池里磨了几下，蘸了毛笔递给她，戏谑地说："画一张我看看。"

"不……不画了。"

"不画了？"

"不画了，不画了。从今以后只画花鸟鱼虫，绝不画人！"

子时三刻，韩殊府邸。一个黑影顺着屋檐爬下去，身形如同流水，从门缝闪身进了屋内。屋内只点了一盏昏黄的灯，韩殊穿着一件朱红锦袍，发髻半散，正半躺在书房卧榻上批阅文书。黑影走进灯光下，悄无声息。手上拎着一张面具，青面獠牙，阴森可怖。然而拿着面具的是一只素白的手，手上有一道细长的新伤。

她在韩殊的卧榻前半跪行礼，轻声道："义父。"

韩殊抬了抬眼，从卧榻上起身，黑漆般的长发散下，映衬着锦袍上绣的银线蟒蛇。

左相韩殊，史册中记载其"貌如好女，雌雄莫辨"。而天下人也都快忘了，在执掌大权前，他也曾是皇帝起兵之初的第一位谋臣，只是后来被江左夏郎的风头盖过，世人都传颂白衣卿相出山定天下的美谈，却忘了所有谋略的背后都站着韩殊。

他是帝国的影子，在所有人都未曾注意的时候，缓慢扩张自己的版图，直到将所有光芒吞噬，天地霎然俱黑，人们才意识到他的存在。

"受伤了？"韩殊伸手抬起她下颌，灯光照亮一张艳如芙蓉的脸。黑衣人是个女子，且是个美人。

"在下并无大碍，只是……只是今日在夏府里，撞见了陆远和他的新婚夫人。"黑衣人略偏过头，避开了韩殊的手。

"我此前不是告诫过你么，近日来不可再去夏府，陆远会去查案。"韩殊毫不惊讶，笑了一下，起身走到书桌前，翻出一个药瓶，不由分说地拿过黑衣女人受伤的右手，为她细心上药。

男人手劲很大，她没有挣脱。眼神里闪过一丝惊慌，随即又冷静下来，说："义父料事如神。是在下莽撞了，本该将祸事处理干净。今日被羽翎卫撞见，怕是又要再等几日了。"

韩殊为她敷好药，放下药瓶，笑道："不是韩某料事如神，是窈娘你……太过关心手上的任务，忘了留意身边事。那女人可是已故右相夏焱的女儿夏青鸢。重回故地，怎么可能不去夏宅看看？"

窈娘猛地抬起头，眼神里满是震惊："所以义父昨晚叫我去与陆远比试，是为了确认那女子究竟是不是夏焱后人？"

韩殊点点头，道："夏青鸢当年只是失踪，未见尸首。如今陆远突然回京，皇上授予其高官厚禄，就立马去江都找到了丹青眼。你说……陆远此举是何意？"

窈娘行了一礼，低头咬唇，一言不发。

韩殊意味深长地看了她一眼，继而哈哈大笑："窈娘无须担心韩某。你的义父有徒子徒孙满天下，若要连根拔起我这棵大树，也需等些时日。况且……我也要等到亲眼见你有人可依，有家可归，才愿放心辞官，是不是？"

女子眉头紧皱，又重重叩首："窈娘愿终身不嫁，伴随义父左右。"

烛火闪了一闪，窗外风声又起。韩殊站在窗前沉默了一会儿，才冷冷开口："不要说胡话，阿窈。"

女子的眼神恍了一下。自从她及笄以后，韩殊已经很少再唤她阿窈。那是她被捡到韩府之前的乳名。

"回去吧。夏府的案子……我自会处理。"

窗外下起淅沥小雨，黑衣女行礼之后，又无声离去。

许久，韩殊站在原地一动不动，继而长长地叹了一口气。

烛火又闪了一下，滴下一滴烛泪。

去夏府的第二天早上，羽翎卫官署内。

脸色不大好看的陆远带着佩刀一阵风似的走进衙署大门。他身后跟着个瘦小的书童，一双眼睛大而有神，左顾右盼，手里抱着成堆的案卷，迈开腿吃力地跟着陆远的步伐。

第二章　假夫妻　083

"今日你能来,是因官署中擅画案犯面貌的小子回乡探望老母去了。你需谨言慎行,不要惹是生非。"陆远故意急停下来,她一头撞在他的后背。

夏青鸢捂着鼻子刚要抱怨,却听见陆远面前响起一个轻柔女声:"早啊,陆大人。"

她踮着脚越过陆远的肩头张望,看见一个眉眼艳丽的大美人,也穿着羽翎卫制式的军服,腰佩错金长刀。

"早,窈娘。"陆远只是略微点了点头,两个人就礼貌路过。经过夏青鸢时,陆远有意侧身,恰巧挡住了她。

她又向后看了几眼。纵使江都城里美人如云,她也没见过美成这样的,连背影都摇曳生姿。

"陆大人,窈娘大人她平日也在羽翎卫?那又如何能做九千岁的侍卫?"她强忍好奇,还是没忍住,待到把一摞案卷放到卷宗室后,终于大着胆子发问。

陆远提着她的后衣领,将她拎到桌凳边坐下,又关上了门后才说:"来羽翎卫官署,要学的第一件事,就是除非有令,不问,不言,不看。"

她蹙眉"哦"了一声,也没再多问,熟练地打开案卷,开始誊抄起案卷信息。小楷运笔飞快,迅速抄完了第一卷。

陆远坐在她旁边的长桌一侧批阅案卷,偶尔抬头看一眼她。阳光洒在她的额前,照亮被汗水微微浸湿的碎发。她低头看案卷时神情专注而果断,眉毛秀丽如远山,找到可用的案卷时两眼笑得弯弯……每个动作都让他想到从前。

他看了半晌,夏青鸢注意到他的视线也抬起头,他就迅速低下头去,咳了一声说:"渴了,倒杯茶。"

"自己倒。"她答得干脆。

"算在今日的工钱里。"

"好嘞！陆大人您要热的还是凉的，茶沏得浓一些还是淡一些？"她动作麻利得让陆远惊叹不已。

茶杯递到他手上后，夏青鸢转头要去做事，陆远犹豫了一下才开口："查到了吗？夏府案件的线索。"

"查到了一些。"她闻言一笑，又拿来新的案卷，继续弯腰伏在长桌上，用毛笔圈点那些可能的线索。

"数天前死在夏府井里的人所戴的面具，与昨日见到的确实极为相似，但细看却又有所不同。羽翎卫衙署中那只证物面具，所用的木料是西南所产，颜色深红，雕工朴拙，画法也是西南画工所擅长的'凹凸画'，原先来自西域，笔法细致。若是在阳光下看，纹路会有流动感。而昨天所见的那个，虽然有意模仿，但笔法僵硬，是中原所擅长的'铁线描'。你瞧——"

她拿起纸卷迎着阳光展开，陆远凑近了去看，果然两个面具的纹路有所不同。夏青鸢指点着细节，说得起劲，离他越来越近。他能看见她薄如蝉翼的耳廓与闪动的眼睫。

雨夜，古寺，少女闪动的眼睫。他记得她脖颈与锁骨相连稍靠下的地方，有一颗痣。他突然口渴起来。

"陆大人？"她发现他突然没了声响，回头张望，恰好与他的眼神相对。

陆远来不及躲闪，只好低头猛烈咳嗽起来："我知道了，你……去再倒一杯茶来。"

夏青鸢一脸担忧，调侃道："陆大人，你最近……身体不大行啊？"

"咳，所以你的意思是，这两张面具的出处不同，且是不同的人所制？"陆远生硬地转移话题。

"对，并且我推测，昨日我们看到的面具应当是京城工匠仿制那件证物面具新制的。因为它用料是本地木料，且画工粗糙，可以看出画的人心情焦躁急切。"

说回案件，夏青鸾再度认真起来，陆远也听得频频点头，说："那具被扔进枯井的是一具女尸，虽然面目模糊不可分辨，但从其衣着布料、发饰与指缝残余的上等胭脂仍能判断出，死者应当是京城大户人家的女子。可近日来，并未有哪户人家丢了家眷的传闻。"

"或者是……歌妓。"青鸾皱眉补充。

陆远摇头道："京城所有的妓馆与歌楼也都探访过了，说是无人失踪。"

"那么，这两张面具就成了最后的线索。"

她拿着两张摹本仔细比对时，陆远犹豫了一下又开口道："其实，还有一个可疑之处。"

她抬头，面露疑虑。

陆远喝了口茶，轻声吐出两个字："窈娘。"

"窈娘？"

他点点头："我初来羽翎卫时，我们是搭档。"

青鸾"哦"了一声，莫名其妙地觉得心里空了一下。

"我熟悉她的剑法，昨天夏府的那个黑衣人，剑法与她很像。而且，她今日手上也有伤布，我总觉得不是巧合。"

"你是说韩公与此案有关？"青鸾有些难以置信地问。

"若果真如此，这案子就难办了。不过，倒是很有趣……"

恰在此时，案卷室的门被扣响。青鸢起身去开门，站在门口的正是窈娘。这次青鸢特别注意到，窈娘的右手虎口处果然缠着一圈厚厚伤布。

"陆大人在吗？"窈娘开口，声音柔婉。

青鸢匆忙点头，就要去喊他，却被陆远拎着后衣领一把拽到身后，用高个子把她与窈娘严严实实地挡开。他抱着臂，皮笑肉不笑地问："何事？"

然而在青鸢看来，面前却是一对俊男美女赏心悦目的画面。两个人都佩着羽翎卫的错金长刀，连看人时眼尾上挑的高傲神情都那么相似。

"九千岁今夜请陆大人去韩府花园，赏花听曲。"窈娘用两根手指夹着一张拜帖递给他。

陆远接过后，随手翻了翻，放进怀袖里，反问道："为何？"

窈娘似乎猜到陆远的反应，轻声一笑道："看来陆大人忘了，明日是我的生辰。"

她深深看了陆远一眼，眼波流转，看得青鸢都一阵酥麻。

"哦，过生辰。"陆远波澜不惊地点头。

窈娘笑了一下，转身走了。陆远才把身后的夏青鸢捞出来，才发现刚刚还活蹦乱跳的人现在却无比安静，甚至还有点颓丧。

"方才韩府的拜帖，有两份。一份给我，一份给……陆夫人。"他摸了摸鼻子，把拜帖生硬地塞进她手里，"晚上随我一起去，这是公务，不许拒绝。"

夏青鸢随陆远走出羽翎卫官署时，依旧反常地沉默，甚至没有和陆远一同坐马车，而是单独骑了一匹马，跟在陆远的马车后。结果路上就出了变故。

行至一半，陆远便只听到车外一片喧哗吵闹，掀开车帘看时，差点没被气晕，只见夏青鸾正双手支地撑在地上，身下压着一个白衣男子。不远处烟尘滚滚，想是方才有人冲撞了谁家的马车，被青鸾及时出手相救。那白衣小子面庞白净，看青鸾时一双桃花眼乱瞟，居然还在微微扶着她的腰。陆远暗自在心里冷哼了一声。

夏青鸾刚要支撑着站起来，身后却伸出一只手一把将她拦腰捞起，让她站好。紧接着就听到一声："刚没有看住你一刻，就又捅了娄子？"

陆远的口吻颇为严厉，她却难得没有顶嘴，眼里甚至还有一丝委屈。她委屈什么？陆远想不通，回瞪着她。

此时，那白衣男子却不合时宜地开口道："这位小姐，原来是在羽翎卫当差啊。"

"我夫人，确实在羽翎卫当差。"陆远不仅没放开扶在她腰上的手，还往自己身边带了一下。

下一刻，夏青鸾拍开了他的手，朝那白衣公子笑得温柔："我看公子方才行路恍惚，才出手相救，你不用介怀。"

"姑娘，哦不……这位夫人。敢问，若在下有事相求，能去何处寻你？"

夏青鸾愣了一下。白衣公子一双含情目里泪水依稀闪烁，确实有些可怜，一时心软说："去陆府，说找夏青鸾便可。"

然后她感到背后陆远散发出冰冷的气场。回头一瞥，他竟然冷着一张脸，不知在气什么。

她想不通，就也回瞪着他。

韩府的花园很大，不仅有湖，湖上还有游船。当夏青鸾站在船头遥望湖面灯火朦胧时，憋了半天，才憋出一句感叹："有钱真好。"

今夜为了赴宴,她破天荒地打扮了一回。陆远刚上船就在人群里一眼望见了窈娘,匆匆嘱咐了她两句,就抛下她跑去找窈娘了。她百无聊赖地待在船头,远远望着人群中依然显眼的陆远和窈娘。两个人在璀璨的灯火下挨得极近,谈笑风生。窈娘伸出手递给他一杯酒,陆远眉头微蹙,像是在心疼她的伤口,夏青鸾不再看下去,转而去船头另一边吹风。

没想到的是,她竟然在船头看到白日里救过的那个公子。他梳洗换装后,比白天看起来更加俊秀,对方与她点头致意后擦肩而过,她发现自己的手里突然多了一块手帕。

"这是证物。"白衣男子对她低头耳语,"还望夫人妥善保管。吾辈冤情,尽在此物上。"

她攥紧了绢布藏进袖笼,对他郑重点头。在白衣男子准备悄然离去时又拽住他袖口,低声问:"为何是我?"

那公子笑了一下,笑容里有万千未说出口的话:"身处高位,能见尘埃。舍生忘死,勇毅果决。"他苦笑一声,"今日街巷中之考试,唯有你一人通过。"

她还在思考这句话的意思,那人已不知何时离开了。

在不远处,陆远将刚才青鸾与男子暧昧耳语的一幕看得清清楚楚,便与窈娘匆匆话别,转头去找青鸾。没想到一眨眼的工夫,她就在人群中消失得无影无踪。

这游船是一艘巨大的龙舟,可容纳数百人。陆远逐个拨开人群寻找她的身影,却怎么都找不到。夏青鸾去哪里了?难道是被那个白衣小子带走了?想起方才二人耳语时的亲昵模样,和她主动拉住那人衣袖的手,陆远觉得心里一紧,连呼吸都不顺畅了。

游船有两层,最高处的龙首视野最开阔。他攀上最高处,看见那里刚摆好了宴席,窈娘正站在龙首边,对他笑着招手。

"陆大人来得正及时,刚要开宴。"说罢又低声凑近他补了一句,"听闻大人为今日安排了烟火,窈娘谢过大人。只是这烟火,怕也不是为了我吧?"

他眉毛挑了挑,转头看她,坦诚地说:"果然,什么都瞒不过窈娘。"

她自嘲般地笑了一下:"不过是因为前几日,有人说我不关心身边之事罢了。"

两个人并肩站在船头高处,恰在此时,身后湖岸边燃起了绚烂的烟花,在他们身后盛放,把二人照得恍若神明。也就是在烟花照亮夜空的那一刻,陆远看到了站在一层甲板船头的青鸢。

他们遥遥相望,他这才发现今天的青鸢格外好看。那身绛红点金的齐腰襦裙与轻纱半臂很合身,鬓边垂着一支流苏金凤钗,是他特意托付皇宫内监定制的,只有戴在她发间时才会簌簌晃动,翩然欲飞。

那是他的青鸢啊。只是她今天的神情一直郁郁不乐,是因为白天遇见了如意郎君,却意识到自己还有婚姻在身吗?接着他发现她眉毛蹙起,伸手在眼角擦了擦,转过头去。她在哭?她俯身倚在甲板栏杆上看风景,陆远迅速转身向楼下飞跑而去。

烟火一朵比一朵开得盛大,在他身后燃得华丽灿烂。船上的人都在仰头观赏,发出阵阵赞叹和欢呼。只有陆远无暇他顾,一心一意地穿过人群,往她所在的方向飞奔。当他终于到了甲板上,看见尽头的青鸢时,已是气喘吁吁。

"青鸢——"他的声音淹没在烟火的喧闹声里,然而她竟然听见了，缓缓回过头。看见是他，眼里满是震惊，继而破涕为笑，两眼弯弯成月牙。

　　陆远听见自己的心怦怦直跳，正要走向她时，又一朵烟火燃起，她抬头去看，没留意手里那块手帕被大风一吹，飘进了湖中。

　　陆远看得清楚，那手帕是方才那个白衣公子送她的。

　　青鸢发现手帕掉进湖中，惊叫了一声，竟毫不犹豫地攀上甲板，纵身跳了下去。

　　船上人声喧哗，竟没人发现他们一前一后跳进了湖中。青鸢水性尚可，只是不管不顾地朝那块手帕游去，拿到后将它紧紧地攥在手里。接着，她觉得身子一轻，胳膊被一只手稳稳托起，她回头才看到是陆远。

　　"陆……"

　　他却只是没好气地白了她一眼，打断道："上岸再说。"

　　好在游船离岸并不远，陆远凫水技艺高超，没多久就带她回到了岸上。湖边原本点着几处照明用的火把，陆远取来点着了一堆篝火，让她凑近了临时取暖。

　　看她冻得直哆嗦，陆远的眼色更加沉郁，问道："这帕子，就这么重要？"

　　"重要啊。这比我的命还重要。"

　　她笑得有些傻气，陆远原本用刀背拨着篝火，听见这句话，索性把刀扔到了地上。

　　夏青鸢又小心翼翼地展开那块帕子交到他手上，郑重地说："这是证物。"

　　夜色晦暗，她看不清他变红的耳朵。他"哦"了一声，接过它笑了笑，重复她的话："原来是证物。"

"不然呢？"青鸢疑惑。

"没什么。"陆远笑了。

她不明所以，伸手放在他额头上试了试温度，道："陆大人，你近来又是咳嗽又是说胡话的，该不会是得了伤寒吧？"

陆远突然握住她的手腕，把她拉得离自己又近了一点。青鸢一个趔趄，二人恰好额头相触。

"不是伤寒。"

烟花在她身后绽放，她忽然觉得这一刻很珍贵。

"听说这是你送窈娘的烟花，真好看。"她贴着他额头小声开口，觉得此刻自己脸上的温度才像是发烧。

"是给你看的。"他声音很轻，眼帘垂着，握住她手腕的手轻轻摩挲了一下。

"什么？"

"是给你看的。你从前说，不记得自己生辰。我放烟花，是想要你……多记起一些开心的事。"他像是深思熟虑了一阵，才朝她郑重开口，"我记得你的生辰，是七月初七。这次记住，再不可忘记了。"

她低头无言，陆远感觉到有几滴温凉的泪掉在手背上。

"陆大人，不要对我这么好。"她挣脱开他的手，温热而安稳的手，"不然，我要误会了。"

"误会什么？"他眉头微皱，唇边却带着笑，眼里是她看不懂的复杂情感，有悲哀，也有欢愉，"误会什么，青鸢？"他又握住她手腕，追问她，语气轻柔而和缓。一双剑眉拧着，深邃眉眼，薄唇锋利，和方才她在甲板上仰头看时一样，和她第一次见到他时一样。

陆远是她从前绝对不会去招惹的那种人。在江都生活了五年，她的人生格言是明哲保身。然而，方才在甲板上看见他与窈娘站在一起的那一刻，她后悔了。

她伸出手，轻轻搭上陆远的脖子，将他向下带了带，继而凑近，吻了吻他的唇。

这不是他们第一次接吻，但她紧张得要命。

"误会这个。"

天上又炸起一个烟花，她看见陆远的眼睛里倒映着花火，像星光一闪而过。

"这是什么意思？"他没有动，只是安静地看着她。烟花一朵比一朵耀眼，而他只是毫无波澜地坐着，像湖面波心的一块沉黑的礁石。

青鸢突然觉得他们之前并不像看起来的关系那么近。她从没了解过眼前这个人，他的过去，他的喜好，他的习惯。或许，连窈娘都比她更了解些。就像现在，他不推开她，却也没有厌恶或是被冒犯的神情，只是用那种她一直没能理解的悲伤眼神看着她。

青鸢低下头，挪得离他远了一点："没……没什么意思。陆大人四处拈花惹草都与我无关，只是不要招惹我。我不懂那些逢场作戏的事情。方才，是我喝了酒，一时糊涂。你就忘了吧。"

他撑着手向后一靠，看了她一会儿，继而低头笑了一声："原来你这些天生气，是因为这个。"

"什么？"她瞪着他问。

他只是笑，边笑边摇头。她觉得有些莫名其妙，可是篝火旁的陆远笑容好看得惑人，额角的发丝上还有水滴流下，晶莹耀眼。

他忽然坐得离她更近了一些，她下意识向后靠，被他伸手揽

第二章　假夫妻　093

住肩膀又带回来,下颌直接磕在他胸口,情急之中又咬到了舌头。她"哎呀"一声躲开,陆远已经捏住了她下巴抬起来,急切地问:"撞到了?"

他靠近时压迫感太强,带着湖水潮湿的气味和身上蒸腾的热气。

"没……没有。"她疼得直吸气,口齿不清。

"撞到哪里了?"他抬起她下颌查看。

"舌……舌头。"她说完又觉得尴尬,伸手要扒开他的手。

"哦,舌头。"陆远的声音突然沙哑起来。

他今天简直莫名其妙。青鸢脸上发烧,挣扎着要走,却在下一个瞬刹僵在了原地。

陆远托着她的下颌,再一次吻上了她。这次不同于刚刚的蜻蜓点水,他在品尝她。他轻轻吮吸着她唇瓣,动作轻柔。接着,他舌尖划过她齿畔,惊得她向后瑟缩了一下。他放开托着她下颌的手,转而轻握住她的后脖颈,将她圈在怀里,另一只手把她挡在自己胸前的手拿下来,五指交握。

这个吻长得让二人都忘记了时间,待回过神来时,湖岸边的烟火都凉了。

陆远终于放开她,她只顾抵着他的额头喘气,手还抓着他的衣领,身上没有一丝力气。

"陆大人,这算什么?"

她额角发丝也在滴水。篝火噼啪一声,照亮她玲珑的侧脸。青鸢今天本来就穿得单薄,浸了湖水,衣服全贴在身上,肩胛骨薄得可怜。一张脸只有他手掌大,眼睛却灵动无比,此刻那双鹿一样的眼里全是他。

再多看一眼,就会动摇。

他微不可闻地叹了一口气，嗓音依然沙哑："多年前，我曾有过一个心上人。你和她很像。故而，我时常恍惚。方才……是我逾矩了。"

她放开了他的衣领。最后一朵烟火消失在暗夜里。

"好。多谢陆大人如实相告，从今往后，我绝不再误会了。"她嘴角费力地挤出一个笑，站起身踉跄着向游船停靠处走去。

他起身要拉住她，伸出的手又收回，站在原地看着她走进明亮喧哗的地方，在人群中消失。

深夜，夏青鸢回了陆府，沐浴完裹在被子里打喷嚏，不知道的还以为她失恋了。她自嘲地笑笑。比失恋还惨的，是刚开始动心，就被告知自己只是个替代品。

门外传来几下清脆的敲门声，是家仆送来汤药。她气若游丝地吩咐把汤药放下，接着又是一串咳嗽。

门外的家仆默不作声，也不知是走了还是候着。她实在撑不住，倒头就睡了。

睡梦中，她恍惚间摸到一个温暖宽阔的怀抱，那人坐在光亮处，四周都被光照着。她心里的委屈一层层漫上来，忍不住抱紧那温暖的一团光，哭得抽噎不止。

"你们都走了，留我一个人。他们都欺负我，他……他也欺负我。"她把眼泪鼻涕都蹭到对方袖子上，"我本来还……还以为他是个良人。以后再不会了，死也不会了！"

对方原本轻拍着她肩膀的动作顿了一下。她哭到脱力，之后又沉沉睡去。迷糊中有人把她扶起来喂了汤药，只觉得舒畅了许多。

第二日，夏青鸢生机勃勃地醒来，像焕然新生。推门出去，与准备上朝的陆远打了个照面。

"早啊，陆大人。"她自认为落落大方地打了个招呼，努力挤出一个灿烂的笑容。

陆远的身形僵了一下，礼貌地点了点头，就大踏步出门去，只是走到门口时顺拐了几步。

她盘算着今天要先查验昨夜拿到的证物，再循着那案件的线索找下去。这命案发生在夏府，说不定真与当年的事有什么关联。

虽然昨夜受了点风寒，但记忆并未受到影响。那块手帕的样式并不华丽，只是普通的丝绢做成，一角却用绵密的针脚绣了一朵花——一朵牡丹花。边上还有一行小诗："相看白刃血纷纷，死节从来岂顾勋。"

说的是沙场刀剑无眼，兵士惨死，却在死后得不到应得的追抚与功勋。这句边塞怨诗被绣在手帕上，确实有些蹊跷。她又想起昨夜见到的白衣男子，与他说过的莫名其妙的话。

什么考验？为何他要将这证物交给她？既然是证物……那这块手帕是否与井里的死者有关联？等等，牡丹花？

她急匆匆地跑出陆府，找来一匹马，向羽翎卫官署驰去。

她今天与上回来时穿的一样，瞧着像个跑腿的杂役。值守的卫兵将她拦下，盘问道："腰牌呢？"

她没有腰牌，只好请他们去通传陆远，说有重要案件线索禀报。然而，卫兵们不屑地一笑，谁都没挪窝。有一名卫兵还出言讥讽："想见陆大人办事的人多了，人人都要我们禀报，哪里顾得上。"

她正焦急着，忽见侧门开启，一个穿着羽翎卫制服、十八九岁年纪的年轻人跨步出门，大步流星地往外走，眼角余光瞟到她，眼睛一亮，接着小跑过来，笑得颊边两个酒窝分外明显，清脆地喊道："师娘！"

青鸾左顾右盼，四顾无人，愣了一下才反应过来，问："你叫我？"

对方依旧笑着，道："对啊，师娘，师父正在案卷室，你要找他？随我来！"

"师父？"她更加疑惑。眼前之人笑容讨喜，倒不像在戏耍她。

"对啊，陆大人就是我师父，陆大人的夫人自然是我师娘。哦，怪我忘了礼数，今日初见，徒弟周礼，拜见师娘！"

他弯腰鞠躬，流畅地在大门前给她行了一礼。朝她眨了眨眼睛，眉眼周正俊朗，神情天真烂漫，让人觉得春风拂面。

青鸾心下了然。看来羽翎卫里除了个别像陆远和窈娘那样身世复杂、手段狠辣的杀坯，也会养些长到十八岁都没出过京城的天真少爷。就像眼前这位，八成是被世家塞进来的纨绔子弟，长着一张没被欺负过的脸。

"幸会。"她伸出手与他相握，周礼笑得越发春光灿烂。

一个时辰后，柳絮纷飞中，陆远骑马回到了羽翎卫官署。官署里的人今日大多出去办案，院里只有一地飞絮。陆远跨进院门，飞絮随之扬起，像漫天大雪。

青鸾正坐在院中间的石桌前翻阅案卷，周礼刚从案卷室走出来，抱着一摞成山案卷，"咣当"一声放在石桌上。她头也不抬，眼里飞速掠过手上的一册，又伸手去拿下一册，右手运笔如飞。

他看见有一片飞絮飘下，落在她脸颊边的发尾，晃晃悠悠。她用手拨了几次，都没有拨下来。陆远忍不住上前走了几步，另一个人却比他更快，伸手帮她把那撮柳絮拿了下来。

周礼拿着柳絮傻笑，她也傻笑。又有一阵风吹过，大片柳絮卷起桌上摊开的案卷,两个人一边互相扑柳絮一边压着案卷,笑成一团。

突然,摇摇欲坠的案卷堆快要倒塌,她来不及扶,下意识用身子去接。一个人影飞过,用力将她拉开,背对着倒塌的卷册,被结结实实砸得一声闷哼。

她被拽着手臂圈在他身前,看见乌黑官服上若隐若现的鱼龙纹样。是他。

"我半天不在,你就笨到要被砸?"陆远疼得皱眉,手却紧攥着她手臂。她的眼睛被柳絮惹得有些发红,抬眼看他时眼睛通红头沾柳絮,像个刚成精的兔子。

"你受伤没?"她眼里的惊慌不是假装的,关心也不是。

陆远方才沉郁的心情瞬间好了许多:"没事。"他轻描淡写,硬生生把痛哼咽了回去。

她低下头,小心翼翼把手臂从他手里挣脱出来,又向后退了一步:"多谢大人,方才是我闯祸了,请大人责罚。"她话语恭敬,语气平静,都不愿意和他对视。

身旁的周礼也一同赔罪:"师父,这些案卷是我自作主张交给师娘查阅的,要罚就罚我。"

两个人并肩站着,同气连声,倒衬得陆远像个反派。

他拿了一册案卷翻了翻,问道:"你来卫署做什么?"

"我?我值班啊。"周礼一脸天真。

"没问你。"陆远又拿起另一册案卷。

"哦,我是来找陆大人,禀报案件线索。这些……都是此前大人曾与我看过的,与此案有关的记录。"

她称他为大人,行礼时腰杆笔直,礼数周全。

陆远不动声色："线索呢？"

"线索是这个。"她从石桌上拿起证物手帕。

看见那块手帕，陆远的眉毛挑了挑。二人都不约而同地想起一些不合时宜的事情。

夏青鸾咳了一声，把手帕交给周礼说："请递给大人。"

周礼言听计从，把手帕从青鸾手里接过又转手递给近在咫尺的陆远。

他拿起证物翻看了一下，想了想说："我记得，这上面有一朵牡丹，还有一句诗。"

青鸾点点头："我今早想起，这手帕形制是女子所用，而京城闺中女子绣手帕，常以花朵表明心迹，或是……暗示闺名。这诗写的是边塞愁思，兵士出征不能归乡，有情人生死相隔。那么绣帕之人，或许是个情郎出征在外的女子，闺名……或许与牡丹有关。"

他把案卷放下，撑着石桌看她，心思却飘到九霄云外："方才你最后一句话，我没听清。"

"与牡丹有关？"

"上一句。"

"兵士出征不能归乡，有情人生死相隔。绣帕之人，或许是个情郎出征在外的女子。"

"什么？"

"绣帕之人，或许是个情郎出征在外的女子。"她又重复一遍。

"谁出征在外？"他又拿起那方手帕，嘴角微微扬起。

夏青鸾突然反应过来，此人又在戏弄她。她也不甘示弱，索性上前一步，把陆远逼到桌角，字句清晰地开口："情郎。"

柳絮在她周身飞扬。陆远的喉头滚动了一下，不动声色地拉开距离，转身把手帕扔给周礼，吩咐道："搜查京城闺名中有牡丹的女子名录，尽快。"

周礼却笑呵呵地捧上一个名册："我与师娘今早已理出了一份，先查了城中西市东市的商铺与酒楼。您猜如何？天香阁里最负盛名的花魁，花名就是牡丹。五日前突然告病不见客，按照仵作的验尸结果，正是夏府井中发现尸体的日子。"

"唉，说起来，师娘你与师父是如何相识的，我之前怎么从没听师父提起过？"

羽翎卫的马车驶在官道上，尽头西侧的闹市里，有座高耸入云的楼阁，就是她前些天刚去过的天香楼。青鸢故意不和陆远坐在车内，而是坐在车辕上，和驾车的周礼一路寒暄。

"陆大人娶我是另有隐情，我不过暂住在他府上而已。你也不必称我为师娘，叫我青鸢就好。"

她靠在车帘边，心知陆远在车内听得一清二楚。

"啊，我明白了！"周礼一拍脑袋，恍然大悟。

"所以，前几日陆府那豪华铺张、全城皆知的婚仪，青鸢师娘大闹天香楼找师父，还有师父跳湖救妻的事，都是演戏吧？了不起！真不愧是师父！这步棋下得妙啊！"

"什么演戏？"她听得一头雾水。

"青鸢师娘你想，这京城里最有权势的是谁？"周礼压低了声音问道。

"九千岁？"

"九千岁之上，唯一能与之抗衡的是谁？"

青鸢把声音压得更低，吐出两个字："天子。"

周礼摇了摇头:"自从五年前的宫变,天子已有五年没有出宫。唯一一次出宫,是去漠北控马镇,从死牢里救出了……我师父。"

"救陆远?"她眼睛睁大了一瞬。

"对。救出师父后,陛下立即封师父为羽翎卫指挥使,统领羽翎卫精锐,又加封镇国公,这是陆停渊将军从前的封号。"周礼扬鞭催马,嘴里衔着草秆,眼睛眯起望着夕阳,"我们这些寒门子弟,都是师父从控马镇捞回来的。没有师父的提携,我们现在怕是已经死在乱葬岗了。从前的朝廷,大半都在韩党手中。但自从我师父回京,韩党也渐渐起了内讧。"

没想到这个阳光灿烂的小白脸居然也是漠北军,夏青鸢不禁对周礼另眼相看。但她还是不明白地问:"这和婚事有什么关系?"

"当然有关系!原本九千岁要撮合我师父和窈娘,可师父力排众议娶了你,这就是在向韩党示威。韩党不能拉拢,自然也就断了这个念头……"

周礼话还没说完,车帘就"哗啦"一声被拉开了。青鸢正听得心中五味杂陈,冷不丁地回头,对上了陆远的眼睛。

"夏青鸢,进车里说话。"

周礼这才意识到他方才说了些不该说的,只好将功补过闭上嘴,将马车驾得风驰电掣。

她掀开车帘,与陆远相对而坐。二人膝盖相碰时,她故意缩到另一边。车里一片寂静,她小声地吸了一下鼻子。

还是陆远率先打破了尴尬:"方才那小子是瞎说的,不要放在心上。"

她若无其事地笑了笑,道:"我没有放在心上。不过周副将说

第二章 假夫妻 101

的也是实情。我来京城于你是个麻烦……你本该娶了窈娘。"她转过头假装看风景，故作爽朗地说，"待事情办完了，我立刻离开京城。"

"青鸾，你看着我。"陆远的声音严肃，她不由得回头。他又说，"那夜我说的，曾有过心悦女子的话，你不要放在心上。"

"什么？"

"我陆远此生只有你夏青鸾一位夫人。至于从前的事，待时机到了，我会向你解释清楚。在此之前……请你留在我身边。"他语气恳切，甚至可以说是哀求，"好不好？"

还未等到回答，马车慢慢停下。周礼一掀车帘，笑容灿烂地说："师父师娘，天香阁到了！"

青鸾瞬间清醒，猛地跳起来，整理了一下头发，装作若无其事地回头道："啊，到了？这么快？"接着从车上轻盈跃下，先行进了天香阁，没有再看陆远一眼。

周礼一时失语，回头看见车上神情复杂的陆远，问："师父，您与师娘真的……只是合约夫妻吗？"

陆远瞟了他一眼："怎么？"

周礼摸着脑袋低头笑："这案子有了青鸾师娘帮助，着实省力许多，若是我们两个单独查案，师父不会生气吧？"

陆远意味深长地又多看了他一眼："我会。"

第三章　人面花

"师父,听说天香阁的花魁牡丹脾气古怪,寻常客人花费千金也见不到。近日又称病不见客,我们要如何去查?"

今天为了查案,他们都穿着常服。陆远换了身深青色锦袍,把身上的戾气压下去几分,站在楼前长身玉立,引得不少路人回头观望。

天香楼巍峨高耸,是京城胜景之一,高达十三层,中间是开阔天井,围绕着天井分布着一百多间金碧辉煌的客室,下面七层是会客宴饮的酒楼,再上三层是私下会谈的茶室,最上面三层鲜有人去,包括上次的金阁,就在最上面的三层中。

"我们不必进去,自会有人出来。"陆远把手中扇子抛起又稳稳接住,看着青鸢先行走在前面,向楼门前站立的姑娘低声嘱咐了几句。那人立马跑进楼里。

她回头冲二人一笑,说:"假如牡丹姑娘真的请我们上楼,这事就成了一半。"眼睛却依然在故意躲着陆远。

不一会儿,楼里有人出来,引三人上楼,说牡丹姑娘请他们上楼喝茶一叙。青鸢喜出望外,快步跟了上去。

楼阁里栏杆环绕,构造复杂,四周都是浓郁香气,熏得人头晕脑涨。青鸢今天为查案方便,也身着男装,她面庞白净个子小巧,瞧着也是个俊俏的小郎君。陆远原本走在最后,此时突然加快几步赶上了青鸢,不动声色地走在走廊外侧,挡住了外面的种种视线。

不知爬了多久,三人最终停在一处幽静的走廊外。走廊尽头是占满三间屋的金漆木屏风门,绘着大朵牡丹花,色彩富丽妖异。

"就是此处,请二位留步。牡丹姑娘只要这位公子相见,您二位请随我们在别处稍候。"引路人向夏青鸢做了个手势。

她思索了一下,向陆远和周礼点了点头,就要跟着侍从进门,却被拉住了袖角。

"拿着这个。"陆远从腰间解下了羽翎卫的腰牌扔给她。

夏青鸢接过腰牌,咬唇看了他一眼,装进袖笼,走进了长廊。

大门在她身后合上,夏青鸢站在花魁牡丹的闺房内,听见屋内传来缥缈歌声:"妾发初覆额,折花门前剧。郎骑竹马来,绕床弄青梅。同居长干里,两小无嫌猜……"

她循着歌声一步步走过去,掀开一层层的红纱帐,在纱帐尽头的床帷处看见一个窈窕人影。

歌声停了,那女子缓步走向她。夏青鸢等待着,直到一张清冷的脸从纱帐尽头露出来,鬓发乌黑,看人时眼神自带深情,让她想起洛神一类的传奇女子。

"公子是何人,为何会知道那句诗?"

夏青鸢从怀袖中掏了掏,把手帕拿出来,道:"牡丹娘子所说的可是这帕子上的诗?"

美人见了那块手帕,方才漠然的脸色顿时有了鲜活表情。她立刻拿过那手帕,继而凄然一笑,差点站立不稳。夏青鸢眼疾手快一把扶住,她虚弱地说了声多谢。

夏青鸢近距离地迅速观察着她，直到看见她的手后愣了一下，眉头微皱："牡丹娘子，在下有个冒昧之问。若是如实回答，我就将这帕子主人的更多消息告知于牡丹娘子。"她从袖中掏出了羽翎卫的腰牌晃了晃，"那位公子，怕是近日性命堪虞。"

美人听了频频点头，泪珠自然而然地掉落下来。夏青鸢感叹了一下花魁的美貌之后，清了清嗓子问："在下想知道，花魁娘子你……可是真的牡丹？"

陆远和周礼在距离花魁房间不远的客室里喝茶。

一壶茶已经快要见底，还不见青鸢从里面出来。周礼不住地往里探望，陆远则看起来分外镇定，只是倒茶时洒到了杯沿外。

突然隔壁传来一声大喊："快来人！"正是夏青鸢的声音。

周礼还没反应过来，陆远便已飞身离席。客室大门从里面上了门闸，他抽刀劈开，继而冲了进去。

房间里一片混乱，青鸢握着花魁的手臂，花魁反手控制住青鸢，另一只手握着三寸短刀，刀口闪着寒光，直指青鸢的喉咙。

"谁再上前一步，我就杀了她。"花魁眼色凶狠，像发怒的豹子。

陆远咬牙握住刀柄，向后退了一步。夏青鸢却在此时开口："小娘子，若是你杀了我，眼前这位大人怕是掘地三尺，也要将你相公挫骨扬灰。"

刀口又逼近了一寸，血沿着血槽流出来。陆远蓄势待发，刀已出鞘一半。

"小娘子，投案吧。现在放手，你还能回头。"夏青鸢闭着眼睛继续开口，"我从前……也像你一样，以为这世上已无甚可留恋。其实不是的，你家中……不是还有人等着吗？"

三人正在对峙，突然从陆远身后闪身冲进来一个人，朝着花魁走去。

"芍药，把刀放下。"白衣公子眉眼温柔，他一步步走向花魁，面带微笑，"我来接你回家。"

被唤作芍药的花魁带着青鸾一步步向后退去，她身后的房间尽头开着窗，窗外是数十丈的高楼，掉下去就会粉身碎骨。

"裴郎。你和她一起骗我。要不是我……你是不是可以和我装一辈子的恩爱夫妻？"

白衣公子站定，从包裹里取出一个面具，戴在脸上。面具下，他的声音平静如水："芍药，我以为你能迷途知返，是我错了。今日我来自首，望羽翎卫大人……放过我娘子。此前，夏府女尸一案，裴某是主犯，愿交代实情。"

"裴郎，不要！"尖刀"当啷"落地，陆远迅速冲上去抱住青鸾，将她带到一边。

花魁仍旧站在窗前，与白衣公子隔着面具对望，她不无悲伤地说："裴郎宁可入狱，也不愿再与我为伍了，是吗？"

面具下的人沉默无声，一双细长的眼睛似笑非笑，似哭非哭。

花魁笑了笑，接着靠在窗前哼起那首歌："妾发初覆额，折花门前剧。郎骑竹马来，绕床弄青梅……"

接着，她向后一倒，掉下了高楼。

白衣公子始料未及，猛地冲上去，却只抓住了一片衣角。楼中回荡着他撕心裂肺的呼喊。

那一声躯体撞击地面的声响让所有人都沉默了一瞬，继而，楼下传来一声声凄厉的呼喊与惊叫："牡丹坠楼了！"

所有人都仰头向上看，看到了站在楼边向下张望的白衣公子。随即，他无力地瘫倒在地，任由周礼及其他羽翎卫士兵将他包围。

陆远和青鸢已经赶到楼下，羽翎卫已经在血泊四周站成了一圈，原本热闹喧哗的天香阁大堂此时一片死寂。

一个羽翎卫上前对陆远行礼，道："大人，死者是从花魁牡丹所在的客室窗口落下，死于此处，我等已立时将大堂其他人群驱散，等大人查验。"

陆远点了点头，人群分出一条路，他立即走上前去。

即使有了心理准备，坠楼现场还是太过惨烈。青鸢跟在他的身后，看见那尸体朱红色裙裾的一角，心中一震，停下了脚步。就在上一刻，那还是个活生生的人。如果她不曾心急问出那些话，也许并不至于如此？

陆远半跪在尸体旁，略微翻查，又询问了几句，才站起来擦了擦手，转身用目光寻找青鸢，发现她就在背后，脸色煞白。

"别怕，不是你的错。"他轻拍了一下她的肩膀，又低声补了一句，"而且，死的人不是牡丹，也不是芍药。"

她猛地抬头看他，陆远却收起放在她肩上的手，转头吩咐属下："此事恐怕牵连甚广。传令下去，暂时封锁天香阁，命专人看守花魁牡丹的客室，搜查所有证据。另外，将那裴姓男子押至卫署听审。"

半个时辰后，陆远和青鸢一起坐在回官署的马车中。陆远手里拿着一个布包，里面有一些灰色粉末。他仔细端详了一会儿后才揣进怀中。他说："此物也是在花魁的房中找到的，是香灰，由西域传来的阿芙蓉制成。这香无色无味，人吸入后会产生幻觉，甚至昏迷。从前阿芙蓉一两就价值千金，只做药用，大户人家也不常见。只是近来……京中竟然又出现了此物，还与味道浓郁的香料混合使用，后果不堪设想。"

"那这……是不是在江都古寺里的香?"她突然想起,便询问道。

他低头笑了一下,说:"是的,是一类香。所以我怀疑,当时此香就已在江都暗中流通,或许,这交易网早已遍布大毓疆土。只是原料难得,就算是暗中购买,也所费不赀。"陆远难得正经地看着她说,"所以,那夜在古寺,确实有人故意要加害于你,却不一定是你姑母一家。在大毓,私贩阿芙蓉五两以上的定罪……是斩立决。"

她打了个寒战。此时才后知后觉地意识到,黑暗中窥伺着她的人,比她想象的更可怕。正想着,身上突然一暖,是陆远脱下了身上披着的外袍罩在她身上。他低头帮她系外袍褡袢,不小心碰到脖子上匆忙包扎的伤口,她忍不住"嘶"了一声。

"还疼吗?"陆远抚着她后颈皱眉。方才他顾着检查证据,眼睁睁看着周礼手忙脚乱地撕下衣袖扯成布条,在夏青鸢脖子上缠了两圈,还扎了个同心结。

"还……还好,不疼了。"她眼神躲闪,避开他的手。

陆远的眼神黯淡了一瞬,随即放开了她,咳了一声,说出的话有几分酸涩:"今日你我在车上的话,你若是不想回答,我便不再追问,这样躲着我又是何必?"

她垂下眼帘,睫毛扇动,开口道:"陆大人不会是以为你我曾有过,咳,一些亲密之举,我就从此非你不可了吧?"她又笑了笑,"你也知道,我从前无亲无故,自在惯了。就算你我真有过些什么,我也不会就此赖上你,你大可放心。"

陆远气结,竟一时没有话反驳她,半晌才憋出半句:"难为你这样想得开。"

夏青鸢也气结，瞪了他一眼："我夏青鸢从来都光明磊落，哪像陆大人，心里有了别人，还要来撩拨我。"

陆远竟然从这话里品出了几分酸意，心里莫名愉悦，看她时也眼带笑意："你不再生我的气就好。"

她被噎得哑口无言，憋了一会儿才吐出两个字："变态。"

二人说话间，终于等到马车停在卫署门前。周礼已经把白衣公子五花大绑，候在大堂里。证物台上铺着白麻布，放着香灰、面具、沾血的衣物，以及其他从牡丹卧房中搜来的东西。

"死者虽面朝下落地，五官模糊。但经仵作验尸、羽翎卫检查与天香阁中侍女的口供，死者体貌与天香阁歌妓名唤牡丹者并不相同，身份不明。"

周礼看向白衣公子，那人面如死灰，毫无生气地跪坐在堂前，俊美的脸上也沾上了血迹，邪气妖艳。据说，他在被押送出天香阁前时，曾发了疯般地跑向那摊血泊，彼时尸体已经被运走。

夏青鸢走向他，半跪下盯着他的眼睛，问道："裴公子，那死去之人，你可知是谁？"

白衣公子茫然地看着她，像失了魂一样，一言不发。

"花魁牡丹是天香阁头牌。我找了所有与牡丹见过面的人去验看尸体，都说体貌与牡丹不同。连天香阁收洗衣服的浣衣妇都问过了。若说是串供……那恐怕要收买整个天香阁才行。"周礼接过了话茬儿。

青鸢也点头表示赞成："死者不是此前与我在阁中谈话之人。我记得，那位美人的右手食指与拇指有茧，指节粗糙，是常年习武，而非弹琴握笔会有的手。但那……坠楼的死者，双手素白无痕。"

陆远有些惊讶，看向她问："习武？"

第三章 人面花

"对。我与……芍药在客室中谈话时，曾看过她的手，当时即起了疑心。可如果她从一开始就不是牡丹，为何阁中的人此前又都说她是？"青鸾看向裴公子，问道。

周礼一拍手，恍然大悟道："所以，此前裴公子口中的芍药，与牡丹长得一样？"

陆远沉吟片刻，走到陈设证物的桌前，拈起了一点香灰嗅了嗅，又拿起其中一个面具，翻到人脸覆盖的那面看了看，面色一变。

"牡丹，芍药，双生花，并蒂莲。"青鸾若有所思，再次在裴公子面前蹲下，"公子，芍药是你的夫人，那牡丹呢？"

"青鸾小心！他吸了阿芙蓉！"陆远突然放下面具，大喊一声。

就在此时，白衣公子猛地扑向她，如同穷途猛虎，被两旁侍卫迅速按住。夏青鸾却仍然在原地一动不动地注视着他，任由暴怒男子与她对峙。二人只相差毫厘，她神色怜悯地说："妾发初覆额，折花门前剧。我知道了……"

就在此时，白衣公子像是筋疲力尽，眼睛一闭，彻底昏死过去。

惊魂未定的陆远走上前，一把拉起她，气得脖子绷起青筋，怒道："夏青鸾！你疯了？"

她抬头呵呵一笑，如释重负地开口："我知道了，我知道是怎么回事了。请去户部调取花魁牡丹的宗籍，若去迟一步……怕会被人毁掉。"

她说完也昏了过去，陆远牢牢接住她，下意识地试探她的鼻息，手都禁不住颤抖。周礼也跑过来，检查之后若无其事地站起来，拍拍陆远："师父，别大惊小怪。师娘只是饿晕了……"

半个时辰后，京城的馄饨摊边坐着三个人。两个身形高挑、腰佩长刀的男子和一个小巧瘦弱的女子。然而，女子的面前摆了足足五个空碗,她还在喝着第六个碗里的汤汁,吸溜声响彻小摊,行人纷纷侧目。

陆远抚额看着她,周礼又给她推来一碟菜,笑得一脸宠溺:"来,青鸢师娘,别光喝汤,吃菜吃菜。"他撑脸看着她,问,"师娘,既然你与我师父是纸上婚约,那我以后……叫你青鸢姑娘,可好?"

她呛了一口汤,咳得满脸通红。陆远嫌弃地掏出一条手帕递给她。

"我听闻你在江都过了几年,你可知我也是江都人氏?曾在江都府学念过些年,后来家父过世,才从了军。"

"江都府学?"夏青鸢抬眼惊喜道,"我也念,不对,偷听过府学先生的课。"

陆远抬眼看了她一眼。她蓦地想起当时卖批注版《四书》还被他抓了个现行的事,急忙转移话题,打着哈哈开玩笑:"这么说,周副将与我同在江都城长大,又念过同一所府学,岂不是青梅竹马?"

这下轮到了陆远喝汤被呛到,咳得肝肠寸断。

周礼满怀忧虑地看着他,说:"师父近日来……身子不大爽利?年纪渐大,要多休息啊。"

陆远朝他投来利刃一样的目光,然而周礼根本接收不到,继续浑然不觉地与青鸢谈笑:"是啊,哈哈哈。我应当比青鸢师娘小一些,是小弟吧……"

陆远磨着牙倒了一杯茶,终于开口:"我今年二十三,如何就年纪大了?"

"师娘你不知道,师父他早年在控马镇戍边,常在大雪里蹲守北境的胡人，一守就是数夜，双腿险些冻断。从前征战也有大小刀伤，能活下来真是苍天有眼，可这身子……确实需要好好调养一番。"周礼崇敬地看着陆远，道，"师父，您辛苦了。"

这顿饭终于以陆远摔了个碗，周礼抱头鼠窜回家而告终。

深夜，青鸢刚梳洗完，正坐在床上思考人生，忽听门外有敲门声。她应声开门，见是陆远。

他换上了家常便服，清风朗月地在门口站着，背后是一轮圆月。若说长得好，陆远在京城确实是卓然自成一派，只是经常摆着一张阴恻恻的脸，看着像是为上位者杀人放火的走狗。

"有……有什么事吗？"二人独处，美色当前，她还是禁不住脸红了一下。

"换药。"他指了指她脖子上的伤口，"你自己不好换，今日仆从们恰好都回家了。"

全陆府上下除了他带来值守的亲兵，只有两个仆从，现在两个都回家了，也不能说是巧合。青鸢"哦"了一声，闪身让开。陆远极其自然地踱步进屋，还顺手关上了门。

他换药的手法很熟练。她乖乖坐在床边，陆远半蹲在一侧，麻利地敷上了新药，又细心包扎好，整个过程极其短暂，转瞬间他就站起，准备离开。

她一时没反应过来，心中一急，张口就是一句："这就走？"

他背对着她的身影顿了一下，才缓缓转身，眼角带笑："怎么，夫人要留我夜宿？"

"不必了！我只是……只是在想今日的案件。对，在想案件。"

他又笑了笑，把药瓶轻轻放在桌上："一日敷两次，需换药时叫我。另外……周礼他不算你的青梅竹马。"

"什么？"她疑惑。

"青梅竹马，要幼时两小无猜，长大后，情投意合。"说罢，他转身离去，关上了门。

这一天风和日丽，天朗气清。周礼一大早就气色颇佳地等在陆府门前，见了夏青鸢，笑得脸上两个酒窝更深了："青鸢师娘！早啊！"

夏青鸢也步伐轻快地跑出去，全然不理会身后的陆远，招呼道："周副将早啊！"

"青鸢师娘，早饭可用过了？这是我从城北带的包子……"

"她吃过了。"陆远一把抢过包子几口吃下，顺带白了他一眼，"周礼，平日去官署怎么不见你如此勤快？"

周礼呵呵一笑："属下任职不到一年，终于赶上了大案，今儿当然得起早，去狱里把裴公子提出来再行审问……师父，吃慢点，别噎着。"

青鸢已先行上了马，三人并辔往衙署去。路上春光明媚，她看着沿途穿着春衣踏青的游人，不知在想什么。

冷不防地，陆远在身后开口道："喜欢踏青？等案子结了，我们一同去。"

她笑了笑，转过头看向前方："从前在江都，总羡慕女儿家穿新衣、过上巳节。我在最想穿新衣服的年纪，每天都在愁下一顿饭在哪里。这么多年过去，穿惯了男装，竟已不知道京城里的女儿家盛行什么穿戴了。"

身后二人都陷入了沉默。她尴尬之余撩了撩头发，哈哈一笑："其实也没什么，穿男装也不错，办案做事都方便。"

周礼也笑了一下，宽慰道："是啊，下次咱们一同去踏青，青

第三章 人面花

鸢师娘一定是人堆儿里最俊俏的公子哥!"

陆远没有搭话,只是安静地打马走在她旁边。过了一会儿,才开口问:"昨天裴公子唱的那首曲子,你可想出眉目了?"

她点点头:"妾发初覆额,折花门前剧。郎骑竹马来,绕床弄青梅。这是古曲《长干行》,讲青梅竹马两小无猜,长大后结为夫妻。那日在天香阁,我第一次见到花魁时,她哼的也是这首。后来裴公子在大堂里,念的也是这一首。"

陆远看了她一眼,不明所以:"所以呢?"

她回头问周礼:"昨日查的三人籍贯之事,进度如何了?"

周礼清了清嗓子,正色道:"昨日,户部派人去调了天香阁众妓籍的卷册……发现果然如师娘所料,花魁牡丹的那一页不见了。"

陆远皱眉:"不见了?是被人撕去了,还是本就没有登记过此人?"

周礼仔细回想,说:"妓籍名录上的人,都是在进了天香阁之后,由阁主报给户部,半年清点一次,补足变化。若是有缺漏或是删改,那可是重罪。"

"天香阁阁主是?"青鸢抬头。

"是韩党之一,常住金阁内,没人见过他的真面目。"陆远不动声色,感慨道,"看来,这案子背后,确实藏了不少人。"

"那死者芍药与裴公子的户籍呢?"青鸢接着问。

"死者身份尚不明晰,天香阁里也没有叫芍药的人。但那裴公子的倒是有。他原籍在……扬州。家中世代在扬州与京城间的商路上做贩茶生意。曾与一女子定亲,不过那女子她……"周礼顿住了。

"她怎么了?"青鸢和陆远同时发问。

"那女子，于数月前失踪了。"周礼陷入沉思，"羽翎卫查到了裴公子在京城的宅邸，家中只有几个老仆。起初还说夫人是回乡去了，我们又多问了几句，才说是数月前离奇消失，不知去向。家主像是有什么难言之隐，也不去报官。依我看，这裴公子很有问题。"

陆远看了他一眼，眼神锋利，道："多问几句？是用了过去在控马镇那一套吗？"

"不敢不敢，师父。你曾说过，这儿是京城，办案时要和颜悦色，非性命攸关之时不动武，嘿嘿……"

"失踪。可曾问过裴公子的家仆，卢夫人的长相穿着，还有……裴公子平常，都管他夫人叫什么，可是芍药？"青鸾接着询问。

"问过了，可他们无论怎样都不肯多说，蹊跷得很。哦对了，我们还在裴公子府上搜到了这个……"周礼从怀中掏了掏，取出了一小包粉状物，"是掺了阿芙蓉的香灰，在裴公子的卧房。他果然平常也用此物，说不定中毒已深。"

陆远拿过嗅了嗅，表情沉重："如此一来，裴公子若是时常陷入幻觉，他的供词，也就不能完全作数了。"

说话间，羽翎卫衙署已到，紧邻着官署的就是诏狱，朝廷关押三品以上大员要犯的地方。此案由于牵涉甚广，故而裴公子也临时被押在此地。

青鸾是第一次来。下马入门之前，却被走在前面的陆远伸出胳膊拦下。他侧过头问："见过死人吗？"

"见过。"她伸手按下他的胳膊，补充道，"江都夏府后院里埋的那几个丫鬟，我本打算逃出去之后就报官，却被你抢先了一步。"

第三章 人面花　115

陆远眉毛一动，又深深看了她一眼。

她先行踏进了门，看了一眼，又收回了脚。里面比十八层地狱有过之而无不及。仅是瞟了一眼，她就看见幽深的长廊里摆满了各色刑具，浓重腥臭味一股一股地传来，闻着就令人作呕。

"人性本恶，以法则之。在这天底下，多的是太阳不能照及之处，转过头不看，也依旧存在。"他在她后背轻轻推了一把，"协助仵作为案犯与死者画像，是你能继续留在此处的唯一办法，进去吧。"

她下意识地拽住他衣角，问："那你呢？"

陆远眼里浮现难得的笑意："我和你一起。"

长廊极深，四处哀号，臭气熏天。

周礼在前面引路，夏青鸾随后，陆远走在最后。看见有羽翎卫官服的人经过，囚犯们从铁栅栏里奋力伸出手，嘶吼着、咒骂着，几百双手上下摇晃。

十八层地狱也不过如此。

长廊的尽头是一排单独的监牢，关押着要案嫌犯。周礼在其中一扇牢门前停下，取出一把钥匙，打开了铜锁。

牢门打开，裴公子在正中央的杂草垛上打坐。极高处开着一缝狭小天窗，漏进一缕阳光，照亮他已被弄脏的白衣，如同是污泥中开出一朵莲花。

周礼在夏青鸾身边小声耳语："这位裴公子真是好定力。普通人进了诏狱，大多已被吓破胆了。"

"进了诏狱而面不改色的，只有两类人。一类是深信自己能活着出来，一类是深信自己会死于此地。"陆远说完，先行走进了牢室。

听见响动，打坐的人睁开了眼，先看见夏青鸢。他非常抱歉，开口说："姑娘，昨日……多有得罪。裴某彼时闻了返魂香，神志不清。"

夏青鸢摇了摇头，道："无妨。裴公子方才说的，闻过什么香？"

陆远在她身旁侍立，将佩刀弹出刀鞘。

"返魂香。产于滇南，当地人称之为阿芙蓉。裴家世代在滇南与中原茶道做生意，此药原本只是为代替麻药，供医馆疗伤之用。可如今……"

裴公子轻声叹了一口气，突然开始解衣服。夏青鸢被吓了一跳，陆远立刻抽刀闪身，拦在她身前。

然而，对方将外袍解开，衣服散落后，他上身袒露在光线里——身材优美骨肉均匀，原本该是位养尊处优的公子，身上却布满了大大小小的伤痕，蜿蜒可怖。有刀痕，也有抓痕。

"阿芙蓉不可服用，长期食之则成瘾，令人形神俱废。可惜，待我察觉此事为时已晚。唯有刺伤自身，方可短暂醒转。"他苦笑一声，"吾已半身入地狱，如今苟延残喘，不过是……有余愿未了。"

裴公子又重新披上衣服，陆远才缓缓将刀收了回去。

"裴某知道姑娘是可托付此愿之人。"他抬起鸦羽般浓密的眼睫，眼睛漂亮得让夏青鸢倒吸一口凉气。他继续说，"我愿悉数告知天香阁坠楼案与夏府坠井案之内情，但唯有一请，望夏姑娘能应允。"

陆远刚要开口，却被夏青鸢用眼神制止。她郑重地说："裴公子请讲。"

"裴某望死后，能与天香阁已死的花魁牡丹，葬于一坟。"他缓缓吐出这几个字，长长舒了一口气。

夏青鸢弯下身，直视他的眼睛，问道："公子说的，可是被抛尸井中的那位死者、天香阁真正的花魁——牡丹姑娘？"

对面的男人听见她的话，欣慰地点头。夏青鸢像想到了什么似的，瞳孔突然睁大，不敢置信地说："是芍药杀了牡丹？"

就在此时，从天窗漏光处发出一声微响，一根银针瞬间没入了裴公子的脖颈，紧接着，他的身体僵直，抽搐了几下，向后重重地倒了下去。

"青鸢，小心！"陆远一把将她拽回暗处，她来不及挣脱，又不顾死活地冲上去，将裴公子也拉到了暗处。

周礼早在听到响动时就冲了出去，追击屋顶上的刺客。

陆远探手向裴公子鼻尖，又俯身听了一会儿，站起身摇了摇头，叹道："裴公子，怕是已断气了。"接着从脖颈处拔出那根银针，"这针上有剧毒，需要带回去给仵作验看。"

夏青鸢还半跪在地上，裴公子双眼未阖，仿佛还有呼吸。

"能站起来吗？"陆远看她还处在惊吓中，便拍了拍她肩膀。

夏青鸢呆愣愣地抬头看着陆远："他的发妻芍药或许是夏府坠井案的真凶。那天坠楼的，不是芍药，是她的手下之一。"

"现在裴公子已死，如果不尽快找到芍药……会死更多的人。"

陆远与夏青鸢一起跨出诏狱大门时，天光正亮。

周礼从不远处急匆匆跑来，神色沉重："我与刺客交手了几个回合，竟让他跑了，请师父责罚。"顿了顿，他又补了一句，"不过，那刺客所用的刀制式奇特，我之前只在兵书上见过。"

"如何奇特？"

"像是……滇南军刀。"

"滇南军刀？"陆远沉思道，"还发现什么了？"

"哦,对了,回来的路上,我还看见了窈娘。"

陆远先看了夏青鸢一眼,才继续追问:"窈娘?她在此处做什么?"

"还是像往常一样,像没看见我似的。亏我上次与她搭档还帮她挡了一箭。"周礼耸肩。

"我问你,她是从哪里出来,往哪里去?"

"哦,她好像是从……从城西过来。应当是去,唉,不对,她平日根本不会去城西,除非是去……天香阁找九千岁。"

三个人交换了眼神,同时往一个方向奔去。

"上马,去天香阁!"

赶到天香阁时,平日里熙熙攘攘的闹市稍显冷清,只因门前站了一列戴甲佩刀的守卫。

自从上次坠楼案发生之后,羽翎卫署就暂时接管了天香阁。但这批守卫却不是羽翎卫的人。

"缠枝双莲纹,是韩府的徽志。九千岁将天香阁围起来了。"周礼咬牙恨道,"九千岁就能如此干涉朝廷办案吗?"

陆远略微思索,回头看了眼夏青鸢,道:"跟我走一趟。"

她不甚明白,问:"守卫不是羽翎卫的人,你要如何进去?"

陆远又看了她一眼,挑了挑眉。夏青鸢这才恍然大悟,有些生气地说:"要去你自己去!"

他伸出手指晃了晃:"二百两。"

"成交。"她笑逐颜开。

周礼看得一头雾水,问:"什么意思?你们要去哪儿?为何不带我?"

半个时辰后,一个锦衣华服、个子高挑的公子骑马停在天香阁外，回头望向身后的马车。

换上了裙钗的夏青鸢戴着幕篱，轻纱罩脸，袅袅婷婷地掀开马车的车帘，伸手搭在陆远的肩上，轻盈地跃下马车，又挽着陆远的手臂，向天香阁走去。

门前守卫并不认得换了常服的陆远，伸手拦住了二人。陆远展颜一笑，自然然地搂住了她的腰，说："军爷，通融通融。姑娘哭着要回阁，说家中不如此处自在。"接着，又将腰上戴着的玉佩解下，塞进守卫手中。

"大人胡说，明明是大人说阁里的卧房舒服，才带妾身回来的。"

她仗着戴了个幕篱，演得放飞自我，半个身子都挂在陆远身上，还扭了几下，几个守卫都没眼看，啧啧惊叹着目送他们进了天香阁。

进了门，两人依旧保持着方才如胶似漆的演技，一路你侬我侬地上了楼。

直到进了花魁牡丹卧房所在的长廊，夏青鸢才长舒一口气，推开陆远，蹑手蹑脚地推开了金漆大门，朝他招了招手："没有守卫，快过来！"

陆远踱步过去，她一把将他拉进了牡丹的卧房，又迅速关上了门。

"你这样，搞得我们像在偷情。"陆远被她推到门上抵着，却心情大好。

夏青鸢白了他一眼，没好气地说："就算全京城只剩你一个男人，我也不会和你在这里偷情。"她转身看了看室内陈设，啧啧称奇道："九千岁的人，竟然没将这里封起来，好生奇怪。"

说着，她向前走了两步，往楼下望了一眼。

"裴公子说，天香阁那日坠楼的，是替芍药死的人。而阁中其他与牡丹相熟、又看过死者的，都说坠楼之人长相与牡丹完全不同。而芍药在以牡丹名号住在天香阁期间，无人识破她是假扮的，那么牡丹与芍药或许是双生姐妹，长相一模一样？"

陆远跟在她身后："如果真是如此，你当日进入房中后见到的人是谁？是芍药，还是将死的替身？"

她一愣，抬头看他，说出了另一种设想："如果我所见的就是芍药本人，而坠楼的是替身呢？"

"那就是被调包了。"他也向楼下望了望，"唯一可能换人的时间，是在你被芍药持刀胁迫、我们冲进屋之前。"

她转身闭眼，回想着当时的情景，又突然睁开眼，还原当时的情景："被刀架着时，我确实……没有看到花魁的正脸。而第一个冲进屋内的人……是裴公子。"

陆远站在门口看着她，复原当时裴公子进门的场景："假如芍药的确是趁着此时逃跑，那就是在持刀胁迫你转身的那短短一瞬。真芍药换成了替身，而裴公子目睹了这一切，却配合她演完了那场戏。"

她神色凄凉起来，蹲下身去，看着满屋的富丽陈设。几天无人照料，瓶中花朵已开始枯萎。她喃喃自语："就在替身坠楼时，芍药还在房中，尚未逃走。裴公子的那番话，何尝不是说给她听的？"

陆远冷笑一声："但还是让别人替她去死了。"

她点点头，走向床前，撩开床帐，看见那里放着一块手帕，就是当天她留给芍药的那件证物手帕，没有被带走。

"芍药、牡丹与裴公子，他们三人同居于扬州，或许如这歌中所唱的，是青梅竹马，那坠楼的替身呢，她为何要替芍药去死？裴公子既然知道杀人的是芍药，供出了芍药的罪行，又为何要掩护她逃走？"

就在此时，楼下传来阵阵的脚步声。夏青鸾迅速将证物收好，二人快步跑出房间，往长廊另一头跑去。

那里有几间客房，此时都没有人。她眼疾手快，将陆远一把推了进去，又迅速合上门。

脚步声越来越近，门被一扇一扇地打开，距离他们所藏身的房间仅有几步之余……

"嘭"的一声，房门被推开，巡查的人却被惊得倒退了一步。

只见一个戴着幂篱的女人压在男人身上，两人正吻得火热。幂篱恰好挡住了两人的脸。

听见响动，她抬头嗔怪地骂了一句："封了门也就罢了，生意都不让做了吗？"

巡查的守卫讪讪地关上了门，居然还赔了一句不是。

门关上后，她迅速从他身上弹开，整了整衣服，偏过头去咳了一声，红着脸说："方才情急，想了这个法子，不是有意要占你的便宜。"

她不看也知道陆远此刻的表情应该很精彩，但还是忍不住看了一眼。果然很精彩。

"又没有真的亲到，你瞪我做什么？"她憋着笑伸手拉他起来，手却被打开。

"夏青鸾，二百两没了。你今天离我远一点。"

"凭……凭什么？那是我的辛苦钱！"

"我觉得，我今天也很辛苦。"

深夜，陆府。

夏青鸢整理完白天的案卷与图册，换了衣服去厢房沐浴，恰好在廊中与沐浴归来的陆远擦肩而过，他擦着头发从长廊尽头走来。初夏晚风凉爽，他敞着衣襟，腹肌与腰线若隐若现。

视线对上时，都不约而同地停了脚步。夏青鸢从上到下地看了一眼，就转过头去。陆远尴尬地拢了拢衣襟，咳了一声，没话找话说："这么晚了，还没沐浴？"

她也理了理头发，不自然地笑笑："方才在整理案卷。你不也是？"

他"哦"了一声，二人一时无话。凉风吹过，她打了个哆嗦。

陆远眉头一皱，道："京城五月还很凉，不比江都。晚上穿这么少，想得风寒吗？"

话还没说完，她就打了个喷嚏。陆远想也没想，直接将她打横抱起来，往厢房走去。

夏青鸢被吓得惊叫一声，陆远白她一眼："别多想。我是怕你一双短腿走到厢房沐浴，再穿成这样回去，明日估计得病得起不来床，到时候再耽误了案件进度。"

她无话可说，只好僵硬地让他抱着，手却无处可放。他衣襟系得并不牢，一扯就会散。隔着布料，结实的胸膛触感近在咫尺。

她这才后知后觉地意识到，两个人都穿得确实太少了。自从江都古寺之后，此情此景倒还是第一回。

青鸢斟酌了一会儿，只好将手臂虚搭在他的肩膀上。陆远的脚步顿了一下，又若无其事继续向前走。这通往厢房的路也太长了。她咽了咽口水，在心里暗想。

"你近日变重了。"陆远突然开口，声音就在耳边，连胸腔的

第三章 人面花

震动也清晰可闻。

"嫌沉就放我下来。"她低着头，回怼却不似平常那么有底气。

陆远笑了笑没说话，依然抱着她向前走。她心情不知为何突然轻松起来，听见园中鸟鸣，抬头看了看夜空，语气惊喜地伸手一指："看，是满月啊！"

他脚步也停下，顺着她的手指望过去，感叹道："嗯，是满月。"

陆远就这样抱着她赏了一会儿满月，她安静听着他的心跳声，忍不住又回头，恰好与他鼻尖相碰。月光清辉洒在他的眼睫上，眼神深沉莫测。

夏青鸾慌忙挣脱他站在地上，一个不稳，陆远又眼疾手快扶住了她的腰。

他的手在她腰际，暖意蒸腾起来，她感觉得到。

"到了。"他过了一会儿才开口。

她恍然大悟般地抬头一看，发现已经站在厢房门口。

"啊？到……到了。"她迟钝地点点头，陆远却全然没有放手的意思。她又看着他，重复了一遍，"陆远，我到了。"

他握着她腰的手反倒更收紧了一些。

"你……你这是什么意思？"她的声音小得连自己都听不见。

良久，陆远才长呼一口气，缓缓放开了她。

"快些洗，当心受凉。"他转身离开了，步履有些过于匆忙。

她也站在原地发呆，等他消失在长廊尽头许久，才叹了口气，走进厢房。

第二天早上，夏青鸾起得有些晚，是被太阳晃醒的。她急急忙忙地跑出门，却迎头撞上一个胸膛。他又习惯性地伸手扶，她却向后退了一步，绾了绾额角的乱发。

该死，出门太急，蓬头垢面。她偷偷看了陆远一眼，发现他和平时一样眉清目秀，只是黑眼圈重了一点。

"昨夜睡得怎么样？"他没话找话。

"还……还行。你呢？"她故作自然地向前走，陆远背着手跟在她身后。

"我昨夜，睡得不太好。"

"啊？那……那要多休息啊。"她关切地转过头看他，对上了陆远幽怨的眼神。

"你……算了。"陆远想要说些什么，正好看见门前刚从马上下来一脸灿烂笑容的周礼，便不再说了。

"师父，师娘！案子又有进展了！"周礼一上来就开心地说。

她疾跑过去，问道："怎么？"

"昨夜裴公子意外身亡后，羽翎卫封了裴公子的住处，在他卧房里搜到了这个。"周礼从怀中掏出一卷画轴，展开递给她看。

"这画的不是……裴家后花园吗？"她接过去仔细看着，"等等，为何这花园看起来，如此奇怪？"

陆远也凑过来，却看不出来，便问："哪里奇怪？"

她指着一处水井，解释说："寻常人家的花园都依地形就势，布置山水花草。但这里只有一口井，四周空无一物，既无替井水遮阳挡尘的绿竹，也无花卉。再者，这里是地势高处，怎会独独挖一口井？"她继续展开画轴，看见落款时神色一变，"这画是你在裴公子房中寻到的？"

"是啊。"周礼点头。

"可这画落款处的印章，是天香阁……"

半个时辰后，夏青鸢与周礼站在了裴宅外。

第三章 人面花 125

"你说，陆大人忽然被叫进宫，可是有什么要事？"她推了推微阁的房门，木门应声而开。

"近日来，陛下常下诏请师父去宫里，只说是下棋。"周礼紧跟着她进了院子，左顾右盼。院中空无一人。

他们并肩往后院走，她忽然站住了脚，问道："周副将可知道当年……陆家与夏家的旧事？"

"此事当年是一桩悬案。不过就连街巷里的三岁小儿都知道，陆将军与夏大人之死另有隐情。我来京城后，也听闻了一些。师娘，你也姓夏，不会真的是右相的后人吧，哈哈哈。"

她勉强一笑，又问："所以，当年夏家真的与陆家结怨？五年前……京城究竟发生了什么？"

"师娘问我，可算是问对人了。师父对当年的事讳莫如深，从不许我们提。是我来了京城之后，与太史监的录事们闲聊，这才听到一些当年悬案的秘闻。"

夏青鸢的眼睛里露出期盼的光。

"想必师娘也知道，当年陛下初即位时，与皇后江羽衣感情甚笃。十八年前皇后突然薨逝，陛下哀痛逾礼，永久封闭了皇后所住的凤羽宫，又裁撤了皇后亲设的暗卫羽翎卫。从那之后，大权就逐渐旁落，直到陆将军与右相先后被杀，九千岁彻底掌权……"说到此处，周礼叹了口气。

"可这和……"她还没说完，周礼就接过话头。

"五年前，那场牵连两位上柱国的祸事，据说就与先后有关。"周礼顿了一下，"圣上曾与皇后生有一女。只是那位小公主降生后就没了消息，也有人说，是被偷走了。"

"偷走？"

"对。那是在传说中的狼牙山一战,大军主力都在战场上,大营里守卫空虚,被敌人袭了营。皇后恰在那时生产,诞下一位公主,自己却难产而死。最先赶回去与敌人交战的是右相与陆将军,却还是太迟了。皇帝最后赶到时,没来得及见到皇后最后一面。或许是因自责而迁怒,总之,皇帝自此开始疏远二人,重用韩殊,最终酿成祸事。"

"那陆将军与右相之间,又为何交恶?"

"陆将军蒙冤而死,当年的说法是因右相弹劾他私藏兵甲,实际上,或许也另有隐情。好像……与一幅画有关。"

"一幅画?"夏青鸾心中一紧。

"对。听闻是右相上书弹劾后,官兵奉旨搜查陆府,搜出了一幅先后的自画像,触了皇帝的逆鳞,才降下死罪。"

她突然停住了脚步。方才听得入神,没留意间,他们已经走到了裴府的后花园。那口神秘的井,就静立在花园正中央。

"此种引人猜忌的秘闻,你怎么知道得如此详细?"她有些狐疑地问。

周礼有些不好意思地说:"咳,在下有收集京城奇闻传说的癖好。为了听这段秘闻,特意花了半个月的俸禄请太史监的同僚们喝酒呢。"

她突然感到头痛欲裂,脑海中闪过无数从未见过的片段:

她与一少年在书桌边依偎着,身后窗明几净。她单手撑着桌面,碰掉了桌上的一幅画。捆扎卷轴的丝带散落,画卷展开了一半。画上的女子明眸皓齿,落款是江羽衣。而那个少年,侧脸与下颌的线条虽不如现在清晰利落,她依然十分确定,是陆远。

准确地说,是五年前的陆远。

如果这段记忆是真的，他与她确实在五年前就相识。然而，这段往事里有那张画，极有可能就是导致两家滔天灾难的开端。

此画与她有关，那么夏焱当年保下陆远，是因为对陆家有所愧疚吗？她失去的记忆，也与那段不堪回首的祸事有关吗？

假如陆远不知道那幅画的事，她要怎么告诉他？他知道之后，会不会从此离开她？又或者，他早已知晓自己是导致陆家覆灭的源头，却还让她陪在自己身边？

头痛欲裂。黑暗中，她看见街巷尽头骑马赶来的陆远。那身绣着银鱼的官服在旭日下越发纯黑，如同黑夜本身。

"青鸢师娘，你怎么了？"耳边传来周礼的焦急询问。

她清醒过来，恍如隔世地看着陆远，艰难地笑了笑。手臂却被陆远伸手扶住，将她搀起来。

"还好吗？"他不知道发生了什么，只看见青鸢恍惚的神情，忙问。

她却瞬间转过脸去，不动声色地挣开他的手。

陆远不着痕迹地叹了口气，转移了话题："我方才路过北市，顺手做了一件，是女子在上巳节时穿的。"说罢，递给了她一个包裹。

青鸢打开一看，是北市布行里最新的江淮府绸与蜀锦做的衣裙，精致华美，在日光下熠熠闪光。

"不喜欢？"见她低头不言，陆远耐心地低头询问。脾气好得让周礼咋舌。

她声音酸涩，将包裹推了回去："喜欢……陆大人的好意，我心领了。只是以后，不需再送我这些。"她丢下这样一句，转身向周礼做了个手势，正色道，"周副将劳驾，与我一同验看。"

陆远拿着包裹站在一旁手足无措，想拉住青鸾，却被她冷若寒冰的气势吓了回去。

一个时辰后，从裴府里出来的三个人坐在茶馆中，都灰头土脸的。

"那的确是一口普普通通的枯井。可那井边为何刻着芍药花？还有，井里的这个面具，又如何解释？"周礼手里拿着一张涂着红漆的面具，与之前发现的证物形制相同，十分疑惑地说，"难不成，有什么隐藏机关？"

青鸾没有说话，拿起茶壶倒了一杯，一饮而尽。陆远坐得离她有一尺远，二人全程无话，中间夹着周礼，气氛快要冻结。

周礼察觉了他们之间的微妙变化，又开始试图打圆场："青鸾师娘，你喜欢喝这茶？我恰好也爱喝，改日给你带些。"

她微笑，和颜悦色地回道："好啊。"

只听"啪"的一声，陆远手中的茶杯没有拿稳，掉在了地上。

"师父，我来捡。"周礼忙不迭弯下腰，可夏青鸾竟早一步捡拾起几片碎瓷……

"啊，师娘，您受伤了？"周礼夸张地牵住她的手腕，果然，她手心处被瓷片划了道口子。

"我……我找找身上可带着伤药。"他在身上上下翻找。

夏青鸾轻描淡写地挽了挽袖口，将伤口藏起来，淡漠地说："一点小伤，不碍事。"

"让开。"身后却传来一个声音，接着陆远隔开了她和周礼，拿出她藏起来的手。

"我没事。"她试图挣脱，却被握得更紧。他从怀袖中掏出一个陈旧的白瓷小瓶，取出药膏，一点点涂在她手心。

第三章 人面花

不知为何，她觉得那个药瓶说不出的眼熟，便问道："这药瓶……"

他看了她一眼，迅速将白瓷瓶收起："是我的，怎么？"

她咬了咬嘴唇，欲言又止。

"周礼。"陆远偏过头，看了正在心无旁骛地吃下酒菜的周礼一眼。

"师父有事吩咐？"

"去北市买一笼包子，要街最西头的那家。"

"为什么……"周礼抬头，看了看陆远，又看了看夏青鸢，终于聪明了一回，匆忙吞下最后一口下酒菜，"好，师父，我这就去。"

待周礼走后，陆远挪过椅子，径直坐在她身边，问道："夏青鸢，你是不是有事瞒着我？"

她之前隐藏的情绪此时都涌了上来，抬眼直视他："你不也有事瞒着我吗？"

陆远突然怔住，所有的话都堵在了嘴边。她站起身拿起酒壶，倒了满满一杯酒，一饮而尽。到第二杯时，却被拦下："你不会是对周礼……"他忍了又忍，还是没忍住问出了口。

"我宁愿喜欢周礼，也不要喜欢你。"她红着眼眶直视他，说出的话却与心里的想法大相径庭。

一阵沉默。最终还是陆远开口："好。"

他转身走了出去，留下她与一桌的酒菜。阳光穿过窗棂，照着街上人潮熙攘。有夫妻吵架、小儿打闹、商贾叫卖。

好似从来都太平清明，无事发生。

许久，她才拿起筷子，大口吃起菜来。泪水掉落在酒菜中也浑然不觉。

不知何时，她手边忽然多了一张纸，像是个信笺。她胡乱擦干眼角泪水，拆开信笺，看到只有一行字：

戌时裴府，天香阁鬼宴，邀有缘之人入场。阅后即焚，否则此拜帖作废。

戌时，裴府。难道是他们方才去过的裴府？她思忖一番，将信笺折了折，从店家那里要来蜡烛点了火，火苗瞬间吞噬了信笺。

到了黄昏戌时，一辆马车停在裴府门前，车帘掀起，换了裙装的夏青鸢走进了空荡荡的裴府，大门在她身后重重合拢。

与白天的荒凉景象不同，夜间，这里四处都点起了纱灯，照亮一条曲折小径。

可明明裴府的人早已不在，这些灯又是从何处来？

她心下忐忑，不远处的竹林中却传来欢声笑语、杯盘相碰与丝竹弹奏之声。

她想起信笺上提到的天香阁鬼宴。他们究竟是鬼是人？

她握紧了拳，鼓足勇气走进了密林深处。

密林的尽头有光。当她拨开最后一层竹叶时，看到的景象让她忍不住后退了一步。

林中是个宴会。少说也得上百人，散落在竹林中，地上摆满杯盘，盛着佳肴与美酒。

每一个宾客的脸上都戴着面具。红漆面具，眼睛细长，没有表情。与她此前见过的证物一模一样。

见到她，原本喧闹的场面一时寂静。她定了定神，在众目睽睽之下穿过人群，挑了唯一一处空地，坐了下来。

众人看她坐下，又重新谈笑喝酒。她也只好拿起酒杯，却被

第三章　人面花　131

身旁的人拦下:"别喝,酒里有药。"

对方压低了嗓音,却依然能听出是陆远的声音。青鸾心里一震,问:"你怎么会在这儿?"

"鬼宴邀请了你,为何就不能邀请我?"他离她太近,夏青鸾又往后退了退。

"贵客头一次来到此处,请自斟一杯!"一个戴着面具的人站起来紧盯着她。四周的人都鼓掌附和。无数张深红色的脸齐刷刷地望着她,每一张脸都面无表情,似哭似笑。

她犹豫着举起了酒杯。陆远却早她一步抢过酒杯,一饮而尽。

"你疯了?"她压低声音,语气愤怒。

他挑眉一笑,神情洒脱又落寞:"反正陆某孑然一身无牵无挂,今夜要是折在这里,劳烦你替我收尸。"

后半夜,京城下起大雨,裴府内却依然华灯高照。衣着华丽、戴着面具的人在游廊内、高堂内推杯换盏,喝醉之后,就跳舞弹琴作乐。

陆远不久后即借故喝醉,被夏青鸾搀着起身离席。临走前,陆远的眼神朝坐席末端看了一眼,某个戴着面具的男子会意,对他点了点头。

随着陆远与夏青鸾离席,席间的一男一女交换眼神后坐在了一起。女子虽遮着脸,却身材窈窕,又穿着一件海棠色薄纱绸裙,极为惹眼,走到哪里都是目光焦点。她身旁的男子坐姿挺拔,像个行伍出身,摇着扇子的模样却像个风流纨绔。

"周礼,你怎么也在?"女子目不斜视,肩膀却向男子微微倾斜。

"这话我也想问呢。"周礼耸肩,"我自然是跟着师父陆大人来的，现在看来，他是早知道自己今晚是笼中之雀，脱不开身。啧，你说窈娘师娘，怎么每次都会上我师父的当呢？"

窈娘白了他一眼，没好气地说："你不也常上你师父的当。"

周礼笑得随和："也是，连窈娘大人你也上过我师父的当。上次你的生辰，在画舫上，他假意对你敬酒，实则是在验看你手上的刀伤。不过，窈娘大人不愧是韩公门下一等一的侍卫，不惜用热水将手烫了，只为遮掩伤口。"他继续摇着扇子，"不过……我师父在夏府里遇见的刺客，究竟是不是窈娘大人您呢？您今日也戴着面具，又是受谁之邀，前来赴约呢？"

窈娘顾左右而言他："我自然也是来查案的。不过你方才查出什么没有？这些宾客……确实奇怪。我到裴宅时，在门前并没有看见许多车马随从。"

"有个简单的法子，就是请窈娘大人您调来羽翎卫，将这地方围了，你我再一个一个将这些人的面具都掀开，看看这鬼宴的宾客都是何人。"说罢，周礼摩拳擦掌，跃跃欲试。

窈娘连忙阻止道："不要乱来。今日赴宴之人，都非富即贵。若是真将此地围了，恐怕朝中要有大震动。"

"只是玩笑罢了。刚来时便看到，这些人的衣服料子、言谈举止与所佩的香囊扇袋，都不是寻常人家能买得起的，有几个上面还绣着世家大族的家徽。"说罢，他眉毛一扬，又用扇子指了指不远处，"唷，那不是九千岁吗？今晚可真是热闹啊。"

窈娘顺着方向回头看去，果然在人群中看到一个戴着面具的男子。他今天穿着一件藤萝色的锦袍，握着酒杯坐在宴席边上，醉也如玉山之将倾。原本正在专注地看着她，发现了窈娘的目光后，迅速将脸偏向别处。

第三章　人面花

"周礼,随我去查一件事。"她突然站起来,牵起周礼的手就往厅外走。

檐廊外大雨倾盆,两个人从韩殊的坐席旁擦肩而过。

"等一等。"还没走进雨中,周礼就站定了脚步。

窈娘回头挑衅道:"怎么,不想与我一起查案?"

周礼却将外袍脱下来,罩在她肩上,笑眯眯地补了一句:"窈娘大人无须多想,周某只是见不得美人淋雨。"

她怔了一下,随后把衣领裹紧了一点,二人并肩走进了雨中。

不远处,面具下的韩殊行止如常,待窈娘走后,却在倒酒时出神,将酒倒在了杯沿外。

"窈娘大人,要查什么?"两个人往竹林深处走,那里是裴府的后花园,中央有一口枯井,也是陆远先前发现过面具的地方。

"今夜来的人都戴着面具,又在裴公子与花魁所住的花园里大摇大摆地办酒宴,这般高调行事,为何裴府周围事先一点动静都没有,这些人……就像是凭空变出来的。"她在井边站定,那里空无一人,"再者,白日里你在这井边发现过面具,而井上雕刻的芍药花,也与死去的证人有关。或许,还是要再查一查此地。"

"裴公子、牡丹、芍药。他们三个人不仅是同乡,也都常在家中使用'返魂香'。此物易让人上瘾,若是成批地运到京城贩卖,专供达官贵人享用,你猜,这其中的获利又有几何?"

她伸出手,在井边摸了摸:"这井沿还是干的。方才有人来过,盖住了井口。或许是看到我们来,才将遮蔽物挪开了。"她又向边沿一探,摸到一根绳索,惊喜道,"看,有绳子!这井下,方才定有人来过。"

黑暗中,周礼似乎能感受到有很多双眼睛,在沉默地看着他们。敌暗我明，兵家大忌。方才陆远与夏青鸢被围住的场面又浮现在脑海，心头猛地升起一股寒意。

"窈娘大人，我们还是明日……"他刚想要劝窈娘先离开此地，就听见"扑通"一声，窈娘已先行跳了进去。

周礼无奈地叹了口气，也抓住绳子跳了进去。

那井并不深，两人没摸索几下就探到了底。落地时窈娘没有踩稳，径直掉落下去，被周礼稳稳接住，笑着提醒："小心。"

她马上抽出手，四顾查看。

"这井下可真是别有洞天啊……"周礼摸索着，发现井下的空间竟然比白日大了许多，还出现了几条暗道。

突然，一只蜘蛛掉下来，吓得他一个激灵，随即被窈娘一刀挑走，白了他一眼："到我身后去。"

他们走在最宽的暗道内，四周砖墙齐齐整整，干燥整洁，像是常有人经过。

"果然，这条密道常有人来。若是猜得没错，那些鬼宴的客人，应当就是从这条密道来裴府的。"

"九千岁也是吗？"周礼突然发问。

窈娘不语，继续在前方开路。忽地听见身后又是两声落地的闷响，抽刀回头时，竟然是陆远和夏青鸢。

"师父，师娘，你们来得也太快了吧，哈哈哈。"

窈娘看见陆远，原本就阴沉的表情变得更加阴沉，再次感叹周礼能活到今天，真是全凭运气。

眼前的密道分出两条岔路，四人分成两拨，点了火折子继续向深处走去。

通路深邃，却始终有清冽的晚风吹进来，石壁也干燥无青苔，

第三章　人面花

出口应该就在不远处。陆远与她一前一后在黑暗中贴壁而行。夏青鸢恍惚觉得这一幕似曾相识，好像在很久之前，也曾有过这样一个场景，他牵着她的手在宫城里飞奔，身后是飞扬的柳絮，面前是望不到头的宫门。

如果陆家的冤案起因真的与她回忆中房间里的那幅画有关，现在就是她与陆远最后一段相安无事的岁月。那份罪孽太深重了，她做不到视若无睹地继续与他假扮恩爱夫妻。

可现在那人就走在她前面，肩背宽阔，侧脸安静得像一张古画。他方才不知替她挡了多少杯酒，浑身都是"百花杀"的香气。握着刀的手依然沉稳，只是脚步有些虚浮。

在黑暗中，她向虚空中伸出手，一笔一画，偷偷勾勒他的背影。

夏青鸢想，假如终有一天要离开他，重新过回颠沛流离的日子，那么现在就得把他的样子牢牢记住，画下来，以后活不下去时，能拿出来看一看。

密道的尽头出现一点烛光，有歌声传来，仍旧是那首古曲《长干行》。

密道的空间陡然加大，尽头是个巨大的地下洞穴，堆满了成山的金银绸缎与香料玉石等异域珍奇。中央是由象牙与大理石雕砌而成的御道，两旁列着兽首神像，犹如帝陵里的神道。

御道的尽头是一座纯白的帐幔，里面端坐着两个人，都穿着白衣。四周站着上百个身穿黑衣，戴着面具的人，悄无声息地肃立一旁。

夏青鸢打了个寒战。这个场景犹如葬仪，中央之处是即将下葬的贵族，而她与陆远……像极了前来殉葬的活人。

"妾发初覆额，折花门前剧。郎骑竹马来，绕床弄青梅。"

听到二人走进大殿的脚步声，歌声戛然而止。其中一个白衣人抬起了头，竟然是先前"死"在狱中的裴公子。

"江左世家，自十年前起，被新帝铲除殆尽，剩下我们这些山中贼寇，竟也有重回京城的一天。"

他长叹一声，徐徐抬眼，容貌殊胜，像是画中人。

"怎么，竟然是你们？"看清来人是陆远和夏青鸢，裴公子的笑意凝结在脸上。他身边的白衣女子低着头，戴着幕篱，像是死去，也像是睡着了。

"还有谁会来？"陆远立刻捕捉到了这句话的漏洞，带着夏青鸢向后退了一步，握紧了手里的佩刀。

"来了也好。多两个人看这场戏，也热闹一些。"他意味深长地看了陆远一眼，"烈酒加迷香都没能放倒陆指挥使，是我轻敌了。"继而又转向夏青鸢，"今夜此局能做成，还要多谢青鸢姑娘，在裴府藏宝图中发现了这枯井的玄机，又揭开了天香阁坠楼案的换脸戏法，让我找到这座地下黑市，又找到了她。"

说罢，裴公子掀开了白衣女子的面纱，一张漂亮却木然的脸显露出来，竟然是青鸢在天香阁里见过的坠楼花魁。

"芍药，来，见见你的仇家之子——丹青眼、虎贲骑。"

"你说什么？"陆远顿时紧张起来。

"我说，既然丹青眼已找到，那么虎贲骑的下落，想必你也知道吧。"裴公子俯下身，一把拉起芍药的手腕，介绍道，"这位，就是河图洛书的所有者，多年前失踪的大毓朝公主——芍药。"

陆远和夏青鸢都露出了惊讶而不敢相信的神情。

"当年江左世家的人将她偷走，又担心她不堪重用，千辛万苦从民间找了一个与她相貌最为相仿的女子，二人朝夕相处多年，这样一来，若一个遇着危难，另一个便可随时偷梁换柱。"裴公子看着芍药，也看着地上匍匐着的面具人们，"可惜，世家的算盘打错了，他们没有料到，我这个江左裴氏的长子，竟是个无心继承家业的废物。就算是娶了公主，也是个扶不起的阿斗……"

夏青鸢心中一震。怪不得在户部查不到这个裴郎的名册。她当年在江都就领教过，江左世家大族手眼通天，连皇帝和九千岁都要忌惮几分，修改户籍名册，怕也不是什么难事。

"你知道为何，我从未过问你经手的江都商路的返魂香生意吗？因为我知道，你是如何在大雨夜将牡丹逐出家门，听其生死。总有一天，你厌弃我的时候，我也会和牡丹一样，被裴家弃若敝屣。你与他们，都是一路人。"他看着她笑道，"芍药，你被他们养坏了，你没有心。我斗不过你和你背后的人，只好做个废物。起码，废物不会伤人，更不会杀人。"

他从怀袖中掏出那块旧手帕，深深地闻了一下，眼眉低垂，眼神中似有说不出的痛苦与怜悯。他低声念道："相看白刃血纷纷，死节从来岂顾勋。"裴郎又深深地看向夏青鸢与陆远，道，"陆将军与右相，当年想必也明白这首诗的意思。飞鸟尽，良弓藏。狡兔死，走狗烹。当年若不是皇城里那位半死不活的圣上对两位忠臣起了疑心，江左世家怎能乘虚而入，这些孽债又怎会出现？既然五件圣物所托非人，那就换个人执掌天下！"

他的表情已经变得癫狂，又低头问芍药："这不正是你一直想要的吗？为何还不高兴？"

原本僵坐着的女人终于活动起来，手腕略微用力，就挣脱了裴公子的手。大殿上的面具人齐齐跪倒，口呼殿下。

女人冷冷看着白衣公子，眼神轻蔑："早知你如此恨我，我也不会与你成婚。裴郎，这些年，毁了你的人，是你自己。能逃脱我的手下追杀，还让他们找到此处，算你有本事。不过陪你玩到现在，我也累了。既然你想去黄泉路上陪我阿姐，那就去吧。"她抬手示意，面具人如鬼魅般涌上来，瞬间将裴公子淹没，连一声惨叫都未曾传出。

片刻之后，面具人又如同蝗虫般四散，地面上只剩下一摊血迹和几片白衣的碎片。

有人在远处嘶哑着嗓子唱着歌儿，荒腔走板："十四为君妇，羞颜未尝开。低头向暗壁，千唤不一回。十五始展眉，愿同尘与灰。常存抱柱信，岂上望夫台。"

殿上空空荡荡，只剩芍药一个人。她长长地叹了一口气，脸上冰瓷般的神情仍像个雕塑，没有波澜："陆大人，夏姑娘。家中丑事，祸至京城，见笑了。你我终会再相见，但今夜，本宫就先告退了。"说完，她竟然消失在大殿尽头的帐幔中。

一起赶来的窈娘径直一步冲了上去，要追芍药，却被周礼一把拉住："此处敌众我寡，不可冲动。"

四周的面具人齐齐涌上来，将他们团团围住。周礼拉回窈娘时，却发现她咬紧了唇，眼里全是惊惶。

从前出任务时，她从未有过这样的神情。周礼见状也有些慌乱，忙问："窈娘，你……你还好吗？"

"放开她。"突然，周礼身后伸出一只手，将窈娘扯过来，牢牢护在怀里，另一只手遮上了她的眼睛，"阿窈，不要怕，义父在这里。"

竟然是九千岁韩殊，不知何时到了此处。

第三章　人面花

窈娘听见韩殊的声音，像抓住一根救命稻草。韩殊轻轻拍打着她的后背，像在安抚受惊的小动物。

然而，她仅是深呼吸了一下，就推开了韩殊，眼神咄咄逼人，盯着九千岁问道："义父，百花杀又出现了，您早就知道，对不对？这些人，为何与我从前……"她的眼里流出两行泪，却毫无知觉，颤抖着问，"义父，不，左相大人，我……究竟是谁？"

韩殊环视四周之后，垂眸伸手，抚摸她肩膀，用只有她能听到的声音在耳畔低声开口："阿窈，当年义父能找到你，确是偶然。若是撒谎，就让韩某……此生再见不到阿窈。"

她像是被他的眼神烫到，下意识地闪躲，韩殊却握她手臂更紧，眼神里带着疯狂："阿窈，这天下谁都可以怀疑我，只有你不能。"

耳语之后，他就将她松开。窈娘步伐不稳，向后一个趔趄，被一旁的周礼眼疾手快接住。

韩殊到来之后，面具傀儡们瞬间后退，继而匆匆顺着大殿尽头的帐幔离去，不一会儿就消失得一干二净。韩殊用余光瞥了周礼一眼，那一眼让周礼心中一凛。接着，韩殊又踱步走向如临大敌的陆远和夏青鸢，道："丹青眼和虎贲骑，都是巷议传说，无稽之谈。河图洛书，更是子虚乌有。一块泥版，谁都可以伪造，如何就能定了一朝天子？天下所归，从来都在民望。"说完，他就拂袖离去，将手里方才摘下的面具扔在地上，"啪嚓"一声，面具便被踩成了碎片。

"民女芍药，为江左贼人所蛊惑，妄称公主，控制商路，买卖迷香，聚敛钱财，意图谋反。明日起，九州通缉此人。"在他身后，密道的尽头显现出数不清的侍卫，黑甲雁翎刀，缠枝双莲纹，是他们曾在天香阁楼下见过的韩府家臣。他继续吩咐道,"即日起,封锁裴府,彻查密道,将此殿内财物清点之后,悉数收缴国库。"

"是!"侍卫们响亮的回应声在地洞内回荡,震得众人心中凛然。

深夜,夏青鸢半扛着昏沉的陆远走进一间卧房,将他扔在床上,转身就走。

陆远却拉住了她的手,缓缓开口,讲述往事。

"多年前,陆将军带我来京城,留守在宫中做戍卫……一直没什么朋友。"

她停下脚步,却没有转身。

"我是陆将军从北境捡来的弃儿。小时候常听人说,我是漠北胡人与中原人的后代,宫里戍卫的世家子弟……都叫我'杂种'。"

回忆中,大雪纷飞,一个少年站在大雪中,衣衫单薄,一双手冻得开裂,绽开无数道血口子。

他拿着一杆长枪,在风雪中对着虚空,一遍遍地练习戳刺、回旋、劈砍。苍茫白色中只看得到他深黑的瞳孔,燃着黑色的火。

耳边回荡的全是那些话:"刀术再好有什么用?还不是替我们去送死?""出身低微的杂种,陆家捡回的狗崽子,就算比武得了第一又怎么样?不如投胎投得好,我们不练武,照样可以做御林军!"

少年咬牙嘶吼着朝风中投出最后一刺,枪杆深陷在数尺之外的草秆内,发出一声沉重的闷响。

他浑身脱力地倒在地上,索性摊平四肢躺下,仰头望着无数

第三章 人面花 141

飘落的雪花。

"阿娘,阿爹。你们看得见我吗?"他喃喃自语,"明日就是太初宫比武,我一定要拿第一。"

此时,角落里传来一阵窸窸窣窣的声音。他"噌"地弹跳起来,挑枪回旋,枪尖指着暗处,警惕地问:"谁?"

一个身影从黑暗里不情不愿地蹭出来,是个小姑娘,年纪与他相仿。她披着一件纯白色狐皮大氅,头发毛茸茸的,衣服也毛茸茸的,怀里还抱着一个毛茸茸的小东西——是只快要冻死的狸花猫。

她抬头看他,开口时呼出一团雾气,眼睛在雾气里一闪一闪的:"哥哥,你枪术真好。"

他不知如何应对这样的场面,摸了摸鼻子,咳了一声:"没什么。"又想起这是在宫中,女孩衣着华贵,大概是个公主或郡主,不由得退后一步,拘谨行礼,"属下冒犯了,这就离开。"

随即便转身要走,衣袍下摆却被拽住,他生生地刹住了脚步。

"请等一等。"

陆远手足无措,站在原地。只见她右手抱着猫,左手费力地在袖笼里翻找出一个小瓷瓶递给他,说:"这是伤药,专治冬天冻伤。我阿爹制了许多,这瓶送你——"她指了指他的手,眼神有些胆怯。毕竟陆远比她高一个头,黑衣黑甲且面色不善,但还是叮嘱道,"手上的冻疮,再不搽药,开春就难好了。"

他握紧了那个小瓷瓶,郑重地放进袖笼里。

小姑娘见他收下了药,笑得眼睛眯成了月牙,朗声说:"哥哥收了我的药,就要帮我的忙。"

陆远更加手足无措,不知该如何应对了……

半个时辰后，宫内某个墙角下，陆远黑着脸，一手抱着猫，一手托着肩上的小姑娘。而小姑娘正趴在房檐上，从树上抱下另一只奄奄一息的狸花猫。

"这是它的同伴，被困在树上。多亏有你，才能救它下来。"

陆远小心翼翼地接过那只猫。它尚有呼吸，温热的触感让他心里一动。怀里的猫像是受了惊吓，翻了个身，顺手挠了他一下。他皱眉看着那两只猫，无奈摇头道："恩将仇报。"

她在旁边笑出了声，陆远也跟着她笑。宫墙下雪花纷然，落在两个人的头发上，衣襟上。他第一次觉得雪是暖的。

"方才你是哭了吗？是不是很想家？"她突然开口问他，眼睛亮闪闪。

陆远攥紧了手又松开，靠在墙上，轻描淡写地开口："我没有家。"

她也学他的样子靠在墙上，用大氅罩着两只小猫："那……这只小猫送你养？就当它是你家人。"她犹豫了一下，又补了一句，"先……先养在我这里。你想它了，就来看看。"

陆远"扑哧"一声笑了出来，转头看她。

她也抬头看他，雪花落在长睫上，扑闪扑闪。

他忍不住想伸出手拨一拨她睫毛上的雪花，却还是忍住了。过了一会儿，他说："好，我会来看它的。"

第二天是太初宫比武。陆远天未亮就起床，打马前往皇城，却被几个世家子弟在城外截住，堵在巷尾。

"现在回去，日后在宫里还可讨个闲职混日子。若是还往前走一步……我们就在此地打断你的腿。"那几个世家子弟气焰嚣张地说。

他策马向前一步,毫不妥协道:"除非死在这里,否则,我今日定要去比试。"

对面几人听了,都纷纷下马,抽出腰间佩刀朝他走来。一个、两个、五个、十个……陆远朝巷口望了望,还有许多家丁和闲散武人静默地堵在巷口。看来,今天他们是铁了心要他的命。

陆远整了整衣领,抽出腰间佩刀,横在面前。

血红色。

满眼都是血红色。他孤身应对着不断涌上来的人潮,刀刃砍钝了就再从倒下的人身上随手拿起一把。他浑身的血液喷涌,脑海里浮现的都是从前北地战场上的地狱景象。

白骨遍野,天阴风冷。战场上,老弱在沟渠边哭号,恶狗啃噬着阵亡将士的尸体。

京城的繁华富庶让他恶心,太初宫那场为贵族们举办的比武让他恶心,眼前这些仗势欺人的所谓世家子弟也让他恶心。

小巷尽头的旭日也是血红色,他拼了命地向尽头搏杀,手臂挥舞到酸麻,身上到处都是伤口。

只要再走几步,他就能离开这里。可被雇来的武人不间断地涌进巷子,他的身体也接近极限。

穷途末路。

他有一瞬的恍惚,眼前走马灯似的闪过曾经的回忆。漠北四季都是雪天,他与将军在大帐里闲谈,与沙场同袍在草原上纵马驰骋、喝酒大笑。但如今,陆将军被调去守边,而故人都已战死。

最后他看见的景象不太一样。雪地里站着个毛茸茸的小姑娘,手里抱着两只猫。她笑时眼睛像月牙,手上触感温暖。她给了他一瓶伤药,她看见他手上的冻疮。

她问他：你哭了吗？你是不是很想家。

陆远大吼一声，再次站起来，一刀斩断了刺过来的长枪。

"都住手！"

一个脆生生的声音在不远处响起，所有人都回头，看见旭日之下、巷口尽头，一个年轻将士骑着一匹枣红骏马，漆黑长发束起，在阳光下闪耀如神祇。

她高举手上的腰牌："太仆寺监、右相夏焱手令在此，谁敢动他！"

看见那腰牌，几个子弟立刻勒令打手放下手中武器。陆远此时满脸是血，呆站在人群中，看着她骑马踏过一地狼藉，一步一步走向他，最后勒马停在他面前。

"愣着干吗？快上马！"看他呆站着，年轻将士压低了声音催促。

盔甲之下声音稚嫩，竟然是她！

陆远终于回过神，伸手握住她伸过来的手，翻身上马，握住缰绳。骏马长嘶一声，转头奔出了巷口。

清风拂面。

他得救了，此刻却全然没工夫感受劫后余生的喜悦，也不记得接下来要去哪里。他的心跳得咚咚直响，震耳欲聋。

那个雪地里抱着猫的女孩现在与他同乘一马，在京城人流熙攘的大街上风驰电掣。他甚至能闻到她发端的皂角香气。她今天穿着朱红色的骑装，飒爽清丽，和那天大雪里的毛团子又不一样。

太阳升起了，灿烂金光遍照京城。她将他送到皇城前，却眼睁睁地看着皇城门在眼前缓缓合上，他瞥见门内装备齐整的世家子们投来的讪笑眼光。

他们来迟了一步，比武已经开始。

"不要紧，不比也罢。"他心平气和，笨拙地劝慰一脸丧气的女孩。

"当然要去！我那天看过你的枪法，你要是去，定能夺第一！"她挥鞭策马，径直向皇城门冲去。

"你要干什么？"陆远被她吓了一跳。

到了大门下，她拿出腰牌，喊得声嘶力竭："开门！还有比武者未到！"

她纤弱的手腕在城门下白得显眼。

陆远咬了咬牙，将她拉开，终于喊出那句憋在心底许久的话："在下陆定疆，前来比武，请下旨开门！"

他们喊到嗓子沙哑，直到某一刻，大门訇然洞开，阳光如同瀑布，洒在两个人的身上。

那天的比武他输了，因为在巷战里已耗尽了所有力气。但他输得神清气爽。走出宫城后，他四处寻找着那个红衣身影，她却不见了。

他记得她带着右相夏焱的令牌，却没有去夏府找她。

如果见到了能说什么呢？他和她终究是不同的。陆远在心中暗骂自己，胆小鬼。

比武之后，他仍旧做着他的京城戍卫，每天不是巡逻就是练武，或是应付世家子们偶尔的约架。日子与从前一样，只是他手上的创口涂了药，一天天地好起来。偶尔，他会去练武场边发呆，可那个抱着狸猫的女孩却再也没来过。

三月过去，京城的春天到了。

某天，他突然接到了一封拜帖，邀请他去府上喝茶，落款是夏焱。

他穿上最好的一身衣服，忐忑不安地去了。夏府不像他想象中那般巍峨庄严，只是精致干净。他被家仆带着走过种满桃花的后园，在一片山石厅堂前停下。有人在花丛中抚琴。

他心又跳起来，拨开花丛走过去，那人也同时抬起头——

抚琴的人是夏焱。

陆远慌忙低头行礼。方才的惊鸿一瞥间，他看见了传闻中的右相。他出身名门，乱世中隐居深山多年，出山后助力皇帝一举夺得天下，用计神鬼莫测，丹青一纸千金。据说也长相俊美，世称"江左夏郎"。

这个男人的风姿仪表让他想起从前兵书里看到的一句话：云从龙，风从虎。话本里常说当年四柱国征战南北时是何等英雄豪气，他像是窥到了传说的影子。云龙风虎，纵横捭阖。

相形之下，陆远觉得自己像个北地来的傻小子。他默不作声地咬了咬牙。

"你就是陆停渊的儿子吧，陆远，字定疆。"他开口，声音温和有力。

陆远已许久没听过陆停渊的名字，竟愣了一下，才朗声道："是。在下正是陆定疆。"

夏焱从琴凳上站起，向他走过来。白衣潇洒落拓，不染尘灰。

"陆停渊竟真将你扔在京城受苦……嗯，倒也是他能做得出的事。"

夏焱在端详他。陆远觉得，自己心里的所有阴暗角落都要被他看穿。

"我、我其实并不是……"他咬咬牙，已是数不清第几次要澄清他是捡来的这件事。虽然陆停渊从来光明磊落，视他如己出，可天下人都知道，陆将军年近三十却从未娶妻，他的身世是个世家子们津津乐道的谈资。

据陆停渊所说，他是在漠北打仗时在从乱坟堆里被救出来的，不知爹娘是谁。这话本身并不可耻，只是每次说出口时，都像是再次确认——他是孤身一人。

"罢了，也怪我近年未曾过问阿渊的家事，竟不知你在京城过得如此艰难。日后，夏府就是你在京城的家，想来便来。"夏焱截断了陆远的话，伸手拍了拍他肩头，"那日比武之事，鸢儿同我说了。了不起，做得好！"

太阳明晃晃地照着他，陆远却觉得鼻子发酸。

"哦，对了，你与鸢儿早已见过了吧。这孩子的母亲过世早，我怕是将她宠坏了。"夏焱提起"鸢儿"两字，语气总是格外轻快。他又神秘地压低声音，开玩笑似的补了一句，"陆停渊还在京城时，曾与我说过，若是夏家的孩子将来是个女儿，就与陆家定亲。不过此事需得小儿女们自己愿意，我们这些做长辈的，不好横加干涉。"

夏焱接着抛下一句去正厅吃茶，就潇潇洒洒地走了。陆远呆若木鸡地站了一会儿，才跟了上去。

没走几步，前面就风风火火地跑来一人，兴高采烈地说："爹爹！听说今日府上有贵客？"

夏焱看见小姑娘，笑得眼睛眯成月牙，像只狐狸。

老狐狸牵着小狐狸回头看他，说："这是陆家的孩子，陆定疆。论年岁是你阿兄，想必你们已见过了。定疆，这是小女，夏青鸢。"

她抱着狸花猫，一身葱绿的裙子，回头看见他，"呀"了一声。春风吹过，猫也跟着"喵"了一声。夏焱已悄然走远。

"是你啊？"她笑着说，"那天走得急，未曾问过你名字。原来是陆家哥哥。"

原来她就是夏青鸾。他回想从前的种种蛛丝马迹，这才恍然大悟。春风吹过，陆远愣在当地，方才那番有关定亲的话蓦地浮上心头，瞬间就红了耳根。

"你想不想去看另外一只小猫？它胆子小，我养在后花园，总是找不到。"她却浑然不觉他的异样，牵起他的手就走。

夏府的花园好似迷宫。她牵着他一路走一路絮絮叨叨，他一个字都没听进去，心里乱七八糟，像缠着无数丝线，又懒得解开。

"到了！"她松开手，陆远才回过神来。手心里温暖的触感稍纵即逝，空荡荡的。

墙角有个洞。她蹲下身，不知从哪里掏出一条小鱼干，放在洞口晃来晃去。

春风和煦。陆远靠在树上看她逗猫，又闭上眼。他希望时间可以永远停留在这一刻。

"啊，在树上！"她踮起脚指给他看。

陆远睁眼抬头，恰好与一只狸花猫大眼瞪小眼。他伸手一捞，就将猫捞了下来。她也站在树根上伸手去接，一个没站稳向前扑倒。陆远下意识去扶她，她就径直扑进陆远怀里，还顺势把他压在了树上。

春风吹过，花瓣簌簌落下。狸花猫在他手里"喵"了一声，迅速窜走，还顺带挠了他一道血口子。

她在他怀里抬起头，鬓发被风吹乱，有皂角的香气。他想起那天在京城官道上奔驰的场景，鬼使神差地伸出手，将她的鬓发往耳后拨了拨。

她突然呆住，待意识到什么时，二人同时迅速弹开。她的脸涨得通红，转过头借口找猫，就跑出了花园。

他笑着跟在后面，那天的阳光盛大、夏府里花香扑鼻。他再没见过那样好的天气。

夏青鸢想，自己当真是喝多了酒，才会被他的三言两语说得动摇。坐在床头看他的睡颜，回过神来时，窗外雨势已渐渐大了，下得铺天盖地。依稀之间，却还是能听见戏台上的唱词，已演到了小姐与书生在后花园偶遇，春宵一度的戏份。

"似这等花花草草由人恋，生生死死遂人愿。"

假夫妻也会动真情吗？她这样胡思乱想着，把陆远小心翼翼地挪到榻上，转身要走，却被一把拽住了手腕。

"渴。"陆远开口，声音沙哑。

她回头看了一眼，在被美色迷惑之前又转过头去，倒了一杯水，递到他手上。

陆远接过茶杯，手指触碰间，他手指滚烫的触感吓了她一跳。又伸手去试了试他的额头，果然也是滚烫的。可陆远从前明明酒量过人，难道是方才的酒有问题？

"怎么回事？"她问。

"没事。你……你出去。"陆远眼睛微阖，身子却刻意避开她，好似她是什么洪水猛兽。

果然有问题。她不理陆远的口头威胁，径直伸手解开了他的领口，将外袍扒开，果然他身上也热气蒸腾，衣袍下……她好像明白了什么，手指一顿，脸红得像个熟虾。

"你明知酒里有药,还替我喝?"她咬着嘴唇质问他,"百花杀配烈酒,寒热郁积,是一味……催情的药。若是不发出来,恐会落下寒症。"

"不关你的事,出去。"他语气依旧冷漠。

她思忖一会儿,点了点头,起身就走。走了几步,快到门口时,却突然回头,恰好与陆远抬头看她的眼神撞在一起。

他没有料到她会回头。猝不及防地,眼里掩藏的深情与欲念都被她瞧得一清二楚。

"我不走了。"她背转身,锁上了门闸,走向陆远。

他坐在床边无力动弹,衣襟方才被她扯得大开,露出胸前的新旧伤疤。她两三步走到陆远面前,俯下身,一只手按在他膝上,触感滚烫。

他没有躲。

"陆远,今晚我帮你一回,我们从此两清。"她自顾自地说着,伸手就去解他的衣带,却又被抓住手腕。她抬头看他,只一眼,那滚烫的眼神就让她耳根烧起来。

陆远的手从她手腕移到掌心,十指相扣。接着下颌脱力般埋在她颈弯里,呼吸间的热气让她全身都战栗。

"说了快走,你傻吗?"

她心里酸楚,却还是佯装无事,轻描淡写地说:"我知道陆大人心里的人不是我。今夜的事,不过是见不得你武功尽废,仗义罢了。"

他扶在她腰际的手停了停,接着扳过她的脸。四目相对时,陆远才看见她眼眶微红,不禁叹了口气。他顺手摸了摸她眼角,想擦拭不存在的泪珠。

"什么?"青鸾怔住了。

他无可奈何,低声补了一句:"我心里没有别人。"

"啊?"她继续怔着,腰间的绸带已被陆远解了下来。她一时惊慌,忍不住向后退了退。

"我心里没有过别人,以前说的话……是骗你的。"陆远又叹了一口气,抬手把她的衣领拉回去,转过脸不再看她,深呼吸了一次才开口,"你现在出去,还来得及。"

她的心怦怦跳着,反复思量着陆远方才那句话。难不成,自己梦里的回忆画面是真的?雨夜,桃花,少年与少女在窗前依偎,地上散落着画轴。满室都是墨香。那些都真实存在过,他当年喜欢的不是别人,是她?

那一刻,她真心向上苍祈求,就算以后有什么厄运降临,她都愿意承受,只要回忆里那些片段都存在过。

毕竟从江都初遇开始,就是她喜欢他多一些,再多一些又怎样呢?

她突然就想通了,先前的种种患得患失被一扫而空,心里极为畅快。于是,她抬起手臂,搭在陆远的肩膀上,在幽暗灯火里找到他的唇,试探着吻了下去。

第二日,她睡到日上三竿,醒来后感觉浑身酸痛。睁开眼便看见陆远只穿一件外袍,敞着领口倚在床边翻案卷。她只看了一眼,便在心中默念阿弥陀佛,迅速闭上眼装死,却听见衣料窸窣的声音,料想是陆远凑了过来。

昨夜她干什么了?这算是两情相悦,还是她乘虚而入?

她心中正在飞速算着这笔糊涂账,陆远已经先行开口,问:"醒了?"

她心一横，睁开眼，看见陆远正巧转过头来，托腮看着她。不像她眼眶乌黑，此人容光焕发，眉眼含笑，比平常还要顺眼些。昨夜……她想起昨夜，禁不住捂住了脸。

有伤风化，有伤风化。

陆远忍着笑，一手放下案卷，一手摘下她捂脸的手，极自然地低头吻了吻她的手指。她却被烫到似的抽回了手。

"既然我们昨夜……那先前的约定，还作数吗？"她反应过来时，已经问出了口。

陆远思忖了一会儿，又看她："你怎么想？"

她能怎么想。两个人之间横亘的陈年冤案与爱恨情仇是真的。就算想在一起，也要等她将当年的事情彻底查清楚之后才行。她认真地想了一会儿，才老实开口："昨夜的事，是我一时冲动，急着替你解毒才……陆大人就当没有这事，日后我们，还是……与从前一样？"

陆远安静了一瞬，没有抬眼，手还放在她手上，摩挲着她的手腕，低声问道："哪个从前？"

"什么？"她没听懂，起身追问。

"没什么，起来喝药吧。"他笑着转身从床头拿起一个白瓷碗，里面盛着一碗青色的汤药。

"喝药？"她疑惑。

"避子汤。"陆远用勺子拨了拨汤药，又吹了几下，风轻云淡抛出几个字。

夏青鸢的身子立时僵住了。

"骗你的，这不是什么避子汤，只是醒酒的汤药罢了。"他欠揍地一笑。

夏青鸢羞得捂住脸钻进了被子里，听见陆远在闷声发笑："我们现在这样，你说说，要怎么回到从前？"

她掀开被子，破罐子破摔地问："既然回不到从前，你想我们如何？"

"如今这样就好。"他笑答。

"如今这样？"夏青鸢点点头又摇摇头。

陆远拿起她的手，径直放在他胸口，认真地说："只要你愿意，我随时奉陪。"

她像被烫到似的缩回手："你……你，你出去！"

"好，我出去。"陆远从善如流，十分利索地滚了出去。

"陆远。"还没走到门口，又被她叫住。

他回头询问："怎么？"

"五年前，在京城，你我之间……究竟有没有发生过什么事？"

晨光洒下，两个各怀鬼胎的人都珍惜这一刻的好光景，都默然无言。

"没有。"他掀帘走了出去。

夏青鸢拢着被子，独自沉思良久。

第四章　羽翎卫

夜，五更，皇城内。

太极殿上空，群鸦盘旋，乌云遮月。一个穿着紫色官袍的身影，从皇城外的夹道内匆匆而过，面前是两个提着灯的宫人。

借由灯火朦胧的光线，那人俊逸挺秀的侧脸被勾勒出来，是韩殊。

他随着宫人穿过重重宫门，不知在那迷宫般的长廊里走了多久，才走进一处极为隐秘的宫殿。

殿里灯火昏黄，氤氲着香炉的烟气。在幽深的大殿尽头，有水滴落在砖石上的声音。

滴答，滴答，滴答。

韩殊在殿前立定，正了正衣冠，才走了进去。那殿门内漆黑一片，如同长着巨口的蟒蛇，两盏灯火就是巨蛇的眼睛。而他正昂首阔步，走进巨蛇的腹中。

滴水的声音越来越清晰，韩殊走进大殿深处，尽头是一间硕大的汤池，池水散发着浓重的草药气息。

大毓朝的皇帝刘玄礼正坐在汤池里，身周都被蒸腾的雾气裹挟。而在他的背后有一面高达天顶的石墙，墙壁上刻着一尊神像。

神像太高，韩殊站在汤池外，隔着珠帘，需要抬头仰望，才能看见神像悲悯的眉眼。

那是一尊女神。衣袖飘拂，发丝被雕刻得纤毫毕现，延展至汤池四壁，包围着坐在汤池中央的皇帝。女神的手里捧着一块石板，上面的字迹已经模糊。

"来人可是左相？"皇帝听见帘外的声音，下意识抬头寻找来人所在的方向，眼睛却黯淡无光。

"臣韩殊，参见陛下。"尽管皇帝看不见，韩殊依然在帘外行了叩拜礼。

"今夜的事，我已听说了。"刘玄礼笑了笑，伸手拂动身边的水，漾起一圈圈波纹，"左相做得很好。如今世家得了芍药逃走的消息，必将放松警惕，行事更加大胆。如今虎贲骑与丹青眼的后人都已找回，现在只需放出消息，说天下就要易主了。"他仰头，看向看不见的女神雕像，温泉水从他下颌流下，滴落进汤池中。

他银色的额发飘拂下来，遮住了脸上的神色。昔日征战四方的刘玄礼，如今虽成了困居在深宫、靠汤药勉强维持性命的废人，然而举手投足间，仍可见当年的天人之姿。

"陛下，不问芍药的事吗？"韩殊垂首，思索了一会儿才开口。

皇帝沉默了，殿中只听得见水声，滴答，滴答。

"阿殊，你说羽衣她当年，若是选了跟你走，如今应该还在某处好好活着罢。"

韩殊没有回答，只是垂首立在殿外，静默地攥紧了手，直到骨节发白。

"我知道你恨孤，留下来辅佐孤，承受万人唾骂，不过是为了当年对羽衣的允诺。"他自嘲地说，"你问我为何不问芍药的事。那孩子若真是孤的女儿，想必也恨孤当年没能救回羽衣吧……"

滴答，滴答。

水珠在神像脸上凝结，掉落在汤池旁，像是神像掉下的眼泪。

"世家筹谋这许多年，得了这样一把称手的刀，必会利用她来对付孤，所以孤更不能见她。"

韩殊再次行礼，口中称是。皇帝抬手，示意他可以离开。

他起身欲走，却又被叫住："阿殊。"

"是，陛下。"

"那孩子她……长得像羽衣吗，还是像孤？"

韩殊的脚步停顿了许久，汤池里只听得见无尽的水声滴答。

"回陛下，那女子与先后眉眼十分相像，但行事言语，更像陛下。"

皇帝许久没有回应，汤池里热气蒸腾，水滴从他的下颌滴下，仿佛眼泪，又仿佛不是。

与此同时，宫外浓雾渐散，羽翎卫署门前照着一地月光。窈娘醉醺醺地走在前面，身后跟着表情担忧的周礼。

"窈娘，你再走下去，天就要亮了。你……要回韩府吗？我送你回去。"

她回头，恍惚着看了他一眼，继而嫣然一笑，那笑容却是苦涩的："我不回去。韩府不是我的家。"又冷冷看了他一眼，"你又何苦跟着我？我心里有谁，你还没看明白吗？"

周礼愣了一下，才摸着鼻子，摇头笑了笑，眼里闪着微光："窈娘大人，在下觉得，窈娘大人许是误会了。"他走上前扶住趔趄前行的她，表情认真地说，"在下对窈娘大人绝没有什么儿女心思，不过是同袍之谊。"

她也停住了脚步，歪头看他："那你走啊。"

"在下不能走。"

"为何?"

"我是窈娘大人的搭档,保护搭档的安全,是羽翎卫的律令。"他眼神真诚。

"你撒谎。你不过是陆远派来监视我的细作。"她又上前一步,伸出一只手指,点在周礼的胸前。他也没有后退,只是平静地看着她,"周副将,我只当你是对我有意,从前种种帮我,倒也罢了。若真是同袍之谊,那这情谊未免太重,窈娘受不起。"她轻声叹了一口气,收回了手。

"窈娘大人。"他低头,仍旧是眼带笑意,"大人从前,没什么朋友吧。"

她抬头瞪道:"你才没朋友!"

周礼试探着抬起手,又试探着摸了摸她的头,像安抚一只炸了毛的小狼:"没关系。从前过得如何,都是从前的事。今后,我周礼会是窈娘大人的同袍,也是搭档。搭档是不会放弃彼此的。"

她只沉默了一瞬,接着拍开他的手:"周副将这番话,换个涉世未深的小姑娘,或许已信了。可惜你或许忘了,我从前是什么人。"

"窈娘大人从前是刺客,我知道。我从前也杀过人。"周礼不以为意地揉了揉被打痛的手腕,在月光下展开手掌,"十五六岁时从军,什么都不懂,就跟着去冲锋。见过很多尸体,也知道人死之前会是什么样子,会有什么遗憾。"他抬头看了看月亮,"打仗时,边地死得最多的,其实不是士兵,而是黎民。我们的同袍,有许多家就在北境。总是打着打着,就再也收不到家书了。有的是被杀,有的是去逃难,大多是饿死。你问我为何总是跟着你,因为你是我的搭档。我们北地军,就算是死,都不会放弃自己的搭档。"

她像是第一次认识他一样,默然不语,只是看着他,眨了眨眼,不解地问:"但这里是京城,不是你的控马镇。你这样对我,不怕我出卖你吗?"

"不怕。我知道,窈娘大人你其实是个好人。"他也眨眨眼,眼神有几分狡黠,"从前有许多次,你本可以扔下我逃走,但你没有。方才在地宫里也是。"

这次反倒是她被噎住,瞪着他说:"我若是丢下你,你那疯子师父会追杀我到天涯海角。"

"陆大人其实很关照我的,嘿嘿。"他倒莫名不好意思起来,又摸了摸鼻子,她也忍不住"扑哧"一笑。

月上中天,两个人同时抬头望着月亮。窈娘突然开口:"周副将,你家中……方便留宿吗?"

他迟疑了一瞬,窈娘立马接话:"不方便就算了。"

"方……方便。"他摸了摸鼻子,"只是,家里简陋,要麻烦窈娘与我母亲同住一间屋。不知你可愿意?"

半个时辰后,周礼带着窈娘穿过京城里密密麻麻的小巷,推开了一扇虚掩着的柴门。

灯火如豆,窗前坐着一个老妇人的身影,听见开门就站起身来。

"娘,我回来了!"

"五郎回来了?"

周礼又俯身对窈娘嘱咐道:"我娘去世得早,这位是我北地同袍的娘亲,当年他临终时托付我们照顾。比亲娘还要疼我。因同

第四章 羽翎卫　159

袍在家中行五,所以娘亲也叫我五郎。"

老妇人应声而出,看见窈娘,眼睛亮了一亮,又转过头去看周礼:"这位天仙似的姑娘是?"

一向吊儿郎当的周礼此刻却拘谨起来,摸着耳朵不好意思道:"娘,这位是我在宫里的同袍,羽翎卫中郎将,窈娘大人。今夜来此借住一晚。"

妇人的眼睛弯成两弯月牙:"太好了,太好了。窈娘大人年纪轻轻的就是羽翎卫,真了不得。周礼那孩子人又直,又爱出头露面的,在军中,可有给大人添麻烦?"

她连连摆手,妇人继续热情招呼,牵着她就往屋里走:"快,快进来喝杯热茶暖暖身子!春夜里寒气重,可曾用过晚饭?"

窈娘从未应付过这种情况,慌忙回头看周礼。他却自然地耸了耸肩,无所谓地说:"窈娘大人无需客气,饿了就与我娘说,我娘闲不住的。"

老妇人白了他一眼:"成天就知道贫嘴。去,烧几壶水来。你二人如此晚归,又一身酒气,先去沐浴。我煮好了姜汤,喝过了,热热地睡上一觉,明日才不会得风寒!"

周礼咳了一声,看了看窈娘说:"那……我去烧水了。"

她也莫名地有些不好意思,红着脸点了点头,就被老妇人牵着进了客室。

那屋子窄小,却布置得整齐干净,处处用心打理。院里种着花木与各类菜蔬,家中窗明几净,墙上挂着佩刀与铠甲,虽然陈旧,但被细心擦拭得光洁锃亮。

"这是周礼从前的佩刀。这是老身的孩子……生前的佩刀。"老妇人倒着茶,见她看向墙上,就解释道,"五郎这孩子,虽看起来成日里笑呵呵的，其实心思细腻，也懂事。当年与我儿一同从军，我儿战死，是他一路背回控马镇，葬在了城外。"

茶水沸腾起来，在温暖的客室里响着。

"五郎平日里也常与我提羽翎卫的事，却唯独不怎么说搭档。老身也是今日才知，原来这孩子的搭档是大人您……"她微微叹了一口气，"他平日里话多，遇着了真正在意的事，却话少得很。"

茶烧开了，老妇人拿起水壶，倒了一盏茶。

窈娘接过茶，看见杯中的倒影，怔了一下，问："那桌上的医书，可是周礼的？"

桌上整整齐齐，摞着厚厚一叠医书与草药书，还有各类瓶瓶罐罐，散发着草药香味。

"是啊，也就是数月前。五郎不知怎么，成日里查医书寻药方，找各类医外伤与内伤的药，还在自己身上试。近来又倒腾了一批安神的香草，说是要做香囊。"

她不由自主地望向手背的刀口，想起从前她出任务后，他总会送她各类伤药，还说是军中的药方。又想起前几日她无意提过一句，说近日来总是多梦，睡不踏实。

这些当真都只是同袍情谊吗？

此刻，响起两声叩门声，周礼在门外清了清嗓子，朗声道："水烧好了。"

她应了一声，起身走向门外，与周礼在屋檐下擦身而过。他伸手拦住她："窈娘大人，我娘若是说了什么冒犯的话，还请恕罪。"

她微微侧身，躲过了他的手，摇了摇头："未曾说过什么，周副将放心。"

浴室窄小，仅容一人，但温暖整洁。浴桶里早已放满了热水，撒了草药，放了皂角，还挂上了帘子。

她泡进浴桶，整个人霎时放松下来，晚宴的那些梦魇就浮上眼前。

榉木面具、铁链、群兽搏斗的丛林、白衣人，无穷无尽的饥饿而恐惧的暗夜。韩殊从竹林深处走过，在雪地里抱着她，像抱着一块破碎瓷片。

她记得韩殊对她说："阿窈，我们回家。"

可从前那个家，已经回不去了。她掩上脸，两颊流下的不知是热气还是泪。

忽地，窗外"哗啦"一声响，一道黑影闪过。她迅速从浴桶中站起，披上里衣，抄起手边的刀就冲了出去。然而刚打开门，就撞在一个胸膛上，碰得鼻子一酸，"哎哟"了一声。抬头一看却是周礼。

"人已跑了。"他拿起手上的东西给她看，"还留下了这个。"

是一张与裴府花园里一模一样的面具。

她捂住脸，浑身脱力般地倒下去，被周礼一把扶住。温暖的气息环绕着她，男人的臂膀结实有力，衣襟处是草药与皂角的清香。

周礼轻拍着她的后背："都过去了。"

她冷静下来，才发现自己只披了一件单衣，衣领处微敞着，被水汽打湿，什么都看得见。

周礼的眼神也刚注意到，耳朵瞬间红透。窈娘的手一向比思绪动得更快，抬手就是一巴掌，他脸上霎时被盖了一个鲜明的印子。

"对……对不住。"她先道歉后又反悔，"都怪你四处乱看。"

周礼摸着脸笑了笑，就开始解身上的衣扣。

"你做……做什么？"窈娘不敢置信地瞪他。周礼却大大方方解下外衣，把衣服轻轻搭在她身上。

"披上，春夜寒气重。"他没看她，袒露着上身从她身边经过，兀自走进了浴室。

深夜，卧房里睡着窈娘与老夫人，而一面屏风之隔的屋子另一端，周礼架了一张简易竹床，就睡在屏风外。

"窈娘大人不要多心，是今夜院里有刺客，在下怕母亲担忧，故在此守夜。"

这是半个时辰前，周礼对他今夜也睡在卧房里的解释。

她开始还觉得没什么，直到夜深时，屏风外烛火晃动，她看见周礼依然端坐在竹床上，手里按着剑柄。鬼使神差的，她心里一动，蹑手蹑脚地下了床，走向他。

"怎么不睡？"他早就听到她的脚步声，回头时见她穿着单衣径直过来，还是不自然地偏过头去，不敢看她。

此人越是紧张，她越觉得有趣。更何况周礼长着一张纯良稚气的脸庞，却是个行伍里的犟脾气。她坐上床榻，接过他的佩剑："周副将去歇息，我替你守夜。"

他牢牢地握着佩剑："不……不必了。"

她久违的爱玩心性又被激发出来，索性坐得离他更近，伸手握在他拿剑的手上，吐气如兰："给我。"

"给你做什么？"他换了一只手握剑，额角的汗都要掉下来。

"骗子，还说不怕。"她笑了笑，突然松手，周礼一时借力不稳，向后一倒，险些碰倒了屏风。刚稳住身子，她却被借力带得向后倒去，"哗啦啦"一片响动后，二人推挤着掉下床，在地上滚

第四章 羽翎卫　163

了几滚,她身下压着周礼,堪堪维持着一个不大好解释的姿势。

"五郎?窈娘姑娘?"屏风后传来老夫人的声音。

周礼对她比了一个噤声的手势,才出声回应:"娘,我在。"

"在哪儿呢?"

"在……在地上。方才不小心,摔……摔了一跤。"

她继续调戏他,伸出一只手指,在他领口处写字。

"窈娘呢?"老夫人又问。

他握住她捣乱的手,稳住心绪才回答:"窈娘大人她……她方才出去解手了。"

屏风那头停顿了一会儿,老夫人才似醒非醒地"哦"了一声,转身又沉沉睡去。

窈娘压在他身上,一手仍拿着他的佩剑,低声威胁:"给我。"

周礼像护食一般抱着佩剑,眼里氤氲着笑意:"这是我的。"

她从前一直不曾觉得,原来她很喜欢看周礼的一双笑眼。每次见了他,心里那些盘根错节的想法就会暂时消隐退去,只觉得安宁坦然。

"是你的又如何,我现在想要。"她低下身,继续与他撕扯。这句话出口,两个人却都愣了一下。

还是她先起身,绾了绾鬓角的乱发,喝醉了似的走回去。

"不要了?"是他在屏风后,若无其事地问。

"不要了。"她也若无其事地答。

月夜,荒郊,古寺。

乱坟堆里有两株早已枯死的老树,那破败的佛寺就在老树的掩映之下,黑漆漆的寺门大敞着,里面闪着幽蓝的萤火。不远处的大路上,有一队人马举着火把,朝古寺走来。走近了才能看清,那竟然是一支送亲的队伍。

诡异的是，那队伍没有敲锣打鼓吹唢呐，也没有张灯结彩。所有人都穿着黑衣，面容悲戚，还隐隐有人在哭，好似在送葬。

只有新娘坐着的花轿是朱红色，在黑夜中格外突兀。一片可怖的寂静中，轿子被放在了古寺门前，接着走上来两个老妇人，一个掀开轿帘，一个伸手进轿子，将里面的人带了出来。

不过是个年纪十七八岁的姑娘，穿着新娘的红色嫁衣，用红布条蒙着眼睛，还用红布塞着嘴，双手也被缚在背后。即便如此，她却没有半点惊慌的神色，只是木然地被拽下了轿。

举着火把的人将她围成一圈，老妇人半拖半抱地带着女子往古寺门口走去。火光掩映中，依稀照见古寺大殿上的佛像。那是个面容姣好的女神雕像，背后却长出九条巨大的尾巴，覆盖了整个大殿，如同九条巨蟒。神像的面容极为逼真，在闪烁的火焰下，她嘴角的弧度似哭似笑。

神像也蒙着眼，左手拿着一卷书册，右手拿着剑。

古寺里散发出阵阵难闻的臭气。在大殿外正对着神像的地方，本应放置摆放供品与香炉的长桌上沾满了黏稠的血迹。黑夜里突然传出几声野狗吠叫，接着，草丛里传来令人齿冷的嘶嘶声。

"仙姑来了！快走！快走！"

人群开始骚动，两个老妇把女子往寺门里一推，就慌忙向后跑走。待她们踏出院门后，几个壮汉扑上去，将寺门紧紧关上，还用铁链拴上了门闩。

女子被重重推倒在长桌上，沾了一手的血。她用手抵着供桌边缘使劲摩擦，竟真的将那绳子弄松了一些，接着，她奋力挣脱了麻绳，又拽出堵着嘴的布，当她要继续解下蒙着眼的布条时，从黑夜中突然伸出一双素白的手，替她摘下了眼罩。

女子睁开眼，一声惨叫划破了夜空，惊得树上的寒鸦扑棱棱地飞起来。

月亮越升越高，照着寺里的鬼火。门外的人举着火把，一动不动地听着门里凄惨的呼救声。

女子用沾着血的手用力拍打寺门，哐，哐，哐。

"不是送我去萧郎家的吗？你们骗我！你们合起伙来骗我！"

那声音渐渐微弱下去，她也不再拍门了。许久，站在门外的人终于大着胆子呼了口气，踩着枯叶离开。忽地，门内幽幽地传来她嘶哑的声音，那语气里毫无生机，更像是一句怨毒的诅咒："萧郎会回来替我报仇的。等他回来，你们一个都别想逃。"

送亲的人都不由自主地打了个寒战，乌鸦在树上啸叫。他们失了魂似的继续往回走，抬着一个空轿子。待到走得远了，才有人小声嘀咕了一句："你说，她那个叫萧郎的相好不会真的……会回来吧？"

"哈，今天这招，还是她那位萧郎想出来的。人家现在早就攀上了扬州的富贵人家。全村只有她不知道，只能去阴曹地府告状喽……"

清晨，陆宅内，周礼站在树下，陆远坐在一旁的石桌旁，正在翻看卷册。

"扬州上月涝灾，十六个县颗粒无收，灾民流离失所，怨声载道。"周礼将卷册最上面的一本递给陆远。

陆远翻了翻，点点头道："京中近来颁了多道诏令，减免了扬州当年的赋税，又下拨了钱粮至灾情严重的治所，但灾情之下，怕是稍有差池，后果就不堪设想啊。"

"上个月,扬州府尹向京中递来密奏,称距离扬州城不远的一个叫龙隐镇的渔村里,出现了灾民将未婚女子献给河神庙做活祭的惨案,导致短短数个月内,几十个女子死于非命。"周礼又翻开另一册,神色凝重地说,"这河神据称灵验无比,引得其他村镇也绑了女子前来献祭。地方州府已疲于应付。而且这龙隐镇……正是当年先后江羽衣诞生之地。"周礼摸着下巴沉思。

陆远回头疑惑地看向他,周礼一愣:"啊?你们不知道吗?"看到陆远摇了摇头,周礼才尴尬地咳了一声,"哈,我也是从前和太史监的崔中书喝酒时,听他讲过一些,嗯,大毓初年的旧事。"

陆远露出了玩味的表情。

周礼又喝了一口茶,才慢悠悠地看向远方,神情严肃地说:"话说,先后出生的那一年,扬州也发了大水。正是那场涝灾,江左才起了兵变,才有了后来的圣上起兵……"

这一日是休沐,不用当值。若是往日,周礼大清早就会欢天喜地站在陆府门外,等着陆远和他去军营里练兵。今日却连周礼的影子都没有见到。

夏青鸢磨蹭了许久,才做好心理准备,细心梳妆后走出卧房大门。为了遮掉脖颈上的各种痕迹,她一边在心里咒骂一边仔细地扑了好几层粉。

掀开门帘,见陆远正坐在院中央的花树下喝茶。他今天穿了件皂色的常服,绛红里衣,抬眼看她时目光炯炯,一瞬间,她觉得自己在陆远面前好似赤身裸体般羞臊。两个人都有些难为情,同时转过脸去。

"咳……周礼呢?"她仰头望天,没话找话。

"昨夜你我离开裴宅后,周礼与窈娘留在宴席上,辰时方归,给我送了折子。"

夏青鸢丝毫不觉得这两人辰时同归有什么奇怪之处，一心都在案情，忙问："如何，可有发现什么线索？"

陆远拿起石桌上的一个面具给她看："昨夜发生了许多事。周礼与窈娘在裴宅后花园找到一条密道，那原是从岭南运输百花杀至京城的地下黑市，被芍药埋的火药炸塌，现下羽翎卫已将裴宅后花园封住，仔细查探。"

怪不得昨夜深夜，他们曾在街上听见一声闷响，连带着车马房屋晃动，还以为是地震。但那时二人的心思都不在车外。

"炸塌？那周礼与窈娘呢？有没有事？"她心虚地追问道。

"他俩倒是没什么事，只是九千岁也与窈娘、周礼一同下了密道，后来三人逃出，但窈娘却没和九千岁一起回韩府。"陆远看着那榉木面具，若有所思。

"哦？"夏青鸢此时才意识到，昨夜周礼似乎是和窈娘在一处的。

陆远思索了一下，说："窈娘似乎……与九千岁之间有了嫌隙。这是我从未想到的事。"

"问过周礼了吗？"她查看完面具又递还给陆远，接过面具时，两个人的手短暂碰触了一下，她立刻缩回手，红着脸装作若无其事地绺了绺根本没有掉下来的鬓角发丝。

"问过了。周礼这小子也很怪，自昨夜回来后，比平时话少了很多。"

"会不会是九千岁用什么威胁了周礼？"

"不会。周礼那小子，看似油滑世故，实则犟得很。这次他不说……想必是有什么不得不保密的隐情。"陆远看着夏青鸢不自在的样子，嘴角却笑意更深，"你站在那里不累吗？过来坐。"

"坐？坐哪里？"她环视四周，也没有见多余的石凳。又看见陆远带着笑意，四平八稳地坐在桌边盯着自己，一下子明白了什么，羞得转身就要往屋里逃。

陆远却在这时站了起来，一把拦住她的腰，将她困在石桌与怀抱之间。

此时，夏青鸢身后是石桌，面前是陆远，整个人无所依凭，只能拼命向后靠，双手撑着石桌，摇摇欲坠。陆远的脸上简直写着不知餍足四个字，她根本不敢与他对视。

"你……你别这样看我。"她推了推，却发现此人的胸膛坚硬如铁板，根本推不动。

"方才在卧房里，忘了和你说。昨夜你能留下，我很高兴。"他嗅着她鬓角的发丝，又沿着耳垂一路向下，似吻非吻地轻轻蹭着，夏青鸢不由自主地抬起了脖颈。

"鸢儿——"他下颌靠在她肩上，轻叹了一声。

陆远一叹气，她就控制不住地心软，立马开口回应："怎么？"

"我真不知该拿你怎么办才好了……"陆远这句话，与昨夜一样无可奈何。

她犹豫了一下，也回抱住他的腰，轻声细语道："那就好好待我呀。"

陆远顿了一下，继而更加用力地抱紧她。肋骨相贴之时，青鸢仿佛能听见心脏碰撞的声音。

是活着的感觉。

"我会好好待你。"陆远郑重其事地承诺道。

他们就这样安静地拥抱着，直到春风吹拂，花瓣落满身。直到夏青鸾的肚子极其响亮地"咕噜"一声,陆远才笑着放开了她,问道:"饿了?"

她眼睛霎时亮起,仰头望着他,问:"你做吗?"

"难不成你做?"陆远挑眉,抬手弹了一下她脑门,"去屋里等着。"

就在这时,院外走进来一个家丁,递上一封手书。上面盖着兵部的戳印,写的却是要夏青鸾亲启。

"是给你的!"陆远神色忽然凝重起来。

夏青鸾接过,打开扫了一眼,立刻抬头看向陆远,满脸讶异:"是兵部侍郎的委任状,说圣上下旨,命我参与羽翎卫的新兵试炼,若是通过了,便可加入羽翎卫。"

陆远也接过来仔细看了一遍,道:"确实如此。看来,圣上早已知道了你参与查案的事。你如何打算?"

她站在花雨中,心想肯定是在宫中举办宴席那天,当着群臣的面展露夏家"丹青眼"的画技。想必那日之举,有人禀告给了幕后的那个从未露面的天子。

她仔细将文书折叠好,放进袖中:"我要去。如今敌在明我在暗,如果我一直仰仗着你,只会成为你的软肋。再说……"她明媚一笑,"现在时局如此,我怎能袖手旁观?"

陆远低眉一笑:"你愿意,我便愿意。"

半个时辰后,周礼急吼吼地走进陆宅,一路上叫着师父,直走到陆远的书房门前,打开门,撞见陆远正和夏青鸾面对面地坐在榻上的矮桌旁,青鸾吃着一碗鱼羹,陆远正坐在一旁剥橘子,眼神却一刻都不离开对面的人。

空气里暗香浮动,连手里剥下的橘子皮都变得暧昧至极。

"师娘，你也在啊，听说兵部要招新羽翎卫的事了没？"

夏青鸢正脸红着，被周礼一嗓子叫得猝不及防，白瓷勺子"当啷"一声掉在地上。陆远俯身捡起放在一边，直接将自己碗里的勺子给了她，又不抬眼地回复周礼："今早已经收到委任文书了。"

周礼对屋里的恋情气氛浑然不觉，大剌剌地拖过书桌旁的长凳坐下，靠着椅背，拿起桌上的茶壶自顾自地倒了一杯："那便好，师娘若是去试炼，我定会照拂。师父可以放心去扬州办案了，哈哈哈。"

"扬州？"夏青鸢抬头盯着周礼。

"是啊，今早才在卫署里接到线报，说是扬州的案子复杂，要羽翎卫接手。"

陆远迅速看了一眼她，又看了一眼周礼："此事圣上知道了吗？"

"说是已呈报大内，兹事体大，少不得要羽翎卫指挥使，也就是师父您亲自去一趟。"

陆远低下头，内心飞速思索着。

夏青鸢两三下把剩下的鱼羹吃完，笑着对陆远点头叮嘱："我不能放弃试炼的机会，无法和你一起去扬州。京中有需要帮忙的事，传信与我即可。"

陆远笑了一下，把剥好的橘子递给她："夏青鸢，你总是出乎我的意料。"

周礼看看夏青鸢又看看陆远，方才恍然大悟地"哦"了一声："师父，你和师娘……你们两个……"

二人同时回头，紧张兮兮地看着周礼，不知怎么，有种偷情被抓住的心虚感觉。

第四章 羽翎卫　171

"你们两个好配啊。"周礼摸着鼻子嘿嘿一笑,"从前怎么不觉得呢……"

陆远扔了个橘子给他,道:"堵上你的嘴巴。"

"哎!谢师父!今年这橘子可真不错,哈哈哈。"

试炼第二天就正式开始了,当天宫里也下了派陆远去往扬州查案的口谕。

羽翎卫试炼的场所与内容都会事先保密,她须得在天没亮时就起床,去城郊外的驿站等待马车,接她去南山的大营。在那里,才会被告知试炼的具体事项。而陆远也将在她离开之后启程,赶赴扬州。

试炼为期十天,其间不能出关,不能与外界往来信件,更不能私会外人。她也只是从羽翎卫同僚那里打听出了一些从前试炼的经历,被问到的同僚都一副是不堪回首的表情,在得知她要参与试炼后,更是一脸不可置信地惊呼:"青鸢姑娘,兵部这委任状,摆明了是要为难你,要你一介妇人别再插手案子。难不成当真要你去当羽翎卫?简直是胡闹!"

只有陆远和周礼对她要参加试炼一事从头到尾都表示赞成和支持。出乎夏青鸢意料的是,还有另一人支持,那就是窈娘。

夏青鸢是在裴府夜宴之后的第二天去卫署递交文书时遇见的窈娘。她骑着枣红色骏马,风驰电掣地从官道跑来,飞身下马,风风火火地走进衙署,像朵艳红的海棠花,行到之处,路人皆瞩目。

佳人倾城,连夏青鸢见了也赞叹。

窈娘见了她,难得地停住了脚步,对她点了点头,说:"听闻夏姑娘得到试炼的机会,恭喜。"

夏青鸢没料到她会这么说,一时怔住。

窈娘瞧见她的神色，又补了一句："试炼并非易事，但也并非全无胜算，弱者有弱者的长处。再说，羽翎卫里也不全是男子，不是还有我吗？"

"多谢窈娘，我记住了。"她感激地看了窈娘一眼，对方也是一笑，就此擦肩而过。

春风吹拂，卫署里木槿花纷纷开且落，每个人都行色匆匆，她却从中看出了几分人情味。

那天，陆远被一早叫进宫去，她也在衙署里忙着种种事情，待傍晚方归，沐浴完毕后，坐在窗前思索着试炼的内容，窗框却忽然被敲了几下。她打开窗户，却见陆远倚在窗边。身姿挺拔，眉眼温柔，是她的心上人。

"忙了一天，晚上得闲，来看看你。"他揣着手靠在窗边，信手拿过她桌上胡乱涂画的一张纸，上面写着两句诗：忆郎郎不至，昂首望飞鸿。

他笑着明知故问："这是什么？"

夏青鸢一把夺过纸就要逃跑："练字，我在练字。"

陆远眼疾手快地抓住她的手腕，调侃道："怎么一见我就要逃，我会吃了你？"

她打开他的手，顺手关了窗："今夜不和你闹，明儿个要早起去南大营。"

陆远冷不防被关在了窗外，却颇有耐心地继续敲窗，说："鸢儿，我有话和你说。就一句。"

她站在屋里，看着陆远的剪影倒映在窗前，衬着竹叶婆娑，确实是个美景，心软了一半，又打开了窗户。

在打开的一刹那，陆远就伸出手臂拢过她的腰，接着一只手握住她的后脖颈，将人带到窗前，低头就吻上她。

她白天都在想他，他也在想着她。这心照不宣的告白在唇舌间传递，变得无比鲜明。

他咬开她衣扣之前，她终于恢复了神志，一把按住他："别……别在外面。先进来。"

陆远低着头，嘴角浮出一丝得逞的笑，却故意卖乖，蹭了蹭她脖颈："我就知道，鸢儿心疼我。"

夏青鸢在心里翻了个白眼，陆远身轻如燕地翻身进屋，关上了窗户还挂了窗闩，接着一把抱起青鸢，大踏步进了门，径直把她放在了床上。

"门……门还没关！"她踹了他一脚。陆远笑着去关上门，顺道把外袍一扯，松了松衣领，露出脖颈上那处她昨夜咬出来的牙印。烛火下，他斜倚在床角，眼里带着笑意，从上到下地打量她，手里解着衣带，简直是个兵痞。

"看我做什么？"她突然觉得害羞，忍不住捂住了脸。

他"扑哧"笑出了声，俯下身更近地凑到她眼前，吻了她的耳垂，道："从前没在你房中留宿过。觉得新鲜。"

她耳朵腾地烧起来，一把推开他："不要脸，谁要你留宿了。"

不承想却被他抓住手腕，又在手心吻了一下。陆远的眼睛亮得像星火，那虔诚的爱意没有半分掺假，她突然掉下泪来。

"怎么哭了？"陆远伸手帮她擦眼泪，"还和从前一样娇气。"

"我从前很娇气？"她装乖卖巧，顺势拱进他怀里。

他不作声，伸手又摸了摸她发顶，状似无意地转移了话题："不过，夏大人若是看到你如今依然活蹦乱跳，能吃能闹，也会很欣慰的。"

她听他提及夏焱,突然安静下来,玩着陆远的手小声反驳:"胡说,我哪里能吃了!"

"一人吃五碗馄饨,周礼都没你能吃。"陆远淡定地揭她老底,却吃痛地"嘶"了一声,低头瞪她,"你还咬我手?夏青鸾,你属狗的吗?"

她吐了吐舌头,耍无赖地说:"咬你怎么了?你也咬回来啊。"

陆远戏谑地反问:"当真?"

她瞬时涨红了脸,投降道:"别别别,别冲动陆大人,我说错话了。"

他翻身坐起,用手掐灭了床头的烛火,将她牢牢压在床上。红色帐幔垂下来,盖住了两人身影。

"今夜我想留下,可以吗?"他在她的耳边吹了一口气,她的脸烧得要埋进被子里。

"可以吗?"他继续问。

她作势要打他,被一把抓住,十指交握,眼睛亮得要将她灼伤。

"陆远,你欺负我。"她掐他的腰,陆远假装吃痛,她立刻放手,关切地问:"伤到了?"

或许,她当真喜欢陆远,比想象的更喜欢。

陆远没有作声,只是从怀中掏出一条红色手绳,小心系在她手腕上。红绳上挂着一个小巧的银坠子,是一只飞燕。

飞燕,青鸾。这是他给她的信物。

"陆远。"她小声开口道。

"嗯?"他停了一下,与她四目相对。

"我……我也心悦于你。"她第一次正式坦白,不敢看他的眼睛。

陆远叹了一口气,像是苦笑了一下:"你这样,让我怎么可能忍得住。"

她也抱紧他:"为何要忍?"

"那你要同我生一个吗?"他又贴着她耳朵边,一脸坏笑道,"娘子要是愿意,我也可以奉陪。"

她方才告白时,可没想到这一层,这下真被问红了脸,挣扎着要跑。

"别乱动。"他又吸了一口凉气,握住她的腰,"你在江都过得不好,身子太弱。"

"醒了?"天将亮时,陆远掀帘进来,端着一碗莲子羹。她看见他,缓缓用被子遮住了脸。

"想什么呢?"他径直坐在床边,见她红着脸不说话,陆远顿时紧张起来,俯下身问道,"口口声声说心悦于我,醒了过后就不认账了?"

"我要是不认账,你能怎样?"她缩进被子里不敢看他。

"我也不能怎样。"陆远语气有点失落,夏青鸢忍不住从被角露出一只眼睛看他,却看见他朝自己眨了眨眼,露出满足又落寞的笑,"我现在能有的,已经比所想的多太多,再多一分,未免有些不知足。"

她想了想,又从被子里探出一点,伸出一只手朝他勾了勾:"过来。"

陆远头往下低了低,发梢扫过她耳际,痒痒的。

她又看见他敞开领口里隐约的新旧刀伤,想起这个人的确是从死地里闯过了一遭,才能好端端地坐在她面前讲胡话让她生气。

"夫君。"她扶着他的肩膀，下巴搁在他肩上，在心里练习了一下才第一次喊出这个称呼。

陆远一动不动。

"我……我第一次这样叫你，还不太熟练。你觉得奇怪？"她慌忙闪身回去，"那我就不这样叫了。"

"我喜欢。"他一把揽住她的腰，将她从被子里捞出来放在腿上，"我喜欢的。"他又强调了一遍。

"嗯，知道了。"她红着脸点头。

晨光洒在屋里，照亮墙上挂着的雁翎刀和床榻边的一双人影。

半个时辰后，陆远披衣送夏青鸾上了马车。

"试炼艰苦，实在扛不住就回家，我等你。"他替她整理衣领，桩桩件件嘱咐着事务，眉头又不自觉地皱起来。

夏青鸾笑着伸手，抚平他眉心，又响亮地在他侧脸吻了一下："知道了，夫君。"

陆远难得害羞，红着脸将她推进车里："去吧。"

马车渐行渐远，她忍不住撩开车帘回头向后望，果然看见陆远伫立在晨光中的身影，不知为何，心头涌起阵阵酸涩，放下车帘坐回去，长吁一口气，竟然掉下两滴泪："阿爹，阿娘。鸾儿如今有了陆大人，也有家可归，你们可以放心了。"

车马开向南山大营，前来参与羽翎卫试炼的兵士有上百个。她早已换上了男装，头发也绾作男子发髻。因为身量瘦小，藏在人堆里，倒也着实是双兔傍地走，安能辨我是雄雌。

起初，所有人都在初春的寒风中站着，一个时辰后，才有一队人从军帐内踱步走出，打头的竟是青鸾的熟人——滇南王刘退之。

第四章 羽翎卫　177

"此次试炼从应选者中挑选数人，择为羽翎卫。一旦录用，即为从六品，赐锦服金带雁翎刀，平旦入宫听诏，监察三品以上百官及皇族。"

刘退之搬了个高椅坐在后面，主试官站在前面安排事宜。她站在黑压压的人群中，俯视着高台上的两个人。浩荡天风吹拂着高台，他们身后是一块石碑。

"羽翎卫创始者为四柱国之首——先后江羽衣。"刘退之突然开口，走向石碑，接过一旁递来的一炷香，插进石碑前的香炉中，"先后有言，大毓之疆土，得乎黎民，归乎黎民。故创设羽翎卫，拣选寒门子弟，充为禁军，监察皇室及重臣，并忠谏皇帝。羽翎卫无罪者，不得裁撤。若有大毓君主及权臣私裁羽翎卫者，天下人人得而诛之"。

石碑上字迹漫漶，夏青鸢努力踮着脚看，却还是看不清。只能看见刘玄礼逐句念出来，好在他念得句句铿锵。

"羽翎卫者，需出身寒苦，才学过人，刚强坚韧，不畏权贵。上维天纲，下察民情。眼观四海，心怀黎民。不堪此重任者，不得领羽翎卫之职。另，羽翎卫者，不设男子女子、中原异邦、农商贱籍等俗限，唯有才有能者得之。"

大风吹起高台上的灰尘，四野寂静无声。她只听见石碑上那些字句在心中嗡嗡回响。

"唯有才有能者得之。"

她在心中默念着这句话，攥紧了拳头。

刘退之念完石碑刻词后，再次坐回高椅。主试官上前，分配此次试炼的任务。

"试炼为期十日，五人编为一伍，完成生死关。通过者即可进入第二关试炼。"主试官说完顿了顿,看台下人皆无动于衷,又补了一句,"活过这七日,即为通过第一关。"

众人哗然。他们没想到,这次试炼竟真是要实打实地去拼命。

"不愿意之人,现下仍可退出。给诸位一炷香的时间,时间一到,留下之人随我走。"主试官往后一指,石碑前,方才刘退之刚燃起的香正升腾起烟雾。

一刻,两刻。夏青鸢就算不回头看,也能感觉到身边的人在一个个地离开试炼场。她的拳头攥紧了又松开,却始终没有挪步。场上越来越空旷,最后她索性闭上了眼。

当主试官宣布一炷香燃尽,她再睁眼时,看到场上只剩下不到二十人。再往台上看,又与刘退之似笑非笑的凤眼撞了个正着。

"死士十五位,为本次应试之人。随我来。"

主试官全程没有看她,这里除了刘退之,其余没有人认识她。夏青鸢心里竟然踏实了一些,随其他人一同走出试炼场。南大营建在京城南郊开阔处,背靠着巍峨南山,近处是火药库、骑兵营、步兵营,不远处则是山林。

"试炼第一关的内容,搏虎。"主试官指了指不远处三座营帐,"此三座营帐,供你十五人夜间歇息。一个时辰后,南林内将放虎出笼。自彼时起,至次日辰时,除非危及性命,否则不得杀虎。并且……"

他又指了指营帐正对处,另一侧高挑三丈的木杆顶头挂着的一面将旗,将旗上还拴着一块生肉,向下淋漓地滴着鲜血。

"你们需护住这面将旗,不为猛虎叼走。未主动护住将旗者,七日后的试炼内,将排行最末。"主试官交代完试炼内容后,走得潇洒利落。

第四章　羽翎卫

寒风猎猎，山林中，隐约听见猛虎咆哮。

夏青鸢简单四顾，将身边的同袍简单分了个类：多数是身强力壮的行伍出身，只有一个瘦弱少年，瞧着与自己年纪相仿，文质彬彬，不知怎么也执意进入这斗兽场。

"喂，那边的小子，过来。"她听声抬头，发现是个浓眉大眼的将士在叫她。其余的人听到声音也走了过去，看样子是要商量战术。

只剩下一个时辰，猛虎就要出笼了。若是想在接下来的十二个时辰内制服猛虎，保住将旗，以及自己的小命，必须仔细安排每个人的职责。

浓眉大眼的将士声若洪钟："在下曾在北地军中做过都统。若是诸位愿意，在下可暂时拟一个布防战术。"他在沙地上用木棍画了一个圈，解释道，"这圈内即是放虎之地。我们不能杀了它，又不能听任其伤人。上佳之策，是控住它，令其不得靠近旗杆。辰时一到，即为通关。"

"有何办法，能圈住猛虎？"另一人问道。

"用网罗，或是陷阱。成年猛虎长达八尺，弹跳可高达二丈有余。一夜内，我们挖不出如此深坑，只能试试网罗。"

"若是用网，绳子要够韧，网罗要够大。眼下我们去哪里找那样一张网呢？"

他们不约而同地都看向了营帐。方圆数里之内，不是沙地，就是摆放武器的木架子与演武台。唯一有绳索的地方，就是营帐。

"若是拆了营帐，你我夜间就无处可睡，只能睁眼到天亮。诸位可愿意？"

十五人相互交换眼色，都无一人提出质疑。

"好，那就拆！"

众人七手八脚，将营帐不一会儿就拆得干净。做营帐的布坚韧防水，正是做网罗的好材料。

"还有半个时辰。我们需兵分两路，一队去阻拦猛虎，一队尽快织好网罗。谁与我去拦虎？"

几个较强壮的兵士主动站出来，夏青鸢与余下那名瘦弱少年相视一眼，同时举手自荐："我们两个织网。"

"好！"指挥者点头，利落地走向不远处的武器架，挑选了几把称手的长枪。

"上头有令，除非有性命之危，否则，不得伤虎。"说罢，他又回头看了看夏青鸢与少年，问，"你们两个可有防身的武器？"

青鸢对试炼期间对手的关心开心又惊讶，慌忙点头："带了防身的短刀。"少年则一脸茫然。

对方无奈地摇了摇头，拔出自己的佩剑扔给他，叮嘱道："战场上机灵着点。这可是掉脑袋的事。"

少年感激地接住佩剑，与夏青鸢一起，迅速将军帐上的布条撕成一段一段，用麻绳捆扎起来。

此时，不远处传来一声猛兽嘶吼，山林震动，众人都心中一凛。

猛虎下山了。

连风都变得安静，他们大气都不敢喘，以旗杆为圆心，围成一个半圆，年轻力壮者将夏青鸢与少年护在身后。她低头加紧编制大网，额头上的汗珠一滴接着一滴往下掉。

当众人屏住呼吸的一刻，视线里慢悠悠地出现了一只斑斓猛虎。那虎肌肉匀称有力，皮毛泛着油光，是一只成年健康的野兽。

第四章 羽翎卫　181

猛虎踱步进了演武场，或许是百里之外就闻见了血腥味，直直地朝着旗杆走了过去。众人如临大敌，都举起长枪，蓄势待发。大网还剩一半才编完，夏青鸢数着格子，少年挥刀斩布，手法利索，二人配合无间，对四周的险境恍若不闻。

猛虎视察左右，发现众人都按兵不动，就一声长啸，朝旗杆扑过去。

它力道极大，如此一扑，旗杆必定被扑倒，或是折成两半。但就在那一瞬间，一杆长枪与刀剑组成的兵阵挡在旗杆与猛虎之间。

十余个兵士都背靠背站立，各自护住了彼此易被伤到的弱点，长枪朝外，刀剑补缺，围成一个密不透风的铁桶。这是短时间内最为有效的防守与进攻策略。

那猛虎大约也见过刀兵，瞧见寒光闪闪的铁器后，下意识退后了几步，后爪刨地，发出不甘的怒吼，让人听了胆寒。猛兽后退了几步，又一次飞扑过来，却在不动如山的枪阵前被硬生生地挡了回去。

"织好了！"夏青鸢一声大喊，恼怒的猛虎刹那间回头，才看见角落里还有两个人，立马扑了上去。

"小心！"

"抓住！"

两边同时大喊，她与少年将大网的另一端甩了出去，攥在兵士们手里，四角撑开，其余人迅速后撤。

"收网！"

在猛虎扑过去的一瞬间，她与少年迅速向旗杆方向跑，猛虎来不及刹住，被脚下的麻绳绊了个趔趄，一头撞进了网中。大网迅速收紧，猛虎也被困在其中，怒吼挣扎，越挣扎，网罗越紧。大网尽头的麻绳分成两段，由两队人撑着，恰好令猛虎动弹不得。

"这网能撑多久？"一人担忧地看着猛虎开始啃咬麻绳，回头问夏青鸢。

她咬着牙估算了一番，开口道："最多……三个时辰。"

众人顿时有些泄气，少年却突然开口："诸位弟兄，且请忍耐过这三个时辰。我有办法，护住将旗，又不伤虎。"

"什么办法？"众人都回头看他。

少年一笑，露出两颗虎牙，下巴朝旗杆抬了抬："我带着那块生肉，将虎引到山里，你们就都能活，也能通过试炼。"

众人皆怔住，这个方法太危险了。

少年又笑了笑："我是替我阿兄来的。我天生有寒疾，最多只能再活一年。阿兄去年刚及冠，在六扇门当公差，一直想做羽翎卫，却在数月前，因顶撞了世家的马车，被当街杖毙。"他的眼神平静，"我只希望我死之后，诸位记得我与阿兄的事，做了羽翎卫之后，替我与阿兄报仇。"

猛虎又怒吼一声，山林动摇，打破了众人的沉默。

"不可。"夏青鸢咬牙开口，"既已一同入了试炼，就都是同袍。若是你执意要去，我也不愿留在此地，坐享其成。"

其他人听了，面面相觑。接着，方才那个指挥者也闷声开口："我也同去。"然后是第二个，第三个。最后，十五个人都表示要和少年一同去。

少年不吱声，继而笑了，低着头，笑得肩膀耸起，像是风中飘落的叶子："没想到，我竟是在这死地才遇见了当真关心我死活的人。"说罢，他放开了手中的麻绳，迅速朝旗杆冲去。

"别犯傻！"充当指挥的将士在他身后怒吼。

"我方才想通了一个法子，就是摘将旗。"少年回头一笑，"试炼的规矩是不让猛虎毁了将旗。我若是将它带走并藏起来，你们就可专心对付这野兽了。"

众人这才放下心来，看着他灵活地叼着短刀攀上旗杆，又用刀将旗帜割下来卷在怀里。

少年爬下旗杆，对拉着大网的众人与猛虎长长叩首，继而消失在密林中。

少年走了。余下十四人与一只虎大眼瞪小眼。那猛虎起先焦躁不堪，不住地用牙磨绳子。后来渐渐疲了，也瘫倒在地。

"如此看来，说不定能撑到辰时。"有人小声说。

此时，天色渐晚，天边疏星残月。

一个时辰，两个时辰……

夜深了，有人精疲力竭，开始眼睛半睁半闭。

"不能睡！给我起来！"男人踹了打瞌睡的同伴一脚，压低了声音训斥，"你想死在虎口吗？"

对方立刻一个激灵醒过来，继续握紧了绳索。

天色越来越深，猛虎却睡醒了一觉，目光炯然有神地醒来，死死地盯着旗杆上的肉块。

大难临头。众人都打了个寒战。

"诸位，听我号令，若是那虎朝旗杆扑，我们就放手。待它吃饱，再困住它。"发令者是夏青鸢。众人都回头看了她一眼，又点了点头。

下一刻，猛虎果然朝旗杆一个猛扑，众人及时撒开网绳，才不致将大网毁坏。

老虎三蹦两跳就扑倒了旗杆，撕下生肉，几口就吞了个精光。吃饱喝足之后的猛虎安详地舔着指爪，竟不再对他们有所攻击。

众人手里拿着长枪短剑围成一圈，徐徐拉网，静待老虎再次站起。

又过了一个时辰，两个时辰，老虎竟然睡着了。眼见这个办法奏效，众人都暗中松了口气。

天光初霁时，众人都一宿没合眼，疲惫不堪。再有不到一个时辰，他们就算是通过试炼了。

"小兄弟，还没问你的名字。"最初指挥的男人看了一眼强撑着站立的夏青鸾问道，"你这病弱公子似的，为何要来做羽翎卫？"

她勉强笑了笑，鬓发在风中飘扬："在下单名青鸾。来应征羽翎卫，从前是想查明当年家中冤案的真相，如今是……想做个能扭转时局的人。"她仰头望着半明半暗的天，天边已浮现出鱼肚白，镶着初阳的一道红边，"我有许多亲人与故旧，死在太阳出来之前。我想活下去，替他们看看太阳出来之后，人间是什么样的。"

男人笑了笑，道："我之前也同你一样。可从军十年，我在北地的同袍都死光了，只剩我一个。"

"大哥为何要做羽翎卫？"为了驱赶睡意，青鸾竟在这紧要关头与对方闲聊起来。

"我家婆娘死得早，留下一个女儿。做北地军，军饷连自己都养不活，寒门子弟只有做羽翎卫才能出人头地。"他像是想起了什么高兴的事，笑得脸上的皱纹都聚在一起，"待到升了军衔，给我的宝贝女儿攒笔好嫁妆！"

说笑间，那猛虎忽地睁开了眼。黄金般的巨眼左右四顾，众人顿时清醒，都拿起武器，如临大敌。一刻，两刻。那斑斓猛虎舒展四肢，不紧不慢地在他们面前逡巡。

辰时快要到了。

只听远方传来一声军号长鸣，接着是一声嘹亮宣读："辰时已到！"

所有人都松了一口气，几个年轻的甚至抹起了眼泪。

就在此时，不远处山林里跑出一个少年，朝着他们挥手，怀里扛着被他护了一晚上的将旗。

而那猛虎却还在原地，听到脚步声后猛地回头，后腿跃起，直朝少年飞扑过去。

"小心！"男人挑起长枪就冲了过去，挡在少年身前。与他一同冲出去的，还有一个瘦小敏捷的身影。

在所有人都来不及反应的刹那之间，飞扑的老虎定在了原地。然而，一只前爪已经拍进了男人的胸口，他手里的长枪贯穿了老虎，而同时飞扑过去的夏青鸢手里拿着短刀，刚刚没入老虎的后颈。少年被挡在男人身后，鲜血喷洒在三个人身上。

在那个瞬间，阳光照射大地。天亮了。

"大哥！"少年发出一声撕心裂肺的呼喊，回荡在演武场上。

夏青鸢的手颤抖不已，那把短刀仍旧插在老虎的后颈。巨兽哀嚎着倒地，她立马飞扑过去，查看男人的伤势。

纵使夏青鸢的短刀及时刺进了老虎的要害，没让它将爪下之人撕成碎片，但那一爪已拍碎了男人的五脏六腑，浓稠的血从他嘴里不住地涌出来。所有人都默然上前，围在濒死男人的身边。

"我……我家的女儿……"他瞪着一双眼，不甘地看着面前的人。

夏青鸢半跪在地，握住他的手，承诺道："大哥，我夏青鸢以性命起誓，从今往后，大哥家的女儿就是我的姐妹，我定会给她准备一份全京城最好的嫁奁。"

其余的人都垂首附和，少年已经泣不成声。

"我……我家住城南第九巷，小女名……名叫春兰……"

又一声嘹亮号角响起，演武场尽头的大门开启，穿着铠甲的主试官走出来，朝所有人行礼，神色肃穆地宣布："恭祝余下十四位应试者，全数通过第一关试炼。第二关试炼之地在马场，请随我走。"

其余人都一个接一个地离开了演武场，只有夏青鸢和少年还留在原地。她满身是血地看着方才还谈笑风生的男人逐渐冰凉。少年抹了一把脸站起来，把泪水混着血水往身上一擦，上去搀扶起夏青鸢："走。"

她也缓缓站起，眼神里多了一些从前没有的情绪："走。"

"第二关是在南大营的山林中。这是余下九日里各人所需的干粮，另有一柄短刀。能在这林中活九天的人，便可成为羽翎卫。"这次宣布规则的不是刘退之，而是换了一个从未见过的生面孔。

"若是我们都活下来了呢？"

"你们之中，必定有人死。"主试官面无表情。

月黑风高，那是第一夜。夏青鸢与少年做伴，在密林中穿梭。

"还没问你的名字。"夏青鸢试图化解尴尬。

"我与阿兄都是孤儿，没有名字。从前开过药铺，同乡人都叫我药郎。"

"药郎小弟，你昨夜在山上时躲在哪里？"

少年眼睛眨了眨："跟我来。"

八天后，距京城千里之外的扬州城内，歌馆楼台，笙箫争奏，处处楼头都有美人红袖招。

确实是销金窟，歌舞场，繁华风流地。

在某处阁楼上，窗前坐着个神色冷漠的玉面郎君，手里拿着玉杯，那玉杯的颜色与他的手相同。离他不远处，聚着一群美人叽叽喳喳，时不时地探过头去张望。只是谁都不敢近前劝酒——只因他身上穿着那件玄色绣鱼龙的锦袍与腰间的雁翎刀。

这样的郎君俊俏，却实在消受不起。

此时，却有人在陆远身后，不怕死地拍了拍他的肩膀，招呼道："陆大人，许久不见。"

陆远正握着酒杯陷入沉思，竟没有察觉那人近前。回头看时，发现竟然是滇南王刘退之。

刘退之还是那副花孔雀似的老样子，笑嘻嘻地握着一柄镶金带碧玉坠的紫檀扇，行走时带着春风。

"你不是在南大营试炼新来的羽翎卫吗，怎么又跑到扬州来了？"陆远眉毛一抬，像是有什么不好预感似的，暗中握紧了酒杯。

"本王不辞千里来扬州，是要告诉陆大人一件要紧的事。"

陆远喝了一口酒，眼睛一眨不眨地盯着他。

刘退之慌忙摆手："陆大人切莫迁怒于我，在下不过是一个传话之人。"他清了清嗓子，才正色道，"试炼第五天时，主试官来报，说山中不见了两个应试者。二人同行，都是小身量。其中有一个，应该是女人。"

陆远猛地放下了杯子，发出"嘭"的一声响动。

刘退之吓得往后坐了坐，忙说："陆大人，听本王说完。本王得到消息时，派人将所有应试之人家底都查探了一番。你猜如何？"

陆远冷眼相对。刘退之摇摇头，冷笑了一声："这十五人，除那女人之外，全是韩党。而与那女人一同失踪的少年，原本是九千岁豢养的门客之一，擅长易容易形，以毒药杀人。有个外号，叫'药郎'。"

陆远起身就向外走去，却被刘退之伸手拦住："陆大人，这是调虎离山之计，你看不出吗？"

陆远没有说话，只是沉默地将腰上的刀弹出刀鞘。

"九千岁此举，就是为了请君入瓮。陆大人如今身负王命查案，一旦擅自回了京城，就是擅离职守，必遭韩党弹劾。况且就算是去了京城，你又岂能擅闯南大营？那可是掉脑袋的重罪。"

陆远顿了一下，看着刘退之，沉声道："殿下，你是不是知道些什么，没有告诉我？"

刘退之摇了摇扇子，语气风轻云淡："陆大人果然是关心则乱，竟才察觉到这局棋里有我。不过，见你如此着急，也甚是有趣。"滇南王慢悠悠坐下，低头把玩着扇子，又歪着头仔细瞧陆远的表情，"陆大人知不知道，那丫头在试炼第一关就敢抽刀与虎搏杀，那副不要命的样子，我见了也喜欢。不如你将夏青鸢让给了我。又或者……我将她杀了，替陆家报了当年的仇？"

"你不敢。"陆远冷眼看着他，然而滇南王依旧有恃无恐。

"陆大人对自己这位冒牌夫人的感情，恐怕没有看起来这么简单吧……"他用扇柄戳了戳陆远，"你在乎她的生死，甚于你自己。"

陆远一把握住他扇子的端头一推。对方退后一步，笑嘻嘻地将折扇收起，调侃道："素来寡言无趣的人，不知道发起疯来是什么模样，本王倒是很想看一看。"

接着，滇南王从怀袖里掏出一条红丝绳，放在手心里。陆远只看了一眼，就眼色瞬间一变。

红丝绳串着银珠子，中间有一只雕工朴拙的银燕。是他临行时亲手给她戴上的。

"她在哪儿？现在说实话，我可留你全尸！"他拽着滇南王的衣领，几乎是咬着后槽牙说出的这句话。

"陆大人，现在杀我你可是会后悔的……"滇南王依旧不慌不忙，"本不愿揽这吃力不讨好的事，不过是看在小丫头的面子上才插手管一管。"

陆远听出端倪，放开了他："这么说，你知道她现在在何处。"

"知道，但上头有令，本王不能告诉你。你看，我也是个提线木偶，不过是来找你喝茶罢了。"滇南王将扇子往下一指，陆远顺着他所指向下看去，却看见楼上楼下方才喝酒谈笑的宾客都一派肃静，腰间佩刀皆是军中制式，原来都是便衣官兵。

"陆大人，且忍过今日。若是踏出一步，就生死有命了。"

陆远环顾一圈，四周人皆拔剑而起。琳琅满目都是铁器叮当。

他没有说话，只是将原本弹出的刀又收回了刀鞘，转回身坐在了茶席上，拿起玉杯，仰头一口饮下。

刘退之没料到他如此淡然，反而措手不及，摇着头笑了笑，也随他一起坐下："陆大人果然知晓孰轻孰重。"

就在此时，陆远一个翻身，从茶席旁开着的窗户飞身跃下。扬州这处酒楼临江，江边是百尺高台。

"疯子！"刘退之脸色大变，立刻冲到窗边，却看见陆远攀着阑干外，踩着墙角的飞檐一跃，跳进了楼下的客房。

发现陆远没有寻死，刘退之松了一口气。楼下响起一片宾客们的惊声尖叫与杯盘翻倒的声音，想必是他从客房里冲了出来，要离开这间雕金的牢笼。

然而，刘退之却展开了扇子摇了摇，并没有下令追捕的意思。众士兵也不敢轻举妄动，几百双眼睛都望着他。

"追。"他这才慢悠悠地伸出手指，指了一个与陆远逃跑线路相反的方向。

另一边，陆远在销金窟里四处穿梭逃遁，身后是紧随的官兵。终于快要到出口时，却看见大门早已被官兵堵得水泄不通。他向后看，身后是楼中的望江台，外面是滔滔江水。

从这个高度跳下去，就算是跳进了江里，也会粉身碎骨。

前有追兵，后无退路。

他咬咬牙，抽出佩刀，朝着堵在门口的官兵们冲了上去。

一个、两个。这不是战场，他不愿用佩刀，只是用肘击和刀柄击昏或打晕对方。只是涌上来的人越来越多，渐渐地，他也难以招架，而大门近在咫尺。

这一幕与年少时的某一幕是何其相似，只是这一回，陋巷的尽头没有骑马的少女来救他了……

陆远的喉头渗出鲜血，只是机械地挥舞着手中的刀。

"真寂寞啊，看见你，就好像看见多年前的自己。"他身后传来一个声音，却是方才还在楼上饮茶的刘退之。

众人一时停手，刘退之摇着扇子，缓缓踱步走向陆远。

"陆指挥使，记住，你欠我一个人情。"刘退之回首，合上扇子对官兵吩咐道，"今日追击逃犯，逃犯渡江而遁，下落不明。知晓了吗？"

众人纷纷点头，收了刀剑。

陆远擦了擦脸上被划出的血道,向刘退之行了一礼。对方不耐烦地挥挥手:"快滚。"

那是第九日的深夜。距离试炼结束,还有三个时辰。

溶洞里,夏青鸢的背后是深不见底的天坑,面前是拿着刀的少年。只要再向后退一步,她就粉身碎骨。

"我本来不想杀你,可我要是不杀你,我就得死。"少年拿着刀的手微微发颤,"我兄长与我爹都死了,死得比一头骡马还要轻贱,我得活着。"他像是在向夏青鸢解释,自己骗她进了山洞又将她逼到悬崖边其实是有苦衷的。

青鸢缓缓挪动,身后的石子滚落进天坑,掉落许久才听见回响。一直后退的她听见了少年那句话,趁着这一瞬间的转机,突然奋起,伸手抓住了刀柄,猛地使力向前一推。少年猝不及防被推了个趔趄。她又借力扭转刀柄,少年手腕吃痛,下意识松开,那刀就画了一个弧线,到了青鸢的手上。

攻守之势彻底扭转。她提刀对准了地上的人,问:"你是什么时候计划好这一切的,在试炼之前吗?虎场那位大哥的死,也是你安排好的吗?"

少年听见她提及救他而死的大哥,反倒哈哈大笑起来,笑得眼泪都流出来,表情狼狈至极。

"你问过我的名字,我只能说,乡里人都叫我药郎。现在我告诉你,我的真名是什么。"他晃晃悠悠地站起来,身后就是天坑,却浑然不觉,笑着的表情比哭还要瘆人,"我是春兰,我就是春兰!方才被老虎害死的人是我爹!"

"你说什么?"夏青鸢无法理解眼前的一切。

"你还不明白吗?这次试炼就是个局,就是为引你来这山洞,再无声无息地死在这里。我、我爹，还有你方才见过的十四个人，全是陪你做一场戏罢了。"

"是谁要杀我？只为了杀我？"她打了个冷战，却死死握着刀。

"我们都是被买命杀人的死士，只接任务，不问缘由。"自称是春兰的少年仰着头，表情如释重负，竟有些解脱的喜悦，"若是我没能杀了你，就劳烦你亲手将我了断。若是我活着从这里出去，会生不如死。"

他闭上了眼，像是已经做好了赴死的准备，却迟迟没等到对方的刀割破自己的喉咙。

"你走吧。趁现在洞口无人。"夏青鸢竟后退一步，仍旧提着刀，却给对方让出了一条路，"别人问起，我会告诉他们，你掉进天坑了。"

对方的眼神先是惊愕，继而是狂喜，最后是混杂着内疚与怀疑地问道："放我走了，你呢？"

她仰头向后，靠在石壁上，很轻，又极为疲累地叹了一声："再过一个时辰，试炼就结束了。只要撑到那个时候不死，就还有希望出去的。"

春兰慌忙起身，跌跌撞撞地往洞口跑去。那洞口依稀可见天光。

天要亮了，可外面全是明刀暗箭。夏青鸢靠在石壁上，超乎寻常地平静。

"有一件事，我没骗你。我的兄长确是被世家害死的，我家也确在城南第九巷。若是有命活着，我们外头见。"

他最后看了夏青鸢一眼，就消失在光的尽头。

陆远从扬州赶回京城时，恰是试炼结束前的最后一个时辰。

南大营前的大门虚掩，没有守军，像是请君入瓮。他在踏入门前的最后一刻停住了脚步,身后的马由于长途跋涉,嘶鸣一声,倒地而亡。他没有进去,而是站在原地背手而立,初晓的寒风吹动他的衣摆。

"只差一步,你不进去救她吗?"

陆远没有回头,那声音极具辨识度,是窈娘。

"万一她没死,我不能违背承诺。若是她死了,我与她一起。"陆远闭上了眼,像是入了定。

"你和她可真像。"窈娘笑着拍了拍他的肩膀,"周礼也在,你可以放心了?"

陆远难得地对窈娘一笑:"多谢。"

"何谈谢。"她无所谓地摆摆手,"我是帮我自己罢了。"

南大营内,夏青鸢握着手里的短刀,朝洞口走去。外面果真围着一圈人,数了数,十三个,没有那少年。她心里松了一口气。

之前患难与共的同袍,现在都用刀锋对着她。她直视每一个人的脸,却发现人人都是木然。

她调整呼吸,拿起了短刀。

"还有我。"

她回头,看见天边一抹泛白晨光的尽头,跑来一个熟悉的身影,竟然是周礼。他气喘吁吁地跑来,与她并肩而立。脸上和身上都有伤,像是从哪里逃出来的。

"出去再解释,先来打一场。"周礼没有废话,抽出佩刀,带着北地的寒气。她也举起刀,二人背向而立。

"还有我。"她身后,一名少年,或者说是少女的声音响起。她知道是春兰。她从阴影处走来,走进光里,与她和周礼并肩而立。

对方也在此时动手，寂静的山林中，只闻刀剑撞击的清脆响声。

两个时辰过去，天亮了。在第一丝晨光的照耀中，试炼场的大门终于"吱呀"一声开启，夏青鸢与周礼一前一后，浑身带伤地走出大门。

她第一眼就看见站在门外的陆远。看见她出来的一刹那，冰封似的表情瞬间解冻，眼睛顿时亮起来。他也伤痕累累，疲惫至极。自扬州至京城千余里，他日夜不停地跑了三天三夜。

"我回来了。"她张开双臂，朝他扑过去。陆远稳稳地接住了她。

"回来就好。"他埋首在她颈项间，长长地呼出一口气。

他们安静地拥抱了许久，直到下一刻夏青鸢从他怀中抬起头来，抓起他的手臂，狠狠咬下去，看得周礼都闭上了眼直呼血腥。

陆远一声不吭，只是蹙眉咬牙，专注看着她在自己的小臂上留下一排清晰的牙印才松口。他另一只手仍旧抱着她，轻拍她的背。

"窈娘大人，你可知道师娘好不容易逃出生天，出来却咬师父，是什么意思？"周礼在不远处和窈娘八卦，但声音分明传进了所有人的耳朵。

"你这么好奇，不如自己去问。"窈娘嘴上说着，手里却递给周礼一个小瓷瓶，眼睛不自在地瞟向别处，"喏，伤药。"

听见二人的话，夏青鸢才略微与陆远拉开距离，上下打量他的伤势，一边皱眉一边笑，眼泪终于流下来。陆远一把抱起她，旁若无人地离开了试炼场。

周礼正打算追上去，却被窈娘一把拉住："你去做什么？"

第四章 羽翎卫　195

"试炼被人动了手脚,自然要追究啊。"他理直气壮地说。

"我会追究。"窈娘活动了一下筋骨,对他潇洒一笑。

周礼不可思议地问:"你说什么?"

"我说,从今以后,我不再是韩党了。"窈娘说得轻松,眉梢眼角却分明有着更复杂的情绪。

不多时后,陆府院内,浴室里灯火昏黄,传来"哗啦啦"的水声,窗缝里依稀可见屏风上挂着几件尘土与血水混成一片的衣服。一门之隔的浴室外,陆远靠着栏杆休息,却仍留意听着屋内的动静。

"当真不需我进去帮忙?"他又开口问了一次。

"不……不需要!"夏青鸢红着脸,心一横把自己泡进药桶,简单处理过的伤口接触到热水,痛得她倒吸一口冷气。片刻后,她终于整个人都浸在桶里,才抬起头去看窗外陆远的影子。

"稍晚些时,我有话同你说。"他偏过头,树影婆娑,倒映着一个弧线俊秀挺拔的侧颜。

"什么话?"舀水声停了。

"关于你失忆之前在京城的事。所有的一切,我都告诉你。"他的声音干涩。

她不说话了,只有单调的舀水声。许久之后,她才应了一声:"好。"

突然,夏青鸢发出一声惊叫。

陆远迅速破门而入,佩刀出鞘,神情紧张地问:"怎么了?"

只见她从浴桶里跑了出来,身上胡乱裹了一件陆远的外袍。肩颈弧线漂亮,长发绾起,随意找了根木棍盘起来,后颈洁白,那些大小刀伤就更加显眼。

陆远立刻别过头去，耳根红得发烫。

"有老鼠！"她对陆远的异状毫无察觉，不管不顾地跑到他身旁，半边身子贴着他，手紧紧挽着他的手臂，"在那儿，在那儿！"

墙角的老鼠吱吱叫着，瞬间消失在墙缝里。

陆远咳了一声才开口："改天让管家将墙缝补一补。"说完，屋里陷入暧昧的寂静。

她反应过来，瞬间松开了手，慌得涨红了脸："你出去。"

陆远却不放手，索性扔了手里的佩刀，握住她下巴抬起，另一只手揽住她的腰往前一带，她就整个人被控在怀抱里。

"我方才救了夏小姐，想讨个奖赏再走。"他摩挲着她腰后的衣料，眼神却十分刻意地不向下看她。

夏青鸢受足了煎熬，终于忍不住，踮着脚在他喉结处吻了一下："可以了吧？"

陆远的眼神瞬间变了："不够。"接着，他捏起她的下颌，准确地吻了上去。

她沐浴得心猿意马，披上衣服出了浴室，却见走廊的另一头站着一排从未见过的侍女，穿着宫中的服饰，手里捧着金漆檀木托盘，每一只上面都放着几件衣袍，看着十分贵重。

陆远的书房里亮着灯，隐隐传来说话声。她又朝着声音响起的地方多走了几步，房里传来的人声却让她停住了脚步。

是韩殊，九千岁竟然在这个时候造访陆宅。

她还想继续听下去，站在最前面的一位宫女径直向她走了过来，是宫中负责礼制的女官。她道："圣上有旨，赐夏青鸢从四品羽翎卫职，并鱼龙锦袍一套，雁翎刀一柄，素锦玉带一条。"

宫女手里捧着的金盘中，装着圣旨。

第四章 羽翎卫　　197

书房的门在此时打开,韩殊与陆远一前一后相继走出。她站在走廊里,恰与韩殊的眼神对上。这是她第二次见到传说中的九千岁。他比第一次在金楼时消瘦了一些,不惑之年鬓边已有白发,但风姿气度依旧。

"左相,试炼场上那些人,说他们是韩党,奉命杀我,是真的吗?"她直接问出了口。

陆远神色微变,韩殊的凤眼里却现出笑意,道:"夏姑娘心直口快,倒是像极了乃父。"

晚风微冷,她强忍着愤怒,直视韩殊。

韩殊笑了笑,偏过头去看了看金盘里的圣旨,伸手直接拿起递给她:"试炼场上的事,不过是一场误会。这羽翎卫之职,确是圣上下旨所赐。"

她紧攥的拳头收紧又放开,问道:"其他应试者呢?"

"此次试炼,除一人搏虎而死外,其余十四人悉数入选羽翎卫。"韩殊今天极富耐心,不仅不生气,还有心情与她聊天,"韩某今日特来府上,就是为了澄清此事。劝夏姑娘接了圣旨,这是圣上的意思……也是韩某的意思。"

韩殊又走近一步,在她耳边压低声音补了一句:"想知道当年的事,要先站得够高。"

晚风拂过三个人的衣角,夏青鸢思索了片刻,上前接过了圣旨。

"好孩子。"韩殊眼角扬起,点头称赞,一双凤眼笑时更像狐狸,"换上军服,明日去羽翎卫衙署述职。指挥使陆远今日起革职待令,扬州的案子,需劳烦夏姑娘继续查。"韩殊交代完,朝陆远点了点头,就带着一众宫人离开了后院。金漆托盘被整齐地摆放在屋内，在烛火下发着暗金色的幽光。

她此时才惊愕地看向陆远，他无奈一笑，道："我此前违背军令，提前从扬州回了京城。"

夏青鸢打了个寒战。她此时才意识到，这个局布得有多么仔细：先是将陆远派去扬州，同时给自己发了试炼邀请，早早布置好一切陷阱。等她进了试炼场，生死攸关时，再以此威胁陆远，让他不惜违命，千里奔赴回京城救她。

若是她死在南山的溶洞天坑里，尸骨无存，对方可将这一切伪装成一场意外；若是陆远违命，擅闯南大营，那么等待他的就不只是革职，而是死罪。

然而，对方没有算计到的是，被威逼利诱踏入试炼场的死士竟然敢冒死救她出生天；也没有算计到陆远能耐得住那余下几个时辰，独自守在南大营门前，直到她活着出来。

而如今她手里拿着的委任羽翎卫的圣旨，这个她此前极为渴望的东西，却变得像个笑话，笑她在被耍得团团转、险些丧命之后，仍旧接受了那个人的施舍，只为了继续活下去，继续向上爬。

这样的自己，与韩殊又有什么分别？

"鸢儿，别胡思乱想。这是你应得的，既然给了你，就别放手。"陆远的声音响起，将她拉回了现实。

"那你呢？"她继续追问，"你千辛万苦，才坐上那个位置。现在因为我……"

"我心甘情愿，从未后悔。"他洒脱一笑，伸出手臂将她拉进怀里，"陆某自幼命数多舛，如今既已得到了你，失去些其他无关紧要的，反倒更心安。"

陆远的怀抱温暖可靠，她的心也稍稍安定了一些。冷不防地，他在她的耳垂吻了一下。被吻过的耳际瞬间烫起来，温热血流顺着她的肩颈烧过去。此时她才想起原本来找陆远是为了什么，而陆远的唇早已自顾自地继续在她颈侧游走。

"你等等……"她的心原本就一团乱麻，被他一搅，又掺杂了些别的情绪，复杂难言。

"等什么？等你去扬州赴任，剩我独守空房吗？"陆远以为她是在担心，便出言宽慰，"明日你就要去扬州赴任，周礼会陪你同去。"

"你如今倒不为难周礼了？"她笑得眼睛弯弯，全是坏心思。

陆远讳莫如深地一笑："现在有人拘着他，无须我操心。"

"试炼场的事，陆大人觉得，可是韩党所为？"

"韩党之内，也是派系林立。韩殊做事向来借他人之手，若真是他授意的，也一时难以挖出证据。"他抚摸她的头发，声音平静。

"若此事从头至尾都有韩殊授意……那扬州的案子，怕也没那么简单。"

"不过，此次我去扬州几日，却没查出什么线索。扬州自古是九州通衢，繁华富庶，此类怪力乱神之事，又甚于京城。你要多加小心。"

"无事，有周礼陪我一同去。"

陆远被噎得无话，顺势轻掐了一把她的腰："长本事了，气我倒是很有办法。"

"对了，你在扬州时，是谁告诉你我在试炼场性命堪忧的？"

"是滇南王。"

夏青鸢心里一惊，继而又觉得合理，滇南王是那一场试炼的主持者，也是唯一可以出入南大营的人。但还是继续问："你怎么就信了他呢？万一他是骗你的呢？"

陆远不作声，从枕头下拿出一条红手绳，小银珠串着一只燕子。她看了才恍然大悟，想必是自己在与虎搏斗时不慎掉落，被刘退之捡走，又作为她遇险的证明交给陆远。

这一局如此环环相扣，令她不敢细想。但更令她心中震动的是，平日里心思缜密的陆远，竟然被一根手绳就骗来了京城。

"这就是色令智昏吗？"她笑着问他。

"是啊。色令智昏。"他摸索着找到她手腕，重新将手绳系到她手上。

陆远承认得大方，她却害羞起来，看着红绳傻笑："没想到，羽翎卫的指挥使也有过不了的美人关。"

"鸢儿。"他看着她，语气突然一本正经起来。

"怎么？"

"若有一天我不在了，你也要平安喜乐地活着。忘了我也无所谓。"

"好啊。"她笑容里有许多情绪，有些他看得懂，有些他看不懂，"我答应你。所以在那之前，你不许先离开我。"她埋首在他怀里，看不见表情。

"只要你要我在你身边，我便绝不离开。"

第五章　河神庙

三天后，扬州府。

此时正是暮春，家家户户流水垂杨，弦歌处处。穿着男装便衣的夏青鸢与周礼走在街上，她一路看见什么都觉得新奇，左顾右盼。周礼一路拽着她，恨铁不成钢地说："夏公子，还有正事没做呢。"

此次来扬州查案，她的对外身份是与友人出游的公子。周礼与她一高一矮，一个潇洒张扬一个秀气可爱，倒引得不少路人频频回头张望。还有几个胆子大的歌妓，拽住周礼的袖子不肯撒手，拉着他们就要往旁边点着红灯笼的暗巷里拐。

他们好说歹说，最后还是周礼心一横，攥着夏青鸢的手腕举起来，大义凛然地开口："姑娘不必了，我……我们有人陪。"

歌妓果然瞬间放开了他，临走还白了他一眼。

夏青鸢马上嫌弃地撒开周礼，思索了一下又点头称赞："这招好用。这几日查案时，若再被纠缠，就用这招应付。"

周礼咳了一声，还没说话，身后就传来一个声音："这样怕是不妥吧。"

周礼和夏青鸢同时回头，看见面色不善的陆远站在巷口，身后还有同样脸色不大好看的窈娘。陆远也换上了便装，只有窈娘穿着羽翎卫的制服。

"陆大人！"夏青鸢看见陆远两眼放光，立刻狗腿地跑过去。陆远的神色才缓和了些，马上拉住她的手，把她拽到身边。

周礼也看见了陆远身后的窈娘，不知为何突然没了方才的伶牙俐齿，支吾了好一会儿才憋出一句："师父，你怎么来了？你不是还在京城禁足吗？"

"我在京城关了三天，写了一百封折子诉冤情。圣上不堪其扰，发配我来扬州协同查案，将功折罪。"他耸耸肩，"我现在身无官职，又是戴罪之身，还望各位大人赏我口饭吃。"

周礼幸灾乐祸地一笑，指指窈娘和夏青鸢："那得问窈娘大人与师娘愿不愿意。毕竟现在，她俩才是我的上司。"

陆远踹了周礼一脚，他灵巧一躲，肩膀恰好碰到了窈娘。两个人都默契地闪到另一边，像是在刻意避嫌。

夏青鸢看着这几个在刀尖上摸爬滚打了许多年的人精，此时却玩闹得像十几岁的少年，忍不住笑出了声。几个人笑作一团，在扬州的小巷里，楼头有美人隔窗弹着前朝曲调，唱着旧情诗："茕茕白兔，东走西顾。衣不如新，人不如故。"

深夜，白天还喧闹异常的小巷，此时已寂静无人，只剩下朱红灯盏微微摇曳，上面写着妓馆头牌的花名：春琴秋扇、柳娘吴姬。

小巷深处，木门"吱呀"一声打开，一个穿着华丽的男人摇摇晃晃地走出来，身后传来娇滴滴的声音："郎君留步——"

男人立刻回头，木门后伸出一条素白的手臂，将他拉了回去。

"郎君已经许久没来看望妾身，此次回龙隐，又不知何时才能回来……"

"柳娘莫怪，只因今年涝灾，龙隐镇的茶叶生意不好做，要不是那该死的……我也不会此时才得了钱来看柳娘。"

"听说那边近日乱得很，还有村民抓了平民女子去祭河神。是真的吗？郎君可曾见过？"

黑暗中，男子的脸色明显变了，继而又若无其事地笑了一下，道："什么河神，都是编出来吓唬人的。不过灾年兵匪多，柳娘近几日好生待在扬州等我，河神自然找不上你。"

美人听了，也眉开眼笑，揽过男子的肩膀说起悄悄话，两个人就在门口的朱红灯笼下你侬我侬。可在男人看不到时，那美人的眼里，分明闪过一瞬间的恨意。

就在此时，深巷尽头闪出一个人影，是个女子。她穿着只有新娘才会穿的大红衣裳，脸却涂得雪白。她踩着山里人登山采樵才穿的木屐，踩在深夜的石板路上，声音清晰可闻。

嗒，嗒，嗒。

走近了才看清，那不是一个人，而是一群。在她的身后，跟着一个接一个的女子，都是同样的装束。她们手里提着朱红色的灯笼，在夜色中晃晃悠悠，如同鬼火。

"茕茕白兔，东走西顾。衣不如新，人不如故。"女子开口唱起歌来，腔调古老，旋律哀伤。她刚一开口，门口的男子就像被雷劈了一样愣在了原地。

"萧郎？"美人眼睁睁看着男人变了神色，却装作浑然不觉，还软绵绵地挂在他身上。

"你……你听不见吗？"男人不敢回头，只听那木屐声越来越近，一阵风吹过，歌声缥缈，如同来自另一个世界——

阴曹地府。

木屐的声音停止了。

"呀,萧郎,你看你身后——"柳娘故作惊讶地叫了一声,男人早已吓得抖如筛糠。美人只轻轻一推,男人就从台阶上倒了下去,摔倒在小巷的石板路上。

他还没站起来,就看到了眼前一双绣着双凤的婚鞋。那是她的手艺,那个被他亲手卖掉的女人,他的未婚妻。

"萧郎,我来接你了。你说过,等开春茶山有了新生意,你就回龙隐镇娶我……"穿着大红衣裳的女人开口,声音哀怨嘶哑,像用指甲刮过木板,"我等啊,等啊,等到他们把我送给河神,等到我变成现在这个样子,也没等到你。你抬头看一看我呀。"

男人根本不敢抬头,只是不住地磕头,浑身颤抖,连话都说不利索:"这……这都是你父……父兄逼我的。他们说,我如果不能娶你,就……就得把你送给河神,免得玷污了你家门楣。"

"萧郎,你为了娶那扬州好人家的女儿,就不要我了吗?"女人伸出雪白的手,十个指甲都涂着鲜红的蔻丹,像是染着血。

"不……不是。你我原……原就没有正经的婚约。那些平常说的玩笑话,不……不能作数的。"

女人笑了,笑声回荡在窄巷里,凄厉又哀伤:"我恨我当初信了你,更恨我父兄信了你。我如今不人不鬼,你说这债,我要向谁去讨?"

又是一阵风刮过,整个小巷的灯都熄灭,一片漆黑中,只听见男人短暂又绝望的一声惨叫。

第二日,扬州府衙刑狱外的院中,站着四个人。

"这死者是在五更天被人发现死在巷中,四处无水坑,昨夜也没下雨,为何他……"周礼看着眼前的尸体,冥思苦想。

第五章 河神庙 205

"为何他的死因是溺死，对吗？"夏青鸢绕着尸体走了一圈，与陆远交换了一下眼神，开口与周礼确认。

四人的神情都有些复杂。昨日刚来扬州，就见识了这样的惨案，还是发生在曾经走过的巷口，难免有些心有戚戚。

死者年纪接近而立之年，衣着颇为体面，腰间的钱袋里还装着不少银锞子。显然凶手不是为钱财而来。他身上干净，连衣领都没有沾水，可鼻腔里却都是水草，指缝里还有湿润的泥土和苔藓。方才仵作已验看过，确是在水中窒息而死。而掌管户籍的小吏也翻出了死者的档案：此人姓萧，平日里常住扬州，靠着运河做茶叶生意，正是龙隐镇人。

龙隐镇，溺水而死。四个人不约而同地都想到了河神。

正在此时，又有一个家仆打扮的人走进院子，送上一个名帖，上面字迹娟秀，却是扬州有名的花街头牌之一：柳娘。

翻开名帖，里面只有一行字："请羽翎卫陆指挥使今夜三更时来寒舍一叙。"

花街头牌邀人半夜上门拜访，听起来实在透着诡异。陆远立刻看了夏青鸢一眼，生怕她多心，她却在关心别的事："这位柳娘为何知道你来了扬州？"

周礼还不怕死地补了一句："而且还特点名只要师父你自己去。"

此时，方才侍立一旁的家仆行礼后开口："我家姑娘吩咐，陆公子若是愿意，可带一位同伴前去。"

"那我就勉为其难……"周礼跃跃欲试，被窈娘和陆远同时白了一眼。

接着，陆远看了看夏青鸢："去吗？"

她立刻点头："去。"

陆远笑得意味深长，心情颇好地对家仆回复："请回禀你家姑娘，夏公子与陆某将在约定的时辰登门叨扰。"

夜半三更，夏青鸾换上了羽翎卫的制服，与便装的陆远一前一后走在深巷中。因为前一夜发生过命案，小巷的四周都安置了守卫。见到夏青鸾的鱼龙袍与雁翎刀，问都不问，就放他俩进了小巷。

"这身袍子，比我想象的还要管用。"她摇头感叹。

陆远也哂笑一声，感慨道："这就是当权的滋味，多少人都戒不掉，由此成了钱权的走狗。"

柳娘的宅邸就在前面。他们走到门口时却不约而同地停住了脚步：那门前的青石板路，正是早上死者被发现的地方。

门前朱红色的灯笼在暖风中摇曳，上面以墨书"柳"字，字迹娟秀，与名帖上的一样，也是这位花魁手书。

夏青鸾走上前去，敲了敲门。门内响起木屐落在地上的声音，嗒，嗒，嗒。

接着，门闩卸下，"吱呀"一声，木门被打开，一张艳丽慵懒的脸露出来。柳娘不过是薄施脂粉，却也像出水芙蓉。一双眼像是刚哭过，眼角通红，确实是让人怜爱的美人。

"柳娘，在下是夏青鸾，这位是……陆公子。"她自我介绍完，忍不住观察了一下陆远的表情。发现他对柳娘的美貌并未特别吃惊之后，才又心虚地转过眼神去。

"夏公子，陆公子。夜半邀二位来寒舍，实在是失礼。"柳娘开口，声音却有些沙哑，"柳娘的一位旧友近日刚刚故去，心中悲痛，哭了半日，倒了嗓子，请见谅。"

夏青鸾正想感叹这位柳娘竟也是个重情重义之人，却看见陆远神色一沉。她顺着他的眼光向地上看去，也是眼神一沉。

柳娘踩着的木屐上，正有一些泥土与青苔的痕迹。

发觉了二人眼神的异样，柳娘低头，眼神一变，迅速收回脚步，把木屐藏进长裙，又嗔怪地看了他们一眼，换上了娇滴滴的语气："二位自京城来，舟车劳顿。谈事之前，不如先喝一杯柳娘新烫的酒暖暖身子？"

"不必了。"陆远开口，语气生硬，"我们此番来扬州，不过是为查案。人命关天，还请柳姑娘一切从简，不必拘礼。"

对方极会察言观色，态度瞬间疏离了许多，带着他们进了堂屋，关上门窗，才开口道："实不相瞒，昨夜横死于街头的那位姓萧的郎君，从前是我的恩客之一。"

灯烛下，柳娘在桌边柔弱无骨地靠着，杏核般水汪汪的大眼更显得可怜。

"昨夜，他方才从我的住处出去，就……"说着，泪珠又掉下来，她立刻用手帕去擦，还不住地道歉，好不容易稳住了情绪，才继续讲下去，"柳娘接下来要讲的话，请两位军爷莫要嗤笑。昨夜，柳娘亲眼看见了萧郎是怎么死的，只是怕说出来也无人相信。"

夏青鸢和陆远对视了一眼，便开口鼓励她："我们定会如实记录，毫不隐瞒。"

"多谢公子。昨夜，萧郎他……他是被河神淹死的。"

"淹死的？"两人同时开口质问。

"柳娘知道，说出来也无人相信，但柳娘敢用这条命作证，昨夜萧郎确是被河神淹死的。"

"河神是什么模样？"夏青鸢不知从何处掏出纸笔和墨块，现场速记起来。

"妾身没看清楚。只记得穿着白衣服，头发很长，坐在轿子里。那轿子是由穿着红衣服的鬼新娘抬着，轿子前后跟着的，都是鬼新娘。"

"鬼新娘？"夏青鸢抬头，又确认了一遍。

"两位公子没有听说过吗？近日来扬州城四处都有女子被送进庙里祭了河神。听说那些女子死去之后，会变成不人不鬼的样子，接引阳间的人去阴曹地府。"

夏青鸢的笔停了停，抬头直视柳娘。

对方却不动声色地转过脸去，又如怨如诉地看着陆远，道："陆公子，听说那鬼新娘，专门接引生前怨恨过的负心郎。你说，萧郎是不是……从前负过谁，才会横遭此难？"她一边说，一边伸手去触碰陆远放在桌上的手，陆远却迅速抽回了手。

夏青鸢嘴角微不可见地向上扬起，却冷不防被陆远伸手揽过腰，凑近了去看她的笔记，毫不见外又随意地开口问："记到哪里了？"

她白了他一眼，提醒他注意分寸，陆远却已经转过脸去。

见到此状，柳娘顿时愣住了。

夏青鸢干咳了一声，尴尬地转移话题："方才姑娘说，那萧郎是淹死的？他是如何被淹死的，你可记得当时的场景？"

柳娘听闻此言，眼里又涌出泪珠："柳娘胆小，后来吓晕了过去，还是家仆将我抬进了屋。只记得当时……"

"当时怎么？"二人又同时发问，却没注意到，此时窗外的石板路上，又响起了清晰的木屐声。

嗒、嗒、嗒。

"当时，有个鬼新娘对萧郎说，他是个始乱终弃的负心汉，亲

第五章 河神庙 209

手将自己卖给了河神，如今来找萧郎索命。那女子说完，其余的鬼新娘就围了上去，将萧郎围住。当时巷子里的灯全灭了，妾身什么都没看见。"

"既然没看见，那你怎知他是被淹死的？"夏青鸢再次发问。

柳娘的眼神变了变，才低下头支吾道："柳娘只听见了一句，是那红衣裳女人说的，说要将萧郎拖进阴曹地府，让他溺水而亡。第二日又听见了他的死讯，想必果真是被河神收了去。"接着，她又抬起头，怀疑又期待地开口询问，"难不成，萧郎他不是淹死的？"

夏青鸢没有开口，反倒是陆远接话："仵作已验看过了，确是溺水而死。"

听到这句话，柳娘的眼里浮现过一丝诡异的欣喜神色，转瞬又被楚楚可怜的神色替代。

就在此时，窗外传来缥缈的歌声，哀婉凄凉，嗓音沙哑。那歌词是江左扬州一带的方言，只能依稀辨认出几个字："茕茕白兔，东走西顾。衣不如新，人不如故。"

陆远闻声，立刻握住手里的刀柄，和夏青鸢交换了眼神，二人同时起身。柳娘也听见了歌声，脸顿时煞白，表情极为惊恐："是鬼新娘！河神又来了！"

陆远道了一声失陪，带着夏青鸢迅速奔出去。木门外传来木屐敲击青石板的单调声音，混杂着有节奏的歌词，令人后背发凉。

陆远疾步先行走到门前，将夏青鸢护在身后，轻手轻脚卸下门闩，将门推开了一条缝，朝外看了一眼。

小巷深处，身着红嫁衣，脸上敷着厚粉，肤白如鬼魅的女子一个接一个地出现，迈着一样的步伐，唱着一样的曲调。而在队伍的尽头，四个"鬼新娘"抬着一架步辇，那步辇全是用白绫编成，四角垂下密密麻麻的流苏，将里面的人罩得严严实实。

那就是传说中的河神。

歌声渐渐高亢嘹亮，而原本应当守在小巷尽头的士兵们却像是睡着了一般，毫无动静。

天地寂静得诡异，只有一轮硕大的月亮挂在天中，而这条深巷却因墙高路窄，月光几乎无法照到。

队伍越走越近，河神的步辇也近在咫尺。陆远和夏青鸾都下意识地屏住呼吸。

纯白色的流苏微微晃动，轿中人的裙裾也依稀可见。就算只露出一个衣角，也能看见那衣料的华丽繁复。金线织进暗色的布料中，闪动如龙鳞。

木屐声突然停止，那轿子竟然堪堪停在了他们所在的院落门前。

四周寂静无声，衬得就连陆远与夏青鸾二人的呼吸声都清晰可闻。两个人都默默地将佩刀弹出了刀鞘。

其中一个鬼新娘木然地转过脸，双眼无神地注视着门缝里的陆远和夏青鸾。

不好，被发现了。

陆远迅速吩咐了她一句："帮我看着。"说罢就拔出刀，以极快速的动作跃出门。门口的几个"鬼新娘"被他的动作吓了一跳，下意识向后退了几步，陆远趁势而上，径直冲向河神所在的步辇。

只听"哗啦"一声，陆远收刀入鞘，步辇前遮挡的流苏被齐刷刷砍掉，里面端坐的河神的真容显露出来，夏青鸾却眼睛蓦然睁大，陆远也被惊得倒退一步，只因眼前这一幕太过诡异。

步辇里端坐的"河神"是一座纸扎的神像，身上披着层层叠

第五章 河神庙　　211

叠的锦缎华服。脸上戴着面具：那面具上什么都没刻，没有五官、没有凿孔——什么都没有的一张脸。

"大胆。"

声音是从神像的腹部发出的，沙哑尖厉，听不出年龄，也听不出是男是女。

就在此时，巷子里的灯忽地全部熄灭，陷入纯粹的黑暗。

夏青鸢听见陆远在喊她的名字，马上循声回应："我在这儿！"接着，一只温暖有力的手握住了她。黑暗中，陆远带着她迅速往院门退去。周围是一片窸窸窣窣的声音，像是蛇穿行在草丛中，令人齿寒。

然而，她一点都不害怕，因为陆远握着她的手。

不知等了多久，那些沙沙声停止，巷子里重新恢复了寂静。远处，两盏灯笼摇晃着跑近，是巷口值夜的守军。

"大人，可有看见什么异状？"领头的一个看见了夏青鸢的鱼龙锦袍，就率先向她禀报。

陆远刚要张口，只好改成示意夏青鸢："问你呢，夏大人。"

她看着军官灯盏照耀之下的地面，用手指了指："小心点，地上有证据。"

军官"哎哟"一声，抬起脚来，才发现脚下的地面有一摊湿漉漉的水。他伸手蘸了一点闻了闻，神情顿时凝重起来："是血。"

"你是说，昨夜那河神带着鬼新娘，不到半个时辰，就在守卫的眼皮子底下来了又走，还没有被发现？"周礼皱眉看着夏青鸢昨夜画下的河神画像，百思不得其解。

"若是守卫说了谎呢？"窈娘也站在一旁，摊开其他案卷，将河神画像放在一处，仔细比对。

"就算是巷口的守卫包庇他们，任由其来去，少说也有三十余人，如何能迅速消失在扬州城里，不被其他守夜巡逻的卫兵发现？"周礼继续看着画，百思不得其解。

陆远却坐在一旁，翻起了手边放着的话本子。

扬州自古就是说书人聚集之地，坊间流传的都是大毓朝最新的话本。昨天不知谁买了几本，随手放在了桌上。陆远正在翻的那本是《大毓旧事》，讲开国皇帝刘玄礼与四柱国少年时的野史，也是扬州街头最爱讲的话本子。

"师父，您也别光看热闹，昨夜您与师娘就在巷中，可曾发现其他的证据？"周礼见陆远如此悠闲，忍不住探过头去打扰，"《大毓旧事》？这本我早看过了，编得也太离奇，还说先后与左相少年时是青梅竹马两情相悦，皇帝横刀夺爱，这不是乱写嘛，哈哈哈。"

窈娘听到左相二字，整理案卷的手停了一下，却没有抬头。

陆远瞟了周礼一眼，问："你之前说，先后江羽衣的故乡，正是龙隐镇？"

"是啊！师父您从前没看过《大毓旧事》吗？圣上当年为何能在短短几年内扫清天下、击败北胡，正是因为圣上与四柱国各有一件平定天下的圣物：斩龙刀、虎贲骑、丹青眼、羽翎卫，还有河图洛书。斩龙刀就是圣上的佩刀，当年亲斩北地可汗之后缴获，如今被供奉在国库里；虎贲骑、丹青眼与羽翎卫则不必说，至于那河图洛书……"周礼讳莫如深地摇摇头，"从无世人见到过，最为神秘，在五件圣物中也最为关键。"

"泥版？"

周礼压低了声音八卦："据说，先后江羽衣自幼就通天文历法，能预言天下兴亡运势。十六岁时就曾解出卦象，说乱世将终结于五个人之手，而她将是其中之一。只不过当时她还只是个在庙里替人卜卦的小神婆，没人信她说的话。后来，先后与人一同逃出龙隐镇，去了扬州。自那之后，她的卜卦异能就名扬江左，也是在那个时候，有传言说先后手里有一物，名河图洛书。得此物者，就是命定的天子。"

陆远放下了书，专注地听着周礼讲野史："你方才说，先后在龙隐镇时曾在何处替人卜卦？"

周礼讲得眉飞色舞，闻言一愣："在庙里啊，不然还能在哪里？"

"什么庙？"陆远继续追问，周礼突然灵光一现，惊讶地看着陆远，窈娘也同时意识到了这个关键线索，同时抬起头来："该不会是……"

"河神庙！"院门前传来一个声音，是夏青鸢从门口快步走进来，手里拿着一个布包。

其余三人快速围了过来，陆远先接过布包，问："这是何物？"

夏青鸢拿起茶壶先灌了一大口水，才笑着说："打开看看。"

陆远将布包打开，里面金光闪闪的衣料散落开来，华美无比，众人一时沉迷于欣赏衣料之中。

"这是扬州特有的织锦缎，昨夜河神身上的衣料，就是这个。"夏青鸢叉着腰，十分自信地指着那些缎子。

陆远拈起其中一件，仔细观察上面的金丝花纹，果然与昨天看到的龙鳞状波纹几乎一模一样。

"这么说来，那河神也是人，也穿扬州产的衣料。"周礼托着下巴，连连点头。

"昨夜河神又现身扬州城一事，已经在城中传遍了，现在人心惶惶的,年轻女子都不敢出门,各家商铺的生意也冷清了许多。"夏青鸢一路跑回来,又急着分享线索,说得气喘吁吁的。

陆远一边轻拍着她的背,一边顺手又递给她一杯热茶,继续低头分析案情:"昨夜柳娘请我们三更天去她府上,'河神'恰巧在那时出现,又恰巧在'河神'消失后,让守卫撞上我们站在血迹旁边,怕也是这个目的。"

"什么目的?"周礼一时没跟上节奏。

"京城来的羽翎卫也撞见了'河神',还让他们在眼皮子底下逃走。如今全扬州城怕是都知道了'河神'的神通广大,连你我都无法阻拦。"一直没有说话的窈娘在此时接话,手里捧着一册案卷与一张昨夜夏青鸢临摹的画纸,铺在长桌上。

"这个是龙隐镇的河神庙塑像,这一个是昨夜青鸢姑娘画下的'河神'样貌。"窈娘指着两幅画,"你们看看,可发现了什么疑点。"

"就是这个!我为了找昨夜看到的布料,刚才在市集上跑了几十家铺子,发现扬州城里几乎每家店铺都会供奉此神像,以求财神庇佑。一问才知道,这神像名叫'乌将军',是扬州本地的城隍,也是河神。而龙隐镇中,送少女做活祭的地方,应当也是此类供奉'乌将军'的河神庙。"

那案卷是一幅长卷,摊开来是一张古画,中间一块泛黄的纸上,画着一尊神像,造型诡异。它通体以乌木雕成,却没有五官。手里拿着一块青石板,上面却没有写字。

"乌将军天生无面,象征天地不仁。手里的石板是生死簿,执掌凡人命数。江左民间多信神鬼,这些神的功能也与当地的水土相关。扬州人多经商,多涝灾瘟疫,又近江水,故这神灵也就同时是河神、财神与城隍爷。"窈娘将卷册里记载的扬州风土指给其余的人看，"每年春季，为祈祷春苗有个好收成，村里都会挑选十五六岁的女子送进河神庙，替村民祈祷斋戒。被送给河神的女子此生不能再另嫁，与出家无异，人们都称其为'神婆'，也有人叫她们'鬼新娘'。"窈娘说到这里，叹了一口气，"当年，先后怕也是如此被送进了河神庙。"

"这陋习竟已施行了这么多年？"周礼咬牙切齿道，"这不是草菅人命吗？"

"以往，'神婆'也只在龙隐镇一带存在。可今年……涝灾泛滥，江左大片农田被淹，人们流离失所，新建的'河神庙'比往年要多。送孤苦女子进河神庙的案子各地皆有，但近来被送进庙里的女子们，大多下落不明。"窈娘又指了指那幅夏青鸢所绘的"河神"画像，"昨夜你们所见的'河神'，便是近来新建的河神庙里所供奉的那类河神像。由于时间紧，又聘请不到好工匠，就只能用纸扎做个粗制滥造的像，摆在庙里收香火钱。"

四个人都沉默了。最终，还是夏青鸢先开口提议："既然始作俑者在龙隐镇，我们不如分头行动，留几个人在扬州守着，余下的人去龙隐镇，看看那河神庙里，究竟在搞什么名堂。"

其余人纷纷点头。周礼率先举起手："我愿驻守扬州！那柳娘现在颇有嫌疑，需派人盯着。"

窈娘也迅速举起手："我与周礼同去。"

"窈娘大人，那烟花巷不是清净之地，只怕……"周礼摸了摸鼻子。

"怕什么？"她飞了一个冷冷的眼风，周礼立刻闭了嘴。

夏青鸢笑着收起案卷："那么，我与陆大人，明日就一同去龙隐镇。"

陆远掩不住嘴边的笑意，故作严肃地点了点头："如此安排，甚为妥当。"

"织金缎价格不菲，一匹怕是就要千金。你是如何买到的？"待周礼与窈娘先后离开，陆远才拦住夏青鸾询问，眼神关切，"羽翎卫的月钱并不多，你不会是又……"

夏青鸾笑容神秘："我已许久不用卖假画维生了。那织金缎不是我买的，是有人送的。"

"谁送的？"陆远警觉起来，"听你的意思……你和他很熟？"

"是我送的。"

他们身后传来一个熟悉的声音，陆远马上皱起了眉，是滇南王刘退之。

"青鸾姑娘今早在商铺里拿着三锭银锞子与掌柜的讨价还价，想剪一寸织金缎带带走，被掌柜好生嘲笑。要不是我看见了，按这丫头的性子，怕不知要为了你这劳什子证物，跑多少店铺，赔多少笑脸。"刘退之摇着扇子走近陆远，"陆大人若是养不起这样好的手下，不如放手给我。"

他用那含情脉脉的凤眼看了看夏青鸾，看得原本理直气壮的她都生出几分心虚："也……也没有殿下说的那么……"

"是我考虑不周。"陆远不假思索地说，"这织金缎的资费，我今日会派人送到殿下府上。"

刘退之没想到这次陆远认错认得如此干脆，也无话可说，只好用扇柄拍了拍夏青鸾的肩膀，道："举手之劳而已，博美人一笑，本王乐意。钱我不会收，若真有心谢我，不如请我吃酒。"

陆远不动声色地拂开他的手，又把青鸾揽到自己身边："殿下的人情，陆某自会偿还。青鸢是陆某的夫人，还望殿下……注意分寸。"

刘退之的狭长凤眼眯了起来，仔细端详陆远："陆大人，此前那些温良谦恭的样子，都是在诓骗本王吧？"

"陆某听不懂殿下的话。"陆远揽着夏青鸢就要走，又被刘退之的扇子拦住，收回了戏谑的语气，压低声音正经道："织金缎一匹千金，不是寻常人家所用。此案恐怕与江左世家有关，你们万事小心。"

夏青鸢向他客气行礼道别，滇南王眨眨眼，做了个挥手告别的手势。陆远脸色更沉，牵起她的手就走。

夏青鸢被他牵着走得健步如飞，一时摸不着头脑，小声抱怨："陆大人，你走慢一点。"

陆远这才停下脚步，回头看她："下次遇到这样的事，无须自己硬扛，可以和我商量。"

她先是一愣，接着不好意思地一笑："陆大人你也很忙，怎么能拿这些小事来烦你。再说，我已习惯了独自处理这些，没什么难的。"

"可我是你夫君，理应帮你分担。"

她脸一红，支吾道："知……知道了。"

陆远仍然握着她的手不放。大街上人来人往，她想挣脱他的手，却挣不开。

"当真知道了？"陆远看她着急的样子，更气定神闲地不松手，甚至还改成了十指交握。

就算扬州民风开放，此时也有路人开始频频回头，更何况她今天也还是身着男装。

"当真知道了！你是我夫君，有难事要一起分担！"她把心一横，大着嗓门喊了一句，惊得四周偷听的路人都一时忘了掩饰，纷纷回头，发出啧啧的感叹声。

众目睽睽之下，就算陆远的脸皮厚如城墙，现在也有些招架不住，只好心不甘情不愿地松了手："夏青鸾，几天不见你越发长进了。"

她一脸纯良地眨眼："一般一般，比不上陆大人。"

龙隐镇离扬州说近不近，坐船走水路也要花一天的时间，若是到得晚，少不得还要找个驿馆住下。他们在码头找了一个船家，商量好一天内到达龙隐镇。

船舱窄小，她只能和陆远并膝而坐，船家与他们只隔着一扇竹帘。离得近了，两个人都有些心猿意马。船头的红泥茶炉里烧着水，渐渐地有小雨飘落。扬州四月，已快要到梅雨时节。

"你与滇南王何时这么熟的？"陆远没话找话。

"嗯……大概是在我初来京城时，在御花园的宴会上？"她故作潇洒地提起，"那时我便觉得，滇南王此人或许与其他的世家子弟不同，不是个尸位素餐的纨绔。"

陆远的眼神复杂，一瞬间变换了许多种情绪，顿了顿才开口："那次的事，是我不好。"

她大度摆手："那时我对你一厢情愿，不关你的事。"

茶壶里的水沸了，发出"咕嘟咕嘟"的响声。他们就这样对坐着，陆远突然伸出手，帮她把掉下的鬓发拨到耳后去。就是这样一个简单的动作，却惹得夏青鸾脸红心跳，心虚地移开视线，不敢看他的眼睛。

"我之前同你说过，关于从前的事，我……"

陆远的话刚说了一半,船就猛地摇晃了一下,夏青鸢坐得不稳朝前倒去,刚好扑进陆远怀抱中。

"对不住,方才有个大浪头。"船夫在甲板上回头向他们喊了一声,"今儿个风大,两位公子可扶好了。"

船舱里,夏青鸢的双臂堪堪撑在陆远背后的竹壁板上,陆远扶着她。他们贴得极近,连转身都困难。接着又是一个大浪,夏青鸢只好双臂环抱着陆远。

"你方才说什么?"她抬头,散发扫过他的脸,有点痒。她的眼睛亮得像星辰江河。

陆远没说话,只是安静地看着她,过了一会儿才开口:"没什么。"

他们到了龙隐镇时,正是黄昏时分。

残阳如血,照着荒凉破败的村路。龙隐镇靠着江,一度以贩运扬州丝绸富甲一方,商贾云集,是个规模不小的村镇。后来屡遭洪涝,商路又被世家垄断,渐渐地,龙隐镇残破败落,成了如今的渔村。

陆远和夏青鸢并肩走在杳无人迹的街道上。这里曾是龙隐镇的中心,四周商铺林立,眼下却是灰尘遍布,杳无人迹。许多门板上都长了青苔。

两个人一前一后,夏青鸢忍不住拉着他的衣角。陆远发现后,直接握住了她的手:"害怕?"

"不害怕,这有什么好怕的。"她努力挤出一个笑,"不过是个废旧村子罢了。"

刚说完,她就尖叫一声躲到陆远背后:"那那那……那是什么东西?"

陆远立马抽刀出鞘，见面前不远处，仿佛是村落中央的位置，有一块巨大的空地，空地中央矗立着一尊纸糊的神像，在风中簌簌晃动。神像原本光秃秃的面具脸上，用朱红色的颜料被画上了五官，可都以诡异的样子歪曲着，像是个不怀好意的玩笑。

是河神。

他们在那纸糊的神像面前停下来，转悠了一圈，却没发现什么异样。

"等等——"陆远突然拦住了她，迅速朝某个方向看了一眼。在破败店铺后，一个红色裙裾一闪而过。

鬼新娘。

她刚要去追，陆远却示意她看看四周："这空地四周商铺林立，居高临下。若有人真想杀我们，早就应该动手。"

"是啊，我若是想要杀你们，早就应该动手。"

从不远处传来一个声音，接着，一个身穿白衣的女子从阴影里款款走出，脸上抹着厚厚的粉，站在陆远与夏青鸢面前，恰好背后正对着纸糊的河神像，像一尊复仇的活神。

接着，那女子却没有向他们扑过来，却不紧不慢地掏出一面小铜镜和一块手帕，旁若无人地在脸上擦拭起来。

这场景说不出的诡异——在一片断壁残垣处，一个白衣女子举着铜镜，一点点地擦去自己脸上的粉，显现出那僵尸般妆容之下的真实皮相。

像是戏子谢幕，也像画皮现身。

女人的真面目一寸一寸地显现出来，露出一张干净美丽，颇具风姿的女子脸庞。

竟然是柳娘。

"但我不杀你们，尤其不能杀你。"柳娘凝视着夏青鸢，那眼里居然有些温情，"鸢儿，你竟然已经长这么大了。当年与灵雎扬州一别，没想到竟是最后一面。"

夏青鸢心里一震，灵雎是她母亲的名字。她不敢相信地问："你是谁？为何知道……"

"我是你母亲的闺中密友。你母亲灵雎当年是扬州有名的歌妓，和我一样。"柳娘一步一步地走向她，眼神竟然有些胆怯，"能让我再好好看看你吗？"

夏青鸢没有动，任由柳娘站在她面前，伸出手，小心翼翼地摸了摸她的脸，又摸了摸她的头发，竟然湿了眼眶。

这位艳名远播扬州的花魁此时褪去了那些矫饰的神态动作，仅仅是个年近不惑的脆弱女子。

"真好，真好。灵雎，你的孩子她平安长大了。"

夏青鸢听见她母亲的名字，也忍不住掉下泪来。二人相对垂泪，这场景太出乎意料了，陆远一时没反应过来，只好握着刀站在一旁。

"我知道你们现在不信我，待你们去过了河神庙，就什么都知道了。"柳娘瞥了一眼陆远手中的刀，"陆大人无须提防我，我不过是个手无寸铁的弱女子。至于鸢儿，此后叫我柳姨便好。"

柳娘不由分说，牵着夏青鸢就往前走。陆远立马跟上，随着二人穿过迷宫般蜿蜒的街道，穿过无人居住的房屋，又走过长满荒草的土路，终于在高树掩映的一片土丘上，看到了一座古老的寺庙。

残阳如血，枯藤老树下群鸦飞舞，更显得那古寺幽深可怖。

柳娘却轻车熟路地带着他们七拐八拐爬上了小山坡。古寺的门没有上锁，轻轻一推便开了。

古寺里长满荒草，正中央有一张巨大供桌，年代悠久，已被香火熏得黝黑，根本就辨认不出本来的颜色。院里弥漫着一股浓浓的血腥之气，供桌上也有陈年血迹。

正殿被两棵古树遮挡着，看不见殿里的景象。脚下的草地里，有可疑的窸窸窣窣的声音。

此地就像一个荒蛮的祭坛，夏青鸢可以想象，被送来的女子或许就是在眼前那张供桌上被杀死，祭献给庙里那个邪异的河神。

柳娘见夏青鸢和陆远神色紧张，叉着腰爽朗一笑，踢了踢脚下散乱一地的酒坛瓦砾，小酒坛骨碌碌地滚到一边，在院里回响。

"别闹了，出来吧！"柳娘喊了一声。不多时后，四周的窸窣声音渐渐消失，随之出现的，是一群身穿红衣的女孩子，脸上都涂着厚厚的粉，嬉笑打闹着走了出来。

都是些不过十六七岁的少女。这就是此前他们在扬州见到的"鬼新娘"。柳娘领着她们穿过前殿，从侧门去了河神庙的后园。

穿过一条回廊，景色焕然一新。是一处收拾得干干净净的院落，散落着四五个房屋，花园里花木整齐，晾晒着女孩子们浆洗过的衣服。

夕阳照在那些散发着清香的衣服上，照在少女们浓妆之下天真烂漫笑着的脸上，与前院的幽深可怖相比，这里是人间。

有烟火气的、有善意的、生机勃勃的人间。

"鬼新娘"们三三两两聚成一团，不一会儿就有人从里屋搬来桌椅茶点摆在树下，眼睛好奇又放肆地对夏青鸢和陆远上下打量。

"莫要见怪，我们从来没在此处招待过客人。"柳娘笑着招呼他们入座，那笑容却与此前见过的截然不同：更洒脱恣肆，更像

第五章 河神庙

个活生生的女人。而在花街里的柳娘，只是在登台唱戏罢了。

夏青鸾坐下后，陆远就站在她身边，仍旧警惕地看着四周。柳娘看了陆远一眼，又看了看夏青鸾，脸上的表情既慈爱又八卦："你与陆大人成婚多久了？他待你好吗？"

"我去那边看看。"陆远咳了一声，刻意往后退了一步，像是不愿听到两个人的体己话。

夏青鸾也被问得莫名羞涩，想想他们在这短短一个月内关系便突飞猛进，一时不知该从何解释，只好尴尬地笑了笑："我们原不是真的成婚来着。当时是陆大人为了救我，迫不得已，用的权宜，对，权宜之计。"她说得小声，也不知站在不远处的陆远有没有听到。

"怎地，他原本不想娶你吗？"柳娘一双秀眉竖起，朝陆远瞪了一眼，"不过，那小子虽相貌尚可，却总是阴沉个脸，神憎鬼厌的。你若当初是不情不愿地嫁了他，柳姨改日替你物色一个扬州好人家的小郎君，趁早和离。"

陆远立马咳嗽了一声，佯装抬头看着树上的果子。

夏青鸾心虚，连连摆手："倒也不必。陆……陆大人他待我挺好的。"

柳娘狐疑地看着她："当真很好吗？我看他那天与你一同查案，对你倒也还算体贴。"柳娘又凑近她耳朵，压低声音问，"那小子他月俸多少？在家中可曾亏待了你？"

她现在觉得柳娘是真心在替她打算，心里一暖，忍不住开起玩笑："我如今刚做了羽翎卫，陆大人赋闲在家，论军衔比我低，倒是我养着他呢。"

柳娘顿时看她的眼光都变了，又仔细瞧了瞧陆远，深沉地点了点头:"看来,你是真的喜欢这个姓陆的小子。也罢,你娘当年与你爹私奔时,我也拦不住。你们小儿女的事,我更管不了。"

她又听见那个熟悉的称呼,心头一酸:"柳姨,可否与我多讲讲,我爹和我娘的事情。"

柳娘慈爱地摸了摸她的发顶:"今天不是话家常的时候。若是柳姨此番死里逃生,一定将旧事都说与你听。"

说完,柳娘站起身,拍了拍裙子上的尘土,将院里围坐成一圈听着八卦的小姑娘们都招呼过来:"来,见过夏大人与陆大人,他们是京城来的羽翎卫。你们将冤情如实相告,无须害怕。"

"这些姑娘是……"夏青鸾疑惑地看向柳娘。

"她们原本都是龙隐镇与其他村镇的人。年年涝灾后,都有女子被父母兄弟卖去扬州给人做妾、做婢女,或是被卖去青楼做歌妓。今年灾情更重,良田被淹,甚至有地方易子而食。"柳娘的语气平静,"我从前也是这样被长兄卖去花街,做下等歌妓。他得了三千个铜板,换了一顿酒。后来,我在那鬼地方活了下来,攒了些钱财,找到我长兄,亲手杀了他。"

院落里寂静,红衣裳的少女们静静地围在一边。风吹过花树,花瓣簌簌飘落。

"这河神庙,我过去常与你娘来游玩,那时龙隐镇还颇为繁华,此处香火很盛。你娘就是在这儿遇见了夏公子,也就是你爹。听说,先后江羽衣也曾在这庙里做过神婆,后来去了扬州。可他们都死了,最后只剩下我还守着这个地方。"柳娘指了指那棵花树,"喏,就是在那树下,你娘一眼看上了你爹,死活都要和那个穷书生私奔。后来怎知夏焱原是江左夏家的继承人,为了你娘,亲手在族谱上画去自己的名字,从此与江左世家结下仇怨。"说到

第五章 河神庙 225

这里,她叹了口气,无可奈何地一笑,"你看,人年纪渐长,就是爱追忆往事。说回眼下,这庙当初闹过一阵子的鬼,渐渐地也就落败了。我也不常来,只是涝灾后,撞见了一伙强盗,在这儿劫了送嫁的轿子。我恰好从前爱看河神庙的迎神赛会,便躲在庙里,唱了段戏词,将那伙贼人吓破了胆。"

柳娘咯咯笑着,夏青鸢安静听着,眼里是满地的落花。

"那新娘便是边上那个姑娘,名唤水仙。"柳娘唤了一声,一个高挑的女孩子从人堆里探出头来羞涩一笑。

"将及笄,就被父母卖给了隔壁村六十岁的绸缎铺掌柜。那天那伙强盗来时,送亲的人跑得比贼人还快。"柳娘冷哼一声,"后来,河神庙里河神显灵的事就传了出去,越传越邪乎,于是竟有人仿效当年先后的事,将女子送进这荒庙里做神婆。其实,送神婆是假,买人是真。送进了这破庙里,便无人问津,那么守在庙里等着收神婆的人,就能为所欲为。这就是那些被送给河神做新娘的女子都下落不明的原因。"

柳娘讲得平静,夏青鸢和陆远却听得脸色逐渐沉下来。

"救下水仙后,我第二次来龙隐镇,恰又撞见一个,被村人绑着送进河神庙,庙里就坐着人牙子,要先'验货',再将她带走。"柳娘讲了一半停住,因为她听见那群少女中间,有一个突然地抽泣起来。那哭声像是某种小兽发出来的呜咽。四周的姑娘都转过身去安慰她,那女子却站起身,用袖子胡乱擦了擦眼泪,就从人群里走出来,走到夏青鸢跟前。

此时,夏青鸢才透过少女脸上厚厚的妆面,看清了她的五官轮廓——正是那一夜在柳娘门前停下的女子。

"我就是被柳娘在河神庙救下的人。原本未婚夫婿与我青梅竹马,早有婚约,却变了心,给了我父兄十锭银锞子,父兄就将我送进了河神庙。"

柳娘苦笑一声:"这傻孩子,被救下后,还求我帮她找她的萧郎。我哪里用找!她的萧郎,原就是我在花街的熟客。"

夏青鸢迟疑了一下,突然想了起来,问:"是那个在暗巷里溺水而死的……"

"就是那个负心郎。我亲手用浸满了水的帕子捂住了他的口鼻。"红衣少女的眼里疯狂又悲伤,"可他临死都不敢再抬头看我一眼。从前明明待我那么好,夸我长得美,听我说家中琐事,还说待我嫁过去,就一起去扬州……人心,怎能说变就变了呢?"

"不是变了,是他从前会演戏罢了。"柳娘低着头,看着自己指甲上艳红的蔻丹,接着又朝着其他人的方向抬了抬下巴,对夏青鸢说:"如二位所见,这院里站着的,都是被家人舍弃的女子,活着也是孤魂野鬼。若说她们有罪,那送她们来河神庙的人,岂不是更加有罪?控制扬州商路,让几十个村镇商户流离失所、家破人亡的世家大族,岂不是罪上加罪?"

大风吹起落花,四处飘零。穿着红衣的女子们站在一起,像一蓬蓬花开到荼蘼,变成某种濒临腐朽的标本。

"我还有一点疑问。"夏青鸢抬眼,直视着柳娘。

"什么?"

"既然这些女子都无家可归,住在河神庙里,为何又出现在扬州城,又如何在暗巷里杀人之后可以消失得毫无痕迹?"

柳娘看她的眼神复杂又悲哀:"你我都是血肉之躯,要如何才能在那陋巷里凭空消失?其实你早有了猜想,只是不敢说出口。"

夏青鸢攥紧了拳,又无力地放开:"你让这些女子……都住在花街里。"

柳娘笑了几声，那笑声却比哭更悲哀："我也只是个歌妓。歌妓要安排姑娘的住处，自然是花街最为妥当。这里的姑娘，哪一个跟我不一样？在家中受人欺辱，出来了还是受人欺辱。只有死了，变成鬼，才能随心所欲地活着。你说，是不是很可笑？"

陆远与夏青鸢对视一眼，都没有说话。

眼前的案子，比他们想象的更棘手。柳娘以河神庙做局，守株待兔，等有人或为贪财或为害命，将女儿送进河神庙。救下那些无家可归的女子之后，她又将这些无家可归的女子安置在花街，白天做歌妓，晚上扮成鬼新娘，在扬州寻找昔日的仇家，一一报仇。

这也就解释了为何"鬼新娘"们可以在暗巷中瞬间消失。因为她们根本就没有走，暗巷里那一盏盏朱红灯笼照着的黑漆大门里，就是她们的家。

"柳娘她待我们很好，不愿去花街的，都留在此处守着河神庙。"有个女子怯生生地开口。

夏青鸢有句话想问，却不能问出口。

"我们这些去花街的，早就没了活着的念头。这天大地大，也没有我们的容身之地。"几个红衣女子也开口，她们手牵手站在一块，眼角抹着胭脂，眼尾直扫到鬓角里去。

"案情两位已知晓，至于如何处置，还请两位替我们做主。"柳娘站在一片红衣中，朝着夏青鸢与陆远躬身下拜，"柳娘一生颠沛流离，已无所留恋，愿承担一切罪过。至于这些女子的去路，柳娘已安置妥当。"

夏青鸢心里千头万绪，不知如何应对，只是下意识地去扶起她，没想到柳娘跪倒下去的一瞬间，口中就有黑血涌出，滴落在地。

"柳娘！"她急了，扑上去接住她，"你！"

女人虚弱地倒在她身边，靠着夏青鸢的肩膀："在你们动身之前，我已服了毒。此毒无药可解，半个时辰后，我将毒发身亡。认罪书……就在我的袖笼里。"

红衣少女们也都大惊失色，纷纷围过来，又是询问又是哭泣。

"别哭……都别哭。你们……都要好好活着。"

她刚说完，又一口血涌出，这次是鲜红滚烫的血。夏青鸢的眼泪止不住地掉落，手颤抖得厉害："柳娘，你不能死，你还没讲完当年的事。"

柳娘的眼睛望着院里的花树，众人都安静下来。

"过去太久了。我以为一辈子都忘不了的事，现在已经记不清了……当年，我被卖到花街时，灵睢已是妓馆里弹琵琶最好的清倌人。我曾嫉妒她，也学过她弹琵琶的样子，可怎么学，也学不像。"柳娘的嘴角上翘，像是在笑，"那年春天，扬州的花开得真美。我们骑马去游春，灵睢就在这棵树下遇见了夏公子。我当时……我当时，也在那棵树下站着，也看见了夏公子，只是他没有看见我。"

柳娘发出一声极长的叹息："后来，我听说，夏公子与灵睢的孩子没死，还活着，就一直想找你。那天在花街，见到你的第一眼，我就认出来了。"柳娘伸手，费力摸到她的脸、眉毛、鼻端，"你的眉眼很像他。"

柳娘看着夏青鸢，却像是透过她看着另外一个人："性子也像，一样的认死理，从不肯屈就谁。除却了那一个，别的宁肯不要。"

最后一朵落花飘下，恰好落在柳娘的手边。

"灵雎病重，我借探望之名去了京城。后来的那场祸事里，那个将先后画像放进夏府，害你爹被皇帝猜忌的人，是我。"

夏青鸢眼睛蓦地睁大，陆远也眼神一变。

柳娘却依然笑着："先后画像，是我从前一个熟客所赠。说只要我如此做，夏公子就会被贬官流放，那时候我就能去找他、照顾他。可我忘了，他是夏焱。"

柳娘已经气若游丝，身边的少女们也都泣不成声。

"我是个罪孽深重之人。如今他们都走了，我留在此地受苦这么多年，也该走了。"

柳娘的呼吸停止了，手边的花被风吹散，天地苍茫。

少女们坐立起来，唱起河神祭祀的歌谣。听起来像是首思念故人的情歌，却也是首悼亡诗。

"茕茕白兔，东走西顾。衣不如新，人不如故。"

恍惚间，夏青鸢的脑海中突然闪过无数画面，头痛欲裂。她支撑不住地蹲下，朦胧中看见陆远扶住了他。

天降大雪。漫天苍茫白雪间，她踽踽独行。

她伸出手，发现自己的手比现在要小一些，身上穿的是从没见过的绫罗，外面罩着狐皮大氅。雪地上一串脚印通往一处府邸，那牌匾上面的字迹还清清楚楚，毫无岁月痕迹。

是夏府，当年的夏府。

记忆潮水般涌来，彻底淹没了她。

那一天究竟发生了什么，为何她会失去那段记忆、家破人亡背井离乡，陆远为何如此执着于找到她，又为何对他们的过往守口如瓶。

她现在全知道了。

那一天，是她在父亲的书房里发现了那幅先后的肖像，极为喜欢，想着偷偷拿去临摹之后再放回，那卷轴被她放在自己卧房的桌上。

接着陆远来了。他敲敲窗子，她打开窗，两人隔着窗子私会。说的话夏青鸾听不清楚。这是她早已模糊的记忆。可她能清清楚楚地看见，陆远是怎样伸手将她散落的鬓发绾在耳后，他们是怎样靠在桌边柔声低语。

阳光洒在窗前，照亮桌上散乱的卷轴。她踮起脚吻了陆远，双手撑在桌角，将画碰到了地上。

随后，门廊外传来脚步声，她脸一红，将陆远推开。他不放手，说要拿她的几幅画带走，于是她情急之中，错拿了地上那一幅先后肖像，与其他画一起塞给了他。

夏青鸾站在虚浮的空中看着这一切，顿时觉得不能呼吸。

春日里，陆远怀中抱着画轴匆匆回家，放在书房中，就出了门。

接着天地俱暗，怀疑陆停渊谋反的诏书从宫中传出，禁军踏进陆府大门，查抄一切能找到的证据，而陆远已接到指令，被调离了京城。

他们在陆府中一无所获，正要空手离去时，却找到了那一幅先后肖像，送呈宫中。

皇帝坐在庙堂之上，听闻此事，勃然大怒，将原本写好的诏书烧掉，重新拟了一份定罪诏书，罪名却是私藏兵甲，意图谋反。念其往昔征战，功勋卓著，赐以斩龙刀自决。

四柱国之一的陆停渊，以莫须有之罪，被皇帝赐自刎于北境控马镇。北地胡人额手称庆，说陆将军已死，大毓再无如此良将，从此可高枕无忧。陆停渊已死的消息传到京城时，右相夏焱已草拟好了死谏的奏折递进宫中，折中历数朝政种种弊端，痛陈皇帝听信世家谗言，杀害忠良。

一时间，世家纷纷上奏，请皇帝革除夏焱的官职。皇帝下令将夏焱免职，关入诏狱，并令羽翎卫严查。

而那时掌管羽翎卫的人，正是左相韩殊。

她看见自己在京城街巷里骑马没命地跑，四处请求拜访当年与父亲交情颇深的朝中故旧，可那些从前对她笑脸相迎的深宅大院，现在都朱门紧闭。

她一扇一扇地叩门，叩到指节磨出血迹，都没有一扇门曾打开过。而陆远此时已因陆停渊的罪被株连下狱，生死未卜。

她一步步走回了夏府，大门上已被贴上了羽翎卫查抄过的封条，街上荒凉寂静，所有人都躲着她。

夏青鸢抱膝坐在门口，眼睛呆愣愣地望着人来人往的街道，任凭大雪飘洒，落在她身上。在被冻得失去知觉之前，她终于看见夏焱出现在大街的尽头，一步步地向家中走来。看见了坐在门口的夏青鸢，夏焱脚步一滞，跑过去抱起她，一把撕开了门上的封条，大踏步走进了院门。

"爹爹，你回来了。"

夏焱在屋中生了火，放好炭盆，泡了汤药，看着她喝下去。等她恢复意识，才对她说："鸢儿，爹爹今日戴罪回家，恐怕凶多吉少，鸢儿须去别处避难。"他语气平静，"鸢儿就当做爹爹是与娘亲出门远游。留鸢儿独自在世上，也要好好长大。"

她只是流泪，抱着父亲不撒手。屋里只有她的哭泣声。

"爹与娘在天上看着你，保佑鸢儿一生无病无灾，平安康健，诸事顺遂。"

她现在才看清，夏焱身旁的桌上，放着一把制式奇特的刀。刀柄上缠绕着层层绢布，是皇帝才能使用的明黄色。

斩龙刀。

此刻院外传来嘈杂的脚步声，夏焱在她后脖颈处轻敲了一下，她就昏睡过去。接着，他立刻起身，拿起斩龙刀走了出去。

天地俱黑。

夏青鸢再睁开眼时，发现自己满脸是泪。依旧是在河神庙后园，陆远抱着她半跪在地，眼神关切。她看着他，却像是隔着千万里。

"青鸢，你可是想起什么了？"陆远原本紧握着她的手顿时松开。

她抽离他，起身坐了起来，眼中泪痕未干："陆远，当年陆家与夏家的祸事，是不是……与那幅画有关？你早就查到了，却一直未曾告诉我，为什么？你也觉得……始作俑者是我，是吗？"

她从他怀抱中挣扎起身。陆远下意识想要抓住她手腕，却收回了手。

"应当记得的，不应当记得的，我全想起来了。"她直视他，像是在仔细看他最后一回，要把模样记在心里，"当年的事，的确与你我有关。若不是我……或许陆将军也不会死，我爹他也不会蒙冤下狱。你全知道，为何不告诉我？"她咬着牙，眼里泪珠滚落，"陆大人，我现在一看见你，便想起那些事。我怕是……不能与你在一处了。"

她转身要走，却被陆远攥住了手腕："若是我不放手呢？"他咬着牙，却低垂眼帘，不敢与她直视。

"不放手，你要将我像猫狗一样，关在陆宅里养着吗？"她甩手要挣脱，却挣脱不开。

第五章 河神庙

陆远顺势将她拉回来，她后退两步，后背撞到她胸膛上。陆远用手臂圈着她，语气像是在安抚她，却更像是在安抚他自己："鸢儿，你冷静一点。此案尚未查清，或许还有你我都不知道的事。"

他的手冰凉。夏青鸢转回身，捧起他的脸吻了一吻，嘴唇也是冰凉。陆远立即抓住她抚在他脸上的手，那手却像游鱼一般滑脱了。

"先处理柳娘的后事。待回京城，你想如何处置我，便如何处置。"

回了扬州，府衙内仍旧点着灯火，周礼与窈娘在桌边讨论案情，听见脚步声欣喜起身，却是夏青鸢一人前来，不见陆远。

她的脸色与出发时判若两人。在怀袖中掏出一份手书，放在桌上："这是柳娘的认罪书。她一人担下了所有凶案的罪名，现已服毒自尽了。"

窈娘皱着眉拿起文书仔细看了看："与案情细节都对得上，只是没有证人。柳娘定有同谋，你们可查到了？"

夏青鸢思索了一会儿，却摇了摇头："没有查到，恐怕都已逃走了。"

几个时辰前，她与陆远目送着那些红衣少女换上了寻常衣裳，带着行囊，坐船离开了扬州。柳娘散尽毕生积蓄，为她们安顿好前路。想去投亲的、归家的，前往江都学艺的，她都一一为她们四处打听，寻了可靠的保人一路护送。

柳娘被葬在了后园那棵槿花树下。夏青鸢在那座新坟前坐了许久，陆远就站在不远处看着她。

"师父呢？怎么不见他回来？"周礼以为他们两个又闹了别扭，道，"是他又惹你生气了？我去劝劝他。"

"周礼。"她声音苦涩,"别再叫我师娘。"

窈娘方才在埋头查看文书,听到这句话也忍不住抬起头看她。

"我与陆远,已经没有关系了。"

"师……夏大人,你们是在柳娘那里听到了其他线索?"周礼难得严肃地开口,"就算是多年前的案子,也或许与此案有些关联。"

青鸢低眉沉思许久,终于苦笑了一下,开口道:"若是柳娘所言都是真的,她原本与我爹娘都是旧相识。"

半个时辰后,听了夏青鸢的话,众人都陷入了沉默。

"当年究竟是谁给了柳娘那幅先后的画像?为何皇帝对那幅画如此忌惮,甚至不惜以莫须有的罪名杀了陆将军?"

"或许是……陆将军过去与先后有私情?"周礼想起那些话本里的荒唐情节,提出了猜测。

这确实是最容易想到的解释,更何况大毓朝有关四柱国辅佐皇帝打天下的话本子里,十本有八本讲的全是这五个人的情感纠葛。而其中被猜测最多的,就是先后江羽衣与皇帝刘玄礼及镇国将军陆停渊之间的纠葛。

"左相呢?"

"九千岁嘛,虽然与先后是同乡,先后尚在扬州时,二人就交往甚密,但话本子里对这两人的关系却言之寥寥,估计他们之间确实没什么。"

"唯一一次九千岁与先后的交集,据说是在先后薨逝之后。那时皇帝刚从狼牙山打了胜仗归来,却看到大营被踏平,皇后难产而死。虽说后来陆将军赶到,击退了敌军,但也来迟了一步。九千岁随皇上一同归来,看见此景,当即咳血昏厥。皇帝哀思过度,

第五章 河神庙 235

在大帐中守着先后的棺木数天，说谁劝他离开就杀了谁。是九千岁冒死进去，与皇帝大吵了一架，才将皇帝请出了大帐。听闻皇帝刘玄礼那一夜过后，两鬓黑发悉数变白。而先后的后事，是九千岁一手料理，他还亲手刻了墓碑。"

"那墓碑在何处？"窈娘突然开口问。

"狼牙山顶。先后生前曾有言，她一生颠沛流离，不愿再葬在故土，如果她身死，就葬在北境最高的山上，远离人间。"

"原来是……狼牙山顶啊。"窈娘自言自语。

"所以，陆将军是见过先后最后一面的人……"

周礼话音刚落，陆远就从门外走了进来，神色冰冷地将手里的卷册放在桌上，看了周礼一眼："继续讲，不必顾及我。"

"先后故去后，皇上烧了所有先后的遗物。那幅画像应当是早年所绘，流落民间。不知与陆将军有什么渊源。"

"这个话本子里讲过，说先后早年曾陷于兵乱，也是陆将军在万军之中救下了她。"

"关于陆将军的……情史，那可真是大毓朝最大的谜案之一。"

其他人都没忍住，齐齐看向了陆远。

"我早说过，我是陆将军从乱坟岗里捡来的。"陆远白了他们一眼，神情却有些落寞，"我不知亲生父母是谁。自小在军营里长大，父亲常外出带兵，与我并不亲近。"

"我曾看过一个话本子，说陆大人曾被北地可汗俘虏过一回，带回漠北后，被可汗的女儿相中，险些做了驸马，后来不知用了什么法子逃了回来。狼牙山一战，可汗被皇帝一箭射杀，漠北平定，听闻可汗的女眷们悉数在大毓军队到达之前自尽了，说草原的女儿不做任何人的奴隶。"

陆远没有开口，只是静静地听着。

夏青鸢也忍不住看了他一眼。他的长相带着三分北地胡族血统，鼻梁高挺双目深邃，京城里无人不晓。从前失忆时她也曾猜测过这张脸的来历，可现在前尘往事全都想了起来，她却不知如何开口劝慰他。

"来历不明的杂种！也配做我们的统领？"

"血统低贱，就算你拿了第一又如何？一样当不了大毓朝的将军。"

大雪里，那个瘦高的少年眉眼锋利，握紧了手里的长枪，在演舞台上一遍遍地朝着不存在的敌人砍杀，直到力竭倒地……

"这些都是话本野史，不足为凭。要找出画像的来历，怕还是要问问当初的证人。"滇南王刘退之不知何时走了进来，一针见血地指出。

青鸢回忆道："柳娘说，当年给了她那幅画像的人出自江左世家。江左世家树大根深，总不过四大姓：东山夏、江中李、半城苏、海中裴。"

"夏氏世代清流，是前朝皇室远支，树大根深；苏氏以染坊起家，后来做丝绸布帛货运城市，富甲一方；李氏掌握东南盐铁贸易，有自己的海陆商队，配备火器，连皇帝都拿他无可奈何；而这最后的裴氏……也最神秘。他们虽在江左势力极大，却行事低调，家主久居深山，与其他三大家族也鲜少来往。裴氏先祖曾渡船出海，远至扶桑。所谓'海中裴'，就是说裴家的生意，几乎都在海上。上到南洋的奇珍异兽，下到家用的香料织物、胭脂水粉、瓷器木器，有一大半都是裴家所掌控的商队从沿海各国贩运而来。"周礼对江左世家的情况了如指掌，一一道来，"包括此次在

'河神'身上发现的这件织物，原本叫'西阵织'，是一种出自扶桑的织物，因其花纹独特、织法巧妙，自出现在市上以来就风靡江左，一尺千金。"

"你是说，这布料是自海上贩运而来？"青鸢吃了一惊。

"对。此布料昂贵，不是寻常人家所能买到的，且数量稀少，纵使是显贵想要购买，也需托熟人引荐，付以巨额定金，才能买到数尺。"滇南王摇着扇子走了进来，"那一日，我也是押了只龙血玉扳指，才得了这么一尺的布料。"

夏青鸢惊讶地转过头看他："殿下你……"

对方朝她潇洒一笑："无足挂齿，那扳指本王已玩腻了，青鸢姑娘若是心疼，改日本王赎回来送你。"

陆远十分刻意地清了清嗓子："殿下有心了。"

"博美人一笑，本王乐意。"滇南王对陆远眨了眨眼。

陆远揉着额角泛起的青筋，转头对周礼说："所以，你是想说，河神要穿上西阵织，就需非富即贵，与裴家所在的商铺有交情，且手里有巨额的钱财，是吗？"

"正是如此。"

"可根据柳娘在认罪书中所写，她出身贫寒，在花街多年，虽结交豪富，却都是欢场上的逢场作戏，并无什么交情。平生积蓄都用在修葺河神庙，以及为'鬼新娘'们赎身上。那一夜我与鸢……青鸢去柳娘的宅院见她时，屋里的陈设也都简单质朴。"陆远沉思，"西阵织一尺千金，而'河神'身上那件……少说也要黄金万两，或扬州郊外的良田百亩，远非柳娘所能或愿意奢费。"

"你是说……或许是别人所赠，而那人与裴氏有关。"

"且柳娘曾言，她多年前曾与江左世家的某个显要人物见过面，对方赠予了她先后的肖像，说凭借此物……就可以令右相获罪。"夏青鸢再次开口，"由此看来，柳娘与世家的交集，并不像认罪书中所写的那般简单。"

"但此事没有证据，在柳娘家中也并未搜出那件'河神'曾穿过的西阵织，如何能揪出背后的指使之人呢？"

几个人都陷入沉默。

就在此时，仅一墙之隔的府衙外传来一声凄厉惨叫，继而是嘈杂脚步与混乱求救声。几个人闻声提剑出门，迅速向案发之地跑去，只见一人倒在血泊中，身上盖着一匹华美无比的布料遮住了头与脸。那金丝线绣成的布面被鲜血浸染，变得诡异恐怖。

陆远半跪在地揭开了布料，露出面目后，众人都惊得倒退了一步。他的整张脸皮都被撕了下来，血肉模糊。而他的胸口放着一张榉木面具，人已经断了气。

百花杀。

四周胆小的路人有的已经被吓昏了过去，周礼已经喊来了府衙的守卫，一一排查方才路过的可疑之人。窈娘拔刀守在尸体旁边，夏青鸢与陆远在仔细验看尸体，而滇南王此刻已捂着鼻子退到了几尺开外，却在看到尸体腰间所佩的东西时，忍不住上前走了几步："这不是本王的龙血玉扳指吗？"

众人都抬头，看向滇南王扇子所指的方向，见尸体的腰间果然挂着一枚色泽翠绿，中间有一道血沁的扳指，上面还刻着滇南王的徽记。

"是……那个店主？"

夏青鸢站起身，对身边的守卫吩咐了几句，对方立刻领命离开。她回头对陆远解释："我已命人去找所有与店主相识的人前来辨认，也叫了扬州府尹的仵作一同来验看。此事牵涉势力盘根错节，在查明真相之前，不可声张。"

陆远点头，周礼恰在此时赶回："方才路过之人都被扣留在巷口盘问，没什么可疑之人，记下他们的名字住处之后，就放走了。"

窈娘也赶了回来，看着那榉木面具出神。周礼担忧地看了她一眼，窈娘随即向他一笑："无碍，我已不再惧怕此物了。"

陆远与夏青鸢闻及此言，想起上一次在裴府中的遭遇，都看向窈娘。

窈娘自然知道原因，也看着他们郑重地说："此前未曾与陆大人与青鸢姑娘交代过。窈娘从前……曾是百花杀豢养的刺客之一。他们杀人后，习惯剥去人面，以消除罪证。那面具就是百花杀的标志。"

周礼接过她的话继续说："上次在裴府的地宫里，我们见到了百花杀如今的头领芍药。她也是现在裴家的家主。"

"裴家？"

"江左裴氏，'西阵织'的贩运商。而芍药曾经的丈夫，那位声称世代经营扬州与滇南药材贩运生意的病弱公子裴郎，其真实身份，是江左世家的前任家主裴季卿。"

"裴季卿？原来他就是那位世称'白衣诸侯'的裴季卿？"

"一年前，他叛出家门，但因过去经年累月服用'返魂香'，逐渐成瘾，神形俱废。我们在京城遇见他时，他已经病入膏肓。"

周礼翻出一本扬州商铺的账簿，上面密密麻麻地写着历年的收支往来。翻到某一页时，那最后赫然签着笔力雄健的三个字："裴季卿"。账簿里还夹着一张信笺，那是当时在裴宅书房里找到的诗笺。两个字迹写法极相似。

"方才你们进院门时,我想说的便是这个。"周礼冷笑一声,"如此看来还真是巧了,我们还未去找,他们就送上门来。"

夏青鸢打了个冷战。她想起第一次遇见裴季卿时的样子,怎么也与传闻中的江左裴郎无关。像是朝深渊中瞥了一眼似的。她从裴季卿的遭遇看见了江左世家的滔天权势,也看见那背后深不可测的阴影。

"夏大人,证人找到了。他说,店家今早便收拾东西出了店里,还叮嘱他们好生看店,自己要远行数日。说是要去……"

"去哪里?"

来报信的士兵迟疑了一下,才吐出几个字:"去海市。"

"海市?"五人都发出疑问。

"扬州本地有传说,人间有人历,阴间有鬼历。每月的十五日是鬼历中阴气最盛之时,胆子大的渔民便会趁此时去江上捕鱼,江口通海,常有鬼船出没,上面金银珍奇,无所不有。若是能找到,下半辈子就不用愁了。"周礼立马流利作答,其余四人对他投来赞赏的目光。

"这么说,店家是在准备去海市时被杀害的,而且,看作案的手法,极有可能是百花杀所为,或者是对百花杀的手法熟悉之人。"陆远沉思片刻,与夏青鸢眼神交会。

她下意识地点头同意,又想起二人此时的关系,于是转过头咳了一声。

窈娘看着他们的神情有些异样,伸手将周礼拉到一边询问:"可有打听到去海市的方法?"

周礼耸耸肩:"这个恐怕要去江边询问老渔民。"

夏青鸢在此时转过头看向他:"我去吧。这店家被害……也是受我牵连。而且我与那家店铺相熟，或许可以多问出些头绪。"

周礼连忙看向陆远，对方却低着头看案卷，没有回话。夏青鸢看了他一眼，就转身走了出去。

"师父，你不去追……"等夏青鸢出了门，周礼才压低了声音问陆远。

"她现在不想看到我。"陆远低眉，眼神里看不出喜怒，"让她自己静一静也好。"

"可是，师父……"周礼支吾道。

"不用再劝我了。"

"不是，师父，我是想说，你的案卷拿反了……"

半个时辰后，扬州府衙内。

"夏青鸢人呢？"陆远从门外走进来时，看见周礼与窈娘正陪同仵作验看尸体。

"还没回来。"周礼头都不抬，"话说不是师父你放夏大人走的吗？"

"可已有半个时辰未归。她平常若是遇着了棘手的事，都会先禀报……"陆远此时才猛然想起自己现在并无官衔，于情于理，都无须向他报备，只得无奈地将手里的案卷扔到桌上，坐下仰头灌了一口茶，神色阴沉。

"师父，既然如此担心，不如自己出去找找。"周礼抬起拿着铁签的手指了指门口，"我们忙着验看证物，恕不奉陪。"

陆远瞪他一眼，随即拿起佩刀就出了门。周礼又在他出门前又补了一句："今夜府衙里住了不少协同查案的弟兄，师父若是找到师……青鸢姑娘，就在外头找个驿馆住下吧。"

大门"咣当"一声关上，窈娘放下手里的录簿，笑着看了周礼一眼。

周礼吹了声口哨，调侃道："师父他这个人就是死脑筋，心事太多又爱憋着，迟早把自己累死。"说完就顺手拿起证物台上的短刀，恰好窈娘也去拿那把刀，二人的手碰到一起，又同时迅速收了回去，又不约而同地向外退了一步，空气一时安静。

过了一会儿，窈娘又向周礼的方向挪了挪，周礼也不着痕迹地向她挪了挪。他们在空旷府衙里并肩而立，默契地验看着尸体。

"窈娘大人。"

"嗯？"

"此次若是再遇上百花杀，也无须害怕。"他眉眼沉稳，手里运刀流畅，"我会陪着你，我们是搭档。"

不知是不是她的错觉，窈娘在那一瞬间，从周礼眼中看见了一闪而过的冷酷杀意。

"当啷"一声，她手里的短刀掉在石台上，又不动声色地捡起来，对周礼笑着点头："好。"

与此同时，陆远顺着夏青鸾离开的方向一路找过去，穿过数条幽深小巷，在几个岔路口停下，仔细察看土路上残留的鞋印。终于在某条道路的尽头发现此前追踪的鞋印消失，随之出现的，是墙上扎着的一把短刀，刀上挂着一张榉木面具，还有一张纸条：

戌时三刻，扬州府衙。

陆远气得一拳捶到墙上，继而奋力向来时的方向奔去。

扬州府衙建在这座江边大城的至高点，曾经是王府，有厅堂水榭，幽静深邃。从府衙大门前望出去，可一眼看到繁华喧嚣的运河码头。

此时，霞光照着江水，波光粼粼。渔民、商贾与船客云集，

第五章 河神庙 243

上船下船、卸货载人，正是一天中最喧闹的时候。

陆远气喘吁吁地跑回府衙，站在大门前望向熙熙攘攘的人潮，然而并没有夏青鸾的影子。忽地，在人群中闪过一个穿着羽翎卫衣服的娇小身影，又倏忽不见。他拼命追上去，扒开人潮，逆着无数上岸的船客，向江边跑去。

夏青鸾昏昏沉沉地醒来，发现自己躺在一张雕花大床上，还穿着婚服。层层叠叠，描金绣凤，只是那深浅不一的红色像血迹一般刺痛了她的眼睛。她再举目四顾，发现隔着朱红纱帘的床头，依稀挂着一件白色外袍与一张没有脸的面具。

是河神的服饰。她像是坠入一场噩梦，在梦中，她成了河神的鬼新娘。

她正要喊出声，不远处就传来不紧不慢的脚步声。一只指节修长的手掀开帘帐，接着是一个她耳熟的声音响起："青鸾姑娘，许久不见。"

是裴季卿。

"你不是……"

"我没有死，百花杀不舍得杀我。"裴季卿坐在床边，仔细地打量她，像是打量一个没有生机的死物。

"青鸾姑娘，裴某第一次见到你时，就知道你能为我所用。"他伸手摸了摸她的脸，那动作毫无感情，"今夜陪我演一场戏，演得好就放你走。若是演得不好，就与我陪葬。"

她被他手指的冰冷触感惊到，打了个寒战。

裴季卿笑了，手指移到她发顶，拍了拍她的头："怕了？此处隐蔽，陆远找不到你的。"

她嫌恶地躲开他的手,眼睛却看向别处:"我与陆远之间早已恩断义绝,如今并无瓜葛。"

裴季卿又哈哈大笑,按着她的肩膀推倒在床上。

她惊慌挣扎,裴季卿捏着她脖子,语气却平淡:"夏青鸢,你当我是瞎子。裴某此生虽看错了许多事,却有一事看得最清楚,那就是人心。"说罢,他松开了手,夏青鸢大口呼吸着,憋得满脸通红。

裴季卿掏出手帕擦了擦手,站起身居高临下地看着她,眼里是冷漠的悲悯:"人生如蜉蝣,朝生暮死,不过瞬息。自欺欺人,实在愚蠢。何必像我这样,直到人不在了,才明白自己的真心。"

戌时三刻,扬州府衙外挤满了人。

此处是扬州城的至高点,从这里望出去,不远处就是人潮涌动的江滩。

此时正是夕阳西下,江滩之上忽然起了大雾。接着,在大雾中,一只艨艟巨舰隐隐浮现在岸边,如同上古传说中的巨鲲。

"海上裴。"周礼看着那艘巨船,握紧了手里的佩刀,"如此规模的商船,普天之下,只有江左裴氏能造。"

陆远的眼神紧盯着船头。突然岸边人声喧哗,江滩上的人也都望向了船头。那里出现了两个人,一个戴着面具,身穿洒金衣袍,另一个被面具人挟持着,穿着新娘的大红嫁衣,果然是夏青鸢。

"河神!是河神!河神显灵了!"

人们顿时喧哗起来,接着有人倒身下拜,其他人也跟着跪拜,顿时,江滩边黑压压地跪满了人。

陆远、周礼与窈娘站在府衙前的高地上,沉默地看着这幅荒谬的景象。

接着，陆远上前一步，对着江滩大吼："你们看清了！船上的是朝廷要犯，不是什么河神！根本就没有河神，都给我起来！"

戴着面具的人在船头安静地看着陆远，手中的短刀抵在夏青鸾的脖子上。她隔着大雾与江滩，与陆远遥遥相望。

"我能站在此处，接受众人的跪拜，我便是河神。"男人面具下的声音沙哑，更显得诡异无比，"江左大水，生灵涂炭，全是因为朝堂昏聩，使清白之人蒙受冤屈，倾家荡产，流离失所。不杀人祭河神，不足以平息上天之怒。"

"杀了她！杀了她！"人们的目光都紧紧盯着新娘的红嫁衣，那如血的红色让人们疯狂。

"羽翎卫来此查案，却畏惧权贵，不敢将真相大白于天下，告诉百姓，究竟江左水害是天灾，还是人祸？如若是天灾，我现在就杀了这个女人，祭祀河神！"

戴着面具的男人声音越来越高亢，江滩上群情激愤，人人脸上都写着冤情："我们要公道！"

夏青鸾咬着牙低声道："裴季卿，我与陆大人并无瓜葛，他乃是堂堂的朝廷命官，更不会因为我而颠倒是非黑白。"

就在此时，一个声音从江滩边传出："我来换她。"说着，陆远已走上甲板，"这女人无罪，你们若是非要杀一人祭河神，不如让我来换她。"

"好啊，先将佩刀扔了，再脱了外袍，自己走上来。"

看着陆远走上来，夏青鸾大吼："陆远，你要是敢上来，我就从此处跳下去。"

裴季卿捏着她的脖子，夏青鸾顿时痛苦得挣扎起来，不能再发出声音。

陆远却只是低头一笑，站在甲板上，将佩刀扔进江水里，又脱了外袍，仅穿着皂色短袍，一步步地走上船头，站在裴季卿面前，沉声道："放开她。"

"好啊，先来告诉诸位，羽翎卫所查到的河神一案，真相究竟是什么。"面具人仍旧面朝着滔滔江水。

陆远沉吟片刻，站在船头，对着江滩上黑压压的众人，朗声道："江左世家之一——海上裴，多年来投机牟利，敛财巨万。于扬州洪涝之际，买断沿江水运商路，控制粮价布价，致灾民流离失所，背井离乡，饿殍遍野，骨肉相食。又以祭祀河神为名，买卖女子，残杀妇孺，罪大恶极。"

他拿出一块布料展开，正是此前她跑了几个商铺才求到的西阵织。

"此物，乃扶桑特产之西阵织，一尺千金。河神所穿，即为此物。故而河神非神，乃是裴家傀儡，鬼新娘亦非鬼，乃是冤死的女子。诸位若要复仇，不应该求神告鬼，而应当——"

陆远回手，趁着面具人不备，用布料缠在手上，空手夺过他手里的刀。又反手一扳，对方立刻痛呼一声，手腕发出骨骼碎裂的脆响，放开了夏青鸢。

她迅速跑到陆远身后，陆远一手持刀，一手护着她，眼睛仍旧凝视着"河神"，接着用刀尖一把挑下了他的面具，沉声道："应当仔细看清楚，此案的始作俑者，正是江左裴氏的前家主——裴季卿。"

众人顿时哗然。

江左裴郎，白衣王侯。多年前他曾一手扶持起衰微的裴氏，扬州无人不识裴季卿。如今虽然形销骨立，却仍旧看得出当年清风朗月的模样。

"多谢二位，与裴某演完这出戏……"他嘴角浮现一抹诡异的笑意，接着走上了船头，纵身跳进河中。

陆远没来得及抓住他，夏青鸢扑到船头，也只拽到他一片衣袖。

那件闪着金光的衣料在江上载浮载沉，人已消失在滔滔江水中。

此时，船身忽然发出令人牙酸的"吱呀"响声。陆远与夏青鸢回头望去，看见成群结队的渔民不知何时已经从甲板涌上了船，却无人往他俩的方向走，都一股脑跑进船舱。

人群中有人高喊："快点，裴家的商船里有不少宝物，就算抢着了一星半点，都能半辈子无忧！"

人们争先恐后地上船，推挤叫嚷之间，又有几个人被挤得掉进了江中也浑然不觉。两个人看着这幅地狱般的景象，都忍不住摇了摇头。

陆远回头去找夏青鸢，海上忽然升起大雾，众人都被笼罩在迷雾之中。

天色已暗，只能听到人相互踩踏拥挤、奔跑呼喊的声音。

夏青鸢与陆远走散，在人潮涌动中走下甲板，用刀磨开手上的绳索，顾不上查看手腕的伤势，就大声呼喊他的名字。

大雾茫茫，四处不见他的人影。夏青鸢一路跌跌撞撞地跑，在浓雾中撞见的、扶起的每一个人都不是他。

不远处的江滩高处，府衙门前站着滇南王。

他背着手站在浓雾中一动不动，沉默地看着夏青鸢在他面前数尺远的地方路过。刚要开口叫她，却看见浓雾中若隐若现的另一个身影。

陆远站在雾中，先看见了夏青鸢。他没有上前，而是站在原地，听她焦急地喊他的名字。

滇南王退了一步，退进了浓雾之中。

在他最后的目光里，看着陆远应着夏青鸢的声音走过去，唤了一声她的名字，从她背后抱住了她。

她先是惊喜，接着像想起什么似的，要挣脱这个拥抱，但陆远从后面捂上了她的眼睛。

"让我抱一会儿，等雾散了，我再不纠缠你。"

她渐渐安静下来，陆远放在她眼睛上的手被泪水沾湿。

她将手放在他手心里，两个人的手在腰间紧紧相握。

四周喧嚣哭喊也暗淡下去，浓雾散了。

陆远终于放开她的手，也放开抱着她的手臂，悄无声息地向后退去。她睁开眼睛回头看，身后空无一人。

第六章　断情丝

扬州河神一案，破获了祸乱江左的一众人等，又开仓放粮赈济灾民，带着在船上截获的赃物回京，一时间羽翎卫的名声在朝野上下更为响亮，回到京城时，路边竟挤满了看热闹的百姓。

陆远黑着一张脸走在最前头，夏青鸢与其他人一道紧随其后，耳边听到了无数窃窃私语，也有不少对陆远的仰慕之词漏进她的耳朵。

"听闻跟那陆大人年纪尚轻，已承继了陆将军的定远侯爵位，又是羽翎卫指挥使，日后一定青云直上，前途不可估量啊。"

"陆大人可有婚配？"

"听闻在江都时，曾娶过一位夫人。但那夫人性格易怒又善妒，曾因陆大人深夜未归，大闹天香阁。"

"哎哟，那可不得了。少不得要另娶，不知何时收庚帖，待我打听打听。"

路人正说得热闹，却冷不防一人一马停在了面前，抬头时却是个穿着羽翎卫制服、长相白净的小个子士兵，脸上简直写着"心情不好"四个字："陆大人与夫人不日就要和离，想递庚帖的，可千万别误了好时辰。"

夏青鸢抛下这句话就走，路人先惊后喜，纷纷议论着要回去告诉亲朋。她骑着马刚向前走了几步,却发现陆远就在不远处勒马等着她。

"就这么想我另娶新妇?"他与她并辔向前,二人都目不斜视,陆远的声音却不像表情那般淡定。

"京城许多好人家的女儿,如今排着队想许给陆大人。陆大人知道我并非良配,这婚事也不过做戏,大人无须再与我纠缠。"她尽量平静地回复他,攥着马缰的手却在微微发抖。

陆远深深地看了她一眼:"我说过,不会再缠着你,但也不必再费心替我找其他女人。"说罢,他就扬鞭策马向前走,留她在身后。

夏青鸢骑马走得缓慢,冷不防有人在身后拍了拍她的肩,回头一看,却是窈娘关切的眼神。她朝窈娘勉强笑了笑:"我没事。"

半个时辰后,一行人进了皇城,去太初宫禀报扬州事件始末。大殿上依旧没有皇帝的身影,龙椅上空无一人,垂着珠帘。而龙椅旁边站着九千岁,手中拿着烫金盖帝印的诏书。

"扬州一案,羽翎卫指挥使陆远、窈娘、夏青鸢、周礼等有功,各晋军阶一级,赐金百两,绢百匹。"宣读完诏书,韩殊即退立一旁,内侍环顾左右,宣布无其余事禀告即退朝。三公九卿百官沉默不语,谁都没有提这案件背后牵连的江左世家要如何处置。

夏青鸢清了清嗓子,刚要开口,却被陆远一把拦住。她看了他一眼,咬咬牙,又退了回去。

韩殊在殿上的角落里看着她。大殿里只回荡着夔龙滴水计时的声音。一滴,两滴。直到群臣退散,夏青鸢也要离开,背后却传来韩殊的声音:"夏大人,请留步。"

陆远也停了脚步,在殿外留神听着动静。

韩殊笑着向夏青鸾招手:"圣上有口谕,请夏大人进宫面圣。"

陆远眉头一皱,刚要回身走向她,却被她的眼神唤回了神志。她用那双倔强的眼睛看着他,不发一言。陆远停下脚步,转身离开了大殿。

夏青鸾随韩殊穿过重重宫殿,向宫阙最深处走去。一路上,韩殊没有说话,她也未能揣测皇帝究竟为何要在此时单独召见她。

难道是她恢复记忆的事已经被知晓了?可那天在龙隐镇,只有陆远知道她突发异状的前因后果。她此前从未见过皇帝,那个传闻中的刘玄礼。

她想起在扬州时,说书人提起他,都只讲他横扫乱世的前半生,到大毓初年时戛然而止,就像他已不再是个活人。

君门深九重。她的脚步踏在金砖上,回荡在空无一人的长廊里,廊外只有芙蓉花寂寞地开落。

连她也是极偶尔才会想起,皇帝曾与她的父亲、还有眼前的九千岁是并肩作战的挚友、以死相托的知己,如今却都成了黄泉陌路人。

"到了。夏大人,圣上如今……双目不能视物,言语千万当心。"韩殊将她带到一处偏殿前,提醒后便要离开。

她疑惑地问:"左相大人,圣上只召我一人前去吗?"

韩殊对她笑笑:"是。"

是什么机密之地,需要韩殊亲自送她前来,路上空无一人?她心中生出一种不祥的预感,好像面前这幽深黑暗的大殿里养的不是帝王,而是什么能够吞噬人心的野兽。

她一步步地踏了进去,大门在身后合上。面前的宫殿里四处燃着沉水香,尽头隐隐有水声,像是一处温泉或是水池。

她心中的不安感愈加强烈，但只能硬着头皮向前走。直到尽头的光亮愈来愈盛，她终于看见一处用厚重纱帘笼罩着的温泉，水池边靠着一个人，鬓发银白。听闻脚步声，他才转过侧脸，那轮廓俊美的脸上，一双眼黯淡无光。

她立刻停步，行了大礼："问陛下安。在下是四品羽翎卫夏青鸢。"

池水"哗啦"一声，像是皇帝要出浴。她吓得不敢抬头，过了半晌，面前才传来皇帝的低声轻笑："大毓朝的臣子里，能活着到这议事殿里来的，你是第三个。"

她心中疑惑，却仍旧没有抬头。直到穿戴整齐的皇帝走到她跟前，朝她伸出手道："再不起来，还要孤扶你吗？"

此时，她才第一次抬起头，看清了皇帝的模样。

话本里没有夸张，刘玄礼长得确实惊为天人。当年江羽衣在群雄会聚的扬州城里能与他一见钟情，也并不算是奇谈。

只是他那双眼，像是一幅绝世的画作上，人物忘了被点睛一般空洞无光，比画作被毁掉更令人难过。

他像是察觉到她看得入神，却并没有真正生气，只是嘴角扬起，轻斥道："大胆。"

夏青鸢才忙不迭地低下头去："臣失礼。"

"无妨。夏焱若是还在，看到孤这副样子，怕也是要感慨一番。"

他轻车熟路地转身，走到温泉旁的石桌边坐下，扔给她一本奏折："夏卿，孤叫你来，是与你商量一件要事。"

夏青鸢应声走过去，打开折子，凝神看完之后，才抬头看着皇帝："陛下想让臣……嫁给滇南王？"

那折子的尾端盖着滇南王的印戳，上面也是刘退之的字迹，

第六章 断情丝

是他请求皇帝赐婚的文书。而求娶的对象，正是夏青鸢。

"可臣与陆……"

"你与陆远的婚事，是朕当年擅自做主，命陆远去江都求娶的。"皇帝打断了她的话，"陆远此人恩怨分明。夏焱当年于他有恩。你只有待在他身边，才能免于韩党与世家的戮害，故出此下策。"

"不，是陆远他自己要……"夏青鸢拿着那张求婚的折子，再也看不下去。

如果当年陆远求娶她，确是皇帝的意思呢？如果皇帝未曾下令，陆远还会罔顾天下人的非议与当年悬案留在心中的芥蒂，依然求娶她吗？

皇帝不再回答，只是向后靠在石桌边的卧榻上闭目养神。香炉里的青烟笼罩在他周身，将他衬得更不似人间的存在。

"这婚书，孤交与夏卿。若是愿意，就将这折子带走。不愿意，就放在桌上，孤可当做你未曾来过此地。"

她才恍然看见皇帝身后，那浴池的墙壁上赫然雕刻着的整面神像，女子玲珑剔透的侧脸、手中的石板、脸上似落非落的泪珠。

是河神，也是江羽衣。日夜伫立在池水旁，垂泪看着她行将就木的爱人。

"先后在世时，常与孤讲起从前在扬州的事。"皇帝闭着眼躺在榻上，像是喃喃自语，又像是在和她说话，"先后说，她幼年时在一座扬州乡下的破庙里做神婆，忍饥挨饿是常事，更有羞辱鞭打，年纪到了，就要被赶去富人家卜卦，唱卜辞，跳祝神舞，和娼妓没有什么两样。那时候，她常想着，若是日后能去扬州就好了，扬州城三百六十行，总能谋到一门生计。后来，她果真去了扬州，却发觉扬州不过是一座更大的河神庙，装饰更华丽，内里更肮脏。"皇帝说到此处，停顿了一会儿，才接着说了下去，"孤与羽衣，真正在一处的时候，不过一年有余。大半时间，是战场离乱、身不由己。她常问孤，何时能天下太平，有我们二人的家，过寻常夫妻的日子。孤总是骗她，说打完下一场仗。"

浴池里，池水滴答落下。夏青鸾手里拿着求婚的折子，抬头看着神像无瑕的脸。

"后来，她没等到孤打完最后一场仗，就先一步去了……"皇帝的声音很平静，却停顿了许久才继续说，"其实，孤很怕死。这天下希望皇帝死的人很多，想必你也是其中一个。因为这皇帝是个昏君——昏聩易怒、宠信小人，仅凭一张画就定了陆将军与乃父的死罪，还放任韩殊祸乱朝廷，结党营私。但只要一想起她还在九泉之下等着，就不再怕死。孤时常悔恨，若是当年没有要她陪在身边，或许她可以活得久一些。终究是孤的贪念害了她。"

又一滴水从神像的颊边落下，掉进池水中。

"多谢陛下点醒。臣明白了。"

她站起身，朝皇帝行了大礼。皇帝抬了抬手，示意她可退下。珠帘晃动，夏青鸾的脚步声渐渐远去。皇帝起身往石桌上探了探，桌上空无一物。

她走出殿门不久，在后花园中遇见了一个熟悉的面孔，竟然是滇南王。他依旧是一副摇着扇子的悠闲模样，看了看她手里的折子，了然一笑："青鸾姑娘，竟愿答应与我的婚事？"

她把婚书放进衣袖中对他一拜："谢殿下垂怜，青鸾从前多次受殿下帮助，心中感激。但对殿下无儿女之情。若这是殿下想要的婚事，那么青鸾愿意。"

"我本无意于成婚，若是要娶王妃，只想找一个与我相敬如

第六章　断情丝　255

宾、能协理政事的女人。"滇南王一笑，收起了扇子，"本王求娶青鸢姑娘，也是因为青鸢姑娘素来铁石心肠，天大的委屈也能当做无事发生。你我都无情，刚好是佳偶。"

"殿下不要取笑我。"她抬眼注视着他，"青鸢不是铁石心肠，只是走投无路罢了。"

刘退之怔了一下，继而难得地温柔一笑，没有取笑也没有调戏她，而是拍了拍她的脑袋，无奈摇头："本王这辈子遇上的女人，怎么都是这般脾气。"接着，他将手里的扇子塞进她手中，"这把扇子就算是约定的信物，愿你我好聚好散。"

此时身旁的树丛"哗啦"一响，一个人影倏忽闪过。她下意识回头，依稀看见羽翎卫的鱼龙服在花影中晃了一下，又消失不见。

"是谁？"她拨开树丛追了过去，却无人应答。

"这里是禁苑，大抵是守卫。时候不早，本王送你回去吧。"

她摇头谢绝："不必了，陆……"话刚说出口，才想起自己已经和陆远分道扬镳，如今又接受了滇南王的婚约，可说是一刀两断了，才把剩下的话咽了回去。

陆远再不会等着她。

她拖着步子走出重重宫门，又走出皇城，天色已经昏黑。

一辆熟悉的马车停在宫门外，她心中一喜，跑过去才发现驾车的人是周礼。

"咦，师……青鸢大人，师父没有同你一起出来吗？"

"什么，陆远他也在宫内？"

"拂晓时分他与你一起进宫，又说要等你一同回去，如今你倒先出来了。"

她停下脚步，猛地想起方才在花丛中见到的人影。于是抬头对周礼一笑:"我在此等他,你先回卫署。"

周礼摸不着头脑,只好挥鞭策马离去。

她目送着周礼离开后,才在宫门外寻了个显眼的地方站着,眼神直勾勾盯着宫门。此处是皇城与宫城的交界,百官川流不息。她虽穿着羽翎卫的制服,杵在那里也十分显眼,引得路过的人无不朝她望上一望。

她等了不知有几个时辰,等到腰酸腿软,天色昏沉,暮色笼罩京城,等到皇城里都掌了灯,也没有等到陆远出现。等到实在困倦,就靠着石阶旁的栏杆睡着了。

不知睡了多久,她被脚步声忽地惊醒,睁眼时,恰看见陆远正伸手向她,眉头紧皱。见她醒来,也惊了一下,伸出的手又缩了回去。

"你在此处做什么?"他语气僵硬,神色里却是藏不住的担忧。

"等你啊。"她想着不如坏人做到底,索性没皮没脸地一笑。

"为何等我?"他终于转过眼神,叉着腰看她,"你觉得戏弄我很有趣?才收了滇南王的婚书,又在此处等我,这算什么,夏青鸢?"

晚风吹过,她闻到一丝酒气,才抬头看他,避重就轻地问:"你喝酒了?"

陆远上前一步将她拉起来,先是本能地去握她的手,在最后一刻却改成隔着衣料攥住她的手腕。她顺势起身,一个趔趄向前扑去,他下意识地握住她的腰又迅速放开。

"腿……腿麻了。"她抱歉一笑,马上推开了他。

陆远却依旧攥着她手腕:"我问你为何等我。"他的眼神在夜色中亮得出奇,平日掩藏的情绪也在晚风中流露出来。

第六章 断情丝 257

她抬起手，手指上下游移，摸他的眉骨和眼尾。

陆远顺势握住她的手："你若是想通了，我这就去禀告陛下，请他收回赐婚的圣旨。"

"陆远，我今夜等你，是为了与你好好告别。"

陆远的眼神一震，不可置信地看着她："你当真要嫁给刘退之？"

她笑了笑："陛下方才在宫里，与我说了些从前的事。是我从前没有想通，觉得纵使前路坎坷，只要二人一心一意，也未必不能圆满。可我忘了天意磋磨，最是毁人心智。我不愿让你我的恩怨毁了这段情谊，不如就停在这里吧。"

陆远向后退了一步，缓缓地放开了她的手，眼里的火渐渐熄灭，最后自嘲一笑，道："你觉得如此好，就如此吧。"

他转身离去，脚步摇晃。她捂着脸在空荡荡的台阶上，天上一轮圆月，圆满得残忍。

次日，夏青鸾在窈娘的卧房中醒来，昏沉中抬头，发现衣裳都已换上了整洁的女子寻常衣服。窈娘掀帘进来，看到她醒转，笑得无可奈何："昨夜……是周礼与我说你在宫门外等到深夜，要我接你回来歇息。"窈娘递给她一块热手巾擦脸，"你与陆大人的事如何了？"

"我已与陆远和离，还接了滇南王的婚书。不日圣上就会下旨赐婚。"她语气平淡，像在说别人的事。

窈娘愣了愣，继而笑出了声："青鸾姑娘，你这斩断情丝的狠劲，比得上京城弥陀寺的得道高僧。"

她用力擦了擦脸，深呼吸了一口，继而轻巧地下地穿衣："如此也好，我们当年的事牵连太广，本就不应当成婚。"

"但情意还在，你当真能割舍得掉吗？"窈娘在她背后问，也像在喃喃自语。

"只要我不说，就没人知道。"她穿好衣裳，束起发髻，在妆台前的铜镜上无意间照见自己的脸，却怔住了。

她已许久没有穿过女子衣裳，这张女子的脸映在镜中，竟像是别人。

"青鸢姑娘穿寻常衣裳这样好看。我竟也未曾见过。"窈娘走过来，拿起妆台上的木梳，将她按着坐在镜前，散开她的头发，"今夜宫中有宴会，滇南王也在。想必圣上要趁此时下旨赐婚。既然已决意斩断情丝，不妨好好梳洗一番，容光焕发地去。"

夜间，月亮初升之时，皇城外的马车络绎不绝，受邀参与宫宴的大族与臣子们都盛装出席。

窈娘的马车也停在宫门外，走下两株并蒂牡丹花，一朵妖冶，一朵清丽。

夏青鸢今天难得地穿着宫装，头发高高束起，月白齐胸襦裙外面罩着轻纱半臂，如云似雾，额间点着花钿，用团扇半掩着脸，走得歪歪扭扭，浑身不自在，在别人眼里看来却是风姿绰约。

窈娘一把拉住她，风风火火地往宫门里走，琉璃耳坠子晃得夏青鸢犯晕，她皓白的手腕与颈项也晃得她犯晕。连她都差点忘记，眼前这个平日里冷言冷语的羽翎卫杀手，盛装后却是个令人见之不忘的美人。

"窈娘，这宫里可有你中意的人？"她突然没头没脑地问了一句。

窈娘的脚步沉滞下来，过了一会儿才开口："有过。"

"是个什么样的人？他心里也有你吗？"不知怎地，她今天格外想问些别人的事。

第六章　断情丝　259

"他很好，待我也很好。但他心里……早有了别人。我就算再努力，也比不过那个人。"

月色清冷，她们站在殿外的台阶上，听乐声缥缈，从宫殿楼阁中传来。

"原来窈娘你也会为情所困。"她叹了口气。

"像你我这般苟且偷生的人，情之一字，最不足道。"窈娘只是微笑着。

"不能谈情，不敢谈情。那你我如此苟且偷生地活着，究竟为了什么？"夏青鸢歪着头问她，也像是自言自语。

"有些拼了命也要去做的事，也有些就算死也不能做的事。"

暮鼓在此时敲响，响彻京城，宫宴开始了。

"我就说，妇道人家抛头露面做什么羽翎卫，自古以来，女子出入朝堂的，可有好下场？"

她就这样顶着喧嚷的吵闹声走进了宴会厅，四座一时安静。直到她径直走到陆远身边的空坐席，堂而皇之地坐下，众人才反应过来："这女子就是传闻中的陆夫人？这样貌虽看得过去，却也算不得上乘，比窈娘大人不知差了多少，如何就得了王侯青眼？"

她在一片毫不顾忌的八卦声里坐在了陆远身边，他只顾着闷头喝酒，连眼睛都没抬一下。直到她拿起他的酒杯一饮而尽，陆远才顿了顿，开口提醒她："那是我的酒杯。"

夏青鸢低头，才发现自己拿错了酒杯。然而陆远的那只已经被自己沾上了唇脂，金杯上留下一道朱红痕迹。

她咬了咬唇，心中暗骂自己粗心大意，陆远已经拿过了杯子："无妨。"

接着，他连杯沿都没有转，就着她的唇脂喝了一口酒，又若无其事地低头倒酒。这下坐不住的反倒是她，也拿过一只空杯子闷头倒酒，两人赌气似的一杯接一杯地喝，看傻了暗中围观的众人。

大宴快要开始，乐舞响起，滇南王才摇着扇子姗姗来迟。还是穿得堆金叠绣金光灿灿富丽堂皇，仿佛一只开屏孔雀。只不过穿的人是他，再浮夸的衣服都变得合理。滇南王的桃花眼顺着坐席一瞟，就看见了恨不得找个屏风把自己挡起来的夏青鸾，朝她灿烂一笑。她躲不过，只好报以一丝假笑。

滇南王落座，恰好就在她与陆远的坐席对面，隔着歌伎献舞的锦毯，与她遥遥相望。此人还看热闹不嫌事大地单手托腮对她抛了个眉眼，接着她就听见一声清脆的"噼啪"声，陆远面色如常地捡起了摔在地上的玉杯。

"不小心掉了。"

夏青鸾在心中默念造孽造孽，不知自己今夜有没有命走出这个大殿。

"你喜欢他什么。"陆远突然开口。

"谁？"她还沉浸在构思逃跑路线中，被陆远突然发问，竟一时没反应过来。

陆远几乎是从牙缝里挤出几个字："滇南王。"

"啊，我……我喜欢他，因为他对我无意。"她微笑了一下，放下了酒杯，"滇南王求娶我也是因为他知道，我不会对他动心。"

"你当初也曾觉得，不会对我动心。"他语气里的醋意快要漫到她身边。

夏青鸾一时语塞，只好破罐子破摔："往事不要再提，那时是我色令智昏……"

"你说什么？"陆远今晚第一次转过头看她。两个人其实离得不远，因此恰看到了她穿着的齐胸襦裙与轻纱半臂。夏青鸢喝多了酒，双颊绯红，双臂搁在桌席上，一双醉眼胡乱瞟着，看谁都有情意。

他忽地有些生气，却不知为何生气："原来你当初说对我有意，是色令智昏。"

她也生气，是因为近日接连不断的委屈。也是今夜酒壮尽人胆，就点头道："是啊，谁知道当年信誓旦旦非我不娶的人，是因为受了皇上的诏令呢。"她越说越气，"陆远，我当初那样一心想与你在一起，在你眼里是不是很可怜？"

他忽然安静下来，眼里又是她看不懂的情绪。陆远想伸手抹掉她眼角尚未掉落的泪珠，又缩回了手。

"你都知道了。是陛下告知你的吗？"

她也转过脸，与陆远恰似一对貌合神离的假夫妻："是。若是陛下不告诉我，你连这件事也要一直瞒着我，是不是？"

沉默中，滇南王不知何时端着酒杯走了过来，弯下身停在他们的坐席前。陆远立刻起身，两人像蓄势待发的狼与虎一般对视着，最终还是滇南王摸了摸鼻子，双眼弯弯，笑得客气又欠打："陆大人，相信你已经知道了，昨夜陛下下旨赐婚的事。你们假夫妻也做不了几日，何必还要吵架呢？不如喝我一杯酒，日后朝堂上还要相见。"

陆远将后槽牙咬得咯咯作响，夏青鸢拼命向刘退之使眼色，对方却浑然不顾，像是铁了心要看看陆远发怒的样子，还觉得颇有趣味。而她看向对方的眼神，在陆远看来却像极了眉目传情。

"这杯酒，我替陆大人喝了。"她实在看不下去，伸出手接过酒杯，却被陆远握着她的手夺过去，仰头一口饮下。喝完了，他却没放开她的手，而是攥得更紧。

"陆远，放手。"她低声催促，陆远却回头看她，借着酒意，那燃着火焰的眼神让她心里一动。

"只要我活着一天，就不能让你带走她。"陆远转过头对刘退之开口，语气凶狠，像极了在街头打架的兵痞，也像穷途末路的豺狗，对敌人虚张声势地亮出所有獠牙。

"本王对你的女人不感兴趣。不过是惜才，借来一用。待事情办完了，自会还你。"

她看着两个男人在那里自说自话，忽然挣脱了陆远的手："如果不是滇南王带我走，而是我自己要走呢，你会放我走吗，陆远？"

他回头看她，继而转过眼去，有气无力地点了点头："倘若是你自己要走，我放你走。"

围观的宾客听到此时忍不住发出不满意的嘘声，却在滇南王扫视一圈后都噤若寒蝉。对方终于摇着扇子坐回了自己的位置，她与陆远却心绪未平，并肩而坐，也像隔着千山万水。

盛宴开始了。

龙椅上依旧空无一人，珠帘掀开，却是韩殊走了出来，手里拿着一纸诏书。他将诏书徐徐展开读起来，众人听完却都静默了。

是天子宣布认夏青鸾为义女，赐江都县主封号的诏书。

皇帝没有亲自下旨赐婚，却用这纸诏书替她铺路，让所有人都知道，她日后不再是那个不可被提及的罪臣之女。而这个举动也变相承认了当年的大毓宫变，多半只是一场冤案。

她沉思片刻，还是接下了诏书。那一刻，她仿佛看见了石壁上江羽衣那张寂寞的脸和脸上的泪珠。那一瞬间，她好像明白了江羽衣当年在石碑上刻下羽翎卫誓言的心情。

皇帝的道歉,来得太迟,太高傲。然而,毕竟离查清真相又近了一步。她渴望这样一个机会已经太久。

宾客们都向她望过去,连带着看向她身后的两个男人。一黑一彩,一个沉郁一个招摇,一个是被皇帝一手提拔上来对付九千岁的罪臣之后,一个是成日里花天酒地游戏人生的赋闲王孙。现在看来,若是比门当户对,竟然是滇南王胜算更大一些。于是人们看陆远的目光又多了几分同情。

这就是京城的残忍之处。胜负朝夕移位之间,人们就像闻见血腥味的豺狗,一齐拜倒在新起的权贵脚下,而旧的就跌落尘埃,受万人践踏,下场比布衣更加不堪。

她接下了诏书刚要落座,却被身后的韩殊叫住:"江都县主,如今已与陆指挥使和离,就不用拘礼坐在一处。听闻昨日县主新收下了滇南王的婚书,正是双喜临门,不如就此换了座次。"

韩殊说完,还火上浇油地指了指滇南王身边的坐席。

满座哗然。虽说方才已听了一耳朵的八卦,如今被九千岁再次证实,还是颇为震惊。

还未等她动作,陆远就起身离席:"在下身体有恙,先行告辞。"

韩殊却叫住了他:"陆指挥使,扬州裴氏串通'百花杀',意图谋反的证据,我的手下找到了。但既然是我的人费了辛苦,这证据便不能白白地给你。"

陆远停止了脚步:"左相想要什么?"

韩殊在上首的位置坐下,左右立刻放下珠帘,摇起团扇。他隔着珠帘望向殿中的泱泱众人,却没发现那个熟悉的窈窕身影,神色顿时暗淡下来。

"想要陆指挥使用上次扬州一案中，与裴季卿有关的证人，来换我手上的证据。"

与裴季卿有关的证人，除了夏青鸢，就是查到了裴家账本卷册的周礼。陆远捏紧了手里的仪刀："恕陆远不能从命。"

韩殊哈哈大笑，玩味地看着陆远："韩某知道陆大人一向对下属爱护有加。既然如此，韩某就给大人一个台阶下。听闻大人在军中擅舞剑，不如今日在殿前一舞，替江都县主贺喜。舞完一曲，韩某即将证物双手奉上。"

原来，韩殊扣着证据到现在，只是为了找个机会，在大庭广众之下羞辱陆远，也杀杀羽翎卫的威风。

夏青鸢咬牙站起身，正要阻拦，却被陆远抢先一步："臣愿意。"接着他对她点点头，用口型说了一句"无妨"，就在宽阔的锦毯上盘坐下来，闭上眼睛，抽出了腰间的仪刀。

大宴上的佩刀都是仪刀，刀口被磨钝，质地脆硬，不能近战砍杀，仅做礼仪观赏之用。他手里拿那一把却不是如此——那刀口是开了刃的。

陆远立刻抬头看了韩殊一眼，他却低下头去，抱起跑到脚边的狸花猫认真抚摸，没有与他对视。

夏青鸢往腰间去探她自己的佩刀，却才反应过来自己今日是裙装，根本没有带刀。

今夜替她换上衣裙，邀请她来赴宴的是窈娘。此前找到了裴家账本证据的也是窈娘。想到此，她的心忽地一沉。

陆远拿着开刃的刀，依旧摆了个起手式。那是陆停渊当年独创的刀法，适用于草原骑兵近战，力道如雷霆，静时渊渟岳峙，动则万钧。

第六章 断情丝　265

陆停渊纵使含冤而死，大毓朝也无人不记得他是军神。甚至有人说斩龙刀的刀法也是他少年时在漠北牙帐中所学，后来教给了皇帝。

刀锋掠过，大殿上的人都肃然坐起身。那是对英雄的由衷惧怕与敬畏。

陆远的剑舞刀势并不逼人，动作古雅苍凉，和着古老的节拍，韵律从容。

大殿上，忽地响起用铁器敲击玉器的声音，清脆悦耳，如同钟磬。人们回头望去，是那个刚被封了江都县主的白衣女子，在人群中为陆远独自打着节拍。

"相看白刃雪纷纷，死节从来岂顾勋。君不见沙场征战苦，至今犹忆李将军！"

是古曲《燕歌行》。

陆远咬牙和着节拍，剑舞的节奏却随着刀势越舞越快。先是"嘶啦"一声，他的外袍被开了刃的刀口划破了一道血口，接着又是第一声、第二声。

舞剑之人往往不用开过刃的刀，因为刀锋凛冽，难免为利器所伤。韩殊给他换了这把刀，不仅是在嘲笑他不敢当庭刺杀仇人，还要他自伤，在殿前折尽颜面。

自入京城以来，这个控马镇兵痞出身、身世可疑的男子就让京中世家又疑又怕。韩殊今夜替他们做了想做又不敢做的事，不少人都凝神看着，等待看陆远的下场。

一曲终了，陆远再支撑不住，在浑身脱力倒地之前，用刀狠命插进地里，深深刺进地毯下的石缝。刀刃崩裂，众人都尖叫着躲开。

他眼角微红，喘着气四顾，所有人都退得离他数尺远，只有一个人跑上了台，向他奔来。

那个身影他再熟悉不过。过去也好，现在也好，都曾在梦里出现过千百次，甚至以为是幻觉。

夏青鸾飞跑向他，一把将他扶住，眼角发红，上下打量着他身上触目惊心的伤口。

陆远气息未定，抬起手把她颊边的泪水抹掉："我又没死，有什么好哭的。"

"你不许走。"

她开口一句话却惊呆了众人，显然是喝醉了。方才局势紧张，连陆远都差点忘记了夏青鸾酒量小酒品又差这件事。此刻当着满殿的人，她拽着他外袍下摆不松手。

她说完还吸了一下鼻子，跟方才顶撞九千岁的样子判若两人。他对着她委屈万分的眼神，原本一肚子的闷气瞬间散尽，只剩下无可奈何，伸手去掰开她紧紧攥着衣袍的手，压低了声音提醒她："夏青鸾，不要胡闹。"

她被掰开了手，又搂上他的腰。陆远进退不得，殿上的人都聚精会神地看着好戏，连打算溜走的滇南王都坐了回去，还摇起了扇子。

"我不是胡闹。"她小声辩解，从他怀里抬起头来，"从前就是我先喜欢你，如今我不能喜欢你了，你也没有努力挽留，可见还是我喜欢你更多一些。"

她在大庭广众之下如此坦白，听得陆远耳根发烫，也顾不得其他人的眼光，抱起她就走。围观的滇南王毫不在意，还十分欣慰。窈娘则以手抚额深沉叹气，周礼也叹着气目送两人远去。

"我从前一直以为，师父生性冷漠，不喜欢太缠着他的人。现在才知道，原来是因为没人能做到像师娘这样缠着他。"

"陆大人能有青鸾在身边，我很羡慕他。"窈娘微微一笑，仰头喝下一杯酒。

周礼低头看了窈娘一眼，只是微笑。

"我也羡慕。"

她看着周礼，欲言又止。周礼却先行开口："窈娘大人，是不是想问我，可曾怀疑那证据是你给九千岁的。"

她眼里情绪变换，最终还是点了点头。

"我相信你。"他仍旧是那一副天真烂漫的表情，说出的话却语气笃定，"因为自从裴宅那天之后，你便不再是九千岁的家臣，而是羽翎卫的指挥使。"

她也笑了，低头又倒了一杯酒，却没有说话。

陆远抱着夏青鸾走出了大殿，没走几步，殿外冷风一吹，她的酒醒了些许，意识到方才自己干了什么，顿时身体僵直，握着陆远衣领的手也讪讪地收了回去。

"放……放我下来。"她努力装作什么都没有发生的样子，严肃道。

"县主方才如此……活泼，在下怕再生出事端，不如好人做到底，送你回府如何？"陆远的语气听不出是喜是怒，总之就是在揶揄她。

"不……不必了。将我放在那偏殿便好，我歇息片刻，自己回去。"她急中生智，伸手指向面前的偏殿。那里离大殿不远，是宾客休憩的地方，隐隐还听得到隔壁大殿里的欢声笑语。

陆远顿住了脚，转了个弯，果真从善如流地带她进了偏殿，还反手虚掩了门。

"你干什么？"她语气紧张。

"不干什么。给你找些醒酒的汤药。"他皱眉将她放下，回身到桌上倒了一盏茶。

"先把这个喝了。"他递给她茶盏，她不好意思地接过，抬头饮下。陆远也不走远，就在一旁皱眉叉腰地看着她。

"方才只是意外。"她红着脸辩解，"你就忘了吧。"

"我倒是想忘记。"他气不打一处来，对她翻了个白眼。二人正窃窃私语间，门外忽地传来响动。偏殿里只有他们两个，此处空间狭窄，原本是个佛堂，仅有一屏风与大殿相隔。

陆远警惕听着窗外走廊上的动静。她也凝神静听，果然那外头有人声，是几个朝臣说笑着走过，其中还有滇南王。

方才二人在大殿上一番胡闹，若是让滇南王又撞见了二人在此私会，怕是对她这个新封的江都县主有害无利。

思及此，陆远立马拽住她的手臂，回头四顾，发现墙角的金漆大屏风刚好可容两人藏身，就带她躲了进去。

滇南王的脚步在门前停下，道："本王有一物落在了此处，诸位稍等片刻。"

接着，大门"吱呀"一声开启，夏青鸢害怕裙角露在屏风外，就往陆远怀里更近地凑了凑。陆远将手搭在了她腰间，又将她往里带了带。

滇南王似乎并不着急，在屋里找来找去。陆远从屏风的缝隙里往外望着，看见他不紧不慢翻找时，同时还自言自语："我这扇子……方才还在此处。奇怪了。"

夏青鸢心中暗道不好。昨天在宫中，滇南王确实给了她一把扇子，她浑浑噩噩一天，把这事忘到了九霄云外。那把檀香扇气味独特，滇南王可能是循着香气找到他们。

夏青鸢对陆远使了个眼色，陆远也看到了她腰间的扇子，表情如同被雷劈了一般。夏青鸢白了他一眼，陆远就咬着牙抽出手，环过她腰间，替她费力将扇子取出，又顺着裙裾滑落下去，趁滇南王不注意，踢到了屏风外。

陆远肩膀宽阔，她忍不住转过脸去，他呼出的热气又挠着她脖颈。

屏风外，滇南王离得越来越近，终于在屏风前停下，看见了扇子，笑了笑，信步走过去捡了起来。

终于，两人都松了口气。却听见滇南王站立在原地，背朝着他们说了一句："如今宫里的人都如此大胆了吗？竟在皇上议事的紫宸宫里偷情。"

她屏住呼吸不敢说话，因为陆远的手还牢牢握着她的腰，呼出的热气就在她耳畔。他显然是听见了刘退之的话，再加上方才看见了那把解释不清的扇子，手上明显用了力。她不用回头看，就知道他现在是什么样的眼神。

刘退之慢悠悠地朝大殿外踱步，似乎一点都不着急。陆远变本加厉，将她更深地往怀里扣了扣，一只手握着她的裙带一拉，原本遮得严实的外袍就滑脱下来，松松垮垮地挂在了她的肩上，双肩被冷风一吹，忍不住颤了颤。

她咬着嘴唇回头瞪他，陆远却没有停手的意思，将她双手反扣带到头顶，贴着墙站立，一只手抚上她的肩头。

"说说，为何你身上会有滇南王的扇子？是他昨夜给你的？"陆远的语气听似漫不经心，实则醋味都快满溢。

二人原本就体形悬殊，她此时几乎是跨坐在他腰间，在狭小斗室里无处可逃。

她不说话，只是安静地看着他。就算是两人近在咫尺，她也觉得咫尺天涯。

在扬州时，她第一次找回了记忆，回忆中的第一个画面，是京城四月，开着漫天桃花。佩刀少年站在朱红色宫墙下，嘴里叼着花闭目养神。听见她的脚步声才睁开眼睛，宠溺一笑，摸摸她的头。之后还是那个黑衣少年，在无尽暗夜里牵着她的手，带她走出梦魇，与她在长街上骑马奔跑，纵声大笑。为她在擂台上拼杀，对她红着脸说，待自己做了三品禁军，就去夏府提亲……

眼前这个吃醋吃得没有立场的人，是她自十五岁起就喜欢的人。

"大人是要在此处审问我吗？"她直视陆远的眼睛，倒像是在逼问他。

"我倒是想审问你。"他滚烫的手在她腰间游移，压低了声音咬牙切齿，"可我拿你一点办法都没有。"

她被陆远折腾得难耐，眼里泛起水光："那你倒是放开我。"

"夏青鸢，你迟早要逼得我……"

他在失去理智之前，终于将她放下，解下外袍披在她的身上，转身走了出去。她靠在屏风旁长久喘息，目光追随着陆远的身影消失在长廊尽头。

而就在陆远走之后不久，她披上他的外袍走出偏殿，恰好撞上了刘退之。

"来得正好。圣上急召你我二人议事，是关于虎贲骑的消息。"

京城，深秋十月，才下过一场小雨，第二日的早上天色蓝而高远。

天刚亮,朱红色宫墙尽头,一个穿着羽翎卫官服的青年笔直地站在落叶满地的议事殿外,眉头紧锁,不时地抬头看向大门紧闭的殿内。

不久后,大门"吱呀"一声开启,匆匆走出一个穿着与青年同样制式官服的女子,顶着两个黑眼圈,手里拿着一叠文书。

是夏青鸾。

二人擦肩而过时,她只是微微点了点头,像是普通同僚般问了声好,连脚步都没有放慢。

陆远伸出手拦住了她,仔细观察她的神情:"圣上昨夜召你议事,一直到此时才出来吗?"

她用文书挡开他的手,语气依旧是淡淡的:"圣上昨夜不在议事殿。召我去,是与滇南王交代了一件要紧的案子。"她迟疑了一会儿,才补充了一句,"此事与五件神物的下落有关,我需继续调查。"

"滇南王?你昨夜与他一直在议事殿?"陆远的注意力根本不在案情,然而,当他更近一步,她就向后退一步。

"是啊,昨夜县主一直与我在一处,多亏了县主的丹青眼,此案总算有了眉目。"一个男子的声音从殿上传出,接着,滇南王施施然地从白玉阶上走下来,靛蓝描金礼袍那浮夸的配色,穿在他身上竟然服服帖帖,没有夺了他朱颜鸦鬓好相貌的风头。

夏青鸾翻了个白眼,懒得反驳这个昨天瘫在榻上睡大觉,把文书全都留给她整理的绣花枕头。然而,陆远比她还要在意,上前一步,径直挡住了往宫门外走的滇南王。

"殿下,夏大人她供职羽翎卫,事务繁杂,不能供殿下如此驱使。"陆远说得客客气气,不悦的神情却已经写在了脸上。

滇南王索性站定，抬眼认真和陆远对视。不知怎么，夏青鸢觉得此时的气场十分微妙，拔腿就要走，却被陆远再次拽住了袖口。

"陆大人，本王记得，你与夏大人的婚约已解除，于情于理，都不应当再纠缠旧人，是不是？"王爷虽比陆远略矮，却气定神闲，胜券在握。反倒是陆远患得患失，未输人先输阵。

最后是陆远退了一步，滇南王就道了声谢，潇潇洒洒地走了出去。青鸢揉了揉嗡嗡作响的太阳穴，也要跟着走出去，袖口却仍被陆远拉着。

"陆大人，松开。"她目不斜视。

一阵风吹过，落叶簌簌飘落，陆远在风中形单影只，确实比此前消瘦了一圈。

夏青鸢突然抬眼与他四目相对，陆远没有料到，怔了一下，眉头略微舒展开，眼里都是殷切的期盼。

她忽然心软，低头行礼之后，才咬牙回答："陆大人，三天后，我就要奉旨出京，去滇南查案了。"

熟悉的气息，熟悉的温度，熟悉的动作。可这一切似乎都在转瞬间恍如隔世。既然不是能强求的姻缘，就不应当再纠缠。这是为了他，也是为了她自己。

"今后，各自保重。"

第七章　虎贲骑

"师父，您当真不去追吗？"

京城郊外，长亭边，芳草萋萋。陆远骑马站在高岗上，目送着刘退之的队伍回滇南。在队伍最前方飘扬着滇南的凤凰花王旗。

他凝视着队伍远去，许久才回过神。

"你还记得，我曾与你说过，五年前我在漠西中了蛊毒。"

周礼点点头："记得。"

"那次中毒之后，我曾寻过许多医师问诊，都说此毒十年后将复发，那时若没有找到解药，就唯有一死。"他看着斜阳渐渐落下去，眼里倒映着夕阳的辉光。

周礼双眼圆睁地看着他："如此要紧的事，为何现在才说……"话刚说出口又咽了下去，重重地叹了一口气，"这也确是你能做得出的事。"

"是我对不起她。从一开始，就是我执念太深，处处连累她。如果青鸢没遇见我……或许就不会有当年那场祸事，也不会受这许多苦。"陆远笑了笑，"如今她下定了决心要和离，倒是件好事。"

"师父可曾想过，说不定师娘她……愿意被你连累呢？"周礼叼了根狗尾巴草在嘴里，偏过头看陆远。

秋风萧瑟，陆远没有答话，只是掉转马头，下了山坡。

周礼在山坡上伫立良久，终于下定决心般追上了陆远，横马在他面前："师父，我还是想劝一句。"

陆远低头微笑："如果是劝我去追她，就算了吧。"

"师父，若是你明日就死了，此时最想见的人是谁？"他的嗓门大，惊起树上一片寒鸦。

陆远没有答话，握着缰绳的手却略微松动。

"你我都是过了今天没有明天的亡命之徒，不过是活在朝夕之间。若是当真放手，闭眼之前，当真不遗憾吗？师父如今所执着的东西，当真就如此重要吗？"

周礼大声责问他，陆远一言不发，昂首望着飞走的鸟群。

"师父，若是明日就要去死，此生当真再见不到所爱之人，你会甘心吗？"周礼最后低声问了一句，就挥鞭策马，向山坡下走去，留给陆远一个背影。

"假如我是师父，我定不会放手。"

周礼骑马走远，逐渐消失在陆远的视线中。直到最后一丝晚霞散尽，月明星稀时，他才朝山下奔去。

这是夏青鸢有生以来，头一次来滇南。

滇南王城比她想象的更广阔无垠，风土人情与江左截然不同，多山多水，都城也建在山上，所见之处都开满了赤红的花树，从山下一直烧到山上，喧嚣热烈。

"这花可真美。"她骑马一路观赏，由衷感叹。

"这是凤凰花。此花只开在滇南，每年七月，只开一季。"滇南王坐在车里，掀开车帘看了一眼，"还好，赶上了。"

隔着车帘，夏青鸢看见滇南王的侧脸。与陆远不同，这个男人精致苍白，瞧着倒比她更像个江都县主。只是那双狐狸般的眼

第七章 虎贲骑 275

中总是在算计着些什么,她看不透。

"总盯着我做什么,不会是看上本王了吧?"刘退之摇着扇子,语气冷漠。

"殿下想多了,我方才只是在想,幸好我不是殿下的敌人,不然现在怕是早死了不知多少回。"她也淡定回应。

"你虽行事鲁莽,言语直率,倒是也有不笨的时候。"刘退之欣慰地点头。

"殿下如此会讲话,恐怕确实没什么女子敢做王妃。"她也微笑着顺口回怼,说完才想起此地不是可以随意开玩笑的羽翎卫署,紧张地瞟了一眼车里的人,看见他果然安静下来。

噫,居然一不小心戳到了滇南王的痛处。她在惊恐之余试图找个话题掩饰尴尬,他却低头一笑,又摇起了扇子。

她此时才想起,确实从未想过为何滇南王未纳过王妃这件事。难不成他也有什么难言之隐?

"殿下,所以您为何⋯⋯"

她的话刚问出口,就被他截断:"未曾纳妃,是吗?"

夕阳西下,晚霞将凤凰花烧得越发轰轰烈烈,目及之处,皆是赤霞。

马车停了。她转头向前看去,看见了不远处巍然屹立的滇南王城,城头上插着绣凤凰花的王旗。而在城门下,站着浩浩荡荡两排兵士,肃穆并列在大道两旁,为首的一位将领骑着一匹黑骏马,朝他们走来。

晚霞中,那位手执长枪的将领红衣黑甲,威严如神。待下马走近,夏青鸢才看清那人的五官,却是清朗秀丽如女子。

"我未曾纳妃的原因,就是这个人。"

他说这句话的语气却有些悲戚，说完就放下了车帘。那位将领恰在此时停在车外，半跪下行礼道："左将军梧凤，恭迎殿下回宫。"

将军身后，兵士们也齐声行礼："恭迎殿下回宫！"

夏青鸢心中震惊。没想到滇南王原来是个断袖。

夏青鸢带着一种奇怪的愉悦心情进了滇南王城，路上耐不住好奇总是瞟向那位名叫梧凤的将军。

在京城时，她记得滇南王虽时常打扮得花枝招展，出入歌楼酒肆，却从未有风流韵事传出，偶尔也八卦过，这位狐狸般的王爷究竟会被什么样的人吸引，但这些好奇在看到梧凤之后，都得到了解释。

眼前的人身量并不高挑，却纤细秀丽，除了眉眼坚毅，目光格外清澈，一双孩童般的眼睛。

梧凤见了她，当即辨认出了她男装之下的女儿身，笑了笑便向她行礼："见过县主。"

她也尴尬地笑笑，连连摆手，低声道："我与你们殿下不过是皇上赐婚，殿下他中意的另有其人。"

梧凤眼神中的震惊只是一闪而过。她却敏锐地捕捉到了那一丝异样，心中感叹一句：哇哦，还是两情相悦。

突然找到了刘退之的弱点让她心情大好，顺势伸了个懒腰。

看来，此次来滇南，也并不是全无收获。

到了晚上，她才发现此行非但不是全无收获，反而是收获过多。

天色昏黑时，宫中为她安排了沐浴，接风洗尘。她刚脱了衣衫踏进水池，就看见水池里背对着她，早已有了一个人。那人听见响动侧过头,她刚看了一眼就捂住了眼。

"梧……梧凤将军!我什么都没看见!我这就走!"

"都是女人,慌什么?"

水池里响起梧凤的声音,声线温柔低沉,确实雌雄莫辨。她小心翼翼地挪开手看向水池,在看清池里的人之后,才惊讶地发现白日里那位潇洒英武的将军,竟真的是个女人。

她试探着踏进水池,好在水池够大,她不用与其四目相对,毕竟梧凤将军的身材着实比她好太多,就算是女人,多看一眼也脸红。

"夏青鸢,是吗?"梧凤先开口,有水从鬓角滴落。她肩颈线条优美,只右肩上有个极深的伤疤,像是被利器戳穿,模样可怖。

"是。将军也听说了吧,关于我与殿下被赐婚的事。"她专注地看着眼前的女人,觉得她像窈娘一般神秘,但窈娘是林间冷月,一旦有人靠近就会越发远离,而眼前的梧凤是一面镜子,看似光辉皎洁,但若是有人想凑近了看,却看不清她的真面目,只能看见反射出的自己。

"嗯。殿下他……好像很喜欢你。"梧凤低头一笑,用手在水里画了个圈。

"不是不是,将军误会了。我与殿下没有任何男女之情。将军与殿下是旧相识吗?"她迅速澄清之后继续八卦。

"嗯,殿下于梧凤有知遇之恩。"她声音平淡,"多年前我解甲归乡,无处可去,是殿下收留了我,给我在宫中找了个差事。"

"那将军你……觉得殿下如何?"她小心追问道。

"我对殿下吗?"女人轻笑了一声,忽而像是陷入了回忆般沉默不语,"都是从前的事了。"

时间仿佛静止，夏青鸢像是也被她的悲伤情绪所感染，抱着膝盖低头在水中叹了口气，吐出两个水泡。

梧凤被她逗笑，眼里星光熠熠："县主如此叹气，可也是有什么心事？"

"我的心事也算不得什么，不过是想要之人得不到，想做之事做不成罢了。"她也笑了笑，"从前以为，只要用力追，他总有一天会停下等我。可后来才发现，原来有些人是越追越远的。"

梧凤看着她，眼神温柔："尚且想追上，倒也是件好事。但若是追上了，说不定还会觉得大失所望，年长日久，连最初的一点情分也磋磨殆尽了。"

她抬头看着梧凤："将军，你……"

看见梧凤寂寥的眼神，她就没有再说下去，水池里只剩下泉水叮咚。

沐浴完毕，她被引到一处暖殿内，四周点着火把，温暖明亮。刘退之坐在殿上，两旁坐着些生面孔，她一一辨认过去，大多数都是魁梧的滇南人，只有一个高挑沉默的男人坐在宴席最角落，穿着一件宽大的孔雀蓝锦袍，面庞是久经日晒的古铜色，侧脸棱角分明，眼睫低垂，投下一片鸦青色的暗影。

恍惚间，她想起陆远偶尔在她不注意时，也会有这样孤寂的表情。

"县主。"刘退之摇着扇子叫了她一声，她才回过神。

"那位是苏公子，字慎行。从江左南下，与我们做茶叶生意。"滇南王见她直直地盯着那个男人，就开口为她介绍。对方听见了，也抬眼看过来，一双黑曜石般的眼睛。他的脸也带着些异域特征，这一点也很像他。

她又愣怔了一瞬，才勉强笑了笑："见过苏公子。"

"见过县主。"那人笑着站起身，向她行礼。长身玉立，文质彬彬，确实是江左才俊，和陆远那个兵痞不同。她瞬间清醒过来，看向对方的眼神也不再恍惚。

此时，方才沐浴更衣之后的梧凤也走进偏殿，仍旧穿着将领的军服，挑了个离刘退之最远的位置坐下。滇南王少见地不自在起来，咳了一声才问道："梧凤将军，本王不在滇南时，一切可都好？"

她行礼后表情平淡如水："回殿下，太平无事。"

接着，从殿外又走进一人，见了夏青鸢立刻露出他乡遇故知的表情："师……县主，周礼想死你了！"

夏青鸢嘴角抽了抽："我们很熟吗？"看着他容光焕发的样子很是疑惑，"你怎么来了？陆……"

"指挥使他有要事在身，不能前来，就派我来查案。窈娘大人也来了，明日便到。"周礼言简意赅，说完立刻找了个位置坐下，抬头四顾，分析完宴席上众人的复杂关系后，露出了看热闹的微笑。

众人一时无话，尴尬相望。夏青鸢见状，忍不住转移话题："梧凤将军，听闻将军久居滇南，可否向你打听一件事。多年前，滇南与江左裴氏曾有商路往来，售卖丝帛、茶叶与药物。其中的药物多为伤药，包括阿芙蓉。"

听见了阿芙蓉三个字，梧凤的眼神有瞬间的紧张，却努力掩饰在平静之下："滇南与江左商路往来已久，有这些贸易也是自然，但在下实在不知，抱歉。"

"我之所以有此一问，是因为阿芙蓉它原本是军中治疗刀伤的一味麻药，将军既然是滇南军士，应当也了解此事。"她喝了一口酒，继续追问。梧凤的脸色越发阴沉，像是想起了什么不好的回忆。

"县主，凤将军她既然不知，又何必追问。"滇南王罕见地截断了她的话头，夏青鸢笑了笑，就不再问下去。

接风宴会草草结束，她离开之前，却在走廊上再一次遇见了那个名叫苏慎行的商人。

他靠着栏杆，双目微阖，像在闭目养神。听见她的脚步，就朝她看过来，灯烛照着他含笑的眼，让她又一时恍惚。

"青鸢县主。"他拦住她的去路，开门见山地问，"县主也觉得方才宴会上的话有蹊跷？"

"不过是胡乱猜测罢了。"她绕过他想继续走，却听见他在背后追问了一句："县主不想知道百花杀与滇南的关系吗？"

她猛地回头，走到他面前，低声问："苏公子为何知道百花杀？"

他低头把玩折扇："在下的本家，是江都的'半城苏'。十八年前圣上命羽翎卫彻查世家时，也是'百花杀'出现之时。江都人多少都听过此间秘闻。"他又看了看她，"县主想查？在下可以帮你。"

她打量着眼前这个奇怪的人。若说他不靠谱，看滇南王对他的态度，此人倒像是个常年与滇南打交道的熟人。若说靠谱……此人故意接近她，不知是不是另有所图。

看见她狐疑的眼神，书生立刻耸了耸肩，转身就走："我不过是看县主与我投缘，才发出此邀约罢了。若是县主不愿意，也就不必勉强。"

他还没走几步，就听见夏青鸢的声音响起："我愿意。"

他脚步顿时停下，笑着回转身："怎么又愿意了？"

第七章 虎贲骑　281

"苏公子既然是商人,想必熟知滇南与江都的商路往来。我来滇南,确有件要紧的事,需苏公子帮忙。"

"县主不是来滇南大婚的吗?"他看着她,目光阴沉。

"那……那不过是赐婚罢了。"她支支吾吾的,又想起其实根本不必和这个萍水相逢的人解释此事。

她始终记得,去滇南的前一天晚上,皇帝召见她与滇南王时曾嘱咐的话。

"此行去滇南,需请县主与殿下查明一件事。"那晚,皇帝仍旧泡在药池里,隔着重重珠帘与他们对谈,"当年裴家从滇南运送阿芙蓉的生意与百花杀相关。而且孤听闻……当年在狼牙山下,虎贲骑并未全军覆灭。有几人幸存,去了滇南。"

她也记得,皇帝说完那句话之后,滇南王的眼神有些变化。

或许,刘玄礼不仅知道百花杀在滇南的活动,还知道虎贲骑的下落,却闭口不言。而她也是在那一瞬间,才意识到皇帝赐下这门婚事的用意。

皇帝给了她县主的封号,让她嫁给滇南王,也是为了让她监督滇南王的言行。

大毓的皇帝,始终都未曾相信过滇南。而虎贲骑若是也在滇南,又与百花杀的案子有牵扯,刘退之就算再不想踏进京城争斗的浑水,怕也是无法全身而退。

她正在整理心中的千头万绪,眼前的苏公子却只是笑着看她。

"青鸢县主若还在为婚事发愁,倒也可与在下略谈上一二。我恰好也暂居滇南,无人说话,闷得慌。"

她摇摇头,转身就走,走了一半,突然停下脚步,抬头望向天边一轮弯月。

苏慎行从走廊另一端走过来，看着她的背影，问道："有心事？"

"没什么。只是突然想起，过几日就是我的生辰。从前有一段时日，不记得十五岁前的事，也不记得自己的生辰。有个人一直替我记得。如今想起来了，他却已不在我身边了。"

"你还念着他吗？"苏慎行不知从哪里拿出一壶酒递给她，两人靠着栏杆，对月闲聊。

"是啊。只是我们之间隔了太多仇怨，还是离远一些好。知道他还好好活着，我就心满意足了。"

苏慎言的眼神里变换了许多情绪，突然起身向夏青鸢告别："在下刚刚想起，还有一件要事未办，先行告退。"

夏青鸢没有挽留，他就匆匆走了出去。她坐在窗前看风景，思索着滇南王府的种种异状。

月光下，城头有人吹响横笛，却是边塞曲调。

第二天，她昏昏沉沉在屋里睡到日上三竿，外面传来敲门声，进来的却是刘退之。

他端着一碗面，笑眯眯地走进来："辛苦县主近日车马劳顿，吩咐膳房多做了一碗面，特意亲自送来，一定要看着你吃完。"

她觉得刘退之纯属无事献殷勤，看见那托盘里的面却是一愣：那是一碗长寿面。

炖好的高汤里搁着素面，加了细细切好、去过刺的鱼肉，萝卜丝的刨法倒是可见做菜的人刀工粗犷，不像是个熟练的厨师，倒是个在军中用惯了刀的人。

这面的做法，也和那个人一模一样。

她笑了笑，低头拿起筷子夹起一块鱼肉，吃了一大口，却没忍住落了泪。滇南王原本悠然自得，看见她掉泪就慌起来，眼神不自然地瞟了一眼门外，叹着气拿出块帕子递给她："寻常吃个面，怎么也能掉眼泪？"

她不客气地一把拿过手帕，擦了泪又大口吃起来，吃得狼吞虎咽，连汤都喝了个精光，看得刘退之连连皱眉。

她从碗里抬起头来，不好意思地说："这面做得实在好吃，还有吗？"

刘退之没想到她居然真的还要吃，只好支吾道："只有这一碗。"

她将碗推到一边，支起身子似笑非笑地看着他："殿下，这面怕不是后厨做的。"

刘退之索性一摊手："这顺水人情我本也做得心虚，不妨就告诉你。这面是那位苏慎行苏公子做的。那个侯府公子为了做一碗面大动干戈，险些炸了客驿掌柜的后厨，又将手伤了个口子，还叮嘱我万不可告诉你。你不如……"

他还没说完，抬眼时，夏青鸢已经没了人影。

她一路跑去后厨，四处询问可有人见过苏公子。几乎将所有见着的人都问了一遍，才找到一个眼神躲闪的帮厨，说是苏公子天色刚晚时便出去了，说是要去散散心。

她思考片刻，就转身出门，直奔屋顶而去，果然在爬上屋角时，见到一个坐在屋脊上喝闷酒的人。

她站上屋顶，步伐不稳地朝他走过去。踩碎了一片瓦后，那人才从沉思中惊醒过来，看见是她，眼里露出意料之外的惊喜，接着就皱眉走过去，伸出手扶住她摇摇晃晃的手臂："轻功不好，上来做什么。"

夏青鸢朝他一笑："上来找你喝酒啊。"接着她眼光往下瞟，看见了他手指上胡乱包扎的伤口，佯装惊讶地问："苏公子，何时伤到了手?"

他因为用手扶着她,躲闪也来不及,只好硬着头皮乱编:"喂猫,被挠了一下。小伤而已。"

她低着头被他拉着手臂一步步挪到平坦开阔处,夜色中看不出她的表情,只能听见她轻声应了一声:"哦,喂猫。"

两人坐下后,她故意坐得离他近了一点,毫不见外地拿过他的手:"苏公子的伤口,这样包扎恐怕好得更慢。"

他迅速抽回手,她却拉着不放。

"夏姑娘,你我萍水相逢,孤男寡女,这样于礼不合。"他的声音听起来又羞又恼。夏青鸾不知他为何生气,自顾着三两下拆开了他的伤布,果然看见一条显眼的刀伤。刀口深寸许,差一点就要割下一块肉。

她眉头蹙起,默不作声地低头从袖笼里掏着什么,却没有找到。他也没有再抽回手,而是专注看着她。

"苏公子,身上可带着伤药?"

他皱着眉从袖笼里掏出了一个小瓷瓶,掏了一半猛然想起什么,又迅速收了回去,然而为时已晚,她已经看见了那药瓶的样子,眼睛顿时一亮。

那个瓷瓶,就算是化成了灰,她也认得。

"没……没带。"

她就点点头,佯装没有看见的样子:"那我再找找。"低头又装模作样摸索了一阵,掏出一个药罐,"呀,在这呢。"

她低头敷药,半晌后,他终于打破沉默:"为什么要来找我?"

"殿下说你在这里。"她没有抬眼看他,手上绑得用力,他闷哼了一声,却难得没有揶揄她,只是呆呆点头:"哦,原来是殿下让你来的。"

"是我自己要来的。"她绑完最后一下,将伤布打了个结,才抬起头,"我昨天说,过几天是我的生辰,但从没说过就是今天。"

他还在装糊涂:"姑娘这话是什么意思?在下不明白。"

"不是吗?那可惜了。我本想着,今天生辰,谁为我做碗长寿面,我就将前几日在路上做的扇坠子送了他。"夏青鸢拍了拍手,起身就要离开。

果然,他伸手拽住了她衣角,别扭地承认:"是我。"

她又笑着坐回去,歪着头看他:"方才为什么不说?"

"举手之劳,何足挂齿。"他低头看着手上包扎工整的伤布,嘴角不由得上翘起来。

她坐在他身边,豪气万丈地掏出一个做工粗糙的扇坠子递给他:"喏,给你。"

他迅速接过,端详了一会儿忽然转头问她:"这是贴身之物,怎能平白地送了我?"

"你我都是江湖人,想送便送了,不用拘那些俗礼。"她不露痕迹地向他身边挪了挪,他却与她拉开距离,语气里有三分酸意:"青鸢县主对所有男子都是这样吗?"

"倒也不是。只是看苏公子顺眼罢了。"她向他伸手,示意道,"酒。"

他将酒坛子递过去,她毫不在意地对着酒坛喝了一口。黑暗中,他喉头滚动了一下,嗓音有些干涩:"此话怎讲?"

"苏公子很像……我曾经认识的一个人。"

她喝了酒,原本就摇摇欲坠的身子更加危险,他索性伸手越过她的腰,虚拢她在怀里,继续追问:"是你那个从前的夫君?"

她点点头，发现两人距离过近，就皱眉戳了戳他的胸口："不是说孤男寡女于礼不合吗？苏公子靠这么近做什么？"

"不是你说什么江湖人不用拘礼？既然青鸢姑娘不介意，我又何必假装。"

"假装？假装什么？"

"假装正人君子。"他故意凑近她侧脸，熟悉的气息在耳际流转，她想躲，却发现根本无处可躲，"江湖险恶，有的人你惹不起。劝姑娘不要四处留情。"他流里流气地说完这句话才放开她，活像个采花恶霸。

"我知道，苏公子是个好人，只是吓唬我罢了。"她一仰脖子，又灌进半坛酒。

他看得眉头紧蹙，把酒夺过去："别喝了，你醉了。"

"醉了多好。我醒着时，想要和谁在一起，谁就会遭殃。你最好也离我远一点。"她打了个酒嗝，拽着他衣领拉到身边，两眼迷离地看着他，"陆远，你如果没碰见我，理应长命百岁，子孙满堂，夫妻和美，福寿双全。"

"夏青鸢，你看清楚，我不是陆远。"他扶着她坐正，眼睛却不敢与她对视。

她没有回答他的话，而代之以捧起他的脸，端端正正地吻了上去。他像是被雷劈了一般僵坐在那里，任由她胡乱吻着，鼻息间都是她身上的味道和醇酒香气。

那时天色已晚，四下无人。她疑心他能听见自己的心跳声，却仍旧横下心闭着眼装醉，做好了准备被他推开。然而他没有推开她，反倒握住了她的腰，引导她一点点试探，将她口中的残酒都尝了一遍之后，才放开她。

月光皎洁，梁间有鸽子扑棱棱飞过。她顺势靠在他肩上，脸红得发烫。二人一言不发地依偎了一会儿，他才嗓音沙哑地开口："你醉了。"

她顺势闭上眼，全身力气都卸在他身上。不知为何听见他叹了口气，才抱起她走下了屋顶。

次日清晨，周礼刚睁开眼，就看见床头站着个黑沉沉的人影，吓得差点拔剑而起，仔细看清才意识到这是易容后的陆远。

"师……苏公子，你干什么？大清早的，吓死我了！"

"周礼，从前有没有萍水相逢的女子吻过你？"

周礼思索了一会儿，才脸色一红，点头严肃道："没有！"

陆远的神色更加阴沉了："如果一个女人与你……萍水相逢，为何要吻你？既然吻了，是不是喜欢？"

"照理说，大多是喜欢，不过凡事都有个万一。"周礼正在冥思苦想，突然恍然大悟，"师父，你不会是仗着自己换了个身份，轻薄了我师娘吧？"

陆远瞪了他一眼："自然不是。"

周礼才抚着心脏松了一口气："万幸万幸。师娘方才与你相识，若是如此唐突，让她觉得你是个登徒子怎么办？"

他被质问得一时语塞，伸手拿起周礼桌上的茶壶倒了一杯喝下去，才沉吟开口："我更怕她已认出了我。"

周礼摆摆手，翻身下床，利落地穿起衣服："不可能。师娘她若当真认出了你，怕早就逃了，哪里会神色如常地与你说话。"

陆远顿时扶额："也是。"接着他神色忽地凝重起来，"既然她没认出我……那么她昨夜吻的就是苏慎行。"

周礼正穿着的靴子"咣当"一声掉在地上，问："你们昨夜？"

陆远咳了一声，转过头去不再说话。

周礼痛心疾首地摇头："完了，完了。"

"怎么完了？"陆远没好气地瞪他，顺手又倒了一杯茶。

"既然青鸾师娘没认出你，那她昨夜吻的就是别的男子。既然她吻的是别的男子，那必然就是……移情别恋了。"

"哗啦"一声，陆远手边的茶杯倾倒，茶水洒了一桌子。

陆远手忙脚乱地在身上找帕子擦水，却只找到一枚昨夜她送的扇坠，眼神一时凝在扇坠上，周礼喊他时才回过神，恍惚开口道："倒也未必是移情别恋。万一……她只不过是和我……和苏慎行逢场作戏呢。"

周礼难以置信地看着陆远，恨铁不成钢地说："师父，你醒醒。吻都吻了，还逢场作戏？那扇坠子，难不成也是师娘她送给苏公子的？"

陆远将扇坠子放在桌上，扶额安静了一会儿，才自暴自弃地开口："是。"

周礼一时无话，穿戴整齐后，走到陆远身边同情地拍了拍他的肩："师父，想开点。喜新厌旧，人之常情。"

陆远还是一动不动地坐着，突然抬头看周礼，眼里现出亮光："既然她喜欢苏公子，我就做苏公子。她愿意与我逢场作戏，我求之不得。"说罢，就将扇坠拿起，珍而重之地收进怀里，脚步轻快地出了门。

周礼呆了半晌，才摇头擦起桌子："疯了，疯了。"

让周礼没想到的是，兴冲冲出了门的陆远，当天晚上就染了风寒卧床不起。第二日是滇南本地的中元节，人人都出门看焰火。当周礼敲门时，只见他有气无力、连连咳嗽地开了门，那虚弱样

第七章　虎贲骑

子倒真像是苏慎行本人。

"昨夜我不小心染了风寒,需卧床休息一日。不许告诉别人,免得扫了她过节的兴致。"

周礼摇头看着他,老父亲般叹了口气,扭头就走,只丢下一句话:"师父,你这样若是也能追回师娘,滇南王就能娶到梧凤将军。"

晚上,滇南城里灯火煌煌。此处过节不点灯,只燃松油点着的火把,照得每条街衢都亮如白昼。

"话说中原的节日,十个有九个放花灯,还有一个放河灯。哪有滇南的节日这般有趣!"周礼走在前面,兴高采烈得像个孩子,"从前在漠北,别说过节了,得了空喝酒都是稀罕事。我竟从未见过这江滩烟火,真是好景致。"

窈娘走在他后面,也微微笑着,手里拿着一束花:"我也没见过。"

"滇南地下多硫黄,善制火药。这烟花在中原是稀罕物,在滇南却是司空见惯。"夏青鸾穿着羽翎卫的制服,踱步走在最后,思索了一会儿才问周礼,"苏公子呢?"

"哦,他?听说他昨夜一个人跑去房上吹风,多半是染了风寒,在屋里休息吧。"周礼眼睛只顾着看烟花,回答得心不在焉。

夏青鸾忽然停住了脚步,不再往前走:"苏公子他……生病了?"

她口中这样说,心中却想起昨夜在屋顶上的种种。难不成他在因为那件事而后悔?按照那个人的性子,倒是很有可能。思及此,她转身就往回跑,只顾得上朝周礼与窈娘喊了一声:"我回去看看,你们先去。"

她一路跑着回到滇南王府,心里都在想着要如何和他解释昨夜的事是她一时冲动失了分寸，让他不要介怀，还要装作没有认出他的样子，把话圆回去。想了一路，待到回过神来时，已经敲响了苏慎行住处的门。

"苏……苏公子在吗？"

"吱呀"一声，门开了，开门的是衣衫不整的男人，脸被未束起的头发遮住一半，夜色中看不真切。而且夏青鸢的眼神也全然不在脸上——她只顾着看他敞开的胸口里露出的那几处刀伤，浮动在他光暗处若隐若现的腹肌上，像几条蜿蜒的蛇，勾起她快要忘却的那些羞人回忆。

两个人只对视了一眼，陆远眼神震动，继而"嘭"的一声关上了门。

她舔了舔嘴唇，做贼心虚似的又敲了敲门："苏公子？"

门内传来他匆匆往屋里走的声音："姑娘且回避片刻，在下衣冠不整。"

她扒着门缝往里看，果然趁着屋里隐约的烛火看见了他在手忙脚乱换衣服的身影。他易容得彻底，连独处时也是苏公子的模样，只是神态动作还是陆远，看得她心里五味杂陈。

没过多久，他就穿戴整齐走出来，穿过小院为她开门。她立刻从门边弹开，还顺手理了理鬓发，心跳得像是偷偷来会情郎。

门开了。病弱公子苏慎行斜倚在门边看着她，和刚才那个气场慑人的兵痞判若两人。她心里嘲笑他露了马脚，脸上的担忧神色却也是真的："苏公子，听闻你昨夜染了风寒，身体抱恙，不会是昨夜在屋顶上……"

他原本面色平淡，听了她的话愣了一下，马上咳嗽起来，咳得肝肠寸断，直到她看不下去，上前扶住他手臂，还拍着他的背

第七章 虎贲骑

顺气:"看来……是病得不轻啊。"

陆远一把抓住她手臂,只缓缓说出几个字:"劳驾,扶在下回屋去。"

她半信半疑地扶他回了屋,刚开门,一股浓烈的草药味道就扑鼻而来,炉子里果然煮着治风寒的草药,他竟像是真的病了。夏青鸢心里一慌,神情就软了一些,看他时的眼神顿时充满歉疚,扶着他在床边坐下,还帮他盖好被子,掖好被角:"苏公子,昨夜若不是我……"

他立即截住她的话,正色道:"昨夜的事,是姑娘喝多了酒,一时失态。苏某不会介怀,请姑娘也不要放在心上。"

她略微放下心,却又有说不出的失落。二人默然相对了一会儿,药炉恰在此时识相地沸腾起来。她立刻站起:"药煮好了。"

不料衣袖下摆却被他拽住,回头时恰好对上他无赖的眼神:"你不许走。"

她鬼使神差地坐回去,还往他身边挪了挪,握着他的手安慰:"我不走。"

他的手心热得发烫,眼睛直勾勾地盯着她。茶壶里的水沸腾着,二人都心照不宣地不去管它。夏青鸢内心哀叹,自己一定是被下了蛊,才会几次三番地栽在同一个人手里。

她内心正在天人交战,他的手却已经放在她脖颈上,轻轻抚摸了一下。光是这一个动作,她就已经恨不得将他当即推倒,最后却还是忍住,开口阻止他:"苏公子,我……"

"苏公子"三个字刚说出口,他就支起身子上前吻住了她。

这个吻和昨天的不一样,夹着草药的味道,酸涩又动情。他像是存心不想让她再开口说话,也不愿让她有时间想别的,索性托着她后颈将人带进怀里仔仔细细地吻，直到她呼吸不畅，他才放开手。两个人都喘着粗气，药汤仍在沸腾。

"我……我去看看药汤。"

她几乎是狼狈地走下床，装模作样地看了看药汤，心里早就成了一团乱麻。幸好那药没有煮干，她又满屋子地找药碗。他起初在床上看着她没头苍蝇似的找了一会儿，才叹了口气披衣下床，从书架上拿出一个碗，把茶炉前的她拨到身后："还是我来吧。"

这姿势太过熟稔而自然，二人都愣了一下。最终还是她抢过了汤碗，红着脸指挥他回去躺着。他乖乖回去躺下，她也假装无事发生地盛了汤药坐到床边喂他喝药。

"苦吗？"她极力转移话题，想忘记刚刚的事。

"上回尝过了，不苦。"他喝了一口，认真解释。说完才意识到这话有多引人误会，慌忙瞟了一眼对面的人，她果然咬着嘴唇笑了一笑，脸红到了耳根。他只好低头喝药，一口喝完后又被呛到，这回倒是真咳嗽得肝肠寸断。

她又好气又好笑地接过喝光的药碗："苏公子早些休息，我也好回去了。"

手臂却被拉住，只听他问："方才的事，你……觉得如何？"

"什么？"

"你可对我，有……有什么想法？"他憋了一会儿，终于问出这句话。

夏青鸢认真看了他一会才开口："苏公子，方才的事，是苏公子风寒内热，头脑昏沉之下所做。我不会放在心上。"

他被她的话噎住，半晌才苦笑着摇头："我不是怕你……算了。那我可否知道，青鸢姑娘为何拒绝我？"

第七章 虎贲骑

"苏公子你很好。"她轻声说，"只是我不愿再骗自己了。"

他眼神只慌了一下，就镇定下来："此话是何意？"

她直视他的眼睛："我也想骗自己，若是碰到一个待我与他待我一样好的人，就忘掉他。可我再没能碰到那样的人。你很像他，但你也不是他。"

许久，他才笑了一下："你说得对，我不是他。竟是我糊涂了，望姑娘不要介怀。"

她勉强笑了笑，就站立起身要走。陆远却在此时适时地咳嗽起来。她咬了咬牙，又坐回了床头。

"你不走了？"他问得客气，手却紧紧抓着她的袖口，十分无赖。

"我看着你，快睡。"她横眉怒目。

"好，我这就睡。"他迅速躺下，她就坐在床头，安静地看着他。窗外是万家灯火。

"鸢儿！"

他猛地睁开眼，噩梦消散，一只温暖的手搭在他腰间，腿还盘在他身上。陆远听见身边夏青鸢均匀的呼吸。回头时，恰好看见她熟睡中的侧脸。

现在的夏青鸢和他记忆中的又不一样，从前是娇蛮热情的夏家小姐，京城三月三上巳节最耀眼的海棠花，现在是美玉蒙尘，眉眼里多了些愁容和闪烁的晦暗心思，只有不断试探和挑拨之下，从前那个认死理的、惊才绝艳的、傲骨铮铮的夏青鸢才会显现她真实的一面。

还有就是不设防的时候，例如现在。她蜷缩在他身边，像个受伤的小动物，睡得不知今夕是何夕。

这样安静相处的时候实在难得。他忍不住凑近，再凑近，直到脸颊相贴，呼吸近在咫尺。此刻想起白天被她气个半死的情景，竟然也觉得难得。

就算只能这样待上一会儿也是好的。

"陆……陆远。"她揉了揉眼睛，在睡梦中嘟哝了一句。

他起初疑心自己是听错了，继而心脏怦怦作响，快要跳出胸腔，那狂喜把方才噩梦里的阴霾瞬间冲刷得一干二净。

虽然过了这么久，她也无数次否认两人的关系，却还在心里想着他，甚至连睡梦里也要念他的名字。

这就够了。知道了她真正的心意，他死而无憾。

他还沉浸在从灰心到狂喜的大起大落之中，没想到，夏青鸢竟翻了个身，径直压在了他身上。

不对，他现在的身份……可不是陆远！

"夏青鸢，你给我起来。"他心情十分复杂，撑着身子把她使劲从身上拉开，没想到她却缠得更紧。

"陆远，你这个登徒子，始乱终弃，狼心狗肺，不识好人心！"

没想到她说梦话骂人都这么流畅，陆远一时愣住，被她顺势又压回了床上，动弹不得。

"可为何……"

她果然在说梦话。靠在他肩头，声音渐渐低了下去。他却心中情绪翻滚，身子也一下都不敢挪动。

但今夜要真如此睡了，他怕是明日要顶着黑眼圈查案。他咬咬牙，握住她肩膀，打算把挂在他身上的夏青鸢扯下来。

可当他刚握住，方才还熟睡的她睁开了眼睛，眼神在夜色里澄澈清醒。二人相对片刻，猛地双双弹开。陆远迅速披衣下地："我……我出去透透气。"

她也脸红心跳，等他开了门，冷风灌进屋内，她才跑过去拦住："还……还是我走吧。"

昨夜的一笔糊涂账以夏青鸾披着衣服半夜匆匆离开苏慎行的住处而告终。所幸夜深人静，无人撞破这场秘会。

第二日，周礼兴冲冲地走进了苏慎行所住的小院，却看见他精神抖擞地坐在院中翻书。

"呀！苏公子，你的风寒一夜就好了？"

他红着脸咳嗽了一声："嗯，好多了。"

"那你我出门赏花去可好？窈娘大人一早便去赏花了。听闻滇南盛产各类名贵花木，紫檀香樟等不必说，更有木芙蓉、芍药、山茶等中原见不到的珍奇品种。"周礼装作不经意地告诉陆远。

原本看着卷册的陆远头都没抬，只"哦"了一声。

周礼见他不动，又接着说下去："听闻滇南有习俗，中元节第三日的早上，年轻男女会上街赏花，男子看见了心仪的女子，会以鲜花相赠。若是女子也中意对方，就会收下花束。故而每年逢此时，正是男女表白心迹的好机会。"

陆远终于放下书卷，抬眼看了看周礼："你方才说，夏青鸾一早就出去了？"

"是啊，师父。青鸾师娘她一大早就出门了，说是滇南王找她有要事商议。"

陆远忽地站起身，披上外衣就要出去。

周礼在后面只来得及喊了一句："师父，你的药……"

他话音还没落，就看见陆远恰好撞见了踏进门的窈娘。她手里捧着一大束各色鲜花，每一朵都沉甸甸地盛放着，衬得她面若桃花。

窈娘吃力地将花束抱进院里，看见周礼瞬间松了口气，将花束一股脑都塞给他之后，如释重负地拍了拍手："这滇南风俗好生奇怪。今日在街上，见着的男子都要送花给我，又推拒不掉，只好带回来。送你了，你不是喜欢花吗？"

周礼的脸一阵白一阵红的，最后只憋出几个字："他们送的，你拿回来送我？"

窈娘看他一眼："不要算了。"

周礼立马抱紧手里的花："给了我，就是我的。"

陆远站在门口看着那五颜六色开得正艳的花束，更觉不妙："窈娘，你今早出门，可遇见过夏青鸢？"

"青鸢姑娘我没有见到，倒是恰好遇见滇南王府的马车往她的住处走，那车今早也奇怪，载着不少的花，香味极浓，整条街都闻得见。"她回忆了一下，转过头去看陆远时，他早已没了人影。

"苏公子不是染了风寒？怎么行动如此矫健。"她诧异道。

"苏公子找到一味灵丹妙药，包治百病。"周礼在陆远的座椅上坐下，顺手理了理花枝。

窈娘见周礼坐在那里从数花枝变成数花瓣，半晌才摇头进屋："奇怪。今日遇见的人怎么都如此奇怪。"

陆远出了门，径直朝滇南王府跑去。还没走多久，就看见那个朝思暮想的人迎着他走来，手里还捧着一束火红的花。朝霞照在她的脸上，脸上带着藏不住的笑意，步伐也摇曳生姿，路过的男子忍不住都回头看她。

陆远在那个瞬间才忽然发现，夏青鸢已经不再是十几岁京城里那个抱着狸猫追着他跑的小姑娘，也不再是江都初见时那个尘土满面、敏感脆弱的少女。现在的她不再害怕失去，也没什么可失去的，却因此分外迷人。只是她自己意识不到。

陆远脸上却强作镇定，朝她走过去，二人在街角相逢，一直低头看花的夏青鸢险些一头撞在他身上，被他一把扶住肩膀，语气不知怎么的有些不悦。

"何人送的花，让你看得这样入神？"他话刚说出口就后悔。不对，不应该是这样的开场。

"呀，苏公子。"她抬头看了一眼，见是他，耳根马上变红，向后退了一步。

苏公子。他心里又梗了一下，她退后的姿势也让他心烦意乱。

"你问这花？这是殿下今早送我的。说是府上的花圃中今春新开的凤凰花，是不是很好看？"

陆远看都没看，一心只盯着她欢欣雀跃的表情，心中刺痛："你喜欢他送的花？"

"是啊。殿下知道我养不活娇贵的花种，还告诉我这花极易长活，只要带回去植进土里，稍加看护，它自会生根发芽。"她低下头又闻了一下，嘴角扬起微笑，"从前在京城，一直想种些花，却总是未曾得空。"

他看着她，眼睛里是得而复失的落寞。良久才重新开口："凤凰花在滇南，用于有情人之间相赠，是凤求凰的意思，你知道吗？"

她点点头，答得毫不迟疑："知道啊。"看对面人眼神瞬间暗淡下去，她才补了一句，"但殿下应当不是这个意思。"

"你怎么知道他没有这个意思？"他眼神落寞，语气全然没有之前与她说话时那样自如。

"我了解殿下，正如我了解你。"她眨眨眼，从花束中拿出一朵凤凰花递给他，"苏公子，这花送你。"

陆远失魂落魄地接过了花，最后看了她一眼，点了点头，一脸落寞地与她擦肩而过。

几个时辰后，夏青鸢哼着歌回房，却遇见了早等在门前的周礼。

"青鸢姑娘，你可曾见过苏公子？傍晚时分有人看见他失了魂似的向河滩方向走，此时还未归来。可别是想不开啊。"

她顿住脚步，狐疑地看着他："苏公子他好端端的，为何要想不开？"

再看周礼焦急的神色，倒不像是在诓骗她："具体缘由我也不知。但河滩边晚上天色昏黑，又有野兽出没，苏公子风寒未愈，我担心他……"

周礼话还未说完，夏青鸢已经换上了军靴带好佩刀，先他一步出了门："你往河东，我往河西。辰时若是还未归，就再多派些人手。"

她出了门就一路往河西走。此时天色刚晚，河滩边星光点点，灯火熹微，只能听见蝉鸣与蛙声。

她知道江滩西北有一处荒芜院落，据说是老滇南王薨逝之前，为先王妃所造的望江楼。那时天下已乱，年轻的王侯新婚不久就带兵出征，王妃日日在江楼遥望，等待他凯旋，最后却只等来兵败被俘的噩耗。

后来，王妃郁郁而终，望江楼也随之荒废，这一带就成了人迹罕至的荒郊野岭，甚至有人传闻称夜半时会见到王妃的游魂在楼上徘徊。久而久之，更是无人敢来。

她一心一意地寻找陆远，待回过神来时，才发现已经站在一处废园的中央，四周草木茂密，颓圮的宫墙与高台仍旧依稀可辨当年的华丽壮观。

她竟不小心走进了望江楼。

夏青鸢意识到这一点之后,一阵寒意袭上心头,转身要跑,却听见不远处传来草木摇动的声音,伴着星点的火光,与刀具砍断树木的声音。

滇南山中多匪,若在此处遇上了山贼,她单枪匹马,不一定能活着回去。她低下身子,屏住呼吸,躲在附近的草丛里,注视着火光处的动静。

那刀具砍伐草木的声音并未停歇,一下一下,听得人毛骨悚然。不知是不是匪徒杀了客商在此埋尸。火光越来越亮,她大着胆子探出头去看了一眼,却惊讶地站起了身。

这不是陆远还能是谁。只是他一改白天柔弱的伪装,换上了夜行衣服,攀在崖壁上,口中叼着短刀,伸手去探岩缝里的一株凤凰花。

那是她见过最艳丽的凤凰花。原来方才所见的不是火光,是开到极盛的花在暗夜里的颜色——比火光更明亮的赤红。

他脚下只蹬着几块碎石,腰间一根绳拴在悬崖高处,伸手终于摘到一朵,像捧了一团火在手心。

夏青鸢屏神凝气,看着他脚下的碎石不停滚落,叼着短刀从悬崖上一步步爬下来,快要落地时,才在他背后喊了一声:"苏公子。"

他的背影僵了一下,显然听出了她是谁,只是碍于嘴里叼着刀,不能说话。待踏到地面时,他欲转身就逃,连腰间别着的凤凰花都忘了藏。

"苏慎行,你给我站住。"她一声断喝,震得他立刻停下了脚步，但依旧没有回头。

她两三步走过去，站在他背后，看着那个熟悉至极的背影。肩背宽阔，夜行衣轻便贴身，勾勒出他轻捷的身形。他很久没有这样挺拔地站在她面前，沉默如磐石，锋利如刀。这是真正的陆远，她的陆远。

她又挪了一步，然后伸出手，缓缓从背后抱住他。

他始料未及，刚要开口，就被她抢了话："别说话，让我抱一会儿。"

他顺从地没有说话，她就又贴紧了一些，将脸靠在他的后背。腰间的凤凰花红得烫眼，就在她手边摇曳着，伸手就可摘到，她却不能再多走哪怕一步。

两个人都长长地叹了一口气。

"为什么要来这儿？"两人又同时开口。

"来找你。"夏青鸾抢先一步回应他的问题。

听到的人思索了一会儿，忽然笑出了声，无可奈何地感叹："原来你一早就认出了我。既然认出了，你为何不逃？还是说，你喜欢我这样，披着别人的壳子，继续留在你身边？"

他回转身面对她，在她后退之前握住她的腰向前一带，她就撞在他胸膛上。

"夏青鸾，原来你也不愿看清自己，宁愿自欺欺人。"

他带着她的手，摸上他的喉结、肩颈，又顺着领口向下，摸向半开的衣襟，那里肌肉紧实流畅，胸口有她曾经熟悉的疤痕。

"摸到了吗？哪一点像苏公子？"他的声音就在耳朵旁边，是威胁也是诱惑，"你都看清了，为何还不承认，我就是陆远？"他看她不说话，被他攥着的手腕却在极力挣脱，就先行开口，声音

第七章 虎贲骑

竟也有些颤抖,"我知道你不敢说,我替你说。你不想见到我,也不能见到我。你无须再赶我一次,我今夜便离开滇南城。"他放开了她,转身就走。然而没走几步,他就折返回来,将腰间的花拿下来,塞进她的手里。

"这才是滇南最好的凤凰花,本想着今天摘了送你。"

她拿着那团月色中火一般燃烧着的花,花开得肆意张扬,像在嘲笑她。

他走了很远,她才在寂静中开口,很低很低地唤了一声:"陆远。"

黑暗中,没有人应声。他想必已经走远,不会再回来了。她浑身脱力般地蹲下身,将脸埋在臂弯里,眼泪此时才掉落。

然而,就在此时,身边传来脚步声,泪眼蒙眬中,她看见陆远半跪下来伸出手捧住她的脸,将她的泪水一点一点擦拭干净。她握着那手臂像握着救命稻草,额头抵着他的肩膀,终于哭出了声。

她哭得那样伤心,撕心裂肺地,像是要把从前的委屈都一股脑倾倒出来。他轻拍她的背,一言不发。

等她哭累了,他才开口,如同无事发生一般:"我送你回去。"

"别走。"她昏沉中,仍旧攥着他的衣领。

他像是回味了许久,才轻声答应了一个"好"字,接着将她下颔抬起来,拨开她额前被泪水浸湿的碎发,一只手握着她后脖颈,用力吻她。她也主动回吻。陆远本是半跪在草丛中,此时被她一扑,顺势向后坐倒,手肘撑着草地,手臂扶着她的腰,任由她骑在他身上,吻得不知今夕何夕。

待她察觉到这姿势有些不对劲时,才撑着草地勉强支起上半身要溜,却被他拽回来:"想去哪儿?"

他鬓发比方才散乱，垂下几缕飘在额前，眼睛在黑暗中闪着光，声音哑得像喝了酒。

"我们不能在这里……"她推了推他，"你别这样看我，我……"

陆远"扑哧"一声笑了出来，果然放开了她："好，那我们回去。"

他将她抱回住处，轻轻放在榻上，却并不着急，只是抚着她的头发，认真端详她。

这次反倒是她耐不住，半撑起身子吻了吻他："怎么？"

他低头吻她的手心："想看得更仔细些。"

烛火摇曳，映衬着他眼帘低垂，眉目风流。手里拿着的一捧凤凰花早洒了一床，她就躺在碾碎的花瓣里。

第二日一早，他端着为她煮的粥，掀帘进来时，又换成了苏公子的模样。

"你当真还要装成苏公子？"

"是啊，毕竟此案还没了结。"

"原来你来滇南，不是为追我，是来协同查案的？"她气结，"咣当"一声将碗搁在桌上。

陆远脾气极好地拿起碗，盛了一勺粥还吹了吹，喂到她唇边："我本就想着，如果日后再见不到，那么现在与你能在一处便好，你认不出我也无所谓。"

她有些不好意思，接过了碗低头喝起来："如何就见不到了？"

他也笑了笑，岔开话题开玩笑地问她："原本已一刀两断，如今你我这样，滇南王那边，要如何应付？"

她佩服他如此能化被动为主动，一时无话，却听见门外响

第七章　虎贲骑　303

起一个熟悉声音："苏公子，秋狩时间已近，可愿意与本王一同去狩猎？"

当夏青鸢与其他人站在狩猎场时，忍不住感叹，纨绔也是分程度的。比如说像滇南王这样，一高兴就带着全宫上下几百人一同浩浩荡荡去郊外打猎的败家王爷，与京城那些少爷比起来，后者简直堪称勤俭持家生财有道。

滇南王今日不知是何意，原本就浮夸的他，今天更甚，穿着一件银色狐皮大氅，骑马疾驰在前，张扬恣意，生怕别人不知道他的身份。

她隐约觉得不对，可又说不出哪里不对。直到意外发生的那一刻，她才忽地想起：今天队伍里没有梧凤将军。

就在滇南王刚射中一只大雁，下马招呼猎犬之际，人群中蹿出一个瘦小的身影，手里的利器闪着光。

"小心！"她刚喊出一声，陆远就飞扑过去，推开了滇南王，左肩瞬间被扎过来的利刃刺中，鲜血顿时流出来。

他咬着牙抓住对方握着刀柄的手，又用力一扭，对方吃痛松了手，他才咬牙将刀从身上拔出来，用沾着血的刀制住了那人。

夏青鸢闻声策马上前，拨开人群后，先是看到负伤的陆远，才看到地上被陆远单手制住半跪在地的凶手。她迅速抽出佩刀走过去，语气比以往办案严厉许多："为何伤人？"

那凶手抬起油糟糟的脑袋盯着她，那张脸瞅着却不过十几岁年纪，还是个半大孩子。

她愣了一下，手上的力气却没有放松。

"捆好了，送他去衙门审问。"

滇南王城中素来平静，芝麻大的小事也有人围观。今天城外竟然发生了刺杀王爷这样的大事，围观的自然是人山人海。滇南王坐在堂上，身旁坐着郡守与司曹，堂下一侧坐着陆远、夏青鸢等人，中央是被押解上来的刺客。

"姓甚名谁，家住何处，为何光天化日之下行刺本王？"刘退之难得严肃，夏青鸢却觉得他心里打着别的算盘。

少年的眼神黑亮，毫不遮掩地直视着滇南王："给我阿兄报仇。"

"你阿兄是谁？"他继续追问。

此时外面传来一声："十八，不许胡闹！"

阳光从殿外照射进来，所有人都朝门口看去，只见梧凤提着佩刀急匆匆而来，眼中是毫不遮掩的愤怒、焦急与关切。和平常处变不惊、动静得宜的将军模样判若两人。

少年听见那声音，震惊之余，脸上第一次显出了愧疚。

梧凤疾速走上大殿，看都没有看少年一眼，就朝刘退之与郡守行礼，眉头紧皱，额角的汗珠滴答落下，打湿了鬓发。她沉声道："是在下管教不严，让族中小辈目无法纪，愿同领罪责。"

"阿姐！不管你的事，是我要替阿兄报仇！"少年按捺不住，吼叫出声。

"叶北征已经死了！"梧凤罕见地动了怒，所有人瞬间安静。她仍旧是低着头，似乎在极力控制喷涌而出的情绪，"十八，无论如何，叶北征都不会再回来了。你不能怪殿下，那件事与他无关。"她回头看着少年，平静开口，这句话好似用尽了所有力气。

少年咬着牙，仍旧在努力挣脱开捆缚他的绳索："我不信，就是有人陷害的！阿兄那么好一个人，怎么会去……"

他还没说完，就顿住了口。因为梧凤抽出佩刀，架在了他脖子上，"十八，你犯了家规。"

在那一瞬间，少年终于意识到自己方才说了些什么，颓然地垮下去，再也不挣扎，只是捂着脸低声号哭。然而梧凤已经收刀入鞘，走出了大堂。

"从此以后，再没有凤十八，你也无须回家了。"

"阿姐，你等等我，我知道错了，阿姐……"少年无力地哭泣着，然而，梧凤却没有回头。

此时，大堂上，阳光照着殿堂深处坐着的刘退之，他一半在光芒中，一半在阴影里。

"梧凤。"他开口叫了她的名字，语气像是在唤一个相识的故人。

她定了脚步，却没有回头。

"我逼你到这步田地，都不愿意回头看一眼我吗？"他开口，问出的却是让听者不知所云的话。

阳光里，她的背影纤弱，却坚韧得像弓弦。她在门槛边站了一会儿，终还是跨了出去。

"周礼，这滇南王与梧凤将军，可是有什么纠葛？"待滇南王也离开了大堂，窈娘才开始好奇地询问周礼。

"窈娘大人，别告诉我你现在才看出来。"周礼眼神颇为无奈。

"他们……很明显吗？"窈娘疑惑地问。

"他们就和我师父与师……与青鸢县主一样明显。"

周礼的眼神瞟到了陆远和夏青鸢，立刻捂住了窈娘的眼睛："我收回刚才的话。滇南王他们倒……倒也没这么明显。"

而另一头，夏青鸢正叉腰站在陆远对面，正颜厉色道："脱了。"

陆远难得不好意思地婉拒："大庭广众，不好吧……"

她瞪了他一眼，陆远立刻顺从地解开上衣。青鸢拿着药瓶，目不斜视地为他的刀伤处上药。

周礼与窈娘见到此景,眼睛都了然地瞟向别处。陆远低着头,耳根却红得堪比凤凰花。

"好了吗?"

"好了。"她利落地收起药瓶,却因为心慌意乱,险些将药粉打翻。他伸手接过药瓶盖好,放回她手中。

他偷看了她一眼。夏青鸢瞪了回去,他就"哎哟"一声,捂住了伤口。

"怎么,伤口又痛了?"她蹙眉弯腰察看。

陆远握着她手腕的手就顺势滑下去,与她十指交握,在她耳边笑着低声:"现在又不痛了。"

她一脸心疼地点头,任由他赖着握紧她的手:"这样就不痛的话,就一直握着好了。"

围观的周礼与窈娘一时看呆,直到陆远抬头,二人才回过神,露出心悦诚服的表情。周礼实在看不下去,便将窈娘拉走,偌大的厅堂里,只剩下他们二人。

见屋内再无旁人,陆远便将头埋进她的颈弯里,双手搂紧她的腰,深深吸了一口,蒸腾的热气在她周身蔓延,她终于忍耐不住,被陆远拉着坐在他腿上。

"用别人的脸,可真不方便。"他吻她的耳垂,"我用这张脸吻你时,你瞧着倒是更欢喜一些,嗯?"

她被吻得向后躲,气息也乱了,看见他胡乱吃醋的样子却依然好笑,止不住地想戏弄他,于是点头:"是啊。"

陆远果然眼神一暗,低头轻咬了一口她颈侧,挑眉质问:"你更中意我,还是苏慎行?"

她冷不丁地被咬一口，差点吃痛叫出声，又生生憋了回去，脸上红得云蒸霞蔚。

"喜欢你，也喜欢苏公子。"她不怀好意地一笑，在他耳边低语了这样一句，趁他还没来得及收紧手臂，瞬间从他手里游鱼似的挣脱，后退了两步才开始喘着气将凌乱的衣领扣回去。

陆远也没有再阻拦她，只是懒懒地靠在圈椅边，一双锐利的眼专注地看着她系扣子，眼神随着她的手上下游弋，像一头饿了许久的狼在看着唾手可得的猎物。

扣好了衣服，她又走近他，拉起他垮在肩上的衣领。陆远仍旧坐在那里任由她摆布，暗中却用那只没受伤的手揽住她的后腰。

"你受伤了，这几日不许乱来。"她替他整完衣领，敷衍地拍拍他的脸，转身毫不留恋地走掉。陆远还没回过神，在原地回味许久，才缓缓穿上外袍，笑着喃喃自语："真够狠心的。"

夏青鸢急着离开大堂，是要去找梧凤。

此人身上有太多的秘密，无论是她与滇南王若即若离的关系，还是方才她在大堂上的失态，都让人生疑。

在京城时，皇帝只告诉他们当年在狼牙山下全军覆没的虎贲骑可能有余部在滇南，却没有其他更多的证据。而百花杀与虎贲骑之间的关联，也仅仅有阿芙蓉一条线索。

她一路询问梧凤的去向，却四处都没见到她的身影。只有一人说见到了凤将军往城郊去了，她就也找了一匹马奔向了城郊。

滇南城位于山上最高处，城郊在背靠山崖的一端，是一处居高临下的险要之处，四面都开满了凤凰花。

山崖边有个小村落，她不仔细找的话，几乎要错过此地。村落里仅有几户人家，花木扶疏，鸡犬相闻，是个小小的桃花源。

她骑马一户一户地找过去，终于在路过一个朴素简陋的山神庙时，听见了庙里的争吵声。

竟然是梧凤与滇南王。

"殿下，我说过，不要再来找我。"是梧凤的声音。

滇南王的语气不似平时那样戏谑："也只有这样逼你，才能与你说上一句话，梧凤。"

夏青鸢忍不住拴了马，从门缝外向里看，只看见梧凤背对着她，站在门口不远处，滇南王站在暗处，面朝着庙门。

"本王此次去京城，查访了许多与虎贲骑有关之人，却都不知道当年的事。除了羽翎卫所查的案子中，百花杀所豢养的杀手有一个名唤牡丹的，留下一条手帕，上面写着《燕歌行》里的一句诗。本王记得，当年你在江都时，虎贲骑军中常唱此歌。这是漠北军中才会唱的词。"滇南王自顾自地继续说下去，"梧凤，或许，当年设计令虎贲骑全军覆没的不是右相韩殊，而是百花杀。"

梧凤的背影一动不动，过了一会儿才开口，嗓音干涩："你还记得虎贲骑的事？"

滇南王苦笑一声："你的事，从来都是我的事。"

梧凤将手攥紧又放开，只咬牙说了一句："殿下应当知道，自从叶北征他……你我就再无可能了。"

说罢，她转身向门口走去，吓得夏青鸢立马藏到了一边。

"三天后，本王大婚。梧凤将军，要来贺喜吗？"

而她只是推开门走了出去。

梧凤走之后许久，滇南王才推开门离开。夏青鸢等着两人都走后，才松了一口气，冷不防地被人从后背拍了一下："可看清楚了？"

她吓得半死，回头看发现是陆远，没好气地瞪了他一眼。

第七章 虎贲骑　309

"梧凤将军很可能就是虎贲骑旧部，可叶北征又是谁。"陆远靠在她身后思索。

"你方才也听见了？可也不能就此断言。"她走出角落，看见了那小庙门前的牌匾，才一时无语凝噎。

牌匾上写的是"将军庙"。不用看都知道，里面供奉的是镇国将军陆停渊的牌位。

自从陆停渊含冤而死之后，三陆九州就处处都是祭祀陆将军的庙宇。但此类庙宇在江左与漠北居多，在滇南见到将军庙，确实令人生疑。

"我要去村里查访，一起去吗？"

陆远点了点头，她立即上马就走，却被陆远拽住了缰绳，问道："三天后就是你与滇南王的大婚，你要怎么办？"

她顿时愣住，想了想又一脸无所谓地笑："我……我还没想过这件事。不过车到山前必有路嘛……"

三天后，滇南王城内，锣鼓喧天，处处都挂着朱红帐幔，铺天盖地的红。

滇南王大婚，全城的人都出来看热闹。香帐十里，大路尽头竖起王旗。

凤凰花灿烂飘舞，滇南王刘退之骑着骏马从大路尽头走来，龙章凤姿，众人艳羡。他却举目四顾，目光寂寥，像这一场繁华热闹都与他无关。

夏青鸢坐在步辇中，掀起盖头，与车辇旁边扮作随行侍卫的陆远闲聊："没想到，平日里没个正形的滇南王，正经起来也颇为顺眼。"

陆远从早上起就黑着脸，现在的表情更是阴沉到了连路人都敬而远之的程度："夏青鸢，你若是真当我是个男人，就最好别在今日夸他。"她笑得眼睛弯成月牙，从步辇里伸出手，迅速捏了捏他的脸。陆远躲闪不及，语气甜中带酸，"怎么，青鸢县主刚成亲，就想养面首？"

她头上的珠钗随着步辇前行也前后晃动，隔着车帘，陆远看见她嘴角上翘，眼神却有些寂寞。

"想什么呢？"

锣鼓喧天中，他与她隔着车帘对谈，视满城喧嚣若无物。

"我在想，如果今日这招引蛇出洞的计策也不奏效，我们还有什么办法。"

"我已将风声放出去，说你作为东山夏氏'丹青眼'的后人，在滇南找到了河图洛书，作为陪嫁带进了王府。假如背后之人果真对它有兴趣，今夜就一定会出现。"

"可万一……万一来的人是梧凤呢？"

陆远也沉下眼帘，显然他也想到了这个可能性，道："万一是她，滇南王一定会出手。"

夜已至，夏青鸢被送入婚房后，迅速反锁了门，将身上的钗戴一并除去，挽起袖口就从后窗翻了出去，陆远就在窗外接应，她恰好跳进他怀里。两人相视一笑，陆远还有心思揶揄她："功夫不见长，翻窗跳墙倒是越发熟练。"

"还不是陆大人教得好。"

婚房正中央的长桌上，放着一个紫檀木盒子，盖着红色封条。那是今夜请君入瓮的诱饵。两个人就躲在后窗外浓密树丛中安静等候，一刻过去，两刻过去，就在他们都快以为没有人会来之时，一个窈窕身影从虚掩着的房门走了进来，果然是梧凤。

她今天没有穿着军服，却是陪嫁侍女打扮。原来她早就随着婚仪队伍混进了王府，而滇南王却没发现她，甚至屡次与她擦肩而过。

　　梧凤走进婚房，先是四顾一圈，发现青鸢居然不在房中，犹疑了片刻，还是走向了那桌上摆着的紫檀木方盒。刚要撕下封条，就听见房门"吱呀"一声再次开启，这次进来的是滇南王。

　　他今天喝了些酒，眼神飘忽，行动也不似平时那样处处留心。梧凤所在的地方与他恰好隔着一扇素面屏风，红烛映照之下，梧凤的身影恰巧被投射到屏风上，被他看得一清二楚。

　　四周一时寂静，静得能听见灯火的噼啪声。屏风后的梧凤也愣在原地，头上珠钗摇晃。

　　滇南王安静地看着那剪影，半晌，才笑了一下："青鸢县主，怎么还没走？你的陆大人没来接你吗？"

　　陆远在窗外无声地磨了磨牙，被她一把捂住了嘴。

　　屋内，滇南王却并未走到屏风后，而是在门口的桌椅边坐下，倒了一杯酒，一饮而尽。

　　"既然没走，不妨与本王闲聊几句。不是想知道吗？虎贲骑与百花杀的旧事。"

　　他喝了酒，就向后靠在扶手椅边，手里转着酒杯，眼睛盯着屏风："如你所猜测的那般，梧凤将军她……确是虎贲骑的旧部。当年虎贲骑并未全军覆没，另有十几人逃了出来，从漠北一直走到南疆。陆停渊还没死时，梧凤尚是虎贲骑的'凤将军'。"

　　听闻此言，陆远眼神一变。夏青鸢朝他比口形询问："你见过？"

　　陆远摇了摇头："听说罢了。"

"我从年少时,就爱慕凤将军,一心想求娶她。"滇南王继续说下去,"所以当凤将军来滇南后,我便以虎贲骑余部能留在滇南为条件,留她在我身边。我以为,只要我不放手,总有一天,她也会对我动心。却没想过,若并非两厢情愿,做再多事,都不过是将那人越推越远。"滇南王转动杯子的手停了。他看见屏风后的身影侧过了脸,像是在躲避他的目光。

"她的同袍弟兄们活着来滇南的一共十八个,年纪与她相仿的那个叫叶北征。我第一次见面时就知道,那小子也喜欢梧凤。后来他不辞而别。过了一年又回来,还带了许多阿芙蓉花种,说是种植此物,能让同袍们衣食无忧。滇南就是从那时开始引入此花,良田也因此荒废。当时我正忙着宫中事务,并未留意此事。待终于脱身,再去找梧凤时,却恰遇见郡守禀报说,虎贲骑所在的城外有人偷种此物,按律当斩。彼时我正焦头烂额,就将那事交给了郡守处理。直到一个信使浑身是血地来见我,说郡守带兵屠村,虎贲骑已许久不习刀剑,武艺生疏,寡不敌众,只他一人突围出来求援。"刘退之捂住额头,久久未再说话,像是不胜其悲,"我赶到时,还是太迟了。梧凤亲眼看见叶北征死在自己面前,听闻他是自尽谢罪,死时,也才不过十八岁。我答应她的事,保护虎贲骑和五年后放她走,一件都没有做到。"

他不再说下去,而是长长叹了一口气。窗外花影摇曳,屏风后的人一动未动。

"后来,本王才知道,百花杀在多年以前便开始培育阿芙蓉做毒药,甚至用在自己人身上。此前天香阁的案子里,那个裴家的前少主裴季卿,就是被百花杀从小试验的'药人'。叶北征带花种回滇南一事,怕也并非巧合。"

烛火又噼啪一声，刘退之站起身，一步一步，走到屏风前，凝视着那个身影："可惜，人死不能复生，错过，就是错过了。"

哗啦一声，原本一动不动的身影忽然伸出手，将屏风推开。四目相对时，刘退之静静看着梧凤，眼里毫无惊讶之色。

"你知道是我。"她看着他，眼里倒映红烛的光。

"你什么样子我都见过，怎么可能认错。"刘退之伸手，碰了碰她发髻边插着的金凤钗，"还没见你穿红裙，很好看。"

她拨开他的手："我今夜擅闯你的婚房，还意图行窃，按照大毓律法，殿下应当将我抓起来。"她眨了眨眼，眼里有泪光，"这也是殿下布今夜此局的意图吧。抓了我，虎贲骑余部就会伏诛，滇南也可不会因为这个把柄，受百花杀与朝廷牵制。"

滇南王一时无话，看了她一会儿，突然抚额轻笑，越过她走向那紫檀木匣子，打开之后，匣子里空空如也，却只在底部放着一张红纸笺。

梧凤看见了那纸笺，眼神瞬间一变。

"这是五年前我写下的婚书。那时想着，若是我不做这滇南王，是不是就可以与你一同归隐田园，故而日夜料理后事。可惜还是晚了一步。"他将那红纸笺递给她，"凤将军如不嫌弃，就留着做个念想吧。若是不想要，丢了也好。"

她接过那纸笺，上面工整地写着二人的生辰与姓名，还有一句诗：半生飘零终有定，情深不必共白头。

他不再看她，转身往门口走去，没走几步，就跪倒在地，手捂着膝盖，表情痛苦。

"殿下！"梧凤立刻扑过去，脸色煞白，"原来你的腿疾……一直都没有好吗？"

就在此时,门外忽地传来木屐敲击地面的脚步声,嗒,嗒,嗒。

接着门被推开,穿着河神装束,戴着榉木面具的人出现在门前。那人摘下面具,露出了裴季卿的脸。

"滇南王殿下的腿疾五年前复发时,曾被庸医以阿芙蓉做药引医治,几欲轻生。是我帮他戒除此药,作为回报,他帮我藏匿身份,在京城购置田宅,寻找牡丹的下落。"

梧凤的眼睛顿时睁大,声音颤抖地问:"殿下,他说的可是真的?"

男人咬着唇,像在忍受极大痛苦,却一言不发。

"多亏了殿下,我才能在芍药追杀之下隐瞒行踪,找到牡丹。"裴季卿朝滇南王深深行了一礼,"作为回报,今夜我也来给殿下大婚送一份贺礼。"他弯下身,将一件东西放在地上,就如同青烟一般转身离去。

"今夜子时,滇南先王陵寝内,请诸位前来一叙。"

梧凤看见那东西,咬牙一拳捶在了地上,眼里闪着痛楚的光。

那是一把短刀的刀柄,上面錾刻几个小字:凤十八。

"哗啦"一声,窗户猛地被推开,夏青鸢从窗外跨进屋内,帮梧凤搀起了滇南王。几乎在同时,陆远从门外跑回来,脸色沉郁:"宫中或许有密道,让他逃了。"

夏青鸢拾起地上的刀柄,眉头紧皱:"快,去先王陵寝。再晚一步,恐怕被劫持之人性命不保。"

滇南王挣扎着起身,额间因痛苦而掉下汗珠:"他说的先王陵寝,我……我不知在何处。"

所有人都望向他,刘退之却苦笑了一声:"滇南习俗,君王薨逝，以悬棺藏于山崖之上，薄殓陪葬之物，因此，先王的陵墓与其他人几乎无异。且先王下葬时，位置绝对保密，安置妥当之后，会杀死工匠陪葬。"

所有人都陷入沉默，唯有夏青鸾思考片刻之后，眼睛一亮："我试试。"

片刻后，夏青鸾在地上摊开纸笔与滇南舆图，咬着笔端沉思了一会儿，在图上圈出来几个点，道："派人去这几处分头查看，或许其中有王陵。"又蘸着朱砂圈了其中一个点，"这一处最有可能，我们现在就一同去。"

说罢，她又看了看滇南王，问："殿下，你还能走吗？"

他咬着牙笑了笑："无妨。"脸色惨白地站起身，刚走了几步，就被梧凤握住了手。他惊讶地回头，看见梧凤向夏青鸾笑了一下："我与殿下一同去。先行探路之事，就拜托两位了。"

夏青鸾对她点点头："凤将军放心。"

陆远与夏青鸾骑马出城，按照舆图上所标注的位置一路飞奔。

"上次宫宴之后，我还是第二次见识夏家的'丹青眼'。"陆远见她神色焦急，就与她闲聊起来。

"实话讲，我总觉得那大毓朝的五件神物，不过是夸大其词，以讹传讹。"她略放松了缰绳，与陆远并肩而行，"比如说我的'丹青眼'，其实不过是从小耳濡目染，看山水舆图与书画的眼力要比别人好一些罢了。滇南瘴气重，所以将棺木藏在深山中，阴凉干燥，可减缓尸身腐烂。若是王族陵寝，往往会提前数年查探地址，选择上风上水，又不易被人打扰之地。符合这些条件的山崖，在城郊并不多。"

话音刚落，他们就停在了一处山崖前："到了。"

"师父，师……青鸾县主！"周礼的声音从不远处传来，他和窈娘也迟一步赶到。几人举着火把仰望山崖，果然在半山腰的绝壁处见到一个仅容一人通过的洞口。

"这要如何上去？"

几人叉腰发愁之际，窈娘却已经找来了绳索，试了试崖壁的结实程度，就用短刀扎进崖壁，一步一步轻盈地爬了上去，不一会儿就从洞口甩下绳索："上来吧。"

众人一一爬上去，周礼拍着手上的灰看着窈娘。对方轻描淡写地说："过去在山中所练的，比这个难得多。"

四人爬进洞口，发现此处的确是曲径通幽，越往里越宽敞，尽头时不时有清风拂过，像是别有洞天。幸而有风，火把也没有熄灭，可以照清洞里的情况。

此处仿佛常有人来，岩壁干燥，还绘着奇诡的壁画。有人与妖物在江上搏斗，有骷髅美人，也有些字迹潦草的笔画。更多的，是数不清的人像，都朝同一个方向行进，每人都戴着面具，不辨眉目。

榉木面具，錾刻芍药花。是百花杀。

众人越走，心中的不安越盛，直到走至洞穴的尽头，天地突然开阔，原来里面是一处天然溶洞。

"别来无恙。"

洞穴尽头，一艘巨船停泊在崖壁之间，像是千百年前曾误入此地，再没有逃出去。在船头站着一个白衣人影，面容清俊，眼带笑意，身边是一件冰棺，里面躺着一个女人。

是裴季卿。

"凤十八在何处？"夏青鸾第一个开口，又向前走了一步。

"虎贲骑余部之人都被锁在这王陵之中。既然丹青眼与羽翎卫都来了,又何必用得我一介废人为你们指路。"他神态悠闲,"只是裴某在此处埋了火药。半个时辰后就会点燃。若是找不到,恐怕麻烦就大了。"

他们闻言,立刻举目四顾,寻找可疑之处。夏青鸢试探着往巨船的方向走,大声质问裴季卿:"裴公子,第一次在京城,你指引我们查找到了芍药的地下商路所在,上次在江都,你毁了裴家世代经营的商船,今天在滇南,你又将我们引到这王陵内部,难不成,此处也是百花杀的据点,还是裴家的产业,抑或是二者兼有?"

裴季卿低着头笑了起来:"算是裴某未曾看错你,青鸢姑娘。"他舒展开大袖,坐在船头,仿佛无钓竿而垂钓,悠闲自在,甚至闭上了眼睛。

"她死之后,我曾想过,这一切究竟是谁的错。起初我以为是我自己,后来,我发现是将人当做刀来使唤的百花杀,再后来,我发现其实这一切的根源,是那烂到根里的江左世家。就算我毁了裴家,还有江中李,半城苏,东山夏。毁了旧世家,还会有新世家。只要人心里的贪欲不灭,门阀大族就世世代代不会消亡。"

"但我还是得做完这些事,才好安心去见她。"他站起,深情抚摸着身旁的冰棺,"我们已经分开太久了。"

"哗啦",寂静中,溶洞里却响起水声,仿佛是深海之中,巨兽翻腾。有人唱起歌谣,歌声清越悠扬,是个女子。

"同居长干里,两小无嫌猜。……十五始展眉,愿同尘与灰。"

黑暗中,一个女子从洞口款款走出,身后跟着一个挺拔高大的男人,戴着榉木面具。

窈娘第一眼看见那男人，就下意识退后一步，眼里闪过明显的恐惧。

周礼敏锐地发现她的异样，挪了一步，将她挡在身后。

"他就是百花杀的堂主，是吗？"周礼低声问窈娘，眼神是从未有过的狠戾，"当初，将你带去深山训练的，也是这个人，对吗？"

窈娘不说话，只点了点头，忍不住抓住周礼的衣角。

而在另一头，女子走上巨船，一步步靠近裴季卿与冰棺。裴季卿的神色明显紧张起来，护在冰棺前面："芍药，你不是在……"

"夫君。你以为我尚在京城？"芍药笑着走近裴季卿，"上次夫君在江都演的戏，险些将我与大人都骗过了。幸好，大人在滇南也留了些眼线。不然这神殿恐怕也不保。"

她又回头去看戴着面具的男子："大人，您顾念兄弟之谊，数次放过裴季卿，这次总不应当再徇私了吧？"

"公主，所言极是。"男人低沉的嗓音从面具下传出，他伸出手，将面具摘下，众人都惊讶得睁大了眼睛。

男人与裴季卿有八分相似，却年纪不同。且细看之下，言语举止与气质也有天壤之别。

"失礼，吾乃江左裴氏第六十四代'影'家主，也是'百花杀'的堂主，裴仲卿。"

自称为裴仲卿的男人眼睛环视四周，眼睛落在周礼与窈娘身上，嘴角翘起："原来有故人在此，别来无恙。"

窈娘明显哆嗦了一下，周礼伸手扶住了她肩膀："别怕，有我在，我不会丢下你。"

此时，不远处传来铁链的响动，接着是陆远朝他们高喊一声："人在这里！"

第七章 虎贲骑

周礼与窈娘闻言刚要过去,裴仲卿立刻先行一步,从船上跳到岸边,从溶洞的另一边向响动所在的方向飞奔。

崖壁上是数个天然溶洞,被加上了铁链做成水牢。十几个人被拴在里面,嘴里绑了布条,不能动,也不能开口呼救。陆远正抽出佩刀,奋命砍着铁链。周礼与窈娘冲过去后,也抽出刀一根根地将铁链砍断。而裴仲卿的脚步却被裴季卿拦住,两人在船头对峙,夏青鸢则抽刀拦着芍药。

"季卿。"裴仲卿放下刀,语重心长地看着白衣公子,眼神无奈,"纵使你如今将裴家毁了,我也不愿与你为敌。"

"叔父。"裴季卿咬着牙喊出这个称呼,"自从我年少时起,你们便将我做成'药人',让我做裴家的傀儡。如此含辛茹苦,自然舍不得毁了我。但你们万万不该在让我习惯地狱之后,又让牡丹来了裴府,让我知道真正像个人一般地活着究竟是何滋味。更不该杀了她。"

裴仲卿愣了一下,才抚着额头低声笑起来,抬眼看向裴季卿时,眼里带着怜悯:"原来,你一直以为是我杀了牡丹。"

"事到如今,你竟还否认?她的死状,除了百花杀的人,还能是何人能为?"裴季卿愤怒至极,攥手成拳挥打过去,却被裴仲卿牢牢抓住。

"若真是我杀的,我怎会否认。难不成我怕你?"

裴季卿的眼神晃动了一瞬,像是从未想过会如此,眼里失去了最后一丝光亮:"那是谁杀的,究竟是谁杀了她?"

裴仲卿甩掉裴季卿,就转身又朝陆远等人所在的方向走去。芍药被夏青鸢拦着,身上没有武器,动弹不得,在巨船与山崖之间对峙。

芍药端详着夏青鸢的脸："听闻你这双眼睛是五件神物之一，竟也看不见天下大势在谁那里吗？"说罢，她向夏青鸢伸出手，道，"本宫向来惜才，现在投靠于本宫，待登基之后，便对你与陆远从前所做之事既往不咎。"

夏青鸢看着她，眼里竟然有悲悯的神色："是谁告诉你，天下会落在百花杀和你这个裴家的傀儡手中？"

"本宫知道，你们都小看本宫，以为我离开了裴家与百花杀，就什么都不能做。但别忘记了，百花杀早就是韩党的一部分，若是杀尽了百花杀的人，说不定朝堂也会为之一空呢。"

夏青鸢心里一凛，想起在京城裴府那一场夜宴中，参与之人都是京城显贵。

芍药笑得愉快，一步步挪向那冰棺，毫不畏惧夏青鸢手里的剑。

"牡丹姐姐。"她抚摸着冰棺里的人，她的脸上遮着一张手帕，血迹斑斑。

"若是这天下皆黑，那什么又是白？"芍药俯下身子，"牡丹姐姐是个好人，所以死得早。可惜，白有了一张与我一样的脸。"

"别动她！"裴季卿冲过来，一把将芍药拽离了冰棺，表情狰狞。

她撇了撇嘴，转身就走，回头向他们说了一句："若是你们能活着走出神殿，就快些回京城去吧。这天下……就快要易主了。"

就在这时，另一头发出轰隆隆一声巨响，接着是铁链散落的声音。陆远、周礼与窈娘等人搀扶着被救下的虎贲骑余部，一齐从阴影中走出，却被裴仲卿伸手拦住。

"就算人被你们救下，却不能带走。百花杀神殿是机要之地，没有旁人能活着出去。"

陆远身后的虎贲骑少年们逐渐恢复了意识,都逐渐站稳,活动着被铁链拴得血迹淋漓的手腕,眼里露出凶狠的神色:"能不能活着出去,你说了不算。"

话音刚落,洞口便传来了杂乱的脚步声,一个人举着火把出现在光亮处,身上铠甲反射着昭昭天光。

是凤将军。

她背着弓箭,张弓即射,隔着百步一箭便射中了裴仲卿的左肩。接着又将背后的布包甩出去:"接着!"

其中一个少年接住了布包,里面是十几把长短不一的武器。不一会儿他们就各自寻到了自己的武器,越过巨船与崎岖的溶洞小路,朝尽头的洞口奔去。

窈娘、陆远与周礼走在最后,当他们只差一步便到了洞口时,窈娘的手臂却被拽住。回头时,她看见了负伤的裴仲卿,顿时僵在原地。

"当初你刚去山中时,是那些孩子里最胆小的一个。"裴仲卿笑得意味深长,"如今长大了,就以为我认不出了吗?"他手上使力,与她低声耳语,"做了百花杀的人,一辈子都是刺客。"

"咔嚓"一声脆响后,裴仲卿惨叫一声,放开了窈娘,怒视那个单手拧断他胳膊的人。

"堂主老眼昏花,多年不见,不认识我了?"周礼怒视着裴仲卿。对方先是不解,接着如遭雷击一般地看着他。

下一刻,周礼已经将剑搁在了裴仲卿的脖子上,眼里闪过大仇得报的愉悦与疯狂:"我就是多年前韩殊封山查人时逃出去的刺客之一。窈娘是我的旧相识,我们曾是搭档。"

他反手拧动刀刃,裴仲卿双眼圆睁,鲜血喷溅而出,染红了周礼的衣襟。他的刀法凌厉，出手狠辣，与平时判若两人。

"我是百花杀的刺客，更是漠北军，说过要保护谁，就决不食言。"

山间传来巨响，白衣公子站在船头，未曾移动，芍药不知所终。天地震荡间，周礼收刀入鞘，反手将试图抓住他的裴仲卿彻底推进了黑暗中。

火光冲天，山野间充斥着硫黄的气息。

他们迅速沿着绳子爬下去，滇南王早已在外面等候多时。梧凤跑过去，紧紧抱住了他。

最后的周礼与窈娘逃出后，一行人骑上马拼命离开那座山崖。就在他们离开后不久，悬崖发出隆隆巨响，巨石与碎石一同滚落，彻底封住了原来的山洞。

他们都惊魂未定地望着那一片废墟，心有余悸。

"京城恐怕有变。明日起，启程回京。"

待陆远与夏青鸢走远之后，窈娘才叫住了周礼，二人在夜幕下站定，背后是熊熊火焰。

"此前牡丹死在夏府的井中一案，是你做的吗？"她看着他，目不转睛。

"不是。"周礼笑了笑，窈娘明显地松了一口气。周礼又开口道："牡丹是自尽而死。我找到她时，她托我处理后事，并嫁祸给百花杀。如此一来，不等百花杀出手，便可先发制人，也可让裴季卿彻底与百花杀决裂。"周礼看着手里的刀，"许久没有戴百花杀的面具，匆匆仿制了一个，掉落在枯井里，没想到却是被你捡到了。"

窈娘了然一笑，想起那时她在夏府中替韩殊查案，撞见了陆远与夏青鸢，情急之下为掩盖真实身份而戴上了证物面具的事，

第七章 虎贲骑

只觉得恍如隔世。

"周礼。"她第一次认真叫他的名字。

"嗯?"夜色中,他的眼睛闪闪发亮。

"以后,别再杀人了。"她伸手,试探着握住了他的手腕。

"好。"他别过头,将她的手放在自己手中。

第八章　京城之战

自滇南至京城,他们马不停蹄地赶路,一日千里。数天后,终于到了京城。

此时已是十月,京城的天气已经转凉,四处都是掉落的枯叶,金光灿烂。

他们踏着那一地的金黄入城,城中喧嚷繁盛一如往常,直到走近了宫城,才发现了异样。

守城的军队不知何时都换成了黑衣黑甲,佩缠枝双莲纹徽志长刀,是韩殊的家兵。九千岁如此肆无忌惮,看来天子已经命不久矣。

他们回到羽翎卫府,却发现里面人去楼空,韩殊竟然已经遣散了羽翎卫。

"若是天子已经薨逝,恐怕韩殊不日就会发动兵变,控制京城。"陆远皱眉沉思,"若是不调兵……恐怕无力回天。"

"调兵?"梧凤接过了话,露出从容的笑,"我虽不在虎贲骑多年,漠北军中,倒是有许多旧相识。"

她又回过头去看滇南王:"殿下,可借你一用?"

"借我?"

"借你的名,征召起义军,带兵勤王。"梧凤看着满眼秋色,此时恰有大风起，卷起漫天金黄，倒映在她眼中，斑斓如猛虎。

刘退之笑了笑，翻身上马："走，去漠北调兵勤王！"

陆远与夏青鸾回头，与周礼、窈娘交换眼神："今夜必须入宫面圣，获取天子手谕。若是天子已死，九千岁秘不发丧，亦需向天下人揭露其恶行。若是不愿，此时还有抽身余地。"

接着，四人的回答异口同声："不退。"

深夜，宫城内。空中飘起大雪。

风雪中，一身紫色蟒袍的人朝深宫中走去，背影端正，月光在雪地中将他的影子拉得颀长。韩殊神色自若，一如往常，只是额前多了几缕白发。

他走后不久，一个人影从宫墙外翻了进来，顺着脚步跟上了他。

他穿过曲折回廊，走进一处偏僻宫院，尽头却再听不见温泉水流的声音。院落里，大雪纷纷扬扬地洒下，月光皎洁。皇帝披着黑色大氅，站在院中央，手里拄着一把长刀，站立如一座雕像。

听见他的身影走来，皇帝才长呼一口气，雪花凌乱飞舞。

"韩卿。"

韩殊走到皇帝面前，端正行礼："一切如陛下所愿，陆远与夏青鸾已经回京，虎贲骑余部也已找到，随滇南王去漠北调兵去了。"

"好！很好！"皇帝仰头，笑容挂在嘴边，"我终于，能去见羽衣了。"

韩殊没有说话，仍旧维持着行礼的姿势。皇帝低下头，伸手摸了摸韩殊的发顶："阿殊。"他第一次叫他从前的称呼，"孤觉得，你一直有件事瞒着孤。"

韩殊眼神震动了一下，却并未答话。

"你身边那个孩子，叫……窈娘，是不是？"皇帝仍旧微笑着，"羽衣从前在扬州时的名字，就是阿窈。这件事，只有你知道。那孩子与长公主同岁。孤记得，她到你身边那年，你去滇南封了一座山，回来对我禀报说是围剿百花杀。"

皇帝收回了手，依旧握着斩龙刀。

"孤想着，那孩子，应当才是孤真正的女儿。百花杀当年竟将她丢在深山，另立了一个不相干的孩子。"

风雪吹过，皇帝将斩龙刀递给了韩殊，闭上了眼："方才说的，全是胡思乱想罢了。许是太想知道，孤的公主是不是还活着，哪怕是假的，骗孤也好。"

"陛下。"

一个声音从不远处传出，接着是脚步声踏雪而来。接着，窈娘半跪在皇帝身边，行礼君臣之礼，开口时，声音却是在颤抖："陛下，我是窈娘。"

万籁俱寂。

皇帝缓缓地伸出手："孤可否……摸一下你的脸。"

她无声站起，握住皇帝的手腕，将他的手放在脸上。皇帝一点点地触碰，像羽毛掠过水面。两行泪从他脸颊两边滑下。接着他试探着伸出手，终于小心翼翼地抱住了她。

"你与先后，长得十分相像。"

她的脸上也有泪珠滚落，却退了一步，从皇帝的手中抽离。

"陛下，窈娘只是羽翎卫，不是大毓的长公主。"

皇帝脸上的表情悲喜交加，良久，才点点头："孤知道了。也好。孤知道你活着，已死而无憾了。"

风雪中，宫墙外的远处燃起狼烟。硝烟的气味传进深宫，喊杀声隐隐在耳。

漠北王军来得比想象的还快，大厦倾覆，旦夕之间。

深宫内传来马蹄声，接着宫苑大门轰然打开，陆远骑马入宫，身后是夏青鸢。九重宫殿外，火光滔天。

"陛下。"陆远下马行礼，佩剑"当啷"作响。

"来得正好，陆卿。"

皇帝对他招手，陆远迟疑了一瞬，对夏青鸢回头嘱咐："你们守着院门，没有我的命令，谁也不可放进来。"她点点头，就站立在门外等候。

陆远大踏步走进院内，韩殊站起身，他才看清皇帝手中拿着的斩龙刀，脚步一滞。

皇帝伸手，将斩龙刀递过去，他稳稳接住。几乎是转瞬之间，对方握着他的手，反手将刀刃插进了自己胸口。

"陛下！"陆远眼睛圆睁，看着皇帝嘴角流出暗红的血。

"遗诏早已拟好，孤已完成了当年与陆卿、夏卿的盟誓，扫除士族门阀，将天下还给天下人。"

倒下之前，皇帝向着韩殊所在的位置伸出了手，被他牢牢扶住。韩殊仿佛不胜其重，连嘴角都在颤抖。

"阿殊，这些年来，你受苦了。"皇帝用看不见的眼睛望着他，片刻之后，终于倒在血泊之中。

窈娘茫然地看着这一切，神情悲悯且茫然。

此时，门外喊杀声渐起，火光冲天。身边突然传来韩殊的声音："阿窈，这是我数年来收集的韩党罪证。待新帝登基之后，凭借此供状，可彻底铲除世家。"

窈娘接过了韩殊原本藏在怀里、沾着血的文书，郑重放在怀中。书页上还带着韩殊的气息与体温。

喊杀声越来越大,陆远已经冲了出去,与夏青鸾并肩而战。韩殊推了窈娘一把,眼里是一如往常的笑意:"去吧。"

窈娘最后回头看了一眼韩殊,就纵身冲进了喊杀中。

城头飘扬着虎贲骑的军旗,城外,禁军已经倒戈,刘玄礼已失去民心太久,守城军无心迎战,索性大开城门,欢迎王军入城。

城中,只有几处士族的院落里传来哭喊奔逃声,或许是畏惧新帝登基之后的手段,许多人连夜出逃,都城北侧官道上连夜车马不绝。

这场仗打得并不艰难。到了天光熹微时,他们已经开始清点伤亡、整理战场、整饬军队。滇南王的车驾已经开入了太初宫。

窈娘拖着疲惫至极的身躯骑马回到皇城外,宫门大开着,里面空无一人。虎贲骑接手了九道城门,连街巷的每个出口都被接管起来。

滇南王刘退之的雷霆手段,她今日才见识到,然而江山已经易主了。

窈娘骑马越过宫门,四处都是焦炭,不远处火光冲天。她的第一个念头是去找韩殊。

突然,她想起一个地方,掉转马头,径直向宫城西北面的别苑奔去。那里是韩殊常与皇帝见面议事的地方,极为隐蔽,据说里面供奉着先后的遗物。

江羽衣。她的心剧烈地揪痛了一下。她现在听不得这个名字,像听不得别人叫她长公主。

这称号是个诅咒,一个残忍的玩笑。

她一路飞奔,奔向那处别苑。火势尚未波及那里,由于四周都是茂密竹木与水池，一时半会儿烧不完。

假如她还能见他最后一面。她这样想着。

快要到别苑时，马匹却长嘶一声，畏惧火势，不敢前行。她咬着牙翻身下马，独自跑进密林中。

竹林中光线熹微，踩在草丛中时，有未融化的雪发出嘎吱嘎吱的响声。天边一轮血月照着她。

过了这么多年，又是这样的场面，她身边的人来了又去，又只剩下她一个。

她不知在林中跋涉了多久，靠月光指引着方向。忽地豁然开朗，眼前出现一片平坦开阔的院落，别苑到了。

别处在下雪，而在别苑中，积雪仍未融化。天上仍有细雪无声落下，那是竹叶上残留的雪片。

韩殊跪在院落中央，一把剑插在他胸口，血滴滴答答地落下。雪花在他四周无声飘落，他那身宰相的紫衣在月光中罩着一层朦胧的光晕。

果然，他方才支开她，是为了独自安安静静地死。她怎么就没有想到呢。

她不知道自己是怎么走到的院中央，怎么半跪下去，怎么试探着他的鼻息，惊喜地发现他还剩着一口气。

她张口数次，终于试探着叫出他的名字。

不是义父，不是韩公，不是九千岁，是韩殊。

"韩殊，你看看我，我是窈娘。"

他原本微阖的眼睛缓缓睁开，脸上已经没有血色。只看了她一眼，就气若游丝地开口："窈娘，你怎么来了？"

她的泪水瞬间掉落下来。韩殊从来就分得清她和江羽衣，所以他愿意给江羽衣的，从来不会给她。

"我来送你一程。"她用力擦去脸上的泪痕，勉强笑着，"来的是我，你很失望吧。"

韩殊的嘴角撇了撇，做出一个苦笑的表情，声音低得她几乎听不见。她凑近，再凑近，直到快要贴着他的脸，才听清了那四个字："我在等你。"

窈娘的眉头皱成一团，想要笑，却笑不出来。想要哭，却没有眼泪："你说什么？"

韩殊抬眼看着她，没有再说一句话。那眼神她看了千百次，却只有这次真正看懂了，却已经什么都来不及了。

他跪着，她虔诚捧起他的脸，擦掉他脸上所有的血迹和雪水，然后吻了吻他的眉心。

他低垂眼帘，嘴角浮现起一抹笑意，接着停止了呼吸。

雪花无声飘落，她抱着逐渐僵硬变冷的韩殊，坐在冰天雪地里，背后，皇宫百尺观星台轰然倒塌。

韩殊在最后一瞬，看见了多年前的明媚夏夜，五个年轻人站在观星台上，俯瞰天下。

"苍天在上，星宿为证，我们五人终将终结这乱世，将天下还给天下人。"

下个场景变换，狼牙山的风雪中，他在军帐里痛骂心如死灰的刘玄礼，帐外是江羽衣的灵堂。

"阿殊，为何我们打赢了仗，获胜的却是江左世家？我决不会让他们夺取权柄，更不会再立任何人为皇后。"

"那陛下愿意去死吗？"韩殊盯着刘玄礼。

"你说什么？"刘玄礼抬头。

"我说，假如陛下愿意在此后数年内，做一个行尸走肉的傀儡皇帝，臣愿意扮做那个被世家信任之人，你我做一个赌局，若是胜了，世家倾覆，败了，你我也不过一死。"韩殊话音刚落，夏焱与陆停渊也掀开帐帘走进来："还有我们。"

下一个场景，是他在风雪中从夏焱面前接走了昏迷的夏青鸢，背后是夏府的冲天火光。

"阿殊，往后的事，就拜托你了。"夏焱看着他，笑得如释重负，眼睛却仍旧不舍地望着夏青鸢。

"可惜这丫头了，日后恐怕要受许多苦。"

"有我在，你与陆将军的孩子都不会死。"韩殊最后看了一眼夏焱，就上了马车。夏府的牌匾在火舌中烧掉，砸落在地。太初宫外的火光烧得如同几年前的那个冬夜。

所有或肮脏或明亮的往事，都在那场大火中化为飞灰。

陆远与夏青鸢在巡查京城每一处小巷，扶助伤者，清理废墟。她佩刀走在陆远身旁，发现路人们看他们的眼神发生了变化：是畏惧，也是厌恶。

陆远手刃天子，取得遗诏的消息，看来已经传遍了京城。

此时新帝尚未登基，陆远在人们心中，成了与九千岁一样的权臣，甚至比九千岁更嚣张跋扈、目无法纪。

她侧过脸看他，陆远像是感应到她的目光，轻轻捏了捏她的手。

此时，小巷尽头闪过一个人影，陆远捕捉到那人的脸之后，眼神顿时变化，拦下了刚要向前走的夏青鸢："别动，在此处等我。"

他拔刀出鞘，匆匆向小巷中走去。像是有所感应似的，他回头又朝她一笑："等今日的事了结，明日就辞官，我们找个地方去逍遥快活。"

清晨的阳光洒下,他扬眉一笑,伸手拨了拨她鬓角掉落的头发。光照在他纯黑的袍服上,鱼龙闪着银色波光。

她目送着他走进那幽深巷口,一刻,两刻,直到她觉得不对劲时,看见那深邃的黑暗中,有一个女子哼着歌谣走出,手里提着一把短刀,鲜血淋漓。

是芍药。

夏青鸾心中轰的一声,顾不上与芍药对峙,拔腿便向深巷尽头跑去,与提刀的女子擦肩而过。

"你们两个,真是可怜人。"她如此低声说了一句,却在夏青鸾看不见的背后停下了脚步。因为窈娘正站在她对面,神色木然且悲悯。

夏青鸾拼了命地往小巷深处跑,循着血迹,像是去赶赴一个已经迟到的结局。

她最终在一扇木门前停下,血迹在那里终结,地面被血浸湿,洇染大片的血红,从门里渗出来。

门被反锁了。

她用力拍着门,叫着陆远的名字。这院落四处都是高墙,又没有树,她一时不能翻越。

"鸾儿。"

他声音很低,每说一个字都像是在忍受剧烈的疼痛。夏青鸾紧紧将耳朵贴在门上:"我在。陆远,你快开门,我带你出去。"

"鸾儿。"他一动不动,语气里带着冰冷的笑意,"门是我锁的。"

她撞击着门的动作顿时停了下来,僵立在那里,听着门里的声音一字一句:"你听我说,鸾儿。有件事,我一直瞒着你。还记得我说过,五年前在滇南中了蛊毒的事吗?"

陆远艰难地挪了挪身体,不堪重负一般地将头向后靠在门上,仰头看着天空。

"那之后,我遍访天下名医,都说我最多只有十年寿命。此毒发作时,药石罔效……我本觉得此生再无牵挂,不过苟活而已。直到我找到了你,你让我开始贪心,觉得哪怕再多活一年也好。"

他停顿了许久,她的耳朵紧紧贴着门缝,听着他艰难绵长的呼吸,一只手抽出佩刀,伸进门内,开始奋力劈砍木制的门闸。

"在滇南与百花杀对峙时,裴仲卿的刀上沾了毒。近日来我行动愈加迟缓,或许是蛊毒加速发作。"他闭上了眼,"我不想死,鸢儿。但若是我果真死了……"他闭着眼沉思了一会儿:"若是我果真死了……"

"别说傻话。"她终于开口,砍削门闸的手仍未停下,用沾着血的手抹掉脸上的泪,于是脸上也沾了血迹。木门闸厚实坚韧,佩刀也砍出了裂口。

"你忘了吗?我是'丹青眼'的后人,我能找遍天下名山收集药方,一定能治好你的蛊毒。"

陆远笑了笑,声音越来越虚弱:"鸢儿,我要离开京城一段时间。我与你约定,等治好了蛊毒,就会回来见你。或许是一年后,或许……是几十年后。"

她原本抬起的刀停在了半空:"你是从何时开始准备这些的?"

陆远已经不再说话,门背后悄无声息。

"陆远,你说话!"她几乎是吼叫出声。此时木门闸终于被砍出一道裂缝,她奋力一拽,门闸应声而断,她终于拉开了门。

门内一地飞雪。地上只余血迹,杳无人烟。

两年后，漠北，控马镇。

一个女子穿着朱红大氅，骑一匹枣红马，从天地尽头走来，在城关外亮出腰牌，在守城军面前晃了晃。

"是羽翎卫指挥使夏大人，开门！"

城门"吱呀"一声开启，夏青鸢骑马踱步进了城，马不停蹄地向守城军的大帐走去。

下了马，走进练兵场，她果然看见周礼坐在练兵台上，双目专注地看着台下士兵们排演阵形。

"周礼，许久不见。"

周礼回头，见是她，立刻露出标志性的六颗白牙，笑得一脸纯良："哟，夏大人，来控马镇查案子吗？"

她笑了笑，低眉整理袖口。

周礼顿时想起什么似的，眼神瞬间暗了下来："对，明天是师父的……"

"无妨。"她坐在周礼身旁的座椅上，与他一同看着练兵，"陆远说让我等他，我相信，他应当还活着。"

周礼深深地看了她一眼，不再说话。

两年间，京城改换了王旗，滇南王刘退之按照先帝遗诏的安排入主太初宫，韩殊畏罪身死，留下长达万字的悔罪书，历数韩党的罪行。新帝命令羽翎卫一一查办，相互勾连的世家被涤荡殆尽，朝中为之一空。于是新帝又制定了新律令，废除门阀推举，广开科举之门，寒门子弟也可凭借科考与军功获得功名。

新帝登基第二日，就立了皇后。皇后并非世家女子，大婚之日，世人才晓得她是当年虎贲骑里骑射武艺闻名天下的"凤将军"。此后，刘退之与梧凤皇后共同执政，皇后开设女子科举与武举，亲自拟定殿试考题，史称"二圣临朝"。

秋风吹过，天空晴朗澄澈。周礼也像是沉浸在回忆中，良久没有再开口。

"对了，我前几日在京城太史局翻看卷册，发现了河图洛书。"夏青鸢语气平静。

"什么？"周礼却没这么淡定，"真的假的？"

"是真的。"她继续道，"原来，河图洛书真的就不过是一块泥版，上面写着些无人能读懂的上古文字。如此一来，拥有河图洛书之人，便可随意释读那些字，让其为己所用。"

"从来变的不是物，而是人心。"周礼惊讶之后，也归于释然，"不过河图洛书不是丢了吗？为何会在太史局？"

"韩殊最初在京城任左相时，供职太史局。我此次去查案，翻阅的是韩殊的卷宗。那东西就放在书架上，无人问津。不过卷宗上有纪年，是庆穆三十年。"

"原来如此。"周礼笑了笑。

"那东西……恐怕是先后江羽衣的遗物吧。河神庙里，巫女所拿的泥版，就是河图洛书。怪不得先皇一直在寻找此物，怕是也有些放不下的执念。如此想来，当初先皇放出五件神物的消息，让陆远与我去找，也不过是在试炼我们，顺便筛选出能不为流言所迷惑的下一任君王。至于东西能否找到，他根本就不在乎。"

周礼也颔首："被先皇如此戏耍，夏大人不生气吗？"

"先皇心思缜密，为复仇不惜毁了自己，以天下为诱饵，彻底剿灭世家。如此手段，我只有佩服。"

"夏大人如今也相信，先皇与韩殊的所作所为，都是为向世家复仇，因为当年在狼牙山下，是百花杀的人害死了江羽衣，对吗？"

"当年先皇势力日盛，羽翎卫又锋芒太盛，让世家忌惮。为了削弱他，世家必先除掉江羽衣，逼先皇另立皇后，从而掌控朝堂。但他们没想到，就算杀了江羽衣，刘玄礼也绝不会任世家摆布。"她伸手从桌上拿茶水，却瞥见几本医书，手略微停了停。

周礼也伸手去递茶水，不动声色地将医书收在了一边。

"周副将开始看医书了？何时有这个消遣了？"她不露痕迹地接过了茶。

"是窈娘她太让人不放心了，哈哈哈。平日里拼命查案子不说，近来都不肯让我替她看伤，真是头疼。"

她看了他一眼，眼带笑意："周礼，你是我认识的人里，最会演戏的人之一。"

"多谢夏大人夸奖。"周礼淡定答谢，"我们彼此彼此。"

"你与窈娘进展如何了？"她托腮喝茶。

周礼呛了一口茶，狼狈地擦了擦桌子："前……前些天她来控马镇找我，不知是何意。"

"晚上来的？"她继续八卦。

"嗯。"周礼心虚地继续喝茶。

她看着周礼的模样，先是觉得好笑，渐渐地不知想起来什么，眼神就又黯淡下去。

周礼敏锐地发现了她眼里的愁绪，轻叹气后拍了拍她的肩："夏大人也不要太过劳累。我明日……与你一同去看看师父。"

第二日，控马镇城外，白雪飞扬。三人骑马并辔走在山岗上，不远处立着一座衣冠冢，刻着镇国公陆远的名字。

"你们走吧，我想自己与他待一会儿。"夏青鸢看见了墓碑，停下马对身后的二人开口。

周礼与窈娘会意，策马离去。她等了一会儿，直到落雪飘满肩头，才缓缓走向墓碑。伸手拂去了遮挡字迹的雪迹。

"陆远，你再不回来，我便真的当你死了。"她从腰间掏出一个酒囊，倒在地上，"明天我便去天香阁，挑几个长得像你的倌人回家伺候。"

她额头碰在墓碑上，呼出的白汽融化了字迹上的残冰。

"他们哪里有我伺候得好。"

忽地，她听见身后有个极熟悉的声音，接着是靴子踩在雪地上的声音，稳健有力。再接着，黑色大氅的衣角出现在她视线中，一双手从背后抱住了她。

温暖，可靠，沉默，如同世间所有坚不可摧的东西。

"陆远。"她的眼泪终于流淌下来。

雷厉风行、京城震慑的羽翎卫指挥使夏青鸢此时哭得像个十六岁小女孩，挥拳就捶向陆远的胸口，被他一把抓住吻了吻。

"你活着，我不舍得死。治了毒，养好了伤，才敢来见你。"他把她拥进怀里，双手箍着她的腰，勒得她快要喘不上气。

"不然，万一夫人将我关在门外，冻个十天半个月，我怎么吃得消。"他低头吻着她耳垂和脖颈，语气中带着笑意。

"你冻死在外边算了！"她又哭又笑。

"你才不舍得。"他拉着她的手放在自己腰上，将她一把抱起，"回家？"

她躲进他怀里，像躲进世间唯一可躲避风雨的所在："回家！"

风大雪大。朱红色与深黑色的两团一明一暗的火在天地间穿行，走向那座固若金汤的城池。

"你的解药是从哪里寻来的？"她玩着他领口的衣扣，有一搭没一搭地说着话。

"我没想到，周礼对医术颇有钻研，多年前就开始替我找解药。说是在替窈娘治伤之前，顺手拿我做试验，没想到有奇效。"陆远感叹道，"我确实未曾看懂这个人。"

"可惜，你如此聪明的徒弟，情路却是刚见起色呢。"

与此同时，城内的周礼打了个喷嚏，仰头望了望天："这个时辰，师父与师娘想必是在外住驿馆了，要不把城门关了吧。"

番外一　花椒酒与屠苏符

（一）

大毓二十三年的冬天，漠北，控马镇。

最难熬的年景已经过去，如今漠北平定，京城里也有了新皇帝。控马镇与北疆重开茶马互市，逐渐成了繁华热闹的边塞小城。

那些不为人知的朝堂争斗与江湖血雨，也都成了话本里被人津津乐道的旧事。

那一年，控马镇里新来了几个陌生脸孔，盘了一个小院住下，成日里不过喝茶谈天、煮酒练剑，逍遥快活。

漠北雪多，雪大时车马难行，小雪时则美景无双。镇上的人常趁着年节时全家出行，载着热酒与炭火，找天地开阔处畅饮赏雪。

控马镇外，处处是古战场。人们多为军户后代，多产烈酒，烈酒喝多了，也善跳剑舞。

最美是月圆星稀之时，天地间都是茫茫大雪。人们在高处生起篝火，饮酒欢歌，以剑击铠甲作舞，通宵达旦。

那天正是正月佳节，雪霁初晴，小巷深处有黄狗吠叫，孩童嬉闹。

小院外，柴扉初启。一个年轻人探出头来，看了看门外，神情欢悦："师父！昨夜的雪下得不厚，青鸢师娘她应当赶得回来！"

年轻人穿着羽翎卫的制服，风风火火地走回院里，腰间的佩剑铮铮作响。

"既然如此，我就不便久留了，京城里还有事……"

院里落了一层薄雪，中央一棵大树下坐着一个男子，黑色大氅裹着，看不清眉眼，只伸出一只修长的手，将火炉上热着的酒壶拿起来，倒了一杯放在桌上，醇厚酒香顿时四溢，年轻人瞬间顿住了脚。

"急什么，喝一杯再走。"男子抬眼看他，将酒推过去。雪花落在他长睫上，鼻梁高挺，眉眼深邃如幽潭，一张令人过目不忘的脸。

镇国将军陆远，字定疆。数年前在那场京城大乱中以雷霆手段稳定危局，扶立新帝，位居三公之首，却突发恶疾，在新帝登基不久后便身死。

狼子野心，刻薄寡恩。这是史书上对他一生的评价。然而那并不是陆远的真正结局。

"师父，师娘此次去京城不过十天，就这般焦急。院里天寒，仔细旧伤。"年轻人刚喝了一口酒，就重启了八卦模式，一脸担忧地看着陆远，"其实师父你不必担忧，听闻此次羽翎卫新来的这批兵士颇得师娘青睐，其中有一个，师娘还说长得像师父，性格也像师父年轻时候。少不得要多留几日，好好托付一番事务才能回来。"

男人拿着酒壶的手晃了一下，酒洒出了杯沿外。

"像我？"陆远抬眉看向周礼。

"是啊，不过那新兵武艺哪里比得上师父，也就是年纪小几岁,脸皮白嫩了一些,说话也斯文委婉,不似师父这样直率。"

"啪"的一声,陆远把酒壶直接放在了桌上,双手撑着膝盖,抬头看着周礼:"夏青鸢是何时出的京城?"

周礼摸了摸鼻子,思索了一会儿,道:"两天前才传信给窈娘说是要出城,今日里应当晚些就到控马镇。"

男人瞬间站了起来,大氅下行装齐整,想来是早已准备停当,正要出门。

"师父,原来你早就打算去接……"周礼话说了一半就咽了下去,因为陆远将他按在了长椅上:"留在院里,再煮壶酒。今夜就在控马镇过节吧。"

周礼两眼含泪,还没来得及感激陆远,就听见柴扉合上的声音,男人的脚步声匆匆远去,卷起一地落雪。

(二)

夏青鸢骑马赶了两天的路,越向北,风雪越大。待控马镇的城楼浮现在眼前时,简直泫然欲泣。

她可太想念小院里的烧酒和铜炉煮肉了。

然而,就快要到城门了,她忽然看见城外小山坡上的亭子里有个身影,分外眼熟。那人显然也同时看见了她,掉转马头就下了山。

风雪里,山河壮阔。夏青鸢身上的朱红大氅就红得更加显眼。她看清那人是谁后就停了马,笑着等在大路旁。

陆远的身上落满了雪,下马就朝她奔来,一把将她拉进怀里。寒气与热气交融,她不知为何鼻子有些发酸。

"说了不用等我,外面多冷。你的腿伤还未好。"

"鸢儿。"他将脸埋在她颈侧,深呼吸了一下,才闷声开口。

"嗯?"她嘴角扬起来,踮脚替他整理衣襟上的雪花。

"我想你了。"他低声说了一句,又立刻将头抵在她肩上。

"什么?"她的手停顿下来,一脸不可思议的神情,"可是我听错了?"

"我说我想你,怎么?"陆远抬起脸,神色泰然,"从前没这么说过吗?"

她沉思了一会儿,坚定摇头:"没有。你一向都比较……"她顿了顿,"直接。"

陆远"哦"了一声,替她将大氅系紧了一些,又扶她上了马。两个人一前一后,并辔而行。快走进城时,陆远才咳了一声,拦住了她,道:"今夜院里有客人。"他示意道,"周礼留在我这里过屠苏节,窈娘也在。"

"啊,那就不方便回去了。"她咬唇看他,"他们二人也难得见一面。"

"是啊。"陆远又抬头望天,"那你我今夜……"

她顾左右而言他:"那……那就只好去驿馆了。"

陆远深沉点头:"是啊,好像只能如此了。"

(三)

深夜,陆远与她裹在被子里,靠在窗前赏雪。炉里温着花椒酒,远处响起笛声,是思乡的兵士在吹家乡曲调。

"听说,你在京城交了新朋友。"陆远闲谈般开口,伸手从床头藤篮里拿了个橘子剥开,递到她手上。

"周礼已与你说了?我本想晚些时候再告诉你。"她笑得眼睛弯弯,"今年新招的羽翎卫,有一个长得十分像你,性格脾气也像。"

陆远把原本塞进她手里的橘子又拿回来:"你中意他?"

她眼里笑意更明显:"是啊,我看见他,就想起从前的你。"

陆远眼眉低垂,把橘子剥下一瓣喂给她:"我当年可不讨人喜欢。"

她张嘴叼过,眉毛皱成一团:"好酸。"

"酸吗?"陆远好奇,也尝了一瓣,耳边听见她的声音:"你当年多讨喜,少年英武,又温柔可爱,愿意陪我救猫,还陪我说话,自从在宫里第一次见,我就喜欢你了。"

她说完,身后的陆远突然安静。夏青鸢转身去看,下颌却被握住抬起。灯火昏暗中,他找到她的唇轻轻咬啮,有橘子的清香。

"是甜的。"他放开她,眨了眨眼。

她摸摸发红的耳朵,转过身去:"不和你说话了。"

他从后面环抱着她,安静看雪落无声。

城内,小院里,年轻人还守在火炉旁,撑着脸昏昏欲睡。

"说好了一起喝屠苏酒,又丢我一人看家。"他看着炉火摇曳,喃喃自语,眼神却温暖。

忽而院门开启,他头也不抬地开口:"师父,炭火都要烧完了。"接着起身走了几步,揉着眉间,"困了,去睡了,明儿个喊我起来换桃符。"

"是我。"一个女声在耳边响起,他瞬间清醒:"窈娘?你不是……"

"近日无事,去狼牙山看看,给故人上香。回得早些,顺道看看陆将军。"她不自然地绾了绾鬓发,"你怎么也在这儿?"

周礼摸了摸鼻子:"我也不知道我为何会在这儿。"

窈娘眼睛转了转,扑哧一笑:"你与夏姑娘一样,总是中陆将军的计。"接着,她将行囊往石桌上一放,左右四顾,"也好,今夜我就在此住下了。"

周礼立马手忙脚乱:"那……那我走。"

一只素白的手却及时拉住了他:"出生入死这么多回,什么没看过,还避讳与我同住?"

他难得正经一次,郑重看她,眼里都是关切:"窈娘。你当真放下了?"

她笑着点点头:"当真放下了。"

屠苏酒烧开了,院里都是醇厚的芳香。天边绽开几朵烟花,是新年了。

番外二 人间客(韩殊&窈娘)

(一)

窈娘第一次见到韩殊，是在十四岁。

十四岁前，她被"百花杀"养在谷里做杀手，平日里所见只有刀枪剑戟。杀手们都是和她年龄相仿的孩子，互相防范如仇敌。

谷里不知冬夏，只有不停地互相试炼刀术，排名最末的孩子都悄无声息地消失了。自她记事起，就会握刀。睡觉时，醒来时，都要握着刀，心里才安稳。

那是炼狱般的十四年。

韩殊出现的那个春夜，刚下过初春的最后一场小雪。她被派去和谷里刀术最强的杀手比试，差一点就被割开了喉咙，她险胜，但浑身是伤，只剩一口气，倒在雪堆里。

她抬头看着漫天飞扬的雪花，想着这不长的人生里，竟然没什么值得记住的事，全是人杀人，寂寞如雪。

他就在那时候踏着雪走进了幽谷。发色和大氅一样深黑，眉头紧皱，像在四处找什么东西。

她一丝一毫都未曾想过，这个人是来找她的。

男人的脚步越来越近，踩着落雪覆盖的树丛，积雪发出清脆的声响。她躺在竹林暗处，身上的血在一点点地流干。杀手的职业习惯让她下意识地躲藏起来不发出声响，更何况她也已意识模糊。

他在她面前站定，半跪下来。模糊中她看见他的脸，眼尾细长，像山神鬼魅。

接着，他朝她伸出了手，扶住她向下倒的肩膀。然后缓缓地，轻柔地抱起了她。

男人身上的暖意一阵阵地传到她身上，那么温暖。甚至让她濒死的心萌发出活下去的愿望。

"我带你回家。"那是韩殊对她说的第一句话。

（二）

很久之后她才知道，在过去的十四年里，只有韩殊一直坚信她还活着。韩殊几乎将盘踞在江都的前朝旧族连根拔起，终于在一处隐蔽山谷里探听得"百花杀"的下落，为了不惊动对方，他只身入谷，闯过重重机关，才进到她所在的竹林深处。

在雪地里，韩殊一眼就认出了她。这其间的原因，她很久之后才明白。

只是那一天她什么也没问，任由他抱着自己出谷，像快要溺死的人抓住一根救命的绳索。

出谷后，那片山谷就被荡平，再无人知晓她的过去。

他带她回了京城，细心照顾了半年，养好了她身上所有的新伤与旧伤，待她能再次下地时，已经是秋天。

她记得她推开院门时，看见满园金黄秋叶。那个救她回来的男人坐在树下看书，肩上、头发上，都缀着落叶。他只是坐在那儿，就连风都不敢轻易吹动。

一切都是静的。

男人抬头看见了她，眼神有一刹那的飘忽。

接着，他告诉她，自己是大毓朝的左相，韩殊。清剿"百花杀"的老巢时捡到了她。如果她愿意，从此就跟着他，住在韩府。

她忙不迭点头，生怕他反悔。

韩殊第一次笑了，他笑时眉头微蹙，好像愉悦的感觉也让他痛苦，可那眼神里也有一闪而过的温暖。

生平第一次，窈娘心里生出一股要活下去，要抓住点什么的欲望。

起初，她还带着刚离开山谷的警惕与自卑，不说话，不笑，行立坐卧都拿着刀，以至于待人接物、读书习字、喝茶弹琴，都是韩殊一点点教会的。就连第一次来癸水，都是韩殊不小心发现之后，欲言又止地告诉她的。

那时候她的世界苍白阴冷，唯一一点有温度的地方，就是有韩殊在的地方。

午夜梦回，她依然时常梦见从前在山谷里浑身是血被追杀、为了抢一碗剩饭和其他孩子互相撕咬、戴着面具的黑衣人毫无理由地带走同伴消失。她浑身是汗地醒来时，床边的桌上总有一碗温度正好的安神茶。

他知道她的过去，却从不过问。

韩殊为她取名阿窈。渐渐地，京城无人不晓韩殊有个身手了得的侍卫，是他的义女，像个尾巴似的跟在他身边，形影不离。

也是在那几年里，她发现了韩殊的许多秘密。比如他虽然看起来不苟言笑，实则喜欢在夜深人静时躲在房里弹琴，且水平非同一般；比如他虽精通天文历法，却是个路痴，常在自家花园里迷路；又比如世人都说左相韩殊奢靡无度，沉溺声色，他住的房间却简单质朴得像个苦修的僧人。

时间倏忽而过，她知道韩殊待她与其他人不同，却说不上来究竟如何不同。她也看过太多韩殊不为人知的一面，看得越多，越对他捉摸不透。

只有一次，她意外地看到了层层表象遮掩之下的，真正的韩殊。

那也是个雪天。她像平常一般，站在天香阁外，等候韩殊议事结束，扶他上马回府。他那天意外地提早出来，脚步趔趄，像是喝醉了。

他酒量不小，几乎不会喝醉。她心里一紧，就小跑过去，伸手搀扶他。

他先是一怔，接着抬眼看着她。那一眼，让她心中蓦然涌起一阵从未有过的陌生感觉。

那是男人看女人的眼神。

北风吹过，韩殊打了个冷战，眼神蓦然清醒，接着不动声色地挣脱开她搀着的手。转过脸去看着远方，京城大雪弥漫，天地一片纯白。

"阿窈，明日起便去北巡抚司当值，这侍卫……你无须再做了。"

很久之后，她才知道那天是什么日子。她出生的那天，先后江羽衣薨逝，天下皆哀。左相韩殊入宫，一步一步，成为今天的九千岁。

（三）

她不知道自己做错了什么，只是在听到那句话时，觉得周遭都安静下来，那在梦中追杀了她两年的寒风与刀光，像一个响亮的巴掌，将她从一场美梦里打醒。

只有站在他身边，她才是窈娘。如果韩殊不再需要她，她会变成什么样子？继续做个杀手，一把没有感情的刀？

韩殊独自上了马车，她失魂落魄地在空荡荡的大道上走了许久，回过神时，发现自己又站在了韩府门前。

雪花纷纷扬扬。她突然想起方才韩殊看她的眼神，温热的血流涌上心头，她听见自己的心在奇怪地跳动。

她想见他，比从前任何时候都想。

她飞也似的跑进门廊，韩殊破天荒地坐在院中等她。突然见面，她以为自己可以自如应对，却不料更加慌乱。

"去哪里了？"他声音里难得有明显情绪起伏。

她跑进来太急，喘着气回应他，眼里都是欣喜的光。

"深夜未归，不知近来京城宵禁吗？"

她不知他为何生气。也许是嫌弃她太笨，从入府来就给他添麻烦。也许他今天特意等她，就是要赶她出府。

"义父，我不会去北镇抚司，我想留在韩府。"

韩殊突然沉默了。

她鼓起勇气直视他，那炽热的眼神，任谁看了都难免心里一动。

许久，他才苦笑了一下，开口时语气艰涩："阿窈，过来。"

她颠颠地跑了过去，韩殊站起身，从头到脚，仔细端详她。那热流又涌上她心头，随着他的眼神在周身流窜。

"义父。"她仰起头看着他。韩殊平常总是病恹恹地靠在榻上，其实他比她高很多，身姿伟岸。她想起从前听过的民间八卦，说在还未随着刘玄礼打江山时，他曾是扬州有名的美男子，善弹琴，与尚在江湖卖艺的江羽衣在酒楼相识，一见如故。

这些念头出现时，她也吃了一惊，以前她从未意识到，原来，她是这样看韩殊的。

想离他更近，想一直站在他身边，想要他用方才在天香阁外一样的眼神看着她，哪怕只有一瞬间。

"义父，我……"她张了张口，心快要跳出嗓子眼。那句话就在嘴边，可她不敢说出口。

"阿窈。"他伸手，替她把松散的鬓发理好。这是他对她从前就有的习惯。

"多年前，韩某入宫辅佐陛下，立志终身不娶。阿窈想要的，韩某给不了。"

她脑袋里嗡嗡响，几乎站立不稳。

"只愿你此生无病无忧，平安顺遂，远离朝堂争斗……得一心人陪伴左右，快意余生。"

书房里灯花响了一声，两人都沉默无语。许久，她才轻声回应了一句："窈娘谨记教诲。"

（四）

从那以后，韩府里再没有阿窈，只有北镇抚司的窈娘。

她练功刻苦，不要命似的查案，不久就被选进了羽翎卫，御赐鱼龙锦袍、佩斩龙刀，升副指挥使。韩殊对她仍旧如常，只是无要紧的事就不再见她。她也不再主动提起那些旧事。

在京城待到第四年时，北镇抚司新来了两个人。其中一个高个子、面容阴沉的青年叫陆远，听闻是皇帝亲自去北疆控马镇救出来的死囚犯，官阶升得腾云驾雾，没半年就做到了指挥使。另一个是他从北疆带回来的同袍,叫周礼。

与陆远性格完全相反,周礼简直是朵人见人爱的太阳花。只要有他在的地方,就有欢声笑语。但窈娘只觉得他吵闹,且觉得他绣花枕头一包草,全靠着抱住陆远的大腿一路晋升,是个中看不中用的兵痞。

然而,几次搭档出任务恰巧都是她和周礼。不管遇到什么险境,那青年总是笑呵呵的,也总是冲在她前头,替她挡过不少明枪暗箭。

被护着的次数多了,她也疑惑起来。直到某天她终于忍不住,把周礼扣在案卷室中质问,他却依然是那副轻描淡写的样子:"我幼年丧父,是阿娘抚养我长大。阿娘常说,越是不爱喊苦喊累的人,其实最苦最累。若是日后身边有这样的人,就算只是萍水相逢,也要力所能及地照拂。"

她沉默了半晌,歪着头看他:"你觉得,我……是这样的人吗?"

周礼摸了摸鼻子:"你平日总是独自一人待着,查案时不要命,受重伤也不在乎。你心里,一定有什么解不开的心结。"

她怔了怔,心中浮现的却是连绵的雪景。一个身形瘦削却气势逼人的男子站在大雪的尽头,找到她,抱起她,带她回家,看她的眼神却总像是隔了千万里的冰雪。

她还是忘不了韩殊。

"是,我是有心结。那又怎么样?以后不要多管闲事来救我。"

她把伤药往桌上一放就走,周礼麻溜地接过,攥在手里,又朝走出门的她喊了一嗓子:"好意我收下了,其他的,我可没答应!"

她带上门走出去,却觉得那一天的阳光照在身上,竟也有一点温暖。

（五）

　　羽翎卫又来了个新人，她身材娇小，叽叽喳喳，总是跟在陆远身后。难得的是，素来冷着一张脸的陆远对那女孩却有用不完的耐心，眼睛永远在那个女孩的身上。

　　不久之后，她才知道那是陆远新娶的夫人，也是与他有世仇的夏家的女儿。可明眼人都看得出来：陆远深爱着夏青鸢。

　　原来，真正的喜欢是藏也藏不住的，而可以忍受、可以割舍、可以忘掉的，或许也没那么喜欢。

　　想到这一点，她突然心里一轻，眼泪就掉落下来。

　　那天之后，她变得开朗了许多，连见了周礼都偶尔笑一笑，吓得周礼摸不着头脑，悄悄询问陆远自己是不是大限将至。

　　她主动找周礼搭档查案子，假扮一对新婚夫妻，去参加一位显宦的家宴，目的是拿到与会名册上某个重要证人的手书。然而她没想到的是，那夜韩殊也应邀列席，只是坐在纱帐内，她看不见他。更没想到的是，她在和周礼假装举案齐眉琴瑟和鸣时，韩殊却坐在角落，把那幕假做的真戏看得一清二楚。

　　周礼那天破天荒地脱下那身破旧军服换上了锦袍，一双含情目顾盼生辉，笑容春风拂面，说话又会讨人欢心，竟夺去了宴会上京城贵胄公子们的风头。他们站在一起时，就是一对璧人。她不知为什么，那天很高兴，多喝了几杯酒，竟然有了几分醉意。

　　拿到手书后，她索性假装醉酒，倒在周礼怀里，顺势把手书塞进了他的袖笼。周礼当即会意，一把扶住她，直接抱了起来："夫人喝醉了，属下先行告退。"

　　她闭着眼假寐，正暗中庆幸大功告成，耳边却传来一个再熟悉不过的声音："放下她。"

是韩殊。

她没有睁开眼，反而脸更深地朝周礼怀里拱了拱。她相信周礼不会那么听话。若要说京城还有谁敢在九千岁面前不低头，那就只有陆远和周礼这两个从控马镇死牢里被放出来的兵痞。

"扰了九千岁的雅兴，罪该万死。只是夫人身体不适，要早些回去了。"周礼把夫人两字咬得很重。方才一直戴着幕篱，不知韩殊是不是认出了她。可此案子与韩殊并无关系，就算是认出了，又能怎么样？韩殊不是会自找麻烦的人。

"哦，夫人。"

韩殊在看她。那眼神烫在她身上，她觉得自己的耳朵一定红了。

"韩某错认了。"他终于让步，任由周礼抱着她扬长而去。

二人擦肩而过的时候，她再次确信，韩殊一定认出了她。

周礼送她回韩府，如今她住在府里的别院，今日家中仆役睡得早，大门竟然已经落锁。她趁着酒意，要翻墙回去，周礼竟然快她一步，抱着她稳稳落在院内。

从前并不知道，他轻功也如此了得。

"你什么时候练了轻功？"她诧异道。

"一直都会，只是你没发现而已。"他抱着她一路轻捷地进了院门，院内只点了一盏昏黄的灯。

送走周礼，她踉跄着走进了院落，那盏灯晃动了一下，却并未熄灭。

那是韩殊所在的书房。从前她出任务时，常常晚归，归来时就会看见韩殊书房里亮着灯。待她走回自己的卧房时，那盏灯就会熄灭。

她一直不知道，那盏灯是为了等她而留，还是她自作多情。

然而这一次，她鬼迷心窍似的又多走了两步，从微阖的门缝向里看去。她想看一眼他的样子，哪怕就一眼。

那踏出的一步让她后来后悔了许久。

屋里灯火昏黄，韩殊背对着她，身上只穿着一件单薄里衣，面朝着书房另一侧的墙，墙上挂着一幅肖像。他闭着眼睛，声音沙哑低沉，念着一个她熟悉而又陌生的名字："羽衣。"

她不回头地跑了出去，不知自己是怎么回到的卧房，只觉得天地俱黑。然而，就在她刚离开韩殊的书房门口，男人就停了动作，在烛光中静默许久。

（六）

那是她加入羽翎卫之后，最后一次见到韩殊。那夜所见到的秘密她对谁都没有提起，只是逐渐开始留意先后与韩殊的旧事。

他们一同去了扬州，那也是韩殊的故里。大街小巷都流传着关于四柱国在乱世中相逢的话本，说的却都是大毓皇帝与皇后之间的儿女情长。

韩殊只是在故事的最初被提起，作为江羽衣与刘玄礼相逢之前的铺垫，潦草交代了一句，说九千岁与先后是扬州旧相识。

韩殊身世成谜，人们只知道他出生在扬州，从小混迹于妓馆歌楼，长于弹琴，善察言观色。因容貌阴柔，常被误会为妓馆里的倌人。江羽衣从河神庙逃出来之后，混迹扬州卖艺，二人常在街头相逢，后来成了莫逆之交。

乱世里，相貌姣好却出身寒微的男女，往往都没有什么好下场。窈娘想象不出他们年少时的样子，只觉得心中痛楚。

韩殊十八岁时，当时还是草莽军痞的刘玄礼来到扬州，与江羽衣一见钟情。自那之后，他们之间的故事里就再也没有了韩殊。他最后一次出现在先后的故事里，是在穆庆三十年的狼牙山战场上，漠北军在山下与北帐可汗对战，大营却被攻陷，江羽衣难产而死。

刘玄礼、陆停渊、夏焱、韩殊。她有那么多曾经并肩作战的挚友与爱人，却没有一个赶得及回去救她。

话本里写，皇帝悲痛欲绝，不能为皇后操持后事。是韩殊替她起坟，按照她从前的愿望，将她埋葬在了狼牙山上。

那一段故事，她曾在扬州的茶坊酒肆里一遍遍地听，听完了总是沉默。

（七）

从滇南回去后，她对周礼的态度转变了许多。得知他曾是自己的搭档，在百花杀培养杀手的那座幽深山谷里，她曾经有许多搭档，但后来都死了。

但周礼居然活着，还百般曲折地回到了她身边，让她觉得十分不可思议，也觉得新鲜。

是不同于以往的一种感情。像三月三京城郊外解冻的春河、正月里燃放的河灯与烟花，像城北点心铺里新出的樱桃酪，都是她所不能承受的、太过轻盈，太过温暖的东西。

她想要慢慢地试探，所幸周礼也并不着急。他是个极有耐心的人，也是个独自一人也能过得有声有色的人。如今不是他需要她，而是她需要他。

窈娘觉得，这样的日子也不错。

（八）

新帝登基之后，每年的十月，窈娘都会去漠北狼牙山一段时间，山上有两个并列的墓碑，一个旧一些，刻着先后的名讳，规模也更华丽。稍远一些的地方有座更简朴的墓，墓上连名字都没有，只刻着一朵小小的缠枝莲花纹，那曾经是韩殊的家徽。

曾经权倾朝野，只手遮天的九千岁，如今已被世人所遗忘，被史书归为"权奸"，历数其恶行。

她也未曾知道，当年韩殊曾与其他四人立下过怎样的誓言，能让他愿意在夏焱和陆停渊身死之后，继续潜伏在冰山之下多年，直到将所有罪人都一起送进地狱。

而那时，他已在地狱里走了太久，再也洗不掉身上的污秽。

"义父。"她靠在墓碑上，喃喃自语，"京城今日也下雪了，你在那里还冷吗？"

她掏出一壶酒，浇在墓碑前。风雪吹过墓碑，露出雪地下的青草。许久之后，她终于站起身，骑马向山下走去。

天地辽阔，她心中忽地想起当年的一件旧事，那也是个雪天。韩殊照旧在天香阁议事，她也照旧在楼门伫立，等着送他回府。

那天是年节，路上渐渐地亮起朱红的灯盏，家家户户都忙着赶路回家，与亲人团圆。天色将暗时，她终于见到韩殊朝着门口走来。

万家烟火在他身后，阁楼里通明的灯盏照着他，却照不亮他幽深的一双眼睛。

她有些着急，顾不上繁缛礼节，跑上台阶去扶住了韩殊。

他知道是她,反常地没有推开,而是趁着酒意,把半个身子都倚在她肩上,两人互相依偎着走下台阶,任凭雪花落了一身。

"窈娘。"

北风中,有细雪落下。

"年节已过,我竟又苟活了一年。"

"义父还要活许多年,看阿窈荣华富贵,子孙满堂。"

"我不想见你子孙满堂。"他装作若无其事地开着玩笑,眼神却是认真的痛苦,"世间没人配娶我的阿窈。"

番外三　榴花红(滇南王＆梧凤)

(一)

做了皇帝之后，刘退之有个习惯，就是喜欢偷跑出宫去听话本。

刘退之听话本时一向八卦，偶尔听到讲陆远和夏青鸢的本子还会赏说书人几锭金锞，若是这本子里还有几个荤段子，还要抄录下来回去绘声绘色地讲给梧凤听。

终于某天，他听到了写自己的段子，对当年他在京城流连花丛的故事大书特书，对于他与梧凤皇后的事却只有寥寥数语，听得台下吃茶的人都纷纷摇头，感叹大毓朝的皇帝论痴情还是要看先皇，可惜了凤将军，想必是为了社稷江山安定，才忍痛嫁了草包皇帝，二人看着就貌合神离云云。刘退之当即摔了个茶杯，没有气度地拂袖而去。

没有气度的草包皇帝刘退之回了宫，就四处找皇后。内侍却告诉他皇后一早就去南大营练兵去了，于是刘退之就在书房批奏折，灯火通明地等到三更，才听到宫门外喧哗，知道是梧凤回来了。

刘退之撑着脸，眼皮上下打架之时，嘴角却不自觉扬起。她或许一直未曾发现,只要是她所在之处,总是灯火喧哗,明亮无比。

那是他所留恋的人间。

那喧哗声一直顺着走廊过来,渐渐地只剩下女子的脚步声,想必是内侍已与人通报他在书房的消息。

"哗啦"一声,门被打开。梧凤笑眯眯地探进头来,脸上带着三分歉意:"陛下,听说您白日四处找我呢?我不是早就说了,今天去南大营练兵?说起南大营,今年新招的羽翎卫可真不错,颇有几个武艺高强的,我去切磋了一番……"

她一边进门一边换衣裳,话还没说完,就被男人从背后抱住,一手揽着她的腰,一手从她肩膀处伸过去,将虚掩的门彻底关上。

灯火摇曳间,刘退之的眼睛狭长,如同狐狸。他懒懒地将头埋在她的肩颈一侧,一手绕着她的头发丝,声音也是懒的。

"怎么才回来?"他的声音带着睡意,梧凤却下意识地察觉到了危险。

只要这人向自己撒娇,多半没好事。

"孤已等了一天。"他的手松开她的发丝,径直单手解开了她的外袍。这件外袍系带颇复杂,他解起来却轻车熟路。

她按着他的胸膛向后推了推。这是累了的意思,若是平常,他就会识趣地不再继续下去,可今夜却没停下。

他修长有力的手拂过她,梧凤的气息也紊乱起来,握住他的手腕:"陛下,今天不行,我累了。"她眼睫颤动,握着他手腕的力气却没那么坚定。他闻言,也停下了手,却仍旧将她禁锢在门边,额头抵在她肩膀上,轻叹了一口气。

"怎么?"她轻抚他后颈,笑着问,"又遇着棘手之事了吗?"

他没说话，过了一会儿才闷声开口："他们说，你不是心甘情愿嫁给我，是为了社稷江山，还说我们貌合神离。"

梧凤眼神立马变了，凶巴巴地开口："谁说的？"

他的语气依旧委屈，手却在她腰间上下游走："话本里都这么写。"

"话本？"她听得云里雾里。

"嗯。今日去逛东市，听了几个讲当朝故事的话本子。讲到你我的事，都说帝后感情不和。"他歪着头偷看她，发现她在认真生气，就更大胆地说下去，"梧凤，你说我是不是该将那几个说得好的叫进宫里，好好给他们讲讲当年的事。"

她的脸唰地红了："不……不许讲！"

刘退之露出会心的笑："可你我之间这段，若是不记下来，实在可惜。"说完，他又蹭了蹭她的颈项，话音带着困意，"当年，孤为了博得凤将军青睐，可是费了不少功夫。"

从前的荒唐往事一幕幕地浮现起来，她像炙了毛的猫一般从脸红到了脖子根："说了不许就是不许！"

他玩味地欣赏了一会儿她的窘态，才笑着点头："好，不讲。"说完又低头玩她的衣带，"那孤如今担着一个薄情皇帝的名号，还不能洗刷冤屈，是不是应当给我些补偿？"

她思索了一下，终于恍然大悟："我以为陛下从前就已经十分不要脸，原来还可以更不要脸。"

他点头同意，一把扯下她的衣带。

"凤将军还是老样子，口是心非。"他眼里闪过得逞的笑，一把将她抱起，走进书房深处的卧榻。步伐稳健，与刚才昏昏欲睡的样子判若两人。

"今……今夜不要胡闹太过。我明日还要去南大营……"她咬着唇揪住他衣领，企图讨价还价。

男人将她放在卧榻上，听闻此言，眉毛挑了挑："还去？听闻近日想与凤将军切磋的将士不少，若是有看上的便告知孤，明日就将他从名册里划了。"

她捧起他的脸："原来是在为这个生气。"

他默不作声，只是低头亲吻她。梧凤眉开眼笑，难得地任由他胡作非为，中途还配合了一下。

红烛高照。刘退之借着烛光打量她的睡颜，窗外传来夜莺鸣叫，于是他转身吹灭了红烛。

（二）

刘退之第一次遇见梧凤，是在虎贲骑攻下江都的那一场大战之中。

史书中对于他的这段经历原本只有寥寥几个字，毕竟不大光彩：大毓朝的第二位皇帝，少年时曾与先帝在江都对战，不仅被先帝打败，还被先帝手下的将领俘虏，关了数日才放回去。

然而刘退之却对此津津乐道，还说若不是那次大战，他就见不到梧凤。没遇见梧凤，他就还是那个滇南王宫里的瘸腿三殿下，毕生理想不过是活着二字。

他向来说话半真半假，此时也是一样。当年的刘退之确实有腿疾，却是他为避王位之争亲手所为。

滇南刘氏，数百年前便镇守一方，自立为王，几代积累之下，其财力与兵力可堪与中原分庭抗礼。只是历代滇南王长袖善舞，又有不参与中原纷争的祖制，才在乱世中保全了滇南。到了刘退之的父亲那一辈，版图已扩张至江左，伸手便可夺取江都。

那是距离一统中原仅余一步的位置，绝对的权力摆在眼前，再严厉的祖制也不过是一张废纸。

于是老滇南王无视了不准参与中原纷争的规矩，挥师北上，决意攻占江都。

那一年，滇南王宫里充溢着不安的躁动。人人都觉得此战必胜，毕竟在滇南的绝对兵力优势面前，其余的起义军不过是散兵游勇。

就在此刻，早已被人遗忘的刘退之第一次踏出自己所在的深宫，走进大殿，对他已多年未说过一句话的父王开口，请求一同去征讨江都。

老滇南王都快忘了自己还有这么个孩子。他的母亲多年前忤逆了王，被下旨勒死在深宫，他从小在冷宫长大，十余岁时就瘸了一条腿，终日坐在椅上或是拄着拐杖，是谁都视而不见的废人。

滇南王第一次正视他，发现他已经长高了许多，站起时竟与自己平视，只是平日里佝偻着，根本没人发觉。

彼时的王世子、刘退之的长兄正站在一旁看着他，一同站在殿里的还有他的二哥、三哥、四哥。

他们原本都在殿内议事，可谁都没有想起他。

老滇南王听了他的请求，大笑数声，给了他个抄写文书的职务，允许随军一同前行。所有人都跟着笑，让他快些感谢父王的知人善任。

他放下拐杖，行礼下拜。伤腿行动不便，拜下后再站起来时摔倒了数次，仍旧咬牙站了起来，一步步走出了大殿。直到行至无人处，他才咬牙扶着墙壁半跪下去，双膝已经鲜血淋漓。

"你当年为何要主动请缨去江都？"多年后，梧凤曾经这样问过他。

"那时我无处可去，想着与其在宫中苟活，继而被骨肉兄弟害死，不如去战场，死得干净爽利。"他平静回答。

十八岁那年夏天，在江都城下，刘退之遇见了梧凤。

那时的凤将军还是个小兵，却也是虎贲骑营里唯一的女子。江都城地形复杂，镇守江都的虎贲骑又精通巷战，滇南王军驻扎在城外半个月，军粮快要耗尽，却连虎贲骑的人数都没有摸清。老滇南王颇有怨言，将怒气撒在了王世子与其他儿子身上，于是王世子建议，挑一使者去假意游说虎贲骑，给他们议和条件，待其放松警惕收兵时，再分几路攻城。此使者需是王公贵族，不至于让对方觉得议和无诚意。

商量此事时，刘退之就在帐内。王世子一句话毕，众人都望向他。于是他搁下笔，朝父王一笑："臣愿往虎贲骑大营议和。"

（三）

那天江都城外有小雪，刘退之孤身一人一马，走到了虎贲骑大营前。

江都城头燃着烽火，上万支弓箭蓄势待发。他将袖中的文书拿出来展开，守卫才将他带进了大帐。

大帐里坐着陆停渊。名震江左的"兵神"，创设虎贲骑，助刘玄礼在短短数月内便横扫中原，占据了江都城。刘退之原本以为他应当剽悍魁梧，不料却长着一张俊秀的脸，眼廓深邃嘴角带笑，像猛虎，也像狡黠的狼。

陆停渊听他念完了和议书，并未答话，而是指了指他身后的一个人，叫了一声梧凤。身边一个年轻卫兵站出来，走向刘退之。

"若是将军不愿议和，在下便自尽于阵前。"少年声音沉稳，眼神却像个亡命徒。

闻言，原本低着头看文书的将军抬起头，深深看了他一眼，才笑了笑："为何不愿？滇南刘氏经营南疆数百年，向来言出必行。此书，虎贲骑收下了。"

身后响起佩剑撞击铠甲的响声，接着一双纤长的手扶起了他。刘退之回头，看见一双澄澈的眼睛。

"看着他，别让他死了。"陆停渊简单交代了一句，就走出了大帐，营帐里只剩下那个叫梧凤的守卫与刘退之两个人。

"殿下，初次见面，我是梧凤。"她朝他行礼，言语恭敬。

"我不是什么殿下，不过是个将死之人。"少年的脸苍白，眼睛狭长，嘲讽般地看着她，"也无须对我如此恭敬。"

她澄澈的眼睛看着他："我不会让殿下死，这是军令。"

他被这句话噎住，竟无言以对，第一次认真端详这个年岁与自己相仿的年轻兵士。她看起来瘦弱纤细，身量不高，只一双澄明透亮的眼睛，让人见之不忘。

"军令比天命还要大吗？若是上天要我命丧于此地，你也能拦住吗？"他冷笑一声。

"未尽全力，怎知不可？"她依旧用那双诚挚的眼睛看着他，像直看到他最深处，看见他从未敢于示人的、那一丝微茫的生念。

刘退之突然觉得有些惧怕，那惧怕让他想要从眼前这个人身边逃开。

"随便你。"他转过脸去，想走，却发现自己的手臂被她拽着，动弹不得。

"放开我。"他瞪她。

"将军说了,要我看着殿下,一步不得稍离。"她眨眨眼。

"我要去解手,你也一起吗?"刘退之上前一步,举起被她拽着的手臂,无赖一笑,"若是想去,也可同去。"

她脸红了红,瞬间松开了手,刘退之了然一笑,拄着拐杖走出了大帐,她依旧亦步亦趋地跟着。

虎贲骑的大营驻扎在城内,不远处就是城楼,四处都有重兵把守,戒备森严。城外是数万滇南大军,城头燃着烽火,天地间大雪纷飞。

"你的将军敢放我在营中乱走吗?"他走出去几步,才回头问她。

"将军只说要我看着殿下,未曾说不许殿下离开营帐。"她答得毫不迟疑。

刘退之像看怪人般看了她一眼,接着耸耸肩,继续四下顾盼。攻城战已经陷入胶着,两军各有损伤。滇南军长途跋涉,粮草已尽,虎贲骑所在的大毓军队也已困守孤城多日,是强弩之末。江都城外几百里的山上驻扎着各路豪杰的军队,正等着看这场战争的胜负,好决定日后跟随谁的王旗。

在大营中,刘退之听闻虎贲骑已经接受了滇南王的假意和议条件,决定在戌时开城门,迎接滇南军入江都城,两军协理江都,平分中原。

城内安静得诡异,他看见虎贲骑军容整饬,毫无溃败之象。江都城中,家家户户戒备森严,但无人逃离。

戌时,陆停渊再次请刘退之入帐,告诉他在滇南军入城之时,他会被押上城头,作为滇南军信守承诺、不在城中烧杀抢掠的保证。

寂静大帐中,他沉默了一瞬,最终说了声好。

第二日,大雪深数尺,天地俱白。

滇南军队逶迤数里,浩浩荡荡地开赴江都城。城头上扬着赤色的军旗,那是虎贲骑的标志。

终于,滇南军队停在了城门前,只要眼前的城门打开,天下便唾手可得。

就在此时,一个白衣少年一步步走上城头,向下俯瞰。城下站着他的父亲与诸位兄弟,黑衣黑甲,龙行虎步,而他却文弱寡言,拄着拐杖,与剽悍勇武的滇南军截然不同。

就算是隔着风雪与数丈高的城墙,他也看得见父兄轻蔑的眼神。刘退之的心仅刺痛了一瞬,就恢复了麻木。

"父王。"他突然朝城楼之下大喊了一声,所有人都抬起头。

"城内有埋伏,不可进城!"他又喊了一声。左右的虎贲骑举起弓箭,悉数指着他。

他浑然不惧,风雪中,分明看见滇南军中起了骚动。接着,他看见长兄举起了手里的弓弩,箭尖直指他的心脏。

进一步,退一步,他都是叛徒。可他终究不能负了无辜的滇南士兵,对眼前的陷阱视而不见。刘退之笑了笑,闭上了眼睛。

如此也算死得其所。

箭风呼啸,他忽地被一股极大的力量扑倒在地,身上却并未有被贯穿的剧痛。睁开眼时,看到的却是梧凤那双清澈的眼,正对他怒目而视。

"你疯了!"两个人同时吼出了声,接着刘退之才看见梧凤右肩上插着的箭镞,鲜血汩汩流出,染红了她的肩甲。

番外三 榴花红(滇南王&梧凤) 367

这个疯子，竟然会为他挡箭。

此时楼下杀声震天。就在方才滇南军射杀他的一瞬，陆停渊下令守城，万支浸过火油的箭射向城下，城下全是滇南王军的哭喊与惨叫。城楼上激战正酣，早已无人再去关心他的死活。

人间地狱。

刘退之咬牙坐起，却被身上的人死死拽着。

"你要去哪儿？"她忍着痛问他，依旧是那双让他不敢直视的双眼。

他脸上手上都是血，不知道是守城军的，还是他身上的。刘退之沉思片刻，抬手扛起负伤的梧凤，扶着城墙，在乱军之中跌跌撞撞地穿行，终于找到一处有遮挡的城垛。她失血过多，已经意识不清，但依旧死死抓着他的衣袖。

刘退之咬牙，拔下了她肩上的箭镞。她一声不吭，只是皱了皱眉。他又撕下衣袖做布条，伸手去脱她的铠甲。

"不要。"她气若游丝，伸手拦住他。

"不包扎，你会死。"他眼角血红，甩开她的手，用力将她的铠甲脱下来，用自己的外袍罩着她，又一点点地揭开被血染红的里衣。

风雪与火焰中，无人注意到角落里正在包扎伤员的刘退之，更没人看见他如遭雷击般慌乱的眼神。

"你……你是女人？"他声音极低，被烫了似的收回了手，又拿起布条，咬牙道："得罪了。"

她咬着唇不发一言，看着他沉默而迅速地包扎着她的伤口，额角发丝散乱垂下，一双狭长的凤眼，眼里思绪复杂。

"殿下，方才在城楼上，你也不想死，是不是？"她忽然开口，嘴角居然带着笑。

刘退之像看疯子一般地看了她一眼,没有回话。

"殿下方才朝滇南王喊话,还是存了一丝念想,以为滇南大军五万、将领十余人,皆是你的手足兄弟,总有一人信你。"

他包扎的手慢了一些,细雪簌簌落下。城外喊杀声渐渐弱下去,想必是滇南军已经溃退,再无回天之力。

"其实,让殿下上城楼这步棋,也是陆将军算好的。"她声音越来越低,断断续续。

"他允许你留在虎贲骑大营,让你看见城中的情况,就是料定你心中仍有滇南,一定会在城头劝阻滇南王。"

"他也知道滇南王必不听我劝阻,也必会杀我。"刘退之接着她的话说下去,同时系紧布条,打了一个结,手指从她肩后掠过,停顿了片刻,"而只要滇南军的箭射向城头使臣,便是亲手撕毁合约,不信不义。虎贲骑此时开战,便是师出有名。"他额角发丝垂下,眼神冰凉。

"是。"她闭上眼,嘴角依旧带着笑,"滇南军从无诚意议和,虎贲骑也在利用殿下。"

"不对。"他凝神看她,"既然如此,方才我就该被射死。你为何要救我?"

"因为陆将军说,要你活着。"她说完最后这句话,就昏了过去。他迅速扶着她倒下的身子,才发现她额头烫得厉害。刘退之黯淡的眼神里难得发出狠厉的光,一把将她背起,在一地伤军中蹒跚前行,拼命将她带下城头。

"你们虎贲骑,都如此相信那个姓陆的吗?"

天边外一声雁鸣,不远处的城垛边,陆停渊看着这一幕,眼里发出讶异又惊喜的光。

夜晚,中军大帐内。陆停渊坐在正中,看着刘退之浑身血污,一步步走近大帐,却被拦在门口。

"放他进来。"陆停渊抬手,众兵将就眼睁睁地看着那个被抛弃的滇南使臣亡命徒般一瘸一拐地走进帐中,站在陆停渊面前。

"陆将军。"刘退之抬眼,看着不动如山的男人,半跪下去,咬牙切齿,一字一句地开口,"吾甘为虎贲骑俘虏,只求陆将军医治梧凤。"

陆停渊沉默地看着那腰板挺直的少年,良久,才轻声答:"允。"

大帐里立刻有人提着药箱走出来,刘退之突然迟疑片刻,又补了一句:"药、药给我就好。"

"给他。"陆停渊抬了抬手。

少年接过药,连道谢都忘了说,迅速走出去,几次险些跌倒。

"将军,留着他不会有祸患吗?"待刘退之走远,副将才走上去问陆停渊。

"凤儿是个好孩子。"陆停渊眼角带笑,喝了一口茶,答非所问地喃喃自语。

"今年的江都城太冷。有火可暖时,便多留一时罢。"

(四)

江都,十二月,虎贲骑营里人人皆知,那个叫梧凤的卫兵多了个小跟班。

刘退之每天都拄着拐杖,往来于将军大营与梧凤的营帐之间,有时是去拿药,有时是去领粮饷和水。

大战已毕，滇南军一溃千里，已经开始拔营撤离江都。城外观望的杂军也已陆续投靠大毓，天下将定。虎贲骑也在整理行装，等待新的军令。百废待兴时，没人有精力去顾及一个败军俘虏的死活。

"哗啦"一声，帐帘掀开，刘退之弯腰俯身，将熬好的汤药与饭食送进帐中，就迅速退了出去。然而眼角余光还是看见了正在换衣服的梧凤。

油灯光芒微亮，美人发丝拂过肩头，她眉头微蹙，咬着换下的布条，将紧绷的白布一圈一圈地绕在前胸。

他急匆匆地放下帘帐，心中没来由地烦躁起来。她总是这样不设防，不知是不拿自己当女人，还是不拿他当男人。

"殿……殿下，请进帐片刻。"她清了清嗓子，"有话同你说。"

他整理了一下早已破旧脏污的外袍，低头进了营帐。看见她端正坐在草席上，佩剑放在一边，像是特意洗过脸，比平时更光彩照人一些。

果然是美人。他心里浮现这样一个念头，连自己都吓了一跳。

"这几日，多谢殿下照拂，梧凤得以活命。"她低头行礼，他一动未动。

"无须谢我，一命还一命罢了。"他嘴角动了动，却只说了这句淡漠的话。

"殿下要走了，是吗？"她行礼后，却没再抬眼，只是低头问他。

"是。"刘退之笑了笑，"听闻滇南此战伤亡惨重，无人主理政事。"他攥紧了衣袍下摆，较劲似的按捺着其他情绪，"况且，虎贲骑营也不是久留之地。"

"好，我去送你。"她拿起佩剑，起身的一瞬间扯到了伤口，眉头一皱。他立刻伸出手去扶她，两个人撞在一起，夜里换药时呼吸咫尺的暧昧又浮现在眼前。

"说了伤势还需静养，你逞什么强！"他话说出了口，才觉得这句责备太过亲近，率先红了耳朵。

她却毫不在意地抓着他的手臂站稳，抬头明媚一笑："你我也算是同生共死，送一程又如何。"

那双澄澈的眼看进他眼里，刘退之听见沉寂已久的心中有异样的响声，是冰河解冻，滔滔春水一泻千里。

江都城外，青草萋萋。

"殿下，那日在城头，你恐怕也算准了滇南军会射杀你吧。"

刘退之眼里闪过一瞬的惊讶与赞许，才抬眼看她："是。"

"我原本就存着死志，被杀了，也不过是求仁得仁。"他自嘲地笑了笑。

她转头望向狼藉遍地的战场，有百姓拖家带口，在城外燃起祭祀死者的纸钱，也有僧人做法事，超度亡魂的声音回荡在青天之上。

他静默地看着她，突然伸手摸向她的脸。梧凤下意识退后一步，又咬唇站定，眼里闪着光。刘退之笑了笑，故意弹了她脑门一下。她恼羞成怒地瞪他，却看见刘退之眼里的情绪，一时愣住。

他将她的头发撩到耳后，手指又顺着耳垂拂过，停在耳根，缓缓收回了手。

"后悔救我了？"

"梧凤遵军令行事，问心无愧。"她犹疑了一会儿，才如此回答，眼看着刘退之原本闪亮的目光一点点黯淡下去。

"好。"他点头，"我知道了。"

他最后一次深深地看了她一眼，就翻身上马，朝郊外远处的官道走去。

走了几步，她才喊住了他："殿下。"

他停了马，却没有回头。

"若有一日天下太平，可否去滇南见你？"

他脸上第一次露出发自内心的笑，白衣在风中猎猎飞扬，一双凤目顾盼流光。

"好。我等你来。"

（五）

两年后，梧凤从守卫一路拼杀，成了传闻中功名仅次于陆停渊的"凤将军"。

然而她却未曾想过，那些曾与她一同浴血奋战的同袍，会被悉数埋葬在天亮前的永夜之中。她从尸山血海中爬出来，带着比她年纪更小的余兵冲出重围，才得知虎贲骑的主力中了埋伏，被悉数斩杀于狼牙山下，无一幸免。此刻，她才想起陆停渊曾经叮嘱她的那句话："虎贲骑，乱世则出，太平则隐。"

如今漠北已定，天下将一，天子赏赐数万，却独独将虎贲骑派到山穷水尽之处，又恰巧遭遇埋伏。这一切都是巧合吗？

悬崖绝壁间，她身后是最后的虎贲骑二十余人，非残即伤。面前是天地茫茫，无处可退。她静默许久，突然笑出了声："出发。"

"去何处？"副将问她。

"滇南。"

（六）

从漠北到滇南，他们走了月余。从冰天雪地走到绿草青青，陌上野花开遍，终于视线中出现了一座大城。

滇南已到。

她将众人安顿在郊外，一人一马，独自走向滇南王城。这一幕是如此熟悉，却是天地改换，物是人非。

出乎她意料的是，守城的卫兵并未盘问她的来历，她就这样一路畅通无阻地走进了皇城，一步步走上百尺高台，走进幽深的王宫。

刘退之可还活着？还住在此处？如今的滇南是谁把持政事，若是刘退之还活着……会允许她这个昔日战场上的敌人带着滇南的敌军驻扎在城外吗？

可是除了滇南，天下太平时，虎贲骑竟然无处可去。

大殿空旷，她踏进殿前的石阶，每一步都是脚下军靴的回声，直到看见宫殿深处，龙椅上坐着的，是那张曾在梦中浮现过无数回的脸，也看见了他身上的玄色龙袍。

两人都一时有些恍惚。许久，她才听见自己的声音艰难开口："吾乃大毓虎贲骑主将梧凤，见过殿……殿下。"

静默中，她只听见殿里滴水漏钟的声音，滴答、滴答。

"你终于来了。"他开口，浑厚沉稳，是个男人的嗓音。他也不再是那个孱弱的俘虏。两年不长，却也足以让一个人脱胎换骨。

"走近些。"他的声音平静如深潭，藏着惊涛骇浪。她只听见风暴的端倪，然而还是一步步走进宫殿深处，走近那张王座。

当她越来越近时，他站了起来，掀开挡在王座前的珠帘，走下玉阶，走到她面前，步伐矫健有力，全然不像是从前那样步履维艰。

"听闻虎贲骑近年出了个凤将军接替陆停渊,果然是你。"他神色晦暗,"你不是很聪明吗,梧凤?为何让自己落到这步田地?"

他的眼睛落在她全身破烂脏污的铠甲上,她忍不住后退了一步,低头保持着行礼的姿势。

"殿下,梧凤不远千里来滇南,是有事相求。"她艰难开口。

"我知道你所来是为了何事。"他截断她的话,又自顾自一笑,"是为了你的虎贲骑吧。"

她攥紧了拳,却一言不发,算是默认。

"你的皇帝不要你了,陆将军也不要你了,连虎贲骑也丢下你,你才想起我,是不是?"他忽地咬牙切齿,"我原本以为,你是来找我的。我等了你两年,熬死了父皇,杀了皇兄,又遍寻名医,治好了腿,就等着你来。"

他离她越来越近,她终于抬头,第一次看清了他。

"守卫说,你是一人一马入城,我原本很欢喜。"他语气冷漠得近乎残酷,"后来才知道,你是将同袍留在了城外,来与我求情。虎贲骑是滇南军的死敌,江都一战,多少滇南儿郎死在城下,你让我留他们在此休养生息?梧凤,你是真傻,还是太天真?"

他咄咄逼问着,却看见她一双澄澈清明的眼,瞬间偃旗息鼓。

"就算要救,我也只救你一个。"他眼里的火渐渐灭下去,拂袖转身走回王座,"别人与我有何相干?"

"殿下想要梧凤如何。"她攥紧了拳又放下,终于说出口,"我什么都愿意做,只要换他们活着。"

他停了步,忽地冷笑了一声:"怎样都可以?"接着回转身,走到距离她仅一步时才停下,伸手抚摸她肩头与脖颈,"要你留在我宫中,也可以吗,凤将军?"

她眼睛惊讶地睁大了一瞬,想挣扎时,他的手已经移到她背后,解下了她身后铠甲的系扣。哗啦一声,肩甲落地,她被他拉进怀里,手腕反扣到腰后,动弹不得。他的唇在她颈项间游移,却始终没有碰到她。

"陆将军给了你什么好处,让你如此忠心于他?"他咬牙切齿,"你呢,你自己呢,你愿意如此自辱吗,梧凤?"

"国士遇我,国士报之。"她声音很低,却让他不由自主松开了手。

"梧凤自幼病弱,被父母遗弃在深山。虎贲骑给了我一条活路,从未低看我,轻慢我,拿我当同袍亲人,教我射箭骑马,与我同阵杀敌。我们说好了,等天下太平,就各自归乡,可他们都死了,死在狼牙山下。剩我一人,要如何活着?你说得对,我是走投无路时才想起来滇南。若是殿下不愿收留,我们现在就走。"

她第一次与他说这么多话,却字字绝情。

他眼里情绪翻涌,却没再说话。天色昏黑,她长途跋涉又精疲力尽,刚转身走了几步,竟就地昏了过去。

"梧凤!"他吼出声,立刻去探她的鼻息。发现是睡着之后,才松了口气,抱起她走进黑暗之中。

"方才说的都是气话,你愿投奔我,我很欢喜。大毓的皇帝拱手将虎贲骑送与滇南,我也很欢喜。"黑暗中,他吻了吻她的额头,眼里是压抑许久的怜惜和……占有欲。

"就算天下人都背弃了你,我也不会不要你。"

（七）

再醒来时，她发现自己睡在一处大殿里，只点着一支红烛。那红烛上雕着蟠龙，火舌灿灿，将床帐内外照得通明。

朦胧中，她看见半开的床帐外站着一个男人，正背对着她脱下龙袍。背脊上肌肉虬结有力，只是常在深宫，比征战在外的兵士更苍白。

滇南王刘退之。

听见响动，他回头看她，侧脸在灯光下俊美无匹，眼神狡黠，是壁画上的狐仙。他掀开帐帘，俯下身上了床，还没等她挣扎起身，就将她压在了身下。男人身上蒸腾的热气让她忍不住打了个哆嗦。

滇南之行，是虎贲骑余部最后的活命机会。她赌她了解当年那个孤僻小殿下的心思，所幸赌对了，可心里却泛着空荡荡的回响，像是眼看着风雪中少年的影子骑马远去，怎么追都再也追不上。

"怎么又流泪？"他叹了口气，再度松开她，半撑着身子坐起，替她擦拭脸上的泪水。

"就这么讨厌我吗？还是……已经有了心上人？"他神色由担忧转为恼怒，"是那个姓陆的？"

她被他的表情逗笑，心中的酸涩淡了一些，终于主动握住他的手。

"我不讨厌你。"她眼神诚挚，"从未讨厌过你。"

他的眼神由震惊变为欣喜，反手将她的手紧紧握住。

"再说一遍。"他第一次吻她，却从耳垂吻到眼睫，始终不敢碰她的唇，"我很爱听，只要你留下，我会派人安置虎贲骑。"

她眼神里的理智已快被欲望烧尽，却依然发着倔强的光："但我只要一日活着，便一日是虎贲骑的主将，不能做你的后宫。"

"我不要你做后宫。"他握着她后颈，亲吻她那处箭伤。

"殿下如此待我，我与烟花女子有什么分别。"

"我怕是疯了，才会喜欢你这么心如铁石的人。"他眼角泛红，继续狠声质问，"若不是为了虎贲骑，你也不会来滇南，是不是？"

"殿下，请答应我一件事。"她看着他，眼神澄澈，"安置虎贲骑。"

他抚额笑出了声，笑得肩膀都在抖动，接着垂下头，握住她肩膀，替她穿上外袍，系紧了衣带。

"我答应你。但日后与我在一起时，不许再提起虎贲骑。"

（八）

梧凤若无其事地出了城，那时正是滇南的暮春，漫山遍野开着血红的凤凰花。

她独自一人骑马出城去，没有回头，自然也就没有看见城头站着滇南王，披衣蹙眉，看着她仍旧穿着那一身沾满血污的铠甲，走进凤凰花树染红的山丘，消失在他视野之外。

年老的宫监站在他背后，一脸担忧地看着他："殿下，该用药了。"

他回首接过药碗，一饮而尽。

"徐掌事，我腿伤尚未痊愈的事，不准告诉凤将军。"他故作严厉地叮嘱宫监。

"是，老臣知道。"对方笑得一脸欣慰，忍不住感叹，"不过那凤将军，真是与殿下所画的一模一样啊。"

"徐九。"他瞪了老宫监一眼。

对方立刻应声："是是是，老臣失言，老臣告退。"

天色将暗，她终于骑马行至虎贲骑扎营所在，却见二十几个少年都整整齐齐列在营外，大风吹起他们的衣袍，有几个年纪小又负伤的也挣扎着站在一起，面色悲切。她立刻摆起笑脸，翻身下马，向他们走去："不是说过，我于滇南王有救命之恩，愿意助我的吗？为何都哭丧着脸？"

"凤将军。"年纪最大的副将跑上去为她牵马，"凤将军，若是滇南王欺负了你，我们拼却了性命，也要杀进滇南王府，为你报仇。"

"什么打打杀杀的，以后都不许说了。"她听见"欺负"二字，方才的一幕幕都立刻浮现在眼前，立马心虚地转移话题，"你们年纪尚小，还有许多好日子可过。从今后，我们便住在此处，不走了。"

"不走了？"所有人都松了一口气。

"不走了。"她望向凤凰花林的那一端，依稀可看见滇南王城的影子。

"我们便在此地，更名换姓，耕田读书。但凡有一日太平年岁可过，我们便做一日桃花源人，从此，世间再无虎贲骑。"

（九）

滇南王没有食言，第二日便派人去了虎贲骑大营，赐予他们田宅数处，收纳他们为滇南民户。而所有人的兵器早已在之前被她架起铜炉，一一熔毁。

"凤将军！"当她将贴身佩剑也扔进铜炉里时，副将终于忍不住喊出了声。

"今后，不可再叫凤将军。我乃你们的长姐梧凤，故土遭遇灾荒，带着族中后人迁徙至此，在滇南定居。"她看着利刃在火炉中熔化，眼神平静，"也不可再提起虎贲骑，违者军……家法处置。"

炉火照着她眼里的微光，身后几十个少年齐齐向她拜以军礼。

"是！"

自那天起，滇南郊外便多了几处新盖起的宅院，植树种田，往来之人都是眉目良善的少年人，待人温和有礼，又通中原官话，行动间又有些参过军的底子。城郊住户不敢冒犯，日子久了，就渐渐熟络起来，逢年过节互通有无，甚至集资开起了医馆与书院。

那一众少年人都无姓氏，名字中都带一凤字，称呼以年岁排行，只副将不愿改名，梧凤仍旧称他本名：叶北征。

叶北征那年刚十八岁，自诩看人看事都比余下那几个半大孩子透彻些。他们都是虎贲骑征战四方时收留的弃儿，待同袍如家人。虎贲骑主力被灭后，梧凤在他们眼里就是威严赫赫的长姐，她的话就是军令。

可叶北征不同。他未曾见过滇南王，也未曾经历过江都之战，遇见梧凤时，她已经是凤将军。年岁久了，军营中的人都忘了她是个女子，可叶北征记得。她曾在漠北从乱军中救下他，还因此负了伤。叶北征世代行医，替她看过伤的第二天就参了军，拼命被选进了虎贲骑。

这些梧凤都不知道，她此时的心思都在应付滇南王城里那位，无暇他顾，更体察不到身边人的少年情思。

刘退之自从那一夜后，再没来叨扰过她。她的日子过得太清静，清静得有一丝丝诡异。她虽下意识觉得刘退之不会这么轻易地放过她，又不能擅自去招惹他，只好夜里辗转反侧。

直到一个月后，她清晨走出院子，看见大道尽头驶过一辆青壁马车，虽装饰低调，车帘上却印着滇南王室的徽志。

该来的还是来了。

马车堪堪在她的院门前停下，车帘内伸出一只修长的手，接着是一张清俊的脸，只那一双凤眼给脸上添了几分俏色，顾盼生辉，不知道的还以为是哪个歌楼里的清倌人。

那双眼向她看过来，上下打量了一番，直到把她盯到脸红，才狡黠一笑："寻常女子的装扮，也很适合你。"

恰在此时，院门一开，叶北征提着把扫帚出来，看见车里的美男子先是一怔，再看见梧凤的表情，又是一怔，像知晓了什么似的，脸色瞬间变白。

刘退之看见了叶北征的脸色，也眉眼瞬间阴沉。

"他是谁？"刘退之和叶北征异口同声。

"叶北征，见到滇南王，还不行礼。"她按着少年的脖颈用力使眼色。刘退之此人城府太深，她相信他不会为难自己，可未必不会为难她身边的人。

但梧凤没想到，一向对她言听计从的叶北征今天不知搭错了哪根筋，颇为无礼地直视刘退之，两人电光石火地对视了一会儿，叶北征才低下头去，不情不愿地叫了声殿下。

"哦，叶北征。"他挑眉点头，"年岁几何？"

少年不顾她在后面暗中掐他的腰，扬起下巴回答："十八。"她又掐了一把，才改口道，"虚……虚岁十八。"

"哦。"刘退之的眼睛再次眯起来，狐狸一样端详了他一会儿，才抬眼去看她，"原来你喜欢年纪小的？"又沉思道，"不对。当年我与你相见时,也不过十八岁。难不成,你那时便中意我了?"

这两句话把叶北征直接震在了原地,也把她震在了原地。王室的车驾旁原本站着侍卫,此刻都像聋了一般后退出数尺远。她恨不得用眼神把刘退之扎个对穿,他却心情颇好地眯着眼一笑,还掏出一把扇子摇了摇。

果然,一旦信了他就要倒霉。

她不忍心看叶北征被他欺负,就向前一步把他护在身后,和刘退之大眼瞪小眼:"殿下,我家人在此,莫要胡言乱语,让人误会。"

"哦,家人。"

他点点头,又用扇子指了指自己的车驾:"今日本王来,是想邀凤将军去郊外赏赏凤凰花,不知可否赏光?"

二人对视间,他眼里的神色她看得分明。那天的话她记得清楚。此前不来,便是不想要,现在他想要了,于是就来了。这笔账他算得明白,她也愿赌服输。

梧凤没说话,只伸手攀上了马车的车辕。正要借力上去时,身后忽地传来一声刀剑碰撞的声音。她回头,却看见是叶北征抽了刀,怒气冲冲地看着刘退之。

虽然那是把砍柴用的钝刀,但叶北征的虎贲骑刀术并未淡忘,抽刀的一瞬便让刘退之眼神一变。

"北征!"她断喝一声,少年瞬间遵命收刀入鞘,眼底的怒意却还未散去。

"放心。本王会照顾好你阿姐,将她毫发无损地带回来。"她还未来得及反应,他就先发制人,笑眯眯地拍了拍少年的肩,还将"阿姐"两个字说得更重了一些。说完就上了马车,还伸手将她也挽了上去。

（十）

车帘放下，她侧耳听着马车驶离了小院，才松了口气。待回头时，耳边极近处响起他的声音："你方才叫他北征。"他玩着手里的扇子，"为何从未叫过我退之。"

她毫不犹豫地开口："退之。"

他打了个冷战，打开扇子摇了摇："确实不大好听。还是叫我殿下吧。"他又侧过脸去专注地看着她，"偶尔叫一叫本名，本王也愿意。"

她不理他，掀开车帘去看外面的风景，被他一伸手挡住了帘子。车厢窄小，她发现不知何时自己竟被圈在他手臂之间，无处可逃。

她眼里万般情绪闪过。

"梧凤。"

马车仍旧若无其事地前行着，窗外火红的凤凰花一蓬蓬地燃烧着，漏进车厢里丝丝缕缕嫣红的日光。

"我不来的这些时日，你可曾睡过安稳觉？"他声音沙哑，吻着她后颈。

她被吻得心猿意马，想起每夜辗转反侧的那些瞬间，手不由自主地抚上他的后颈，开口却依然冷冰冰："殿下愿意如此想着我，受宠若惊。"

他白了她一眼："没人告诉过你，你不适合说假话吗？"

她咬着嘴唇摇了摇头，眼神只望着窗外，不再看向他。车子依旧前行，车身却在微微摇晃着。

最后一线霞光燃尽之时，换了身衣服的梧凤被送回了小院，车进深巷后，就看见一个少年正在院门口翘首以盼。她立刻叫停了车，跳下去喊了一声："叶北征！"

"凤……梧凤阿姐！"少年看见她出现，眼神顿时亮起来，却在看见她的衣裳时脚步顿时停滞。

"阿姐，你的衣服……"此时，刘退之刚从马车上好整以暇地走下来，正好对上少年的眼神，那眼神恨不得将他吃了。刘退之吹了声口哨，摇了摇扇子。

"哦，我在……在山上不小心摔了一跤，沾了泥，便换了一身。"她做贼心虚，摸了摸发烫的脸。

"摔了？可有受伤？"少年眼神瞬间紧张起来，伸手就要抓过她的胳膊，她却被一只男人的手拉到一边。叶北征不忿地看过去，恰好对上一双深沉的狐狸眼。

"本王说过，你的梧凤阿姐与我在一处，不会有事。"

她拍掉刘退之的手，没料到他先一步默契放开。少年看了看她又看看刘退之，突然向后一步，朝他做了个请的手势："山上没有饭食，殿下想必是饿了。若不介意，可否在陋舍用了晚饭再走？"

她不知叶北征葫芦里卖的什么药，可留刘退之在此用餐那简直就是引狼入室。于是她简单干脆地回了句："他不饿。"

他看了她一眼："你怎知我不饿。"又笑眯眯地看着少年，"多谢相邀。"

半个时辰后，她独自坐在桌子的一端，叶北征与刘退之并肩坐在桌子另一端。叶北征盯着她，刘退之撑着下颌，饶有兴味地看着她和叶北征。

饭食摆了一桌子，都是她平日里爱吃的菜，她却毫无动筷子的心思。

少年正襟危坐，举起筷子的手又放下，忽地一本正经地对她开口："我知此言太过唐突，但北征已想了许久，并非临时起意。"他清了清嗓子，"待我及冠时，想求娶阿姐。"

"啪嗒"一声，梧凤刚夹起的鱼肉又掉回了碗里。

"哦？"刘退之像是早已料到，眉毛挑了挑，一脸看戏的表情。

"你你你……叶北征你胡说什么。"她连忙低头夹菜，掩饰心里的慌乱。

"我知道，阿姐与殿下交情匪浅。但殿下也知道，阿姐是凤将军，虎贲骑的主将，不可能做谁的妃嫔，在后宫里了此残生。"他眼睛看着梧凤，却字句都是在说给刘退之听。

"北征，不得无礼。"她呵斥他，然而少年像是铁了心要将憋着的话一股脑说出来。

"殿下若对阿姐有过真心，就不应当为一时之欢愉，将阿姐困在此地一辈子。"他字句清晰，掷地有声。

她偷瞄刘退之，却意外地看见他神情落寞，不再像方才那样神采奕奕。

"我恋慕阿姐，敬重她是凤将军，也始终记得她是凤将军。我愿此生追随她，与她同生共死。敢问殿下，你能吗？"

少年眼神清澈，无所畏惧，直视着那个狐狸般的男人。窗外最后一缕晚霞在此刻褪去，月明星稀。室内尚未燃烛，她看不清刘退之脸上的表情。

"我不能。"他轻笑了一声，语气是她从未听过的苦涩和落寞。

（十一）

那天之后，她又有许久没有见过刘退之。她以为他终于就此收手，断了对她的心思，倒也是件好事。对于叶北征，她也没有过多责罚，叶北征也算准了她不忍对他怎样，主动请缨受罚，自己将自己关在柴棚中数日，不进饭食，最后还是她心软，将他放了出来。

天地悠悠，她在滇南过着再普通不过的日子。偶尔听闻些京城里的事，说陆将军当年收养的义子在那场大乱中并没有死，还回了京城，娶了从小青梅竹马的右相夏焱之女。

那件事给了她些许安慰，想起她也曾听说过那个陆将军收养的孩子，是个倔强的少年人。陆远没有死，韩殊掌权，世家死灰复燃。也许，京城也不如她所想象的那样太平。

她暗中召集余部，叮嘱他们万不可荒废武艺，但平日里切忌与人动武。

虎贲骑，天下无道则出，有道则隐。这是陆停渊说过的话，她时刻铭记。然而，就算是他们不想招惹是非，是非也会找上门来。

先是叶北征在某天不告而别，她不愿去求助刘退之，只能暗中派人去打听，才知道他南下去了江左。一年后叶北征回来，却对她避而不见。她决意将他也晾一晾，就没有再去理会此事。

于是，当滇南郡守带兵围了他们所住的村寨时，她才知道叶北征从江左带了什么回来，但做什么都已经迟了。

郡守说，此处有人私自贩运朝廷禁售的阿芙蓉。那原本是军中用来制作麻醉药的原料，近年来竟然有人用它制香，后患无穷。

她叫来叶北征盘问，他听后大惊失色，说自己当年带回阿芙蓉花种，只是因为当年在军中这味药草难得，就分给了同袍弟兄们种植，希望来年可售卖些许，补贴日常用度。

此时，郡守所带的兵已将寨子团团围住，火把的光将暗夜照得如同白昼。不知是谁先动了手，待梧凤冲出去时，外面已经砍杀震天。

血，处处是血。虎贲骑已许久不使刀剑，手边连武器都没有，只能带着农具与穿铠甲的兵士砍杀。

她不远千里地来滇南，以为这里是桃花源。却忘了有人的地方就有杀戮与欺压。

"凤将军。"叶北征在她身后叫了一声，"北征还有件事，瞒了凤将军。"

他从她身后经过，抽出一把锃亮的长刀，递到她手上。

"凤将军的佩刀，那日我从炉里捡了出来，又暗中锻造好了。本想找个合适的时机送你，现在看来，也是不能了。"

少年的笑容在火光里无比真挚。

"是我连累了弟兄们，北征自当以死谢罪，但愿能平息这场祸事。"

他独自走了出去，几步之遥的火光之外，站着郡守和他的卫兵。叶北征冲了出去，用漠北军常用的擒拿招数抢了一把刀，刀锋直指着郡守："今日之祸事，全因我一人而起，自当以死谢罪。但郡守不查明虚实便屠我村，杀我同袍，实在蹊跷，不知背后是何人指使？灭了我们的口，天下人便不知滇南与江左勾连之罪吗？"

他的声音洪亮，喊杀声一时间停止。火光熊熊中，梧凤只来得及大喊一声叶北征的名字，但已经太迟了。

他用那把刀抹了脖子，鲜血喷溅，寂静中有残忍的声响。

郡守也被吓住，命令士兵们停止进攻。她跑上去抱着叶北征，几乎泡在血水里。

"北征,是我错了。我不应该带你们来滇南,我对不起弟兄们。"

"凤将军。"少年的眼睛直直地望着她,依旧是毫无保留的信任和依赖,"我带着花种回滇南时,真的以为我能……能帮到你,帮到弟兄们,让大家不必再寄人篱下,看人眼色。"

"别说了。"她已经泣不成声。

"没想到会这样,是我的错。"他逐渐力不能支,声音越来越低。

"我不怨你,没有人会怨你。"她抚摸他的脸,脸已经逐渐冰凉。

"好想回到从前,我们都在虎贲骑的时候。"他最终还是闭上了眼睛。

"梧凤,你说,天下太平了,为何我们却无处可去了呢?"

(十二)

刘退之赶到时,只见到梧凤跪坐在地上,抱着已经断气的叶北征。她的目光漠然,像是再没有生气。

他大怒,下令王军羁押郡守,彻查此案。

滇南从来独霸一方,大毓朝廷虽会向滇南派郡守作为一方长官,但滇南王依然拥有绝对权力。只是到了刘退之这一代韬光养晦,几乎与郡守平起平坐。

可从那天开始,人们才知道那个闲散王爷也许并不像看起来那般不问政事。

不到一个月,郡守就被问罪处斩,刘退之挖出了其与江左世家勾结，倒卖阿芙蓉的事件，此行为由来已久，整个滇南都深陷其中，后患无穷。他处理此间事务，又颇费了些时间。

直到京城的诏令下到了滇南宫中，刘退之才知道，皇城里怕是一直都知道此事，而九千岁并不愿滇南王阻拦自己的计划。

他躲避了许久，本打算再不掺和那些朝堂斗争的腥风血雨，可如今却不得不再踏入局中。

深宫里，他握着那一纸诏书，突然眉头紧皱："传医官。"

一个白衣男子走出来，手里捧着木盘，放着针灸器具，朝他走来："殿下，你这腿疾，施针也只能坚持数月，过后还会复发。若是不好好将养，老来恐怕要落下病根。"

"裴公子尽管放手医治，本王恐怕也活不到那时。"他痛得脸色发白。

被称作裴公子的人笑了笑，拿出银针一根根插在他膝盖上。

"殿下不告诉她吗？"

"谁？"他眸色深沉。

"梧凤将军。"裴公子低着头，"殿下既然已准备了多时，连退位文书都已拟好，如今却改了主意去京城，将从前的种种安排都作废，这些都不告诉她吗？"

"原来连你也知道，我想带她离开滇南隐居之事。"刘退之叹了口气，"可惜我晚了一步，如今她这么恨我，我要如何开口。"

"还不算迟。"裴公子收拾起器物，行过礼之后，第一次抬眼直视刘退之，那句话像是说给滇南王，也像是说给他自己。

"只要人还活着，总还有机会。不要等到阴阳相隔时，才知道究竟做错了什么。"

（十三）

京城，太初宫里，烛火幽微。

皇帝看着皇后的睡颜，忍不住摸了摸她的脸。

"梧凤，当年在江都，你为何要救我。"他自言自语。

"因为我那时便中意你啊，小殿下。"她翻了个身，像是在说梦话，嘴角却有笑意，"我是虎贲骑的凤将军，若是真心不愿意，殿下怎么可能有机会。"

刘退之的狭长凤眼在灯下犹如狐狸，听了这话，眼色更为深沉。

"别睡了，起来起来。"他挠她胳肢窝。

"做什么？"她睡眼惺忪。

"我想了个主意，可以堵住那些流言蜚语。"

"什么主意？"她被从睡梦中闹醒，原先有些起床气，看见了刘退之殷切的眼神，眼神里又多了些宠溺，"你说。"

"梧凤，"他在她耳边低声，"我想与你有个孩子。"

番外四 海上花(裴季卿 & 牡丹)

(一)

自有扬州城起,便有江左士族。

扬州城自古富庶,占据江左渡口,直通运河,有山海渔盐之利。积累了千年的财富,养出几代富甲天下的豪贾与左右时局的权臣。

民间将其中最显赫的四家称为夏裴苏李——山中夏,海中裴,江上李,半城苏。

山中夏氏,皇族后裔,号称有道则仕于朝堂,无道则隐居山中,是士族清流。

海中裴氏,经营海上贸易,其富不可估量,只是形迹诡秘,不为人知。

江上李氏,掌握江左运河商路,大毓朝有码头驿站之处,便有李氏的商旗。

半城苏氏,祖上自绸缎铺起家,直至坐拥江左半城商铺,首创票号之制,汇通天下。

此四家相互勾连,历代姻亲,左右朝堂局势,翻云覆雨不过顷刻之间。对于他们来说,改朝换代,也不过是换了个庇护家族继续绵延的傀儡。

直到大毓初年，初创设的羽翎卫以世家跋扈、聚敛财富于一身，使贫者无立锥之地为由征讨江左，占领江都城，切断了江上李氏与半城苏氏的众多商路使其退守扬州，又一手拔除了山中夏氏的朝中余脉，并以精通巷战的虎贲骑精锐与海上裴氏的家兵对抗，将裴氏彻底赶进海中，成为流寇。

大毓初年，百姓欢欣鼓舞，以为江左四家从此受重创，寒门子弟也终将有出头之日。

然而也在大毓初年，创设羽翎卫的皇后江羽衣在狼牙山一战死于非命，刚登基的皇帝刘玄礼哀痛逾制，竟一病不起，从此再不上朝，将朝政事务皆委于左相韩殊。又数十年后，剿灭世家有功的右相夏焱与镇国将军陆停渊皆被诛杀，韩殊彻底把持朝政，重新起用世家子弟，一时间，朱紫权贵遍布朝堂，人称韩殊为"九千岁"，权势滔天。

飞鸟尽，良弓藏，狡兔死，走狗烹。世家又起，寒门皆哀。

然而史册并未记载的是，就在皇后江羽衣初逝、韩殊尚未掌权时，距离京城千里之遥的江左扬州城内，昔日被毁了商路根基的世家也早已暗中复苏。

（二）

那是大毓初年十二月，隆冬。大毓军于狼牙山大胜，斩杀漠北胡族数万，北帐可汗身死，溃退千里。大毓朝皇城由江都迁往北都，史称"天子守国门"。

也是大毓初年十二月，皇后江羽衣薨逝，据传诞下一位公主，襁褓时便失踪。皇帝护着皇后棺椁进入京城，下诏从此不再上朝，将朝政悉委于左相韩殊与右相夏焱。

十二月,大雪,江都城外。

一位宫中打扮的妇人怀中抱着一个婴儿,掀开马车的车帘,看见百余辆车马仆从浩浩荡荡站在雪中,除其中一辆为绛紫色之外,其余都是玄壁朱漆。

天子驾六,诸侯驾五。王公服朱紫,佩金玉。

朱红色纸伞像蜿蜒不绝的血色河流,从城内一直延伸到城门外。直到妇人抱着婴儿下了马车,绛紫色的车帘才被撩开,露出一双属于少年人的眼,一眨不眨地看着戚夫人怀里熟睡的婴儿。那少年也不过八岁。

接着少年下车,冒雨走向妇人,对着婴儿,行了君臣三跪九叩的大礼。

"臣裴季卿恭迎长公主!"

他身后,众人随之纷纷跪下。朱红色雨伞倒作一片,夜雨中,只听见一声婴儿的嘹亮啼哭。

(三)

从芍药记事起,戚氏就一遍遍地给她讲当年的故事。

她生在刘玄礼打败北帐可汗的狼牙山一战。为争取获胜机会,皇帝将快要生产的先后江羽衣舍弃在后方军中,独自带兵深入狼牙山。没想到敌军从后方包抄,将刘玄礼在后方的大营夷为平地。

戚氏说,芍药的别名是将离,这是先后当年生下她后,亲自取的名字。

她一直相信,她从未谋面的生母江羽衣,死前一定怨恨着她的父亲,也是当今的天子。因此,就算是知道了皇帝一直在暗中寻找长公主的下落,她也从未起过去京城认亲的念头。

更何况,裴氏一族待她与乳母极好,好到她挑不出一丝错处。她住在江都城裴府最好的宅院里,吃穿用度都与家主裴季卿一样。族中都默认她是归宗的裴家后人,对她的往事绝口不提。

多年后她更坚定了此念,因为裴家的少主裴季卿,是这天下最好的男子,也将是她未来的夫婿。

江左裴郎,白衣诸侯。在世家倾覆、风光不再的大毓初年,裴家却出了个长于演算的经商奇才,少年时便借族中长辈之手,接管裴家丝绸与药材生意。不久后,就将原本荒芜的滇南茶道重新修葺,专门运送北方军中急需的红花、白药与金银草,将生意做大了三倍。

裴季卿十六岁时,执掌裴氏族印,重开海上商路。同时,他彻底抛弃过去世家横征暴敛的手段,严立族规,并开设家仓、医馆与义学,在灾荒时赈济平民、救治伤患、教养寒门。

一时间,扬州人人称颂,赞其为江左裴郎。不仅因他酷似江左名士夏焱的风度举止,也因他心思缜密、言行和蔼,待人接物让人如沐春风的本事。

曾有扬州商贾有幸一睹裴季卿的风姿,回去后大为赞叹,说裴郎是江左这摊污泥浊水之中长出的一块璞玉,纯良温善,不似世间人。

芍药自记事起,就跟在裴季卿身后。裴季卿只是任由她跟着。无论是作诗写字、弹琴谈生意,都带她一起。族中都说,芍药日后一定会嫁给裴郎。

她也相信她会嫁给裴郎。裴家是她的靠山,她是裴家隐藏的一枚棋子,在未知的将来某一天,她这枚棋子将成为刺进皇城的一把利剑，彻底改变大毓朝的时局。

　　她对于这命运并不惧怕，因为裴季卿太过可靠。他的手干燥温暖，有笔墨香气。芍药喜欢所有温暖的、坚强的、靠得住的东西。

（四）

　　所有事情的转变都发生在，裴家新来了一位与她相貌别无二致的女子，名叫牡丹。

　　那是江都城的春三月。裴家请了前朝宫中的司礼为她上妆，江左绣娘为她绣了织金雀翎的礼裙，裙裾逶迤数尺，光华耀目。

　　那个叫牡丹的女子跪在她屋里，抬头时众人都屏息了一瞬。只有戚氏面色如常，说牡丹是裴家为她培养的贴身随从。日后若是她有危险，她便会扮作芍药的样子，让她脱身。

　　"牡丹这张脸，是裴家千辛万苦找来，又请了江左技艺最好的医师，照着你的样子，切皮削骨改成的，费了不少功夫。"戚夫人往她头上插金簪的手未曾晃动，言语平淡得仿佛在说一只猫狗。

　　她只惊讶了一瞬，便欣然接受。自幼时起，替她牺牲的人就数不清，眼前这个与她相仿的女孩也不过是其中一个。

　　"可以让她平日里用面具挡着脸吗？我看不惯有个像我的人跟在左右。"芍药抬头，语气娇憨。

　　裴季卿就在那时走进了她的房门，牡丹与芍药同时抬头望向门外，然而他的脸只落在牡丹的身上一瞬，就重新温情脉脉地看向芍药。

　　"好了吗？这样迁延，宾客们要等急了。"他的话没有责备，只是宠溺。

"裴郎莫急，就快好了。"戚夫人看着小儿女眉来眼去，嘴角扬起，重新替她整了整鬓角。

阳光照在堂屋里，堂前跪着衣裳简朴破烂的女子，堂上坐着衣裳华贵、美艳夺目的女子。只是二人长着一模一样的脸。

牡丹攥紧了袖口，低下头去。余光恰看见裴季卿洁白的衣角从门口飘走，脚步没有停顿。

（五）

从此，芍药身边就多了一个戴着面具的贴身侍卫，人们都唤她牡丹。

牡丹比她长几岁，两人身形肖似，只是牡丹更高一些。站在一起时，便如并蒂莲花，更衬托出芍药的活泼鲜艳。

牡丹少言寡语，无人知道她的身世。连戚氏也只知道她是裴家上一任家主十余年前便找来，培养在深山中，历练多年，常年戴着榉木面具，连脸上也少有表情。

芍药与牡丹不亲近，只是这个侍卫恪尽职守，日夜在她身旁守候，久而久之，她也习惯了牡丹的存在。

自从及笄礼之后，裴季卿便更常来芍药住处看她。戚氏说，是看小姐已成人，婚期也将近，裴郎有意与她多叙一叙儿女私情。

她却觉得裴季卿就算来得多了，每次也匆匆忙忙。只是看她一眼便走，偶尔送她一些小玩意儿，尽是她喜欢的市井吃食或是珠花钗戴之类，她都顺手给了牡丹。

日子久了，她觉得或许裴季卿并非对她无意，而是天性如此，对谁都温厚体贴，从无疏漏，也无偏袒。偶尔她觉得，裴季卿这样，其实也是一种凉薄。但她被裴家赠予的东西太多，早就失去了挑剔的资格。

直到两年后的那个雨夜，她才知道裴季卿并非天性如此，只是那个能够切开他温润公子外壳、看向最暗处的人并不是她。

（六）

牡丹自从第一次见到裴季卿起，就知道那不是自己能触及的男人。

江左裴郎，白衣诸侯，天人之姿，不染尘泥。

没见到裴季卿之前，她以为那些都不过是话本里的溢美之辞。看见他之后，才觉得话本里的语言实属平铺直叙。然而，后来她才发现，与他的温良品行比起来，容貌只不过是点缀。

牡丹知道自己是个替身。从四岁的她被裴家的人从乱葬岗里捡到起，她就知道自己将成为某个名叫芍药的贵人的替身。她没有家人、没有身世，只有被捡到时怀里揣着的一张手帕，上面绣着一行莫名其妙的诗："相看白刃血纷纷，死节从来岂顾勋。"

为了活下去，她被告知芍药的言行、喜好、长相、表情，照着她的画像亦步亦趋地练习，学那些她平日里根本用不到的茶道香道、弹琴舞剑。

而更多的时候，她是在深山里的训练场上搏杀。杀到仅剩她一人时，就被带离了那座修罗城，给她赐名牡丹，告诉她，终有一日，她将替那个名叫芍药的人去死。

她就是那样踏进了裴府，看见了芍药，也看见了裴季卿。

及笄之后，牡丹又在裴府中见到了裴季卿几次。每次他都行色匆匆，身后跟着许多同样行色匆匆的家仆，拿着算盘账本或是锦盒，穿花拂柳而来，惊鸿一瞥后，与她擦肩而过。

她很少见到那样漂亮的人，更何况，那个漂亮的人无论多忙，眉梢眼角也平淡温和。只要见了她，也总会点点头，礼貌一笑。

从没人对她笑过。牡丹庆幸自己戴着面具，没人看见她的脸。

第一次与裴季卿说话，却是在她入府三个月后。那是个黄昏，芍药在后花园百无聊赖地玩蹴鞠，总把球踢进水池里，要她去捡。她每次都一声不吭地跳进水池，在齐腰深的水池里找到球后，洗干净递给芍药。

池里种着荷花，荷叶下全是污泥。几个来回后，她就全身脏污。然而没有芍药的命令，她就一步都不能稍离。

裴季卿就是在那个时候踏进了院中，先看见了她，眉头瞬间蹙起，质问芍药为何这样对待下人，又让她快去沐浴更衣。

芍药谁都不怕，唯独怕裴季卿，小姐两眼含泪楚楚可怜的样子连牡丹自己看了都觉得不忍心，可裴季卿眼神冷如寒冰。

她行礼道谢，飞速跑去沐浴，心跳得怦怦作响。

裴郎真是个好人。她这样想着，一身轻盈地沐浴完，重新戴上面具回到芍药的住处，却被劈脸打了一鞭子。

"裴郎是我今后的夫君，就算他今日为你做主，也是他偶发善心罢了。别忘记谁是你的真主子。"堂上的少女声音冷漠，压抑着怒气。

她那时候还不知道那引起祸端的心绪叫作嫉妒，只是觉得委屈，然而无从辩驳。芍药的鞭子一下下落在她身上，她只得受着，像忍受从前数不清的刀光剑雨。

身上的血迹越来越多，痛到麻木、失去知觉时，她心中闪过一个念头，那就是此生就此结束，好像也并无留恋。只是心里记着那花丛中的惊鸿一瞥，裴郎低眉浅笑，问她好，叫她牡丹姑娘。

有人的善意不可随意施舍，因为给谁都不公平。

她不知昏迷了多少天，醒来后是在自己住的狭窄卧房里，床头放着一瓶伤药和一碗粥。她拿起粥来喝了，又给自己上药，一声不吭。窗外的太阳煌煌地照着她，却寒冷彻骨。

伤刚好，她就爬起来，仍旧如常地做她的侍卫。芍药见了她，也如往常一样，像什么都没发生过。她以为日子就会这样佯装无事地过去，直到某天又遇见了裴季卿。

那是宅院里某处狭窄过道，她躲不掉，只能迎面走上去，低头等他擦肩而过。没想到裴季卿却站住了，还开口与她说话："牡丹姑娘，伤好了吗？"

她没看他，只是僵硬点了点头。裴季卿松了口气般地笑了笑："那就好。那一日是我的疏忽，害姑娘被罚。"

她惊讶地抬头看他，看见裴季卿乌黑如深潭的眼。眼里是慈悲、怜悯和……疲惫。

"人在棋局中，多行非人之事。裴某能救则救，但亦有不周详之处，还望姑娘保重自身。"

她还在愣怔，他已经走远。良久之后，她才意识到脸上曾经有泪滑过。

（七）

那场令裴家翻天覆地的变局，发生在裴季卿与芍药定下婚仪的当天。

那是扬州四月。扬州的桃花天下闻名，盛开时轰轰烈烈，但一阵大雨过后，就都转瞬凋谢了。

满城的人都去看裴家的订婚仪，芍药用团扇遮着脸，但车辇上惊鸿一瞥的侧颜还是让江都士子们见之不忘,一时间,传颂她容貌的诗句流传遍了江都。她的车辇后骑马跟随的男子,就是裴季卿。

没人见过那样的公子。人们连诗都忘了写,只是追着他如痴如醉地跑,直到他入门下马,进了府中。

牡丹也在人群里,策马跟在芍药的车辇之后,一路望着裴季卿。

那是她的一场幻梦。她执拗地追随者那个温柔坚定、光华耀目的背影,觉得此生见过这样的风景,也算死而无憾。

那是大毓十七年。京城里已发生剧变,左相权倾天下,世家东山再起。这场轰动江左的婚礼,正是在熊熊燃起的干柴之上又添了一把火,向天下昭示何谓百足之虫,死而不僵。

然而,牡丹当时并不知道这些,更预知不到后来的结局。她与芍药一样,都以为裴家会千秋万代地绵延下去,因为有裴季卿。

然而当晚,裴季卿就疯了。

据说,是因他自幼染上的恶疾在当夜复发,只有守在房外的牡丹无意间撞见了真相。

她是第一个踏进裴季卿与芍药新卧房的人。侍卫需要在芍药来到之前检查房中是否有暗器或可疑之人,这是她习惯做的事。

然而那一晚,当她踏进房中时,却看见一个黑影从窗外一闪而过,待追出去时,已经不见人影。她又转身回屋,就看见裴季卿不知何时进了屋。她从没见过他的脸如此苍白。

她顺着裴季卿的目光看过去,看见桌上放着一个药瓶,贴着一张红签,上面用毛笔画着芍药花。

她见过那个徽志,那是百花杀的标志。

裴季卿像是没看见她似的，直直地盯着那个药瓶。接着猛烈地干呕起来，伸手将那瓷瓶砸落在地。里面是黑色的块状物，散发着阵阵幽香。

来自滇南的返魂香，是一味常用的麻药，若是伤者过量服用，就会上瘾。她曾在深山里见过其他杀手偷偷用返魂香敷在伤口上，受了刀伤也感觉不到痛苦。

可若是伤口太深，就算不痛，也会死。那黑色的毒药不过是个谎言，但那些人连明天都没有，活在谎言里，反倒是个安慰。

她握紧了拳，在本该按规矩出去的时候留在了屋中。

裴季卿像是极为痛苦，在地上无声哀号着，砸了所有能看得见的东西。巨响引来了附近的仆从，也唤来了芍药。

芍药穿着盛装，站在门前，看见了野兽般冠带散乱、双目通红的裴季卿，二话不说就跑了出去，一边跑，一边将头上的钗戴都摘下来扔在地上。

天阴了，大雨倾盆。

牡丹沉默地看着这一切，混乱中，人们早已忘了还有她这么个人。

她看着裴家的仆从将裴季卿所在的房门从外反锁，在花园里布下重重卫兵，并警告所有人不得传漏一点风声，对外就说裴公子感染了风寒，不能见客。数天后，她又见到一位黑衣人拄着拐杖一步步踏进了裴家的门。那个人就算是化成了灰她都记得。

百花杀的堂主、裴家的真正幕后主理人，裴仲卿。

海上裴真正的命脉是海上商路，因此，在大毓初年那一场祸乱中，裴家是受波及最少的一支。然而在祸乱中，裴家的少主裴仲卿失踪，人们都以为他死了。于是年幼的裴季卿在风雨飘摇之时接管权柄，却意外地以怀柔之策稳定了时局。

然而多年后，裴仲卿归来，众人才知道，这些年来他并未离开裴家，而是换了个身份，变成了暗处的棋。在他的手上，一众足以与羽翎卫分庭抗礼的江湖暗卫被培养起来，被扶桑国渡海而来的杀手培训，以榉木面具与芍药花为标志，称为百花杀。

裴仲卿是裴季卿的族叔，二人却截然不同。如果说裴季卿是皎皎明月，裴仲卿就是月食。

裴仲卿到来后，接管了裴家。黑衣杀手控制了裴府的每一个角落，当然也找到了依旧守在门外的她。

黑衣男人只看了她一眼，就只轻笑了一声，说她是自己人。

那句自己人，不知为何，让她觉得十分恶心。

她向裴仲卿行礼，请求他允许自己依旧守在裴季卿住处，递送三餐。她知道没有人敢靠近那座屋子，婢女们都觉得少主疯了。

裴仲卿看了她一会儿，点头应允。她谢过之后出门去，才发现自己双腿在发抖。

她竭力定了定神，朝裴季卿所在的别院飞跑过去。一路上被树枝划破了衣服也顾不得，只想快一点，快一点到他身边。

那里大门紧锁，她就撬开窗上钉着的木板翻了进去。屋里一片狼藉。阳光从窗外洒进来，照亮灰尘飞舞。她四处找着，喊着裴季卿的名字。终于在一架翻倒的屏风后找到了他。

昔日风光无限的裴郎，现在瑟缩在屏风后，衣裳散乱，听见呼唤后，双眼茫然地抬起，看见了她，眼睛忽然亮了一亮。他蹙眉沉思，像是在想她究竟是谁。片刻后，才试探着唤出一个名字："芍药？"

牡丹的心向下一直坠下去，坠到了底。然而她还是笑着，半跪下来，像捧着珍宝一般地捧起裴季卿的脸，用衣袖擦拭他脸上的灰尘和血痕。

他起先还在向后躲，她极有耐心地等待，直到他接受了她，慢慢地从屏风里挪出来，她才看见他身上的衣服早已被自己撕扯得破烂不堪。

她不知道裴季卿曾经历过什么，只觉得心里紧揪着，比自己挨打更疼。她找来干净衣服，替他擦洗脸颊，却在继续往下擦拭时停了手，摸了摸发烫的脸。

平日里他身为家主，衣着厚重繁复，看不出身材。可她早该知道，弓马骑射俱佳的裴季卿自然不会是个孱弱书生。

她此时才意识到，他们是孤男寡女共处一室，自己这样做，也未必不是在占裴季卿的便宜。待醒来后，知道了与他朝夕相对的不是芍药而是她，又会如何看待她？

她正在胡思乱想，握着手巾的手却被攥住。他抬起那双漂亮得让人心惊的眼，一脸无辜地看着她。汗水从他额间滴答落下，他有气无力地抓住她的手腕，低头靠在她颈项间。

"热。"他声音很低，却将她从胡思乱想里唤醒。

"裴公子，我是牡丹。"她终于在裴季卿的手放在她腰间的一瞬，咬着嘴唇说出来这句话。

他眼皮抬了抬，又沉重地垂下，放在她腰间的手却在收紧。他将她圈在了怀里，呼吸平稳起来，竟就这样睡着了。

屋外依然下着雨。她被裴季卿抱着，腰肢酸软，却一动不敢动，心里被窃喜塞得满满当当，怕一挪动，那喜悦就会满溢出来，无法收拾。

裴季卿睡着时很安稳，像个孩童。近看时才能瞧见他眼角有颗泪痣，嘴唇也薄而锋利，是副能够流连花丛的长相。

只是他早早就成了裴家的少主，也不知从前有过什么往事，有过什么挣扎，才能有那么疲惫又悲悯的眼神。

四处无声，雨势也渐渐小起来。她看着那张恬淡的脸，终于鼓足勇气，小心翼翼地在他唇上沾了一沾。

他永远都不会知道。牡丹在心里这样告诉自己。

然而就在这时，裴季卿睁开了眼睛。她惊慌地想要抽离，却被他握着腰动弹不得。在那一瞬间，牡丹看见裴季卿的眼神清澈深邃，像是已经恢复了神志。那一眼像是看穿了她故作谦卑的外壳，看见了那个卑微却贪婪的她。

他的眼神只有一瞬间的清明，却足够让她羞愧得无地自容。牡丹拼命挣脱，他的双臂却极有力，将她圈在怀中。窗外的雨又淅淅沥沥地下起来。他忽然握着她的下颌抬起，两人眼神相接，她看见那双清澈的瞳孔又变得幽深。

"滇南……有一种药人，自幼服食毒物，百毒不侵，但也不可停药。我……便是药人。"

他声音混沌且痛苦，她却突然安静下来。

"每一任裴家的家主，在出生之后，都会被做成药人，喂食毒药，直到成瘾。如此才不会逃跑。"他紧紧抱着她，勒得她骨头都疼痛。

他的眼神直直盯着地上的黑色粉末，白色瓷瓶的碎片散落一地。

"我以为，只要十年不碰，我就不再怕它了。没想到，还是一样。还是一样。"他声音嘶哑，眼神绝望。牡丹被他抱着，却觉得濒临破碎的是抱着她的人。

窗外雨势又大起来，乌云遮蔽了月光。屋内昏暗，只有一盏她刚来时点着的油灯，灯火如豆。

她终于抬起手，抚上他的背脊，轻轻拍了拍。他呜咽着，像一只受伤的兽。忽然灯火一颤，他猛地将她推开，呼吸急促地转过脸去："快走。"

然而被推倒的女人一动未动，只是笑着看他，眼里是一样的神情：疯狂且悲悯。

"我不怕，我早该死了，如果死在你手里，也是件好事。"

裴季卿仍旧喘着粗气，竭力站起来，跌跌撞撞地寻找着什么，终于在桌上找到了茶壶，倒了一杯水喝下，茶壶里却再没有一滴水。

"水，给我水。"他努力压制着情绪，将刚换上的衣服又撕开口子，额头有大滴的汗水掉落下来。

就在他意识逐渐模糊之时，一个冰凉的唇覆在了他唇上。焦灼的心绪在那一刻找到了出口，他握着她后颈，将她按在桌边深吻，寻找所有可能缓解干渴的水源。

如果这是她的幻梦，那么不妨将这场梦做到底。

四月的梅雨季来得快去得也快。当扬州的天气彻底放晴时，已是第三日的清晨。牡丹发现裴季卿睁开眼时，看她的眼神不再混沌，又恢复了澄澈。

她不知道他是什么时候恢复了神志，也不知他有没有认出自己。只是那冷静澄澈的眼神足以将她击溃。她潦草起身，收拾了一番，站在门前向他辞别。

"你是谁？是芍药，还是牡丹？"他没有挽留她，只是开口问了一句话。

这几日屋里的动静剧烈，早已瞒不住裴府的人。他们卸下了门锁，将三餐与沐浴物品搁在门外。任由她独自与发病的裴季卿共处一室。

她是谁？连她自己也不知道。牡丹苦笑了一下，没有回答他的问题，就踏出了屋门。

走到院门外，她迎面看见了一张与自己一模一样的脸。是芍药。

"今后，你不可再踏进裴府一步。如若把此地的事说出去……"芍药强作威严地开口，看着身上遍布暧昧痕迹、衣冠不整却神情高傲的她，不知怎地有些惧怕。

"百花杀的规矩，在下知道。从此后，裴府再无牡丹。公子生病时，悉心照料公子的，是芍药夫人。"她没有再看芍药一眼，与她擦肩而过。

她路过许多熟悉的风景。裴府种满花树的小径、他为她解围的池塘，还有她自己栖身的偏僻院落。

从此后都不与她相关了。

只是牡丹自己不知道，那一天的她全然不似从前，原本那张木然的脸上有了焕然一新的表情，眼里熠熠有光。纵使粗服乱发，却如同出水芙蓉。在那张灵动的脸面前，万花黯然失色。

（八）

裴季卿从屋内出来后，家中上下齐齐下拜，恭迎家主回归。

听闻他复原的消息，裴仲卿便挥衣离开，渡海而去，如同来时一般悄无声息。

这就是海上裴氏，每一代都有两个家主，一个在明，一个在暗。

而站在最前面，向裴季卿行大礼的人，是芍药。

她换了件朴素的衣裳，脸上毫无妆饰，眼角有泪痕，红通通的一张俏脸。然而裴季卿只恍惚了一瞬。

所有人都盯着他与她的动作。裴季卿站在那里，看了她良久，才缓缓走过去，伸出手扶起了她："夫人。这几日照料裴某，有劳了。"

所有人都松了一口气，只有芍药的眼底闪过一丝阴郁神色。

从那以后，裴府中少了个戴面具的女侍卫，多了一对新婚夫妇。裴季卿一如既往地温厚端方，焚膏继晷地处理府中大小事务，直到深夜，书房中都灯火通明。

渐渐地，府中连最不晓事的仆从都知道，除了发病那几日，芍药曾连着三夜待在他房中之外，两人婚后并不亲密，甚至可以说是形同陌路。

流言越来越盛，也传到了戚氏的耳朵里。于是芍药终于在某个深夜，提着灯走进了裴季卿的书房。

刚进书房，她就闻到一股浓烈的香气。是她新婚那夜丢下裴季卿逃走，却被裴仲卿截住后，他告诉她裴家与百花杀的秘密时，所闻到的返魂香。

那个黑衣男人如深海般莫测，三言两语就打消了芍药想逃离裴家的想法。

"长公主，若是想握住天下权柄，替先后复仇，就必须嫁给裴季卿。"

他握着她的肩膀，带她看裴家府库里的奇珍异宝。都是她只在话本里听过的东西，单一件就价值连城。

"只要长公主听话，别说裴家，连天下都是你的。"

想起他那句话，芍药深吸了一口气，迈步走进了裴季卿的书房。

"夫君。"

裴季卿忽地抬头,眼神亮了一瞬,又暗了下去。她走进书房,将香炉里的香气拨灭,眉头微皱,却努力装出讨好的神情。

"不是说病已经好了吗?为何还要燃着此物。芍药不喜欢。"

裴季卿突然像是看陌生人一样看着她,芍药忽然觉得有些慌乱。

"我的病不会好,你是知道的。"他忽然站起,一步步地走向她,接着伸手,一把扯开她的衣领,眼神痛苦得像是要溺水而死的人。

"裴……裴郎。"她握住他手腕,肩膀一半光裸在外,在灯下光滑白皙,如同玉石。

"不对,不对。"他捂着额头靠在书桌边,大口呼吸着,"你身上,应当有伤才对。有……鞭伤。"他像是忽地想起什么一样,愣怔在原地,继而哈哈大笑,笑得芍药浑身发冷。

"我怎么能认错呢,你们如此不一样,我怎么会认错?"

烛火摇曳中,裴季卿站起身,披了一件衣服,推开门便走了出去,没有再看芍药一眼。

(九)

大毓十八年冬季,京城天香阁多了个叫牡丹的花魁。

她挂出牌子的那一天,艳名就传遍了京中。人们都说她千金难见一面,琴棋书画无一不精,尤其是歌喉甚美,尤善唱漠北名曲《燕歌行》。

"汉家烟尘在东北,汉将辞家破残贼。男儿本自重横行,天子非常赐颜色。"

"相看白刃血纷纷，死节从来岂顾勋。君不见沙场征战苦，至今犹忆李将军。"

她说，她在找一个多年失散的亲人，那人曾有过一条手帕，上面绣着《燕歌行》。

她在挂出牌子不久，京中便来了个公子，豪掷千金买下了她的头一夜。

"公子莫要被阁里的管事骗了，牡丹不是处子，也没什么头一夜。"

他推开门走进绣阁的那一刻，就看见她坐在栏杆边上，百无聊赖地看着楼下的万家灯火。暖光照着她的侧脸，与她脸上寂寞的表情。

"我知道。"

听见他的声音，牡丹万分震惊地回头，看见了站在门前的裴季卿。

白衣公子，风姿绝世。方才上楼时，他已经吸引了众多目光。就算是现在，在她的闺房门口也或远或近地站着许多听墙角的莺莺燕燕。裴季卿将门合上，还顺手落了锁。

"裴公子，你怎么……"她的话没说完，就被堵在了口中。裴季卿近乎焦急地走过去，将她拥在怀里。一切语言都显得单薄如纸。

"我找了你许久。"他急切地找她的唇，她却在躲，于是就去吻她的脖颈。

"没想到，你竟还是叫牡丹。"他一边吻，一边笑着低语，像是在笑他自己愚笨，也像是在笑她。

他吻至她脸侧时，才尝到了她的泪，忽地停了手。

"是裴某唐突了。"他手足无措地等在她身旁,脸上都是温柔且无奈的笑。

这是她熟悉的裴季卿,翩翩公子、温厚良善。不是那个她可以拥有的裴季卿。

牡丹猛地推开他,从袖中拿出手帕给他看:"裴公子,你可认识此物?"

他像是有所预感,迟迟没有接过。芍药便将手帕展开,在灯下,那两行用朱砂写成的字红得刺眼。

"天香阁花魁牡丹,在京城寻亲。若是帮我寻到了,便可以分文不取,与我一度春宵。"她笑得眼神潋滟。

"裴公子,牡丹近日倒是寻得了一些线索。"她伸出手指,在他胸口摩挲,凑近了嗅闻他,像是上瘾一般。

裴季卿握住了她手腕,眼神比她更痛苦:"牡丹,别说了。"

"裴公子的好叔父裴仲卿,当年从漠北的乱葬岗里,捡到过一个弃儿,带进深山历练,后来做了刺客,去给扬州裴府的芍药小姐做替身。"

"你猜那弃儿原是谁?我去派人打听过,大毓初年,漠北仅有的一处乱葬岗,是在狼牙山下。"

她的表情逐渐痛苦,眼里含着泪水,在灯火中艳丽得让人惧怕。牡丹开口,一字一句地告诉他:"裴公子,我是漠北虎贲骑的后人。十八年前,是百花杀的刺客用计陷害,使得虎贲骑全军覆灭。我与你,原本应是死敌。"

裴季卿彻底松开了握着她手腕的手。灯火摇曳,他痛苦地捂住额头。

"相看白刃血纷纷,死节从来岂顾勋。"她向前一步,温柔地抱住了他，像抱住一个幻梦。

"妾发初覆额，折花门前剧。郎骑竹马来，绕床弄青梅。"她低声哼唱着，捂住了裴季卿的眼睛。

"裴公子，你我都受苦太久了。这次一起睡去，再不醒来，好不好？"

（十）

夏青鸢最后一次见到裴季卿，是在滇南的百花杀的神殿。

很久之后她才反应过来，江左裴郎与他所爱之人一起消失在了溶洞中，那溶洞通向滇南山后的大海。

随着那一声巨响，原本藏在船舱中的火药闷声爆裂，船身缓缓倾斜，甲板发出令人胆寒的断裂声。当船体缓缓沉入海中的最后一刻，船头的最后一枚火药被引燃，在天上炸出一个极美的烟花。

多年前，在韩府的画舫上，她也曾看过那场烟花。

"夏姑娘可曾听闻，在天地未开之时，三陆九州八荒之中，有一处与天地隔绝的所在，名叫归墟。"

"若是乘船，一直走到天地尽头，就会看见归墟。听闻进了归墟之人，可重新活一次，见到再不能见之人。"

"裴公子为何想重活一次？"

"裴某想回到大毓初年的狼牙山下，在乱葬岗里找到一个带着手帕的小姑娘，告诉她此生不必吃那么多苦，也无须遇见裴季卿。"

海上的花，终究熄灭了。